# JEU MORTEL

## LE REPAIRE DES VAMPIRES - 3

www.editionsbookmark.com

Kelly St Clare

# JEU MORTEL

## LE REPAIRE DES VAMPIRES - 3

Traduit de l'anglais par
ELSA BAUDOT

Infinity

Pour la présente édition © Collection Infinity 2022
Collection Infinity est un label appartenant aux éditions Bookmark.

Ceci est une œuvre de fiction. Les noms, les personnages, les lieux et les faits décrits ne sont que le produit de l'imagination de l'auteur, ou utilisés de façon fictive. Toute ressemblance avec des personnes ayant réellement existé, vivantes ou décédées, des établissements commerciaux, des événements ou des lieux ne serait que le fruit d'une coïncidence.

Edition originale américaine parue sous le titre : Death Game
Copyright © *Kelly St Clare*

Traduction © Elsa Baudot
Suivi éditorial © Julie Nicey
Correction © Sylvie Goin
Maquette © Rémi Laporte
Illustration de la couverture © Raven Covers

ISBN: 9791038115347
Existe en format numérique



www.editionsbookmark.com

# Chapitre 1

Il était réveillé.

Au cours de la dernière heure, j'avais senti Kyros s'extirper de la sérénité relative du sommeil, mais après avoir séjourné une semaine dans sa maison de Lyall Bay, je savais qu'il allait passer encore une heure à faire semblant de dormir.

Tout ça pour éviter ma compagnie.

— Notre politique est d'avoir une tolérance zéro concernant le harcèlement sexuel, dis-je à Eric, l'un de mes nombreux PDG, en vidéoconférence. Virez-le sans indemnités, et si Rhiannon décide de porter plainte, alors accordez-lui notre entier soutien financier et juridique.

Eric inclina la tête. Froid comme un mur de glace, il agissait comme si je venais de lui demander d'arracher les mauvaises herbes dans le jardin et non pas de renvoyer un être humain.

— Je vous enverrai la confirmation dès que ce sera fait, mademoiselle Le Spyre.

Je me retins de ciller quand son ton ferme perça mes tympans sensibles.

— Très bien. Avons-nous remporté le contrat concernant Gyron-Easting Pharmaceuticals ? demandai-je tout en survolant son dernier rapport sur mon téléphone tandis que son visage restait à l'écran.

Mon bureau personnel me manquait énormément.

— Ils ont accepté vos conditions supplémentaires, répondit l'homme. Je devrais recevoir le contrat révisé aujourd'hui et le transmettrai à votre équipe juridique avant qu'il ne vous soit envoyé pour l'accord final et la signature.

Eric était l'un de mes PDG les plus jeunes, mais également l'un des meilleurs, ainsi que l'un des seuls qui n'avaient pas tenté d'affirmer sa domination sur l'héritière de vingt et un ans du domaine Le Spyre. J'acceptais avec plaisir de recevoir des conseils de la part de personnes ayant plus d'expérience, bien que Grand-mère se soit assurée que je puisse gérer et accroître la fortune familiale par moi-même. Certains de mes employés avaient appris à leurs dépens que je n'étais pas une femme de vingt et un ans «normale».

J'avais grandi au milieu des requins avant de découvrir que les humains n'étaient que des poissons. Les interactions dans le milieu des affaires me semblaient désormais insignifiantes. Comme beaucoup d'autres choses.

Je mis fin à l'appel et me penchai en arrière en étirant mes bras au-dessus de ma tête. *Doucement.* Les hématomes sur mon abdomen s'estompaient en un camaïeu de teintes jaune et vert, et la cicatrice irrégulière dans mon cou n'était plus qu'un souvenir rouge vif de la morsure brutale de Theodore, grâce à la salive de Kyros et à la chirurgie, mais j'avais toujours mal.

Ma mâchoire craqua quand je bâillai.

La perte de sang craignait vraiment. Le docteur Olive m'avait dit qu'il faudrait entre quatre et huit semaines à mon corps pour remplacer mes cellules sanguines, et qu'entre-temps, je pourrais ressentir des vertiges ainsi qu'une grande fatigue.

Je jetai un coup d'œil à mon téléphone. *Deux heures de l'après-midi.*

L'heure de la sieste. Au moins étais-je tombée à une seule sieste par jour. Je n'étais pas certaine de ce que Kyros ferait une fois que je n'en aurais plus du tout besoin. Il ne sortait de sa chambre que pour se rendre au travail une fois que je quittais l'espace de vie ouvert regroupant la cuisine et le salon, aux alentours de cette heure-là.

Une colère familière enfla en moi, et sa rage à lui s'enflamma en réponse. Même quand Kyros faisait semblant de dormir, il m'en voulait.

*Culpabilité. Tristesse. Incertitude.*

Je m'étais réveillée une semaine plus tôt après avoir frôlé la mort, et j'attendais patiemment que sa petite crise passe depuis. Il ne voulait pas laisser tomber. La distance entre nous s'agrandissait, glaciale, mais je ne savais absolument pas quoi faire pour y remédier.

Il ne pouvait pas continuer à être aussi distant. Je n'avais pas juste besoin de procéder à deux échanges de sang supplémentaires avec lui. Que ce soit parce que ces émotions infiltraient les miennes ou l'inverse, son chagrin me brisait le cœur.

Son incertitude occupait chacune de mes pensées, accompagnée alternativement par de la frustration et du désir.

Je me sentais vraiment mal. Pourtant, regretter ce que j'avais fait pour sauver Tommy serait ridicule.

Un vampire de cent cinquante ans qui n'osait pas s'aventurer dans sa propre maison était tout aussi ridicule…

Peut-être qu'il avait simplement besoin de plus d'espace.

Maintenant que j'étais presque complètement guérie, il vaudrait peut-être mieux que je rentre au domaine.

Je me relevai lentement. Ma tête se mit à tourner, mais je serrai les dents et me dirigeai vers ma chambre, qui se trouvait au bout du couloir, de l'autre côté de celle de Kyros. Les dommages à mes oreilles et la perte de sang en général avaient retardé mon acclimatation à mes nouveaux sens après le quatrième échange.

Mon regard se perdit dans les ombres de la grande demeure. La maison ne ressemblait pas du tout à un manoir. Les pièces étaient minimalistes et pensées pour l'efficacité, certains aménagements sur mesure ingénieux lui donnant un côté unique. La décoration était moderne, mais les matériaux organiques ainsi que la palette de teintes naturelles agrémentée d'occasionnels éclats colorés offraient une certaine chaleur à l'espace. La propriété était perchée au sommet des falaises surplombant Lyall Bay. Ce cadeau d'anniversaire était parfait pour le prince héritier du clan Sundulus.

À travers l'obscurité du couloir et la lourde porte en bois à son extrémité, je sentais que Kyros se concentrait sur moi.

Je me concentrai sur lui en train de se concentrer sur moi.

C'était ridicule.

Je fis défiler la liste des contacts de mon téléphone jusqu'au numéro de Fred, enregistré sous le nom « Major Majordome », puis hésitai.

J'avais profondément blessé Kyros. Même si je ne regrettais pas ma décision. Même si j'étais prête à refaire exactement la même chose pour sauver Tommy… Quand j'avais décidé d'entrer sur le territoire des Fyrlia seule, pour consciencieusement l'empêcher de m'y suivre, j'avais coupé le cordon entre nous.

Il était parti à la dérive.

*Sois la plus mature.*

Je chuchotai, sachant qu'il m'entendait parfaitement :

— Je suis désolée que tu te sentes si mal après ce qu'il s'est passé avec le clan Fyrlia. Je pense que tu as besoin d'espace, alors je vais appeler Fred pour qu'il vienne me chercher et me ramener au dom…

La porte de sa chambre s'ouvrit d'un coup et percuta le mur. Elle s'incrusta même dedans.

Kyros sortit d'un pas raide avant de s'arrêter au milieu du couloir. Il croisa les bras et je déglutis avec difficulté tandis que mes yeux parcouraient son torse nu. Ce vampire ne devrait pas avoir le droit de porter de jogging. Le bas de ses abdominaux disparaissait sous l'élastique sombre de son pantalon, et mon regard remonta jusqu'à ses bras, croisés sur ses larges pectoraux.

Le courant que je n'avais plus ressenti depuis la fin de la quatrième emprise vibra de nouveau.

*Oh oui !* Le lien de sang voulait clairement que nos pelvis se réconcilient.

L'ayant déjà fait une fois avec Kyros, je n'étais absolument pas opposée à renouveler l'expérience. D'autant que cela refermerait un minimum la brèche émotionnelle entre nous. Mais était-il vraiment sage d'utiliser le sexe pour cette raison ?

— Tu ne quitteras pas cette maison, gronda sa voix profonde dans le couloir.

Il ne manquait que des pistolets pour que ça tourne au duel.

— Si. Ça vaut mieux, répondis-je calmement.

Kyros fit un pas en avant, ses yeux d'un vert prairie s'embrasant.

— Essaie pour voir.

Je levai les yeux au ciel, puis m'appuyai au mur pour garder mon équilibre tout en tournant les talons.

J'atteignis ma chambre et attrapai le sac que Fred avait déposé la semaine précédente, jetant mes quelques affaires dedans.

Le sac fut arraché de mes mains.

Je clignai des yeux tandis qu'il s'écrasait contre le mur du fond. Je sentis mes joues s'échauffer.

— Tu as du culot de tenter de m'en empêcher alors que tu ne m'as pas adressé la parole de toute la semaine, Kyros, lançai-je.

L'éclat de rire qu'il m'accorda en réponse était déformé par l'amertume.

— Alors le problème, c'est moi ? cracha-t-il.

*Reste calme !*

Kyros était à deux doigts de perdre le contrôle. Non seulement ce n'était pas bon pour l'humaine à proximité, mais il se sentirait encore plus mal après.

— Je ferai toujours tout ce qui est en mon pouvoir pour sauver Tommy, exactement comme tu le ferais pour ta famille, déclarai-je en penchant la tête en arrière pour croiser son regard. Je ne suis pas désolée d'avoir rejoint Theodore, je ne suis pas désolée d'avoir appelé tes frères et sœurs pour qu'ils t'empêchent de me poursuivre, mais je suis désolée que ça t'ait fait te sentir de la sorte. Comme je l'ai déjà dit.

*Plusieurs fois.*

Je l'observai lutter intérieurement et extérieurement pour garder ses pouvoirs d'alpha sous contrôle. L'effort faisait trembler son corps. Je fermai les yeux et lui envoyai des pensées calmes, réconfortantes.

Nous avions réussi à nous adresser des signaux d'avertissement plusieurs fois, et ses émotions m'avaient donné de la force deux semaines plus tôt. Je n'étais pas certaine que des pensées calmes seraient d'une quelconque utilité, mais ça valait le coup d'essayer.

Quand je rouvris les yeux, Kyros ne tremblait plus.

*Très bien.*

— Il vaudrait mieux que je par…

Son rugissement décrocha une peinture du mur.

*Pas bon, ça !*

Mon cœur se mit à battre de manière erratique et mes jambes se dérobèrent. Je tombai sur le lit derrière moi, mes yeux écarquillés rivés au Vissimo furieux.

Il me regarda une dernière fois en interrompant son rugissement, et son appréhension me balaya, laissant dans son sillage une sensation de cœur brisé qui nous appartenait à tous les deux.

Pourquoi était-ce si compliqué ? Pourquoi n'arrivait-il pas à comprendre que je ne lui en voulais pas de ne pas être venu me sauver ? Je m'étais sauvée moi-même. Il était furieux que je l'aie rendu impuissant dans cette équation. J'avais compris.

Si nos rôles avaient été inversés, il n'aurait pas hésité à m'enfermer dans une pièce pour aller délivrer sa famille.

Kyros se dirigea vers la porte de ma chambre, puis agrippa l'encadrement. Le bois craqua dans ses mains, et ses épaules se soulevèrent laborieusement quand il conclut :

— Ne sors pas de cette maison !

Il voulait que je reste ici, mais refusait d'avoir le moindre contact avec moi ?

Kyros se sentait incompétent. Bienvenue au foutu club ! Personne en dehors de lui-même ne pouvait l'aider à se sentir digne de nouveau, moi, encore moins. C'était un combat qu'il devait mener seul.

Pourtant, je ne supportais pas de voir une telle incertitude émaner de quelqu'un qui avait foulé cette terre aussi longtemps. Ce sentiment de chute permanent était horrible. C'était comme s'il avait abandonné son droit à notre lien de sang.

— Je resterai si tu viens me parler demain matin au lieu d'attendre que je m'endorme pour partir au travail, soupirai-je. Tu as cent cinquante ans, pas trente.

Apparemment, la trentaine était une période compliquée pour les Vissimo.

Il répondit sans se retourner.

— Tu veux négocier ? Voici une proposition alors, Basilia. Reste dans cette maison et je ne tuerai pas les Débiteurs qui n'ont pas réussi à te protéger sur le domaine.

Je m'immobilisai. J'arrêtai même de respirer.

— Tu n'oserais pas faire ça.

Evie serait la première dans sa ligne de mire. Quand je l'avais trompée, c'était en sachant que Kyros n'irait jamais jusque-là, jusqu'à la blesser à cause de mes actions.

Le vampire me lança un regard par-dessus son épaule, ses crocs sortis.

— Ne me mets pas au défi !

Je me relevai, titubant légèrement sous le coup d'un vertige.

— Alors, quoi ? Tu m'emprisonnes ici ? lançai-je.

— On ne peut pas compter sur toi pour ne pas mettre ta vie en danger. Tu resteras sur mon territoire privé jusqu'à ce que tu aies regagné ma confiance. Prends-le comme tu veux.

La seconde d'après, il avait disparu.

La porte de sa chambre claqua.

Je tombai lourdement sur le lit, les yeux fixés sur mes mains. Qu'est-ce que c'était que ce bordel ?

On ne pouvait pas compter sur moi pour faire de ma sécurité ma priorité ? Les besoins d'une seule personne avaient la priorité sur les miens. Kyros, lui, prenait en considération les besoins de huit personnes.

Pourtant, de la culpabilité enflait rapidement en moi.

*« On ne peut pas compter sur toi. »*

Kyros ne savait pas à quel point ces paroles étaient vraies. Quand je rentrerais au domaine, je ne reprendrais pas simplement là où j'en étais dans les plans hérités de Grand-mère pour gagner Ingenium.

Non.

Deux semaines plus tôt, j'avais offert au clan Fyrlia tout ce dont ils avaient besoin pour gagner. Si je ne réussissais pas à relancer le clan Sundulus dans la course, non seulement le travail et la mort de ma grand-mère n'auraient servi à rien, mais la plupart des membres de la famille de Kyros seraient exécutés. Je ne pouvais rien laisser de tout cela arriver. Il fallait rétablir l'équilibre.

Alors Kyros avait raison, oui, on ne pouvait pas me faire confiance.

Mais pas pour les raisons auxquelles il pensait.

# Chapitre 2

Je m'avançai doucement, jetant un coup d'œil par-dessus le bord de la falaise, vers l'océan qui s'écrasait en contrebas. Au loin, vers la gauche, les plages dorées de Lyall Bay m'appelaient.

Ma tête se mit à tourner et je fermai les yeux en reculant lentement. Mes oreilles étaient quasiment guéries d'après le docteur Olive. Les examens avaient confirmé que les dommages des canaux seraient permanents. Je ne pouvais plus entendre les murmures qu'à cinquante mètres. Étant donné que la norme humaine ne dépassait pas quelques mètres, ce handicap ne me bouleversait pas, mais cette nouvelle avait dévasté Kyros : un coup de poing dans le ventre de plus. J'avais sincèrement craint pour la vie du médecin quand elle avait annoncé les résultats. La pauvre !

À une distance raisonnable du bord, je rouvris les yeux et entamai mon entraînement des sens. Je commençai par étendre la perception de chacun d'eux au maximum avant de les estomper un à un. Je m'exerçai ensuite à en gérer deux à la fois. Étirant mon regard aussi loin que possible vers l'horizon, je fis de mon mieux pour bloquer le vacarme des vagues s'écrasant au pied de la falaise. Une fois que j'eus réussi, j'intervertis les deux sens et retentai l'expérience, reportant ma vision sur l'herbe à mes pieds tout en décuplant mon ouïe au maximum, malgré un léger élancement de protestation.

Après avoir répété cet exercice avec chaque combinaison de sens, je revins à la vue et à l'ouïe en ajoutant un élément. Je maintins la sensation du vent sur ma peau à une moyenne, puis commençai à jongler entre les trois sensations, les augmentant avant de les réduire chacune à leur tour.

J'étais une piètre jongleuse.

Je soufflai avant de me diriger vers la maison, autrement dit, ma prison. La claustrophobie commençait à se faire sentir. Kyros s'était cependant calmé après notre conversation trois jours plus tôt, alors quand il se lèverait, j'aborderais de nouveau le sujet de mon retour au domaine.

Il le fallait.

J'ignorais les appels de Tommy depuis une semaine, en lui expliquant par message que j'étais avec Kyros et que je ne pouvais donc pas lui parler. Elle avait compris le message, mais je ressentais le besoin de la voir dans chaque fibre de mon être. Et j'avais tant d'excuses à présenter aux Débiteurs que je ne savais même pas par où commencer.

J'avais craché sur beaucoup d'amitiés pour sauver la plus importante de toutes.

— Kyros ! Réveille-toi. On a rapporté de la pizza.

Je m'immobilisai et levai les yeux vers la maison. Ses frères et sœurs étaient là. En tout cas, au moins l'un d'entre eux. Et en général, ils…

— Pourquoi est-ce que tu dors encore ? demanda une autre voix.

… se déplaçaient en meute.

*Merde !* Juste ce qu'il me fallait.

Leur frère ne dormait pas, mais notre conversation pourrait peut-être attendre le lendemain. C'était à mon tour de l'éviter – à cause de sa famille qui allait bientôt mourir si je ne réussissais pas à réparer les dommages que j'avais causés, et vite.

Combien de temps leur faudrait-il pour découvrir la vérité ?

Peut-être que les Fyrlia le leur diraient avant. Le roi Mikhail avait hâte de retourner Kyros contre moi.

Je ne réussis à faire qu'un pas vers le jardin caché que j'avais découvert deux jours plus tôt.

— Basi !

Un coup d'œil dépité me confirma que Lalitta me saluait d'un geste de la main derrière la baie vitrée de la cuisine ouverte.

*Vie de merde !*

— Ah, tiens, salut ! répondis-je faiblement en titubant tandis que je me retournais vers mon objectif initial.

Neelan apparut aux côtés de sa sœur. Puis suivirent Gerome et Deirdre.

Je captai la voix sèche de Safina, ainsi que la complainte plus aiguë de Francesca.

— Ma chère, ronronna Rory dès que j'eus passé la porte de la véranda.

Je me contentai de grogner pour toute réponse en me jetant sur le canapé à côté de Lionel, le numéro un sur ma liste des vampires compatissants. Lalitta était la personne la plus adorable qu'il m'ait été donné de rencontrer, mais elle ne saisissait pas bien les baisses de moral et elle parlait toujours beaucoup.

Lionel posa un bras sur mes épaules et me demanda :

— Qu'est-ce qu'il y a, ma belle ?

— Pas grand-chose, marmonnai-je en haussant les épaules.

— Je ne te crois pas le moins du monde.

Il avait baissé la voix, même si tout le monde pouvait malgré tout l'entendre.

Peut-être que je n'aurais pas dû m'installer à côté de Lionel. Il allait me faire pleurer.

Je me raclai la gorge en clignant rapidement des yeux, puis lançai :

— Ton frère me déteste. Mais il ne veut pas non plus me laisser partir de cette maison. J'ai failli mourir il y a dix-sept jours en tuant l'homme que ma meilleure amie aime.

Un silence alourdit l'atmosphère.

Gerome siffla doucement.

— Exactement, lâchai-je pour conclure en laissant tomber ma tête en arrière.

— Kyros refuse de te laisser partir ? reprit Safina en faisant le tour du canapé gris anthracite.

Quand on parlait du loup : il entra dans la cuisine à ce moment-là, de nouveau uniquement habillé de son jogging. Je me forçai à contenir la vague de désir qui me faisait clairement comprendre que lui sauter dessus était probablement la meilleure façon de passer le restant de mes jours.

*Foutu entrejambe !*

Kyros ouvrit la boîte de la pizza en confirmant :

— En effet, il refuse.

Le vampire réussit même à paraître calme et serein à ce sujet. Il ne jeta même pas un regard dans ma direction. Il ne fit aucun commentaire sur le bras de Lionel posé sur mes épaules.

Les frères et sœurs échangèrent de longs regards.

Neelan ouvrit la bouche et le grondement menaçant de Kyros emplit la pièce. Je ne pouvais pas en vouloir au frère de l'héritier de refermer sa bouche aussitôt.

— Elle pourra partir une fois qu'il aura fini de se morfondre, lançai-je avec le même ton qu'il avait utilisé.

Sa fureur faillit m'arracher un hoquet de stupeur, mais j'en avais plus qu'assez.

J'avais pris des pincettes avec lui alors que j'aurais dû le pousser à bout dès le début. Au moins me parlait-il quand il était furieux. Je ne voulais pas partir parce que je m'ennuyais à mourir ni parce que son comportement me déchirait. Pas vraiment. J'avais des choses à faire que je ne pouvais pas accomplir en dehors du bureau de ma grand-mère. Je n'avais pas contacté mon équipe de Churchill depuis quinze jours. Il fallait que je voie Tommy en chair et en os.

— Tu connais les conséquences, répondit Kyros.

Même ses frères et sœurs ne se laissaient pas duper par son ton désinvolte.

— Plus de morts ? répliquai-je. C'est vrai qu'il n'y en a pas eu assez.

Il rabaissa sa main qui tenait une part de pizza, ses yeux s'embrasant.

— Non, il n'y en a pas eu assez.

— Kyros, intervint Deirdre, le regard baissé. Père a décrété qu'il ne fallait pas toucher à Trenit et Tynan. Tu sais quelles répercussions ça aurait si tu les tuais.

Ses yeux se tournèrent vers moi.

*Attendez une minute !* Je mourrais ? *Putain de merde !* Et pourquoi pas, hein ? C'était tout à fait logique.

— Père et Mère sont là, annonça Francesca avant de déposer rapidement un baiser sur la joue de Kyros. Je t'aime, mon frère.

— Je t'aime aussi, Frannie.

Le regard du Vissimo se radoucit, mais ses mâchoires restèrent crispées. Tout comme ses fesses.

Le roi et la reine seraient là au déjeuner. Il était temps pour moi de quitter les lieux.

Je me remis debout et déclarai :

— C'est l'heure de ma sieste quotidienne. Kyros est un vrai moulin à paroles aujourd'hui, ça m'a épuisée.

Le sujet concerné me renvoya un regard noir.

— Encore une chose, m'interpella Gerome.

*Argh*, j'avais presque réussi à atteindre le couloir !

— Ça peut attendre, rétorquai-je en filant.

Le frère de Kyros apparut devant moi et me jeta sur son épaule, me ramenant dans le salon. Malheureusement, ce n'était pas parce que mes sens s'étaient améliorés qu'il en était de même pour mes réflexes ou ma force. Ça signifiait simplement que désormais, je pouvais les voir venir.

Le monde avait un super sens de l'humour.

Son épaule appuya sur les hématomes de mon abdomen, mais je serrai les dents jusqu'à ce qu'il me repose entre Rory et Neelan, à côté de la baie vitrée.

— Je réclame la faveur que tu me dois, déclara enfin le vampire.

Je le fixai.

— Mais de quoi tu parles ?

— Je t'ai donné le nom du propriétaire de la boîte de nuit pour que tu puisses avoir le bail, me rappela-t-il avec un grand sourire. Tu m'as promis une faveur d'une valeur égale et sans nudité en échange.

— Je m'en souviens, grognai-je en me passant une main sur le visage. Qu'est-ce que tu veux ?

— J'offre ma faveur à Francesca.

— Non, aucun transfert possible.

— Bon, d'accord, râla-t-il en me lançant un regard noir. En échange de ma bonté, tu vas participer au défilé de mode de Frannie la semaine prochaine.

Il me fallut un moment pour comprendre de quoi il parlait.

— Pour le lancement des boutiques dans Green ?

Le vampire hocha la tête.

*Zut !* Je savais que ça allait finir par me retomber dessus.

— Qu'est-ce que tu veux dire par « participer » ? demandai-je.

C'est Francesca qui répondit, avec un sourire moqueur.

— Tu vas défiler.

— C'est ton tour, c'est ça ? devinai-je en lui lançant un regard las.

Son tour de se jouer de moi pour énerver Kyros.

Parce qu'il n'était clairement pas assez en colère comme ça.

— Si vous voulez, dis-je pour clore la discussion en poussant la jambe de Neelan jusqu'à ce qu'il se décale.

— Ça t'a pas effleuré l'esprit de demander gentiment ? pesta-t-il.

*Honnêtement ?* Non.

C'était l'un des potentiels effets secondaires de grandir en tant qu'héritière milliardaire.

Je me tendis quand la porte d'entrée s'ouvrit. Je sentis les battements frénétiques de mon cœur résonner dans mon crâne tandis que Neelan se moquait de ma réaction viscérale à l'arrivée du roi. Cet enfoiré était sacrément puissant, et je ne l'avais pas revu depuis mon réveil.

La reine n'était pas ravie que j'aie mis toute sa famille en danger en pénétrant sur le territoire des Fyrlia.

Je me disais que son mari n'avait certainement pas très bien dû le prendre non plus.

— Les enfants, claironna la reine en pénétrant dans la cuisine devant son mari.

Ses tétons étaient couverts aujourd'hui. Le monde se lamentait de cette privation. C'étaient de véritables œuvres d'art.

— Salut, maman, murmura sa progéniture en retour.

Le roi balaya la pièce d'un regard en entrant, sans un mot, ses yeux se posant finalement sur son fils aîné.

Mon téléphone vibra.

*Une distraction ! Parfait.*

Je le sortis et lus le message de Rory :

**C'est qui ?**

Je levai les yeux au ciel.

À côté de moi, ses pouces s'agitèrent si vite qu'ils en devinrent flous, et trois messages supplémentaires firent vibrer mon portable la seconde d'après.

**Qu'est-ce qu'il se passe entre toi et Gyros ?**
**Oups ! Kyros***
**#CorrecteurOrthographique lol**

Il était sérieux ? Il m'envoyait des textos alors qu'il était juste à côté de moi ? J'avais parfois du mal à croire que ces vampires étaient aussi vieux.

Il me donna un discret coup de coude et je lui renvoyai une réponse.

**Il pense qu'il a déçu sa famille et moi. Il est énervé. <3 <3**

Rory montra mon message à Lalitta, assise de l'autre côté, puis se remit à écrire.

**Est-ce que tu peux le faire décolérer ?**
**Il est chiant au travail et on a besoin de lui au top.**

Vraiment ? Est-ce que les Fyrlia mettaient déjà à profit l'information que je leur avais donnée ?

Je renvoyai un message.

**Pourquoi ? Qu'est-ce qu'il se passe ?**

Rory lança un regard à son père, qui parcourait la pièce. Il n'avait pas du tout l'air à sa place, comme un loup au milieu d'une boîte de nuit disco. Ma tension augmenta au fur et à mesure qu'il se rapprochait, puis ses yeux bleus anciens se posèrent sur la cicatrice dans mon cou.

*Ne t'arrête pas, continue ton tour !*

Mes épaules ne se relâchèrent pas le moins du monde quand il passa près de la baie vitrée avant de retourner aux côtés de sa reine.

J'ouvris le message que Rory m'avait envoyé.

**Les choses se sont enlisées à cause des récentes distractions.**

Des choses comme le coup de poker avec M. Ringly ? Merde ! C'était bel et bien en train de commencer. Le clan Sundulus faisait de son mieux pour saboter un projet de requalification de terrains agricoles qui pourrait déclencher la fin du jeu, sans même que la plupart de leurs employés ne soient au courant.

M. Ringly était un héroïnomane et, un mois plus tôt, Kyros était certain de sa victoire.

Jusqu'à ce que j'ouvre ma grande bouche pour sauver Tommy.

Si le clan Fyrlia se mettait en marche, il fallait que je sorte d'ici pour trouver une solution au plus vite. Ce qui signifiait qu'il était vraiment dans mon intérêt de faire décolérer Kyros.

Je hochai la tête à l'intention de Rory et Lalitta, puis conclus :

**Je vais faire de mon mieux.**

Comment j'allais m'y prendre, c'était la grande question. Aucune idée ne me venait.

Mon téléphone se mit à vibrer sans interruption et je lançai un regard noir à Rory avant de me rendre compte que c'était un appel de Tommy. C'était au moins la cinquantième fois qu'elle m'appelait, malgré mes messages. Je comprenais le besoin qu'elle éprouvait de me parler. Je le ressentais également. Mais je ne supportais pas l'idée qu'elle soit contrainte après tout ce que Theodore lui avait fait subir.

— As-tu l'intention de répondre ?

Ma poitrine se comprima en entendant la voix douce comme de la soie du roi, même s'il parlait sourdement à cause de mes oreilles blessées, comme tous les autres membres de la famille royale.

Je levai rapidement les yeux vers lui.

— Non, je…

— Réponds, humaine, m'ordonna-t-il en plissant les yeux.

Et personne ne savait quand les questions du roi Julius étaient rhétoriques.

*Merde !* Tommy savait pour les Vissimo. Et si elle laissait quelque chose échapper pendant l'appel ?

Je déglutis avec difficulté, puis obéis, gardant le téléphone à une certaine distance de mon oreille.

— Tommy.

— Basi ! Bordel de merde ! Tu as intérêt à avoir une bonne raison pour m'avoir ignorée ces deux dernières semaines. Où est-ce que t'es, nom d'un chien ?

Je grimaçai quand un chapelet de jurons lui échappa ensuite, puis me levai pour me tourner face à une bibliothèque, adossée à l'un des murs du salon.

Elle s'interrompit pour reprendre son souffle et je saisis l'occasion.

— Je suis aux Bahamas avec Kyros, Tom. Et on était… occupés.

Ma performance n'était peut-être pas des plus satisfaisantes, mais même si je n'éprouvais aucune difficulté à mentir de manière générale, j'en étais incapable face à ma meilleure amie. J'aurais largement préféré que ce soit le cas.

— Du sexe ? feula-t-elle. Sérieux ? J'ai dû me contenter de messages parce que tu t'envoyais en l'air ?

Je ravalai un grognement, mes joues s'embrasant.

Francesca ricana.

Je levai une main pour la poser sur le dos des livres sur l'étagère.

— Je suis désolée de ne pas t'avoir appelée, repris-je. J'étais morte d'inquiétude. Fred m'a tenue au courant, mais comment tu te sens ?

— Pas assez inquiète pour rentrer, apparemment, souffla-t-elle.

Je fermai les yeux de toutes mes forces, mais je faisais confiance à l'intelligence de mon amie. Elle savait ce que voulait dire : «Je suis avec Kyros», même si la tristesse et la colère dans sa voix étaient sincères.

— Je t'aime, Tom.

Le sanglot qu'elle ne réussit pas à retenir faillit m'en arracher un.

— Tu me manques, Basil. J'ai vraiment besoin de toi, là. Theo a disparu. Je me suis réveillée à l'hôpital, et personne ne l'a vu ni n'a eu de ses nouvelles. Je ne sais pas quoi faire.

J'eus l'impression de me prendre un coup de massue en pleine poitrine.

Je me couvris la bouche d'une main tremblante, à court de mots. La colère de Kyros percuta mon état de choc et j'appuyai la paume de ma main libre contre mon oreille jusqu'à ce que la douleur ait repoussé l'envie de pleurer.

— Theodore a disparu ? bredouillai-je finalement, un peu trop tard. Pourquoi tu ne m'as rien dit ? Tu penses que les gens qui t'ont droguée l'ont enlevé ?

— J'ai appelé le restaurant pour leur demander de quoi ils se souvenaient, répondit-elle d'une voix tremblante. Ils ont dit que nous étions restés là-bas jusqu'à la fin du dîner, puis que nous avions disparu. Leur bateau n'a aucune caméra de surveillance. Son téléphone est à plat, ou quelque chose dans le genre. Il ne répond plus à mes appels. J'ai rempli une déclaration pour disparition inquiétante au commissariat il y a cinq jours, mais ils n'ont trouvé aucune piste.

J'écoutai ses explications frénétiques, me demandant si je m'étais déjà sentie moins humaine qu'à ce moment précis.

— Calme-toi, Tom.

— Mais je l'aime, Basi, sanglota-t-elle.

Les larmes rendirent ma voix plus grave, et ma vision se brouilla.

— Je sais, ma belle.

— Je n'arrive plus à dormir. Ni à réfléchir. Et s'il était blessé, ou pire ? Je m'étais promis de ne jamais te demander d'utiliser ton influence ni ton argent pour m'aider, Basil, murmura-t-elle. Mais je ne sais plus quoi faire d'autre. J'ai besoin de ton aide.

Mon visage était ravagé par les larmes.

— Pas de problème, je vais t'aider.

C'était exactement ce que j'avais voulu éviter. Au domaine, à l'abri des oreilles indiscrètes, j'aurais pu raconter la vérité à Tommy, surtout que je savais désormais comment contourner la contrainte grâce au roi Mikhail. La présence de Kyros et de sa famille me forçait à mentir à Tommy, des paroles qu'elle ne me pardonnerait jamais, même si je lui révélais la vérité le plus rapidement possible.

Theodore était mort et enterré. Réduit en morceaux. Je détestais lui donner de faux espoirs. Je voulais qu'elle sache ce que cet enfoiré avait fait. Il ne méritait pas qu'on le pleure. Pas le moins du monde.

— Tes souvenirs sont flous à cause de la drogue qu'on a glissée dans ton verre, repris-je après m'être essuyé le visage. Je dois me faire l'avocat du diable, Tom. Est-ce qu'il serait possible que ce soit Theodore qui t'ait fait ça et qu'il se soit enfui ?

Son silence fut terrible. Pire que ses larmes.

— Ou alors, ajoutai-je, est-ce qu'il aurait pu remettre en question votre relation et qu'il ne voudrait pas que tu le retrouves ? Vous vous êtes peut-être engueulés pendant que tu étais sous l'emprise de la drogue ? Il aurait pu se passer n'importe quoi.

— Non, souffla-t-elle. Arrête de dire ce genre de choses.

— C'est juste que… Et s'il allait bien ?

— Alors j'ai besoin d'en avoir la preuve. D'une manière ou d'une autre. Je ne peux pas aller de l'avant sans connaître la vérité.

Mon cœur était comme fait de verre, et ses mots le brisèrent en mille morceaux.

— Demande à Fred de t'apporter toute l'aide possible, s'il te plaît. Quand je serai de retour, on gérera ça ensemble.

*Et je te briserai le cœur.*

— Tu rentres bientôt ? susurra-t-elle.

Je n'avais vu Tommy aussi misérable qu'une seule fois dans ma vie. Elle était détruite.

— Dès que possible, lui assurai-je d'une voix plus ferme. Je te le promets.

Je raccrochai ensuite, puis rangeai mon téléphone dans la poche arrière de mon short taille haute, effleurant au passage mon *crop top* en dentelle. Le regard rivé à la bibliothèque, je ne me retournai qu'une fois mon visage de nouveau sec et mes émotions sous contrôle.

*Merci, Agatha Le Spyre !*

Le silence était comme une chape de plomb. Trop lourd.

J'avais besoin de pizza, de glace, et de l'album *Let Go* d'Avril Lavigne.

Deirdre me donna un coup de poing dans l'épaule quand je passai à côté d'elle.

*J'adore cette garce.* Que Lionel aille au diable, la prochaine fois, je m'assiérais à côté d'elle !

J'ouvris la boîte de la pizza, et mon estomac se dénoua quelque peu tandis que les membres de la famille royale reprenaient leurs conversations. Tous, sauf un.

Des yeux verts étaient rivés sur moi, mais je les ignorai, enfournant dans ma bouche autant que possible de la part de Margherita que j'avais en main.

En fait…

J'attrapai la boîte, fis le tour du plan de travail, puis me dirigeai vers le couloir.

Un bras s'enroula autour de ma taille nue pour m'arrêter.

Résignée, je levai les yeux vers Kyros.

— Quoi ? demandai-je.

Il ne dit rien, alors je décidai de prêter attention au chaos en lui.

*Tristesse, peur, culpabilité, incertitude, frustration, colère.*

Tellement de colère ! Et pourtant, ce n'était rien par rapport à la fureur qu'il ressentirait quand les Sundulus découvriraient la vérité. Si les Fyrlia entamaient leur riposte, alors il fallait que Kyros tienne le coup jusqu'à ce que je trouve un moyen de défaire ce que j'avais déclenché.

Je soupirai en entendant Rory se racler la gorge de manière théâtrale.

*Nom d'un chien !* Je n'avais pas oublié ses foutus messages !

— Des leçons de conduite, soufflai-je.

Kyros plissa les yeux.

— Tu m'avais promis de m'apprendre à conduire, lui rappelai-je. Je veux une leçon de conduite.

Je retournai au plan de travail pour y reposer la pizza, puis pivotai pour faire face à l'aîné des Sundulus.

Le visage de Kyros se tendit, mais il se tourna malgré tout vers moi.

— Non, refusa-t-il en se mettant à vibrer.

— Juste une leçon, insistai-je. Pas besoin de quitter la propriété, si tu préfères. Tu es tellement en colère contre moi que tu ne peux pas supporter de te retrouver dans la même voiture que moi ?

Il confirma mes dires. Pas à voix haute. Mais bordel, il ne pouvait pas supporter d'être aussi proche de moi ? Il s'en sentait indigne à ce point ?

Ce qui était tellement ridicule que ça me donnait envie de l'étrangler.

Kyros tendit la main pour attraper des clés derrière moi.

— Tu veux une leçon de conduite ?

— Oui, confirmai-je en croisant les bras.

La sensation horrible que je sentais émaner de lui me poussait à rester sur mes gardes.

Il jeta les clés par terre entre nous et déclara :

— Alors ramasse ce putain de trousseau et allons-y !

Je fus transpercée par le choc et la douleur. Kyros n'avait qu'une seule règle, ne pas s'en prendre à sa famille. Dans ces conditions, si ses émotions avaient été totalement sous contrôle, il n'aurait jamais fait quoi que ce soit pour me manquer de respect ou m'humilier.

— C'est comme ça que je me suis senti à cause de toi, murmura-t-il.

Ma bouche s'asséchа tandis que le vampire m'observait. Je ressentais sa douleur, son triomphe et son soulagement.

Cette punition ne m'était pas destinée, pas pour ce que j'avais fait. Il se punissait lui-même en me repoussant. Et si je n'avais pas été aux premières loges de ses sentiments, ça aurait pu fonctionner.

Mais pas aujourd'hui. J'étais bien trop habituée à ses conneries.

— Tu devras faire pire que ça, rétorquai-je en m'avançant pour récupérer les clés.

Une main gigantesque m'interrompit.

Le roi Julius ramassa le trousseau de son autre main alors qu'il tenait toujours la mienne. Nous nous retrouvâmes côte à côte, et il me donna les clés, son regard froid posé sur son fils. Sa rage faisait crépiter l'air tant et si bien que mes genoux s'entrechoquaient. J'étais relativement sûre que mon cœur était en train de se dessécher pour finir en poussière à cause de la proximité et du contact avec le roi.

— Ta compagne véritable a tué deux de mes ennemis, commença-t-il, une menace sombre alourdissant chacun de ses mots. Elle a affronté la mort en face par loyauté pour sa famille. Elle a piégé cinquante de tes meilleurs Débiteurs pour ce faire. Elle s'est assurée que notre famille ne souffrirait pas des conséquences de ta perte de contrôle. Et tu oses lui manquer de respect de la sorte ?

Cette fois, c'était une question rhétorique.

Kyros gardait généralement le regard baissé en présence de son père. Mais pas cette fois. Je n'aurais pas été surprise que de véritables flammes s'échappent de ses yeux verts.

La voix du roi Julius résonna quand il ordonna :

— Réponds-moi !

Encore loupé !

Il ne laissa cependant pas le temps de répondre à Kyros.

— Dis-moi, mon aîné. Combien de mes ennemis as-tu tué ?

J'inspirai, choquée. *Ouh là, carrément dur !*

J'étais certaine d'avoir seulement cligné des yeux, mais pendant cette fraction de seconde, du sang gicla de la bouche de Kyros tandis que sa tête partait sur le côté. Le roi se tenait devant lui, le poing serré.

Des feulements sauvages remontèrent dans la gorge du prince vampire, le genre de grondement que je n'avais entendu qu'une seule fois. La noirceur le submergeait peu à peu, mais Julius ne réagit pas, ne recula pas.

La situation était en train de dégénérer.

Je me décalai afin que le roi ne soit plus entre son fils et moi, puis je fermai les yeux avant d'envoyer une vague de chaleur au Vissimo. Je ne comprenais même pas pourquoi je devais le réconforter alors qu'il s'était comporté comme un connard avec moi. Même si je savais qu'en cent cinquante foutues années il ne s'était jamais senti aussi perdu. Et ce, à cause de moi.

Ses grondements s'estompèrent.

Quand je rouvris les yeux, je découvris le regard sagace du roi Julius posé sur moi.

— Tu l'as calmé, devina le Vissimo dans un murmure.

Ravie d'apprendre que ça marchait dans les deux sens ! Car Kyros était le seul à avoir gagné un GPS sur ma personne lors du deuxième échange, ce qui n'était pas juste.

Je hochai la tête en serrant les clés dans ma main moite.

Ma tentative pour me rapprocher de Kyros n'avait pas du tout tourné comme je l'avais espéré. En fait, je m'étais attendue à ce qu'il refuse simplement ma demande, pas à ce qu'il me traite comme une moins que rien avant de se faire humilier et battre par son père.

En essayant de le faire se sentir mieux, j'avais rendu la situation à peu près trois fois pire.

*Bien joué, Basi !*

— Va donner les leçons de conduite que tu as promises à ta compagne véritable, ordonna le roi d'un ton sans appel.

En tout cas, je ne me serais pas amusée à le contredire.

Kyros ne semblait pas décidé à accepter, ce qui déclencherait inévitablement un deuxième round contre son père.

Je posai les clés sur le plan de travail avant de récupérer la boîte de pizza.

— Non, c'est bon, déclarai-je. Je n'ai plus très envie maintenant. Je vais vous laisser vous amuser.

Le tremblement dans ma voix était carrément pathétique.

— D'accord, très chère, répondit gentiment la reine depuis la baie vitrée. Appelle-nous si tu as besoin de quoi que ce soit.

L'enfer aurait gelé avant que je ne fasse ça.

# Chapitre 3

— On a rapporté des plats du restaurant thaï !

Non !

Hors de question !

Ils étaient revenus ? Le lendemain de leur dernière visite ?

— Touche au curry vert et je t'arrache les yeux.

Francesca semblait de plus mauvaise humeur que d'habitude.

J'étais plus proche du jardin secret, cette fois. Avec un grand sourire, je me glissai entre deux arbres aux ramages bas et me dirigeai à pas de loup jusqu'à l'un des fauteuils installés autour d'un feu de camp creusé à même le sol.

— Ne t'approche pas de mon Khao Soi si tu ne veux pas que je touche à ton curry vert alors ! aboya Gerome.

Je l'avais échappé belle.

Victoire !

La voix profonde de Kyros se mit à gronder.

— Qu'est-ce que vous faites là ? Encore.

Son dépit m'arracha presque un ricanement. Je me retins en me rappelant son attitude déplorable de la veille.

— Est-ce que tu as vraiment besoin de poser la question, mon frère ? lança Safina.

Qu'est-ce qu'elle voulait dire par là ?

L'intervention du roi interrompit les chamailleries de Gerome et Francesca.

— Héritier !

La famille au grand complet. Parfait !

— Père.

— Pourquoi est-ce que ta compagne se cache dans le jardin ?

Je ravalai un grognement.

La voix du père de famille transperça le mur de la maison dans ma direction.

— Tu ne t'es pas encore excusé auprès d'elle.

J'appréciais autant que je détestais le fait que le roi me soutienne. Il était l'un des rares Vissimo au monde à avoir du contrôle sur Kyros. Je n'étais pas d'accord avec l'utilisation de ses méthodes humiliantes quand son fils se sentait déjà si mal.

— J'étais sur le point de le faire avant que vous ne débarquiez tous, prétendit Kyros dans un grommellement.

Merde ! Il jouait beaucoup trop avec le feu qu'était son père ces derniers temps. Bien que puissant, Kyros était considéré comme étant toujours en pleine croissance. Il venait tout juste d'atteindre l'équivalent de ses vingt et un ans chez les Vissimo.

Ce qui signifiait que son père de six cents ans pourrait lui mettre une raclée qui ferait passer le coup de poing de la veille pour une partie de Pictionary.

— Je te suggère de le faire, héritier !

*Oui*, j'étais toujours aux premières loges des émotions de Kyros. Il n'avait pas du tout l'intention de s'excuser pour avoir jeté les clés au sol. Je me tendis en entendant la porte d'entrée s'ouvrir, me demandant si je devais trouver une meilleure cachette.

Ce qui était somme toute compliqué étant donné que j'avais une balise GPS surnaturelle en moi.

— Basilia, m'appela Kyros depuis le porche.

Peut-être que si je restais silencieuse…

Un grondement s'éleva quand il se mit à marcher dans ma direction.

Je n'étais pas d'humeur à supporter ses bêtises ce jour-là. Je m'étais retournée dans tous les sens la nuit précédente après l'appel de Tommy. De plus, un sommeil paisible était impossible à trouver alors que Kyros s'autoflagellait si intensément après s'être comporté comme un connard avec moi.

Et je voulais manger thaï.

Je lançai un avertissement à Kyros à travers notre lien, genre rugissement de lion.

— C'est tout au plus un grognement de chiot, cracha-t-il en passant entre les arbres avant de s'arrêter au bord du foyer creusé.

Je détournai le regard pour le poser sur son grand jardin, remarquant quelques Débiteurs au loin. Mes entrailles se contractèrent.

— J'ai le temps pour une leçon de conduite maintenant, déclara le Vissimo en croisant les bras.

— Hmm, dommage ! Je suis occupée pour les mois à venir. Je te préviendrai si j'ai un créneau qui se libère.

Kyros avança, traversant le trou prévu pour les feux de camp, et s'approcha de moi lentement.

— Tu veux apprendre.

— Quelqu'un d'autre pourra m'apprendre au domaine.

— Basilia, arrête de…

Je me levai d'un bond.

— Non, toi, tu arrêtes, protestai-je.

Un hoquet de surprise m'échappa, suivi d'un chapelet d'injures quand il me souleva. M'installant dans ses bras, il repartit en direction de la maison.

Quand il m'apparut évident que les coups de pied étaient inutiles, je me mis à abattre mes poings sur son torse.

— Kyros Atagio, repose-moi immédiatement !

— Est-ce qu'on t'a déjà dit que tu étais pourrie gâtée ? murmura-t-il.

Qui pensait-il pouvoir berner avec son calme de façade ? Je sentais la colère palpiter juste sous la peau du vampire gigantesque.

— Tu as déjà rencontré un milliardaire qui ne l'était pas ? répliquai-je avec sarcasme.

Nous entrâmes dans son garage et il me déposa sur le siège conducteur de la voiture noire qu'il utilisait au quotidien. J'aurais préféré qu'il choisisse celle orange flashy qui se trouvait tout au bout de la rangée de véhicules.

Et il trouvait que c'était moi qui étais pourrie gâtée ?

— Mets ta ceinture, aboya-t-il en s'installant à côté de moi.

Je lui obéis avec un regard noir, puis lançai :

— Tu vas te comporter comme un connard tout le long ?

Tandis qu'il luttait pour maintenir la prise fragile qu'il avait sur son contrôle, j'appuyai sur le machin qui permettait de démarrer la voiture.

— Vérifie tes rétroviseurs extérieur et intérieur en faisant marche arrière, m'indiqua-t-il après une profonde inspiration. Braque sur la gauche quand l'avant de la voiture est sorti de la place. On va s'entraîner sur la pelouse à l'avant.

— Il y a une caméra de recul.

— Il n'y en a pas dans toutes les voitures. Aide-toi des rétros.

*Peu importe.*

J'appuyai doucement sur l'accélérateur, puis sursautai quand la voiture partit violemment vers l'arrière. J'écrasai la pédale de frein tout en frappant le volant.

— Pourquoi est-ce que toutes les voitures sont différentes comme ça ? m'exclamai-je.

Kyros hésita un instant avant de répondre.

— Tes sens modifiés ont peut-être quelque chose à voir là-dedans.

*C'est pas faux.*

Je me concentrai sur mon sens du toucher, me focalisant dessus avant d'appuyer à nouveau sur l'accélérateur.

La voiture glissa vers l'arrière. *Ah ! Ah !* Je donnai un coup de volant en sortant du garage, nous faisant déraper vers la gauche sur le gravier.

— *Youhou !*

— Doucement, intervint Kyros, les mâchoires serrées.

— Pourquoi ? demandai-je en haussant un sourcil. Le résultat est le même.

— Parce que conduire dangereusement est puni par la loi.

*Vraiment ?* Qui l'eût cru.

Je ne lui laissai pas le temps de me donner d'autres ordres, je dirigeai la voiture vers la grande étendue de gazon entre la maison et l'océan.

— Qu'est-ce qu'on fait maintenant ? m'enquis-je.

— Fais des tours. Habitue-toi à ces sensations.

*Chef, oui, chef !*

J'écrasai l'accélérateur.

— Basilia !

— Elle va vraiment vite cette voiture.

— Est-ce que tu as le moindre instinct de survie ? souffla-t-il tandis que je relâchais la pédale.

Ah, on y venait !

— Autant que n'importe quel autre être humain, assurai-je en effectuant un virage large pour revenir au point de départ. Pourquoi ? Ça te pose un problème ?

Il y eut un long silence avant qu'il ne réponde d'une voix creuse.

— Oui. Même si je n'en ai aucun droit. Mais oui.

C'était la première fois qu'il réussissait à passer outre sa colère depuis mon réveil.

Mais que voulait dire Kyros par « je n'en ai aucun droit » ? Est-ce que c'était en lien avec son sentiment d'être inutile ? Ou alors, c'était peut-être un autre truc de Vissimo que je ne comprenais pas ? Je n'osais pas espérer qu'il ait accepté le fait que je n'avais pas besoin d'aide.

Non, en vérité, j'avais parfois besoin d'aide, mais il était hors de question d'avoir besoin de lui, ou de qui que ce soit d'autre, à chaque instant de ma vie. Je n'avais même pas besoin de la présence permanente de Tommy. Ou de Fred. Ni même de ma grand-mère avant qu'elle ne meure.

— Les triplés ont été très clairs sur ce qui arriverait à Tommy si je ne venais pas seule, déclarai-je.

Seul le silence me répondit, alors je continuai.

— J'essaie de comprendre pourquoi je devrais avoir des priorités différentes des tiennes. Tu me reproches d'être allée sauver mon amie ?

Nom d'un chien, il était complètement lisse à l'intérieur ! Il avait érigé une barrière émotionnelle. Je détestais quand il faisait ça.

— Non, souffla Kyros en regardant l'océan par la fenêtre. C'est à moi que j'en veux, parce que tu as estimé que tu ne pouvais pas me faire confiance.

Tout ça… n'avait aucun sens.

De la tristesse teinta mes mots quand je repris :

— J'ai beaucoup de mal à comprendre les valeurs des Vissimo. Tu sais bien que je ne nous considère pas comme une équipe, Kyros. Je te connais depuis à peine quelques mois, et pendant la plus grande partie de ce laps de temps, tu n'étais même pas mon ami.

— Ton ami ?! s'exclama-t-il, incrédule.

Je ne mordis pas à l'hameçon, cependant, mes jointures blanchirent quand je me mis à serrer le volant au lieu de sa gorge.

— Je n'avais que quelques minutes pour élaborer un plan, Kyros. Des minutes. Si j'avais eu plus de temps, j'aurais certainement trouvé un moyen de t'impliquer sans risquer la vie de Tommy. Je voulais t'en parler, vraiment, parce que j'avais tellement peur d'affronter ce salopard de Theodore. Mais avec du recul, je suis contente de ne pas l'avoir fait. Je ne me le pardonnerais jamais s'il arrivait quoi que ce soit à ta famille. C'est comme ça que je vois les choses.

— Ta mort aurait signé ma fin, lança-t-il d'un air accablé.

Je lui jetai un coup d'œil, les sourcils froncés.

— Tu veux dire que ça t'aurait tué ? hasardai-je.

*Merde*, je ne savais pas !

Kyros secoua la tête.

— J'aurais commis des meurtres. J'aurais perdu tout contrôle. Safina aurait dû payer la dette de mes crimes une fois que mon père aurait réussi à me tuer. Quand un vampire devient fou, il n'y a pas de retour possible. Jamais. Et la mort d'une compagne véritable est un bon moyen pour nous rendre fous.

… *Ah !*

— Je n'étais pas au courant, indiquai-je en me mordillant la lèvre inférieure.

Il ferma les yeux.

— Parce que je ne voulais pas te faire porter ce fardeau, m'expliqua-t-il. Quand tu es entrée au *Gingers*, j'ai failli perdre le contrôle. Après t'avoir fait promettre de ne plus pénétrer sur le territoire Fyrlia, j'ai pensé que l'affaire était réglée.

Et ça, c'était un gros problème.

— Tu as donc décidé que c'était à toi de porter ce fardeau, de gérer ce problème, alors tu ne m'en as pas parlé ? complétai-je.

— Ce n'est pas pareil que te jeter au-devant d'une mort certaine pour sauver ton amie, répliqua-t-il avec un regard noir.

Je n'étais pas d'accord.

— Les deux ont pourtant failli coûter des vies. Tu as l'habitude de travailler seul. Pareil pour moi. Tu fais deux poids, deux mesures, là, Kyros. Et je sais très bien que tu essaies de changer de sujet. Dis-moi ce qui te pose vraiment un problème.

Est-ce que nous allions continuer à tourner en rond ? Enfin, je n'allais rien lui dire, maintenant qu'il parlait.

— Tu…, commença-t-il avant de s'interrompre. Tu as tué cet enfoiré de Fyrlia. En tant qu'humaine. En usant simplement de ton intelligence et de ton courage, ainsi que de ta loyauté envers ton amie, et tu l'as vaincu. Je ne suis pas à la hauteur pour être ton compagnon.

*Nous y voilà !*

Mon cœur se serra quand le barrage qui retenait ses émotions céda.

— Tu me traites comme de la merde pour me repousser. C'est ce comportement, et rien d'autre, qui me fait douter du lien de sang. Pourquoi tu agis comme ça ? me plaignis-je.

Il y avait encore autre chose.

Je le sentais. Et puis j'étais prête à écraser son gazon toute la journée s'il lui fallait aussi longtemps pour mettre des mots sur ses angoisses.

— Tu sais très bien pourquoi, gronda-t-il en évitant mon regard.

— Je suis incapable de lire dans tes pensées, donc non, je ne sais pas.

Du verre vola dans l'habitacle quand il éclata la fenêtre du côté passager.

— Je suis ton putain de compagnon véritable, et tu n'as confiance ni en ma force, ni en ma puissance, ni en ma capacité à te protéger du danger. Tu ne veux pas de ma compagnie, ni être chez moi, ni même sur mon territoire. Tu ne crois pas en notre lien de sang, et tu ne nous vois pas comme une entité unique. Comment est-ce que je peux réussir à te faire changer d'avis ? Comment je pourrais te prouver tout ça alors que tuer plus de mes ennemis impliquerait de perdre ma famille ? Qu'est-ce qui me donne le droit de te le prouver alors que tu es complètement inatteignable ?

Je finis enfin par comprendre ce qui lui arrivait.

Finalement, à la base, les tourments de Kyros avaient les mêmes racines que la plupart de mes démons d'enfance. Il avait l'impression d'être pris au piège, de ne pouvoir rien faire.

Je ne comprenais peut-être pas complètement son besoin de me protéger en tant que mâle Vissimo, mais l'émotion qui lui donnait l'impression d'être inutile m'était familière. Et après avoir rampé jusqu'à réussir à retrouver confiance en moi, je savais que ce n'était pas à moi de faire en sorte qu'il se sente mieux.

Il devait y arriver seul.

Mais je pouvais peut-être le mettre sur la bonne voie.

Je fis de nouveau tracer un cercle à la voiture, puis lançai :

— Tu penses que je te crois incapable de me protéger ? C'est ça, le problème ?

C'était tellement… stupide. Qui d'autre pourrait être mieux équipé pour me sauver les fesses, et avec de meilleures raisons ?

— Je sens ton incertitude quand tu es près de moi, admit-il au bout d'un moment.

Je frappai le volant tout en appuyant sur l'accélérateur.

— Je ressens ça seulement parce que tu te comportes comme un homme des cavernes qui n'a pas réussi à abattre de sanglier pour le dîner !

— Ralentis.

Pour toute réponse, je donnai un coup de volant pour décrire un énième cercle sur la pelouse, tout en évaluant la distance qui nous séparait de la falaise.

— Et si je pouvais te prouver que je te fais confiance, que je suis prête à laisser ma vie entre tes mains ? déclarai-je.

— Tu ne peux pas, répliqua-t-il en tournant soudain la tête vers moi.

Mon cœur se mit à battre la chamade inutilement. Je resserrai ma prise sur le volant, rassemblant toute ma détermination pour accomplir la folle entreprise que je m'apprêtais à entreprendre.

— Si, je peux. Dans le coffre. Il y a un sac.

— Non, il n'y a rien, contra-t-il en continuant à me fixer.

— Parce que tu vérifies ce qu'il y a dans ton coffre tout le temps ? grognai-je. Regarde, je te dis.

Un vampire gigantesque dans un espace aussi restreint ? Il abaissa son siège avant de se tortiller jusqu'à la banquette arrière.

Dès qu'il eut rabattu les dossiers pour atteindre le coffre, j'écrasai la pédale tout en donnant un coup de volant vers la droite. Son grondement surpris fut étouffé par le rugissement du moteur alors qu'on se précipitait vers le bord de la falaise.

*On se rapproche.*

— Basilia !

*Encore un peu.*

Sa main saisit ma ceinture de sécurité.

Le moteur couina quand le sol disparut sous les roues de la voiture, et une exclamation de stupeur m'échappa alors que nous glissions dans les airs.

L'avant du véhicule pencha dans le vide, puis un cri resta coincé dans ma gorge quand nous nous précipitâmes vers l'océan.

Kyros arracha ma ceinture. Il se déplaça si rapidement que je ne distinguais plus le haut du bas.

Un crissement métallique. Un éclat de lumière. Mes sens étaient surchargés. Une explosion de sensations.

Je ne le supportais plus, bien que ce soit moi qui aie déclenché tout ça.

La terreur m'arracha un hurlement :

— Kyros !

Ses bras m'entourèrent. Le vent nous avalait tandis que nous étions catapultés vers je ne savais pas quoi, pourtant, je perçus ses mots prononcés contre mon oreille avec douceur :

— Je te tiens.

En effet.

Alors pourquoi j'avais si peur ?

Le calme qui se répandit en moi ne m'appartenait pas, mais il fonctionna tout aussi bien. Je repris mes esprits et fus capable de me concentrer sur le bleu cobalt qui nous fonçait dessus.

Kyros s'enroula autour de moi et couvrit mes oreilles juste avant que nous percutions la surface.

L'océan nous engloutit.

Notre plongée vers les profondeurs sembla durer une éternité. Une fois que nous eûmes fini de nous enfoncer, Kyros remonta à toute vitesse, m'emportant dans son sillage.

Nous perçâmes de nouveau la surface alors que ma poitrine commençait à se comprimer.

Le vampire me retourna pour que je sois face à lui.

— Mais qu'est-ce qui t'a pris, bordel ?! tonna-t-il, de l'eau s'égouttant de ses cheveux châtains.

Il ne m'avait pas touchée depuis des semaines et, tandis que ses mots restaient en suspens dans les airs, nous sursautâmes tous les deux en sentant l'électricité déclenchée par ce contact.

Le courant sous ma peau explosa.

Je me mis à panteler, essuyant l'eau de mes yeux pour mieux le voir. C'était peut-être l'adrénaline, ou alors le lien de sang, voire quelque chose de complètement différent, mais je me jetai sur Kyros, passai mes bras derrière sa nuque et écrasai mes lèvres contre les siennes.

Il gémit immédiatement.

L'eau de mer sala notre baiser alors que nos langues se redécouvraient, notre union nous menant tous les deux à la frénésie. Je brûlais d'envie de me rapprocher encore plus de lui, de le rattacher à mon corps par n'importe quel moyen.

De ne plus jamais exister à l'écart de lui.

Je m'enfonçai soudain sous l'eau. Je refis surface en toussant.

Kyros émergea la seconde d'après, observant les alentours avec stupeur.

— Est-ce que tu viens d'oublier qu'on était dans l'océan et que tu devais nager ? demandai-je à bout de souffle tout en faisant du surplace.

Le coin de ses lèvres s'étira et l'air rêveur dans son regard s'estompa.

— C'est l'effet que tu me fais, diablesse.

*Diablesse.*

Ma lèvre inférieure dut tressauter, car, quand Kyros m'attira à nouveau contre lui, il l'effleura de son pouce.

— Je suis désolé, ma beauté, souffla-t-il par-dessus le fracas des vagues.

Ces quelques mots me firent comprendre à quel point la distance qu'il avait établie entre nous m'avait fait souffrir.

— Tu m'as manqué. Tu es de nouveau là pour de bon ?

Il se retourna avant de me répondre d'un ton sec :

— Tu as fait la démonstration de tes arguments. En détruisant ma voiture préférée au passage.

— C'était un dommage collatéral en réponse à ton petit tour avec les clés d'hier.

— Ça me paraît juste. Accroche-toi à mon cou.

Dès que j'eus obtempéré, Kyros se mit à nager vers la falaise.

— Mais ? relançai-je.

— Mais tu n'es pas une Vissimo. Et je ne suis pas un humain. Il faut que je trouve un juste milieu dans ma façon de me comporter en tant que compagnon, étant donné que tu n'acceptes pas que j'agisse comme un homme des cavernes qui n'a pas réussi à abattre de sanglier pour le dîner.

Son amusement se répandit en moi et, s'il avait été tangible, je m'y serais accrochée pour ne plus jamais le lâcher. Kyros était heureux et je me sentais en paix. J'avais retrouvé mon équilibre et abandonné mon incertitude.

— Non, en effet, ça ne me convient pas, marmonnai-je. Je promets également de trouver un compromis de mon côté. Pour t…

Je grimaçai alors que nous atteignions le pied de la falaise.

— Quoi ? demanda le vampire en essayant de me lancer un coup d'œil par-dessus son épaule.

*On est en train d'échanger des vœux de mariage.* Qu'est-ce qui ne tournait pas rond chez moi ? J'avais tout oublié.

— Rien, balayai-je en secouant la tête. Je n'étais pas du tout préparée pour l'aspect sentimental de cette conversation.

Ça ne l'amusa pas le moins du monde.

— Tu t'es jetée d'une falaise en voiture, mais c'est cette conversation qui t'inquiète ?

C'était un oui, avec un supplément d'affirmation. Je ne répondis rien, enroulant mes jambes autour de sa taille tout en ajustant ma prise autour de son cou.

Kyros commença à escalader la façade haute d'une centaine de mètres, et aucune appréhension ne m'effleura l'esprit. J'avais sincèrement toute confiance en lui pour me protéger. Mais il s'avérait que le savoir et me le prouver étaient deux choses différentes.

Pourquoi avais-je la sensation que je venais de dépasser une limite et que je ne pourrais jamais faire marche arrière ?

— Kyros, Basilia ! Votre repas est en train de refroidir.

Je penchai la tête en arrière pour voir la reine Titania inclinée au-dessus du rebord de la falaise. Elle me fit un signe de la main, avec un grand sourire.

*Comment est-ce que ce genre de situation a pu devenir mon quotidien ?*

Parce que ça me semblait bel et bien normal, désormais. Cette folie absolue, où les vampires existaient et où je me jetais d'une falaise en voiture pour avoir le dernier mot.

Je reposai ma tête contre le dos de Kyros.

— J'ai faim, déclarai-je. Allons me nourrir.

Un grondement emplit sa poitrine tandis que ses membres puissants nous tiraient vers le haut.

— Kyros tuer sanglier.

*Argh !* J'allais l'entendre encore longtemps celle-là.

# Chapitre 4

Il me fallut encore deux jours pour pouvoir rentrer au domaine, après avoir négocié ma libération avec des conditions pas tout à fait idéales.

J'avais eu besoin de temps après que Kyros se fut repris pour établir un plan d'attaque concernant Tommy et les Débiteurs. De plus, tout se passait si bien après l'histoire de la voiture que je n'avais pas vraiment envie de partir.

Finalement, ce fut plus ce danger qui me poussa à rentrer que quoi que ce soit d'autre.

Mon devoir de mémoire envers ma grand-mère et ses amis passait avant tout. Toujours. Je savais que mes émotions se mêleraient à l'équation en décidant de continuer les échanges de sang, mais il ne fallait pas que ça interfère avec ma stratégie.

— Bordel ! marmonnai-je tandis que Fred pénétrait dans l'enceinte du domaine.

J'allais passer une journée de merde.

Et j'en étais l'unique responsable.

Tommy sortit par la porte d'entrée massive avant même que je n'ouvre ma portière.

— Bonne chance, mademoiselle Le Spyre, m'encouragea Fred.

*Fred.*

Même s'il connaissait la vérité sur ce qui s'était passé cette nuit-là, j'avais malgré tout l'impression de lui devoir des excuses à lui aussi. Cependant, il considérerait cela comme une terrible offense.

— Merci pour tout, Fred, chuchotai-je en me penchant en avant pour poser ma main sur son épaule.

Tommy ouvrit ma portière à la volée et me traîna presque en dehors de la voiture.

— Tu vas bien ? souffla-t-elle.

Je lui lançai un avertissement d'un signe de la tête avant de l'attirer dans mes bras.

— Évidemment que je vais bien.

— Tout est si chaotique que je deviens parano, s'exclama-t-elle.

*Bien rattrapé.*

— Tom, s'il te plaît, dis-moi que tu vas bien.

J'avais fait tout ce qui était possible pour être prête à vivre ce moment, j'avais même répété un discours. Mais rien n'aurait pu me préparer à la voir pour la première fois depuis que je l'avais retrouvée inconsciente sur le sol froid et bétonné.

Ce souvenir me serra la gorge.

— Tu… Tu as failli mourir, repris-je.

Mon corps entier se mit à trembler tandis que je la serrais contre moi.

Je ne m'attendais pas à pouvoir de nouveau la prendre dans mes bras, entendre sa voix ou son rire.

— Je vais bien, Basil, me rassura-t-elle en me rendant mon étreinte. Je te le promets.

— C'est moi qui en déciderai, déclarai-je en l'attirant vers la maison tout en l'observant des pieds à la tête. Quelles sont les dernières nouvelles du médecin ?

Je n'avais aucune idée de la raison pour laquelle je me précipitais au-devant de ce qui m'attendait. La seule chose à laquelle j'étais capable de penser, c'était que si Tommy devait avoir le cœur brisé, alors c'était à moi de lui infliger cette douleur, et au plus vite.

— Il a dit que j'allais parfaitement bien. Il m'a fallu une dizaine de jours pour me sentir à nouveau humaine. Ils ont dit qu'à une ou deux heures près, je n'aurais pas survécu.

Je fermai les yeux en entrant dans le bureau.

— Je suis tellement désolée de ne pas avoir pu être là, Tom. Sincèrement.

Je fermai la porte, puis déclenchai le système antibruit.

Elle se jeta sur moi.

— Qu'est-ce que cet enfoiré t'a fait ?

— Quoi ?

*Theodore ?*

— L'autre connard. Il t'a retenue prisonnière ? Vous avez procédé à un autre échange ?

Elle parlait de Kyros.

Je soufflai lentement.

— Pas de…

Ma phrase se termina en gargouillements à cause de la contrainte mentale. Zut, je n'avais pas eu à m'en soucier pendant mon séjour chez Kyros !

Je me concentrai sur l'image d'une souris dans un piège.

— Pas prisonnière, parvins-je à dire.

Je pris la main de mon amie et la guidai jusqu'aux sièges.

— Assieds-toi, s'il te plaît.

Elle prit place un instant avant de se redresser aussitôt, un air accablé sur le visage.

— C'est à propos de Theo, pas vrai ? Tes détectives privés ont trouvé quelque chose.

Il n'y avait aucun détective privé. J'avais demandé à Fred de temporiser jusqu'à mon retour.

J'avais choisi mes paroles avec précaution avant de venir, et j'espérais vraiment que la contrainte me permettrait d'aller jusqu'au bout sans m'interrompre. Kyros devait déjà être sur ses gardes à cause de ma maladresse précédente.

*On y est.*

Il fallait que j'aie confiance en notre amitié, que je croie qu'elle pouvait survivre aux instants qui allaient suivre. Mais si je n'avouais pas tout ça immédiatement, je pouvais dire adieu à Tommy pour toujours.

Je repoussai mes cheveux vers l'arrière tout en penchant la tête sur le côté afin de révéler la cicatrice rouge et irrégulière dans mon cou. Ce n'était pas beau à voir. On aurait dit que j'avais été lacérée par un tesson de bouteille. Je n'avais aucune idée de la façon dont Kyros avait réussi à me sauver.

Tommy en resta bouche bée, puis ses yeux remontèrent vers mon visage.

— Tu as été blessée. C'est pour ça que tu ne pouvais pas venir. Je le savais. Quel sale enfoiré !

— Ce n'était pas Kyros, lui révélai-je.

Elle observa de nouveau la cicatrice, puis lança :

— Qu'est-ce que tu veux dire par là ?

Je capturai son regard noisette, me demandant si j'allais avoir envie de vomir. Malheureusement, je n'avais jamais eu de problème pour prononcer des noms à voix haute.

— Ce n'était pas Kyros. C'était Theodore.

Tommy me fixa, immobile.

— Theodore, répétai-je.

— Je ne comprends pas, prétendit-elle en se relevant lentement.

Elle mentait.

Je voyais qu'elle assemblait toutes les pièces du puzzle, et bordel, j'aurais tellement voulu pouvoir répéter sans problème les détails du plan des triplés pour s'emparer de la fortune des Le Spyre ! Peut-être aurait-elle alors compris que je n'avais pas eu le choix. Les explications allaient prendre des heures. Je n'étais même pas sûre d'avoir l'inventivité nécessaire pour détourner mes intentions pendant si longtemps. C'était extrêmement difficile.

— C'était un…, commença-t-elle avant d'écraser ses mains sur sa bouche.

Une lueur d'espoir s'alluma dans ma poitrine.

Sans broncher, j'attendis qu'elle assimile le fait que Theodore était un vampire, l'observant alors que ses yeux ne savaient pas où se poser et que des exclamations lui échappaient de temps en temps.

Elle finit par se retourner vers moi.

— Il devait avoir une bonne raison pour t'attaquer, lança-t-elle.

J'invoquai une image de la Banque de Bluff City.

— Mon argent et mon pouvoir.

Ça avait un rapport avec Ingenium. Après plusieurs secondes à réfléchir, je pensai au Twister.

— Un jeu.

Tommy secoua la tête tout en reculant.

— C'est impossible. Je l'ai rencontré à mon travail précédent. Avant que tu ne commences chez Live Right. Tu te trompes.

Sa poitrine se soulevait et retombait péniblement.

Mon cœur se serra alors que je la voyais s'effondrer.

— Je n'inventerais jamais quelque chose comme ça, répliquai-je.

Tommy se retourna à nouveau, le visage déformé par la colère.

— Tu te trompes ! Où il est ? Qu'est-ce que ce connard de psychopathe lui a fait ?

Elle se précipita sur moi et je soutins son regard, bien que je sente mes entrailles se contracter jusqu'à n'être plus que de la bouillie.

Le mot me laissait une certaine amertume dans la bouche. Parce que Theodore n'aurait pas dû avoir autant de pouvoir dans sa mort. Pas alors que ce n'était qu'une merde cruelle et psychotique. Il n'avait pas simplement drogué mon amie avant d'utiliser son corps pour obtenir des informations sur moi. Il s'était arrangé pour qu'elle tombe amoureuse.

Il n'avait pas prévu de la laisser quitter le sous-sol. Il l'avait brisée pour s'amuser.

Pour m'atteindre.

Puis pour se venger de moi.

Je ravalai la boule dans ma gorge, pensant à ma grand-mère dans son cercueil.

— Mort, déclarai-je d'une voix basse.

Elle recula brutalement, comme si elle s'était pris une gifle. Un air douloureux s'ajouta au désespoir sur son visage et envahit le regard habituellement si chaleureux qui peuplait mes plus beaux souvenirs.

Je pris une profonde inspiration tremblante, me concentrant sur l'image de la tartine que j'avais réussi à me préparer ce matin, puis je détruisis ce qu'il restait de ma meilleure amie.

— C’est moi qui l’ai fait.

Le son qui s’échappait de sa poitrine était horrible. L’air ne rentrait plus dans ses poumons. Ou alors il n’en sortait plus.

Elle recula encore, trébuchant sur le pied du siège.

*Perdue.*

*Trahie.*

Je repensai au jour où j’avais sorti Harriet Gregorian ainsi que mes autres amis riches de ma vie, puis ajoutai :

— Pour te sauver.

Je me levai afin de m’approcher d’elle.

Elle s’immobilisa, de la colère venant se mêler à son deuil.

— Pour me sauver ? Tu te fous de moi ? Tu veux dire que c’était pour sauver ta peau ! Ou alors cet animal vers lequel tu continues à courir, encore et encore. Theod…

Elle s’interrompit un instant pour porter sa main contre son cœur, blême.

— Theodore m’aimait. Je l’aimais. On avait un avenir ensemble.

Tommy me rejoignit et je ne bougeai pas d’un pouce. Ma tête bascula violemment vers la droite quand sa main percuta ma joue.

— Qu’est-ce que tu lui as fait ? cria-t-elle. Où est-ce qu’il est ?

Je plaquai mes mains sur mes oreilles, des larmes de douleur pointant aux coins de mes yeux.

— Il n’est pas parti, continua mon amie à bout de souffle. Vous le cachez, toi et l’autre enfoiré. C’est un jeu. Ça fait partie du jeu. Il a tout découvert. Il a voulu te libérer et…

Il n’avait jamais pris de photo avec elle parce que je l’aurais reconnu. J’étais prête à parier le domaine qu’il avait manipulé Tommy pour qu’elle pense qu’il valait mieux éviter que nous nous rencontrions.

Je fis un pas vers elle.

— Tom…

— Ne m'approche pas, cracha-t-elle. Tu ne vaux pas mieux qu'eux. Comment j'ai fait pour ne pas m'en apercevoir ? Toi aussi, t'es un putain de monstre. Tous ceux que tu approches finissent par mourir.

Je fus transpercée par la douleur, et mes jambes faillirent se dérober.

Ses mots étaient bien plus efficaces que sa gifle.

— Eh oui, je vois clair dans ton jeu, Basilia Le Spyre. C'est un sacré rappel à l'ordre. Je pars. N'ordonne pas à ton équipe de tarés de me suivre. Mon père et moi coupons les ponts avec ta famille. Si tu me poursuis, je ne serai pas responsable de ce que je te ferai.

Je la regardai partir, engourdie par la stupeur.

Mon pire cauchemar venait de devenir réalité.

— Laurel, lançai-je une fois que j'eus retrouvé ma voix.

À la seconde où je m'autoriserais à ressentir une émotion, je m'effondrerais. J'avais d'autres excuses à présenter avant ça.

La Vissimo apparut moins de dix secondes plus tard. Son expression était froide, je ne l'avais jamais vue comme ça auparavant – même pas à notre première rencontre.

L'épuisement pesait lourd sur mes épaules.

— Je te dois des explications, déclarai-je. Mais avant, peux-tu envoyer dix Débiteurs suivre Tommy s'il te plaît ?

J'avais toujours les paroles de mon amie en tête, mais les triplés avaient pu l'atteindre parce que j'avais essayé d'épargner son impression de liberté. Même si notre amitié était réduite en cendres, j'étais toujours responsable de sa vie.

— Dis-leur de rester aussi proches que nécessaire pour assurer sa sécurité, ajoutai-je.

Laurel hocha la tête, puis lança d'une voix forte :

— Patrick, Sheena, rassemblez vos équipes et protégez mademoiselle Tetley. Pas de limite de distance.

J'entendis leurs « bien reçu ! » distants.

Je me décalai pour la laisser passer.

— Entre.

Elle ferma la porte et je déclenchai à nouveau le système antibruit.

La Débitrice pencha la tête, me lançant un regard froid de ses yeux bleus.

— Laurel, je…

— Si vous mettez à nouveau la vie de mes Débiteurs en danger, non seulement notre marché sera nul et non avenu, mais j'irai voir Kyros pour lui révéler tout ce que je sais.

J'étais déjà engourdie, alors j'encaissai sa menace sans broncher.

— D'accord. Mais tu dois savoir que si Tommy est en danger, je suis capable de faire quasiment n'importe quoi pour la ramener. Excepté de risquer la vie des Vissimo qui sont ici.

— Je vous ai dit ce qu'il nous ferait si vous mouriez, souffla-t-elle en s'accroupissant. Evie aurait été la première à se faire exécuter, vous en êtes consciente ? Sans les quelques secondes qui vous ont sauvé la vie, elle serait morte et enterrée.

J'en étais bien consciente. La douce Evie !

Une chape de plomb s'abattit sur mes épaules et je hochai la tête.

— J'aurais dû t'écouter. Pour ma défense, j'ignorais ce qui arrivait aux hommes Vissimo quand leur compagne était tuée. Je t'ai demandé de me dire tout ce que tu savais sur les lois et implications du lien de compagnonnage, Laurel. Pourquoi tu ne m'as pas parlé de ça ?

Son visage redevint neutre.

Ce qui confirmait qu'elle avait volontairement laissé cette information de côté.

— Je vois, repris-je. Peu importent tes raisons pour avoir omis ce fait, je ne saurais dire si ça aurait eu un impact sur mes agissements ce soir-là. Ce que je peux t'assurer, c'est que je ne te laisserai plus jamais en dehors d'un plan.

Pas à cause de sa menace.

Mais parce que nous étions des partenaires et qu'elle risquait autant que moi dans cette histoire.

Elle plissa ses yeux bleus.

— J'ai failli mourir, Laurel. Tommy a failli mourir bien que j'aie essayé de contrôler la situation. J'ai retenu la leçon, et je ne peux que m'excuser sincèrement pour le risque que mon comportement a fait peser sur tes épaules et celles des autres Débiteurs vis-à-vis de Kyros.

Son regard s'attarda sur la cicatrice à ma gorge, avant de revenir sur mon visage. Elle se redressa, puis son expression s'éclaircit.

— Je suis certaine que vous avez retenu la leçon.

— Tu acceptes mes excuses ?

— J'entends bien, répliqua-t-elle en haussant un sourcil.

Nom d'un chien, elle me renvoyait mes propres mots à la figure ! Pardonnée, mais rien n'était oublié. Je fis la moue.

— Je l'ai méritée celle-là.

La vampire de deux cent quatre-vingts ans hocha la tête.

— En effet. Mais vous avez survécu à cette bataille. Ne soyez pas trop dure avec vous-même. Des erreurs plus graves ont été commises, et votre bonté envers les Débiteurs ne peut pas être balayée en une seule nuit.

Ça signifiait tellement pour moi ! Je n'avais pas espéré leur pardon. Je m'attendais plutôt à de l'indulgence de la part de Tommy.

— D'accord, soufflai-je d'une voix rauque. Je m'excuserai auprès des autres rapidement, je te le promets.

— Ils apprécieront, répondit-elle avant que son regard ne croise le mien. Quel est l'état du jeu après ce qui est arrivé avec les Fyrlia ?

— C'est parti en couilles.

Elle analysa mon visage.

— Les Sundulus vont perdre, conclut-elle.

— Il faut que je rétablisse l'équilibre dans la partie aussi vite que possible, déclarai-je. C'est le seul moyen.

J'avais une montagne de rapports à rattraper, sans parler du poste de Tommy désormais vacant.

— Qu'est-ce qu'il faut que je fasse ? m'interpella Laurel.

La liste était très longue.

Mais après avoir envisagé de lui révéler ma trahison envers le clan Sundulus, j'avais décidé que rien de bon n'en sortirait. La miette de respect que le roi Julius éprouvait pour moi disparaîtrait à la seconde où il apprendrait ou devinerait la vérité. Il était possible qu'il interroge ensuite les Débiteurs. Moins elle en savait, mieux ce serait.

Je devrais faire une croix sur ma vie, ou tout du moins sur ma liberté. Le lien avec Kyros ? Il le balaierait en moins de temps qu'il me fallait pour énumérer tous les frères et sœurs de ce dernier. J'aurais détruit les décennies de travail de ma grand-mère seulement quelques semaines après avoir promis de gagner – pour elle, pour moi, pour tous ceux que les Vissimo avaient utilisés et manipulés.

La bataille ne consistait désormais plus à obtenir la victoire. Il fallait s'assurer que les Fyrlia ne l'emporteraient pas. Et pour ce faire, j'avais besoin d'aide.

Il était grand temps d'aller rendre visite aux plus proches amis de ma grand-mère.

# Chapitre 5

Sir Olythieu, propriétaire de la Banque de Bluff City et connexion humaine du clan Sundulus, prit la parole de l'autre côté de la table.

— Nous attendions ton appel avec impatience, Basilia.

Je m'en doutais bien.

Des semaines s'étaient écoulées depuis les funérailles de Grand-mère. Puis quelques-unes de plus, le temps que je me fasse à la trahison de Kyros. Et encore deux pour me remettre d'avoir frôlé la mort.

Ça apaisait quelque chose en moi d'être installée dans le gigantesque bureau de Sir Olythieu avec les plus proches amis de ma grand-mère. J'avais eu besoin de normalité et de familiarité pendant si longtemps !

— Certains imprévus m'ont retardée, expliquai-je. Tout d'abord, je dois vous informer que mon esprit est en cage.

Des hoquets de stupeur résonnèrent dans la pièce. Je ne leur avais pas expliqué les raisons de cette réunion, mais j'étais certaine qu'ils avaient compris que c'était en rapport avec l'œuvre de Grand-mère.

— Nous sommes tous plus ou moins contrôlés, m'informa M. Hothen.

Ses yeux s'emplirent d'une empathie dont je ne le pensais pas doté. Être le propriétaire des plus imposants centres commerciaux et des rues marchandes de Bluff City nécessitait un certain pragmatisme calculé, pour lequel il était réputé.

— Depuis combien de temps ? demanda doucement Mme Syrre.

Je me tournai vers la femme distinguée – elle était de loin la personne influente la plus gentille de Bluff City. Si ma grand-mère ne l'avait pas prise sous son aile à la mort de son mari, la fortune des Syrre se serait évanouie depuis longtemps. Leur compagnie de transport maritime était en activité depuis presque aussi longtemps que ma famille faisait des affaires.

— Trois mois, répondis-je.

Tant de chaos et de destruction en si peu de temps.

M. Dithis posa un plateau sur la table, et les personnes âgées étalèrent tout un tas de cartes différentes dessus.

Dame Burke pointa du doigt deux des cartes.

— Quel enfoiré t'a fait ça ?

Je ne pouvais désigner personne. Pas sans une intention acceptable en tout cas. J'étais capable de dire certains mots spécifiques en dehors de leur contexte général, mais c'était inutile d'essayer ici puisque le contexte avait déjà été établi, et que la contrainte m'empêchait exactement de faire cela : balancer des secrets sur les Vissimo et les Sundulus.

De la fureur déforma le visage de Lady Treena.

— Ils y sont allés fort avec elle. Il n'y a qu'Olythieu qui a du mal à pointer du doigt. Ça doit être une bête puissante.

— Pense à quelque chose qui n'a aucun rapport, Basilia, me conseilla l'homme imposant qui m'avait toujours fait penser au Colonel Sanders. Accroche-toi à cette pensée pour parler et bouger.

— Oui, je sais, répondis-je en hochant la tête.

Je m'étais entraînée avant de venir ici, pour éviter de penser à Tommy.

Sir Olythieu fronça violemment les sourcils.

— Tu sais ?

Je balayai du regard les personnes installées autour de la table, qui s'étaient immobilisées.

M. Dithis se frotta le menton avant de marmonner :

— Il nous a fallu neuf ans pour le découvrir.

Ils ne devraient pas me féliciter. C'était le roi des trous du cul en personne qui me l'avait révélé.

— Même en sachant cela, j'ai bien peur qu'il faille souvent compter sur la capacité des autres à deviner ce qu'on veut dire pour transmettre des informations, chuchota Olythieu.

Le reflet de ma douleur et de ma frustration brillait dans ses yeux gris foncé. Au début, je croyais que la pensée de distraction devait être étroitement liée à ce que j'essayais de dire. Mais si j'étais assez concentrée, n'importe quoi pouvait fonctionner. Je me figurai des buissons de lavande, puis plaçai ma main au-dessus du côté Sundulus de la table.

— Les enfoirés ! bouillonna Dithis. Lequel ?

— Kyros, soufflai-je en sentant un pincement de culpabilité quand son nom passa mes lèvres.

— C'est l'un des pires, soupira Hothen. Le fils aîné, mais je suppose que tu le sais déjà. Je suis tellement désolé, ma chère Basi. Le piège est permanent ?

*Le* piège. Au singulier.

Je levai quatre doigts.

— Quatre, déclara lady Treena en fronçant les sourcils.

— Quatre fois, Treena, traduisit Syrre en portant une main à sa joue pâle. C'est ce que tu veux dire, Basilia ? Il l'a fait quatre fois ?

Dame Burke fit le tour de la table à une vitesse qui démentait son âge afin de placer deux cartes devant moi, sur lesquelles était inscrit « oui » et « non ». Ce système était vraiment une bonne idée. Ça faciliterait grandement les explications à venir.

Peut-être que si j'avais eu ces cartes avec Tommy, elle serait toujours là.

Je tapotai la carte « oui » du doigt. Je pouvais pointer les mots normaux.

Une lourde tension s'abattit sur la pièce à cette révélation.

Concernant les personnes autour de cette table, ma grand-mère ne m'avait laissé aucune information. Fred avait seulement su me dire qu'ils se réunissaient toutes les semaines.

Mais s'ils étaient sous la coupe des clans, ils devaient forcément leur faire des rapports, d'une façon ou d'une autre, qu'ils délivraient probablement à des membres de la famille royale ou à leurs seconds. Il fallait que je découvre qui avait contraint chacun d'entre eux, et à quel niveau. Ma grand-mère avait toujours été à la tête du groupe, car elle n'était contrôlée par personne, et j'allais perpétuer son œuvre malgré la cage placée dans mon esprit. Ça signifiait qu'il me fallait savoir ce que je pouvais révéler aux autres.

— J'ai besoin d'en savoir plus sur chacun d'entre vous, déclarai-je.

— Tu reprends le troisième siège ? en conclut sir Olythieu, le regard vif.

— Donnez-moi ces informations et je répondrai à cette question.

Je me renfonçai dans mon fauteuil et il sourit.

— D'accord. Burke, avons-nous toujours le dossier qu'on a constitué au début de cette entreprise ?

La personne concernée pinça les lèvres. Ses entraves devaient être les moins fortes ; elle semblait être la porte-parole attitrée.

— Je vais le chercher et le mettre à jour, indiqua-t-elle.

Elle se tourna ensuite vers moi.

— Aucun d'entre nous n'a ordre de faire des rapports réguliers. On répond à leurs interrogatoires, et seulement aux questions directes, qui concernent toujours les affaires. Finalement, la plupart d'entre nous sont rarement en contact avec les bêtes, maintenant qu'ils ont contraint nos subordonnés. Rien de plus qu'un coup de téléphone à quelques mois d'intervalle. Le pire, c'est pour Olythieu et lady Treena. Ils sont convoqués pour des interrogatoires une à deux fois par an.

Ça n'avait rien de surprenant. Aucun des deux n'était plus riche que moi, mais presque toutes leurs actions étaient liées à Bluff City, tandis que Grand-mère avait exporté la majeure partie des nôtres. Leurs domaines valaient bien plus pour Ingenium que le mien.

Et concernant le pouvoir et l'influence, lady Treena avait été maire pendant dix-sept ans avant de prendre sa retraite. À son époque, son père l'avait été également, ainsi que son grand-père. Cinq générations plus tôt, le chef de famille avait épousé une femme dotée d'une fortune issue d'exploitations minières.

— Il faudrait que l'on se réunisse deux fois par semaine jusqu'à ce que j'aie rattrapé mon retard, annonçai-je. À cette heure, je ne travaille pas chez Live Right Immobilier.

Kyros n'avait jamais éliminé ce terme de mon vocabulaire. Ça aurait été compliqué s'il voulait que je sécurise des propriétés pour lui.

— Tu travailles là-bas ? lança Treena. On pensait que tu étais piégée. Que c'était pour cette raison que Rory Senrite agissait de manière si familière avec toi au gala de NJB.

*Hum*, en quelque sorte.

— Je ne sécurise pas simplement des maisons, commençai-je.

*Hmm*, quel était le meilleur moyen de leur révéler que je bossais au soixante-sixième étage avec la famille royale ?

— Quels sont tes horaires ? demanda Hothen en se raidissant.

Dithis se leva pour poser une pendule devant moi. Ma grand-mère le surnommait gentiment « Gâteau », parce qu'il obtenait toujours une part du gâteau. Il n'y avait pas une seule industrie dans tout Bluff City dans laquelle il n'avait pas investi une partie de sa fortune.

Je n'avais pas besoin d'aide pour répondre à cette question.

— De minuit jusqu'à trois heures et demie du matin. La semaine.

— Tu es présente pour le…

Sa phrase resta en suspens tandis que ses yeux s'éclairaient.

Pour le lancer de dés ? Oui.

Mes épaules s'affaissèrent. C'était un tel soulagement de pouvoir parler d'une partie de ces choses, même si le processus était particulièrement usant. Une fois qu'ils connaîtraient ma situation et moi, la leur, tout irait plus vite. Mais avoir leur soutien – ne serait-ce que le fait qu'ils sachent quel effet ça faisait d'être sous contrainte – signifiait tout pour moi à cet instant.

— Une minute. Tu restes là-bas après également, fit remarquer Mme Syrre.

Les six paires d'yeux appartenant à ceux qui régnaient officieusement sur Bluff City aux côtés de mon domaine familial me fixèrent.

— Oui, confirmai-je avant de penser à la reine Elizabeth. Famille royale.

Dame Burke jura longuement avant de conclure :

— Tu participes aux réunions stratégiques avec les enfants royaux.

Puis elle échangea un regard choqué avec lady Treena.

Six rictus identiques étirèrent leurs lèvres.

Les miennes suivirent le mouvement.

— Il y a un problème, repris-je. Un gros problème, qui pourrait mettre fin… à la bataille, expliquai-je en pensant au jeu. Pas selon mon plan. Bientôt.

— Un des groupes va gagner ? lança M. Hothen en se redressant. Ils sont restés au coude-à-coude pendant si longtemps.

*Ouais*, je reviendrais là-dessus en temps voulu. J'avais beau vouloir cacher ça, c'étaient ces personnes qui pourraient m'aider à restaurer l'équilibre entre les clans. Dès que ce serait fait, ma culpabilité s'apaiserait et je pourrais recommencer à participer à Ingenium dans une paix relative.

Ce serait une vraie torture de pouvoir présenter tous les détails, mais c'était un supplice que j'avais hâte d'affronter. Parce que je ne me sentirais plus aussi seule ensuite.

J'attrapai un tableau avec l'alphabet avant de me tourner vers la femme maigrelette à ma gauche pour lui lancer un sourire sinistre.

— J'aurais d'abord besoin de votre aide, lady Treena, déclarai-je.

J'avais une idée de la marche à suivre.

M. Ringly avait déposé une demande de requalification de terrain agricole en zone résidentielle. Il devait bien y avoir un moyen de ralentir le processus le temps que je rattrape la situation. J'allais devoir passer son dossier de demande au peigne fin.

La meilleure amie de ma grand-mère leva sa flûte de champagne, puis la porta à ses lèvres sans en boire une goutte, avant de répondre :

— Mais bien sûr, ma chère Basi.

***

Je me réveillai plus sereine que je ne l'avais jamais été. Une chaleur parfaite m'emplissait. Mes membres me semblaient lourds. Je tenais une érection massive dans la main.

Je me pétrifiai.

*C'est… Quoi… Ce… Bordel ?!*

Manquant de peu le torticolis, je fis volte-face pour découvrir Kyros derrière moi.

*Kyros est dans mon lit.*

*Kyros est dans mon domaine.*

J'expirai aussi silencieusement que possible.

*Merde !*

Bon, c'était vrai, nous nous étions mis d'accord sur le fait qu'il pourrait dormir ici. Enfin, j'avais donné mon accord afin de pouvoir sortir de son territoire.

Quand c'était au tour des Fyrlia de lancer, il dormirait au domaine.

Quand c'était au tour des Sundulus, je resterais dans la tour.

En revanche, il n'avait pas donné son accord pour que j'enroule mes doigts autour de son membre. Mortifiée, je retirai ma main, cillant quand un mouvement agita son bassin à mon contact.

Je remballai Kyros Junior dans le jogging noir avant de me laisser tomber sur le dos.

Je lançai un regard au vampire.

— Tu peux la garder, si tu veux, murmura-t-il les yeux fermés.

— Non, mais toi alors ! Depuis combien de temps tu es réveillé ?

Je lui frappai le torse, puis me redressai sur mes genoux.

Un sourire en coin étira ses lèvres.

Un rire remonta dans ma gorge quand je sentis son amusement enfler. Je me laissai retomber sur le lit à côté de lui, riant à gorge déployée.

— Oh, bordel, je suis tellement désolée ! hoquetai-je en observant le baldaquin tandis que mon corps tremblait. Je dormais.

*C'est super gênant.*

Il roula sur le côté vers moi, les yeux toujours fermés, puis passa un bras sur mes hanches.

— Je suis arrivé à quatre heures et demie, je me suis glissé dans ton lit, et je t'ai repoussée deux fois avant de m'endormir. Tu es tenace.

Le rouge me monta aux joues.

— Oups !

*Pendant combien de temps j'ai tenu son pénis ?* Cette question me semblait plus pertinente.

— Je ne vais pas me plaindre. Je t'ai embrassée en arrivant. On est quittes.

Vraiment ? Les deux choses semblaient à un niveau complètement différent.

Après m'être raclé la gorge, je repris :

— J'espère vraiment que je ne vais pas le refaire.

J'allais passer toutes les nuits à venir avec Kyros pendant un moment, à première vue, et mon corps avait ses propres projets secrets. Quand j'avais accepté ses conditions après nous avoir précipités de la foutue falaise, ça ne m'avait pas paru si grave. Mais ça, c'était avant que la Basi endormie prenne les choses en main.

Littéralement.

— L'heure ? marmonna-t-il, des mèches châtain clair sur les joues.

Il fallait que j'installe une clim dans mon utérus. Je me retournai et allumai mon téléphone, les yeux plissés.

— Onze heures, répondis-je.

Sachant que Kyros serait chez moi un jour sur deux, j'avais réorganisé mes journées afin de travailler de midi à huit heures du soir. Finalement, c'était plus logique de faire ma nuit d'une traite au lieu de la séparer en deux phases pour pouvoir travailler à des horaires normaux.

Mon estomac gargouilla.

— C'est l'heure du petit-déjeuner pour moi, déclarai-je.

— Pour nous, répliqua-t-il en se passant une main sur le visage.

Je lui lançai un regard, mes yeux s'attardant sur ses biceps.

— Tu dors jusqu'à une heure normalement. Je peux simplement…

— Tu peux simplement prendre ton petit-déjeuner avec moi, ronronna Kyros en entrouvrant les paupières.

Avec un grondement bas, il m'attira contre son corps.

Ses lèvres effleurèrent les miennes.

— Tu es superbe au réveil, Basilia Le Spyre.

Est-ce que c'était étrange de paniquer parce que Kyros était dans mon espace personnel ? J'avais un vampire dans ma chambre. Un vampire particulièrement sexy. C'était ridicule d'être mal à l'aise, c'était l'endroit le plus normal dans lequel nous avions passé du temps. Le courant entre nous enfla lentement jusqu'à ce qu'une langueur m'envahisse en réaction. Je fis de mon mieux pour repousser l'appel du lien dans un coin de mon esprit et penchai la tête sur le côté pour l'observer.

Kyros reposa sa tête sur l'oreiller et me rendit mon regard.

Il avait l'apparence de quelqu'un de mon âge en matière de peau lisse. À première vue, un humain aurait perçu en lui une quinte flush royale génétique. Maintenant que je le connaissais mieux, l'assurance dans ses yeux et la ligne sérieuse de ses lèvres représentaient pour moi deux signes de son immortalité. Pareil quand il parlait ou se mouvait. Les personnes âgées n'avaient rien à faire de ce que les gens pensaient, car ils avaient appris que ça ne changeait rien. Kyros avait vécu une vie humaine et demie jusque-là. Cette qualité, qui contrastait avec son apparence jeune, me révélait qu'il était autre chose, bien plus que ses crocs.

Plus j'osais l'observer, plus j'étais obligée de remarquer des détails qui le caractérisaient.

Son incertitude quant à l'identité de son père.

Sa culpabilité concernant un jeu auquel il n'avait jamais demandé à participer.

Le fardeau de la vie de ses frères et sœurs reposant sur ses épaules.

Son espièglerie, qui pourrait avoir une plus grande place dans son quotidien s'il n'avait pas été entraîné dans Ingenium dès sa naissance.

Son combat constant pour garder le contrôle. Il ne pouvait jamais complètement se détendre, et ça ne ferait qu'empirer au fur et à mesure que sa puissance d'alpha grandirait.

Kyros avait déjà vécu cent cinquante années ainsi. Vouloir mener cette bataille demandait une telle détermination ; je n'arrivais même pas à l'imaginer.

*Ambition, ruse, confiance.*

Cet homme avait forcément des limites, mais je ne les avais pas encore trouvées.

— Je serais prêt à payer un million de dollars pour savoir à quoi tu penses, dit Kyros d'une voix profonde.

Je clignai des yeux, puis croisai son regard.

— L'expression, ce n'est pas juste « payer cher » ? répliquai-je.

— Je me suis dit que ça ne voulait pas dire grand-chose pour toi.

*Pfff !*

— J'étais en train de me faire la réflexion qu'il y avait plusieurs niveaux en toi. Que je m'étais peut-être fait quelques idées fausses à ton sujet à notre première rencontre.

— Plusieurs niveaux ?

— Je n'en dirai pas plus.

Il captura ma lèvre inférieure entre ses dents, le regard pétillant. J'écarquillai les yeux et ma poitrine se souleva sous la surprise.

Kyros me libéra, puis murmura avec arrogance :

— Je suis au niveau du penthouse.

Carrément ? *Oui*, je ne pouvais pas le nier.

Je craignais même qu'il ne soit les soixante-six niveaux au complet.

*Argh !* Un frisson me parcourut le corps.

Ce fichu courant allait me réduire à l'état de masse tremblotante.

Je roulai de l'autre côté pour tirer sur la cloche.

— Tu as des boutons de sonnette ? ricana-t-il. Les riches en utilisaient pendant mon enfance. Ou les gens qui voulaient sembler riches.

— Une grande partie de la demeure et de l'ameublement est d'origine, notamment les… boutons de sonnette. Je ne savais pas du tout que ça s'appelait comme ça, admis-je avant de lui lancer un regard curieux. Tu dois avoir des histoires intéressantes à raconter. Je n'arrive pas à m'imaginer vivre il y a cent cinquante ans. Pas de télévision. Pas de fusées spatiales. C'est bizarre.

— Je suis soulagé que tu ne te rendes compte que maintenant que je pourrais te parler de l'invention du téléphone et de la création du mouvement pour les droits des femmes, dit-il d'un ton sec.

Je fis la moue.

— Alors, ce n'est pas ce que je voulais dire. J'oublie ton âge parce que tu n'as pas l'air vieux. C'est grâce à tes cheveux.

Un rire ensommeillé remonta de sa poitrine.

— Non, mais je suis vraiment soulagé. C'est facile de rester moderne pendant les trente premières années, puis on a peur d'être dépassé. On fait de son mieux pour écouter, observer et s'adapter, mais ça peut donner l'impression qu'on joue un rôle. On a toujours envie de faire des choses de notre propre époque.

*Ah oui ?*

— C'est assez édifiant. Quel genre de choses anciennes tu aimes faire ? m'enquis-je.

— Ma mère nous a toujours inculqué un intérêt pour les temps qui changent. Ceux qui ne changent pas finissent isolés. Mais j'ai toujours porté des costumes. Je porte d'autres vêtements quand c'est nécessaire, pour dormir ou aller à la plage par exemple. Sinon, les costumes sont les tenues qui me paraissent les plus confortables.

— Parfait. Parce qu'ils sont confortables également à mes yeux.

Il haussa un sourcil.

— Quoi d'autre ? insistai-je après m'être raclé la gorge.

— Le monde n'était pas aussi bruyant quand l'électricité n'était pas encore aussi vastement utilisée. Mon enfance et la majeure partie de mon adolescence n'ont pas été parasitées par ce grésillement. Je préfère toujours les endroits calmes. Je ne comprends pas pourquoi les gens se sentent si mal à l'aise dans le silence qu'ils ressentent constamment le besoin de le briser.

Je ne savais pas trop comment le prendre.

— Pour être honnête, j'ai du mal à imaginer cette époque. Tout ce que je vois, ce sont des routes de terre et M. Darcy.

— On pourrait peut-être regarder des photos un de ces jours.

Mon ventre gargouilla.

J'espérais que ça camouflerait mon malaise. Je ne savais pas si c'était l'incertitude ou la culpabilité qui prenait le dessus en moi. Quand il se projetait sur le long terme de la sorte, je ne savais pas quoi en penser. En fait, il était vital que je n'envisage pas l'avenir concernant le lien de sang. J'avais un travail à accomplir.

Des coups résonnèrent à la porte.

J'enfourchai le vampire avec un sourire sournois.

— Entrez !

Rosie ouvrit la porte et je hurlai.

— Je suis désolée, mademoiselle Le Spyre, lâcha calmement Rosie. Voulez-vous que je revienne à un moment plus approprié ?

*Nom d'un chien, rien ne l'ébranle !*

— Est-ce que vous jouez au poker, Rosie ? soufflai-je.

Elle lança un regard en direction de Kyros et ses joues rosirent quand elle répondit :

— Je me débrouille, mademoiselle.

*Mais bien sûr. Elle se débrouille seulement.*

— On aimerait prendre le petit-déjeuner. Il vaudrait mieux qu'il soit copieux, déclarai-je en observant l'homme à moitié nu entre mes cuisses.

Ses yeux étaient rivés sur moi.

— Immédiatement, répondit-elle avec une petite révérence.

— Au bord de la piscine, s'il vous plaît.

Elle s'inclina à nouveau, puis referma la porte.

— Tu te joues toujours comme ça de ton personnel ? s'amusa Kyros en posant ses mains sur mes hanches.

Il me pressa contre lui et son bassin commença à décrire des cercles.

Un gémissement pantelant s'échappa d'entre mes dents tandis que mes jambes tremblaient.

— Pourquoi est-ce que c'est si bon, bordel ?

Il appuya son érection contre moi une nouvelle fois et ma tête retomba vers l'avant. Je croisai son regard et le soutins.

— Tu aimes ça, ma beauté ?

— Je n'arrive plus à penser quand on se touche, soufflai-je entre deux halètements.

Nous tremblions tous les deux, repoussant l'envie de boire du sang et s'envoyer en l'air pendant trois jours.

— Tu n'es pas la seule. Si je me souviens bien, j'ai récemment oublié qu'on était dans l'océan et que je devais nager pour nous maintenir à la surface.

Mon rire rauque resta en suspens tandis que je suivais la ligne centrale de son torse du bout de l'ongle.

Son inspiration soudaine sonna comme une douce mélodie à mes oreilles.

— On devrait discuter du cinquième échange, déclara Kyros d'une voix saccadée.

Je m'immobilisai, ramenant mes mains sur mes jambes.

— Euh…, c'est…

*Soudain.*

*Peur. Détermination.*

— Kyros ?

Je me reculai afin de me retrouver accroupie entre ses jambes.

— Est-ce que tout va bien ? demandai-je. Pourquoi tu ressens ça ?

Il suivit mon mouvement et attrapa l'une de mes mains.

— Il n'y a rien à craindre.

— Vraiment ? répliquai-je en lui adressant un regard noir. Qu'est-ce que tu penses de ça, alors ? Je vais aller prendre une douche, à laquelle tu n'es pas invité à te joindre, et tu vas réviser ton plan d'attaque parce que ton «rien à craindre» n'a pas marché.

Le coin des lèvres de Kyros se souleva et je sautai hors du lit gigantesque avant d'attraper mon kimono sur le chemin de la salle de bains. Une partie de moi était simplement heureuse que j'aie réussi à accomplir ça sans tomber tête la première.

Quand je ressortis dix minutes plus tard, étrangement impatiente de commencer cette journée, je retrouvai Kyros en train de fouiller dans mes affaires.

— Tu t'amuses bien ? lançai-je en entrant dans mon dressing.

Il me suivit de près, inspirant profondément.

— Je te renvoie simplement la balle. Tu as beaucoup de vêtements et de chaussures. J'aime bien comment le tout est organisé.

Ces paroles me firent sincèrement plaisir.

— Merci.

Son impatience m'assaillait comme une portée de chiots exubérants.

— Tu es content d'être ici, fis-je remarquer en attrapant un jean et un tee-shirt pour être en accord avec son jogging et son haut noir.

— Oui, je suis content de découvrir la maison de ma compagne véritable. Tu continues à garder tes distances avec moi. Ça fait un certain temps que j'espère en apprendre plus sur toi.

— Ton pénis a pénétré mon vagin, Kyros. Ton visage s'est retrouvé entre mes cuisses. Je ne vois pas vraiment de quelle distance tu parles.

J'attrapai des sous-vêtements, puis laissai tomber le kimono pour enfiler l'ensemble noir assorti.

Son désir brûlant me fit panteler.

— Tu fais exprès de ne pas comprendre, répliqua-t-il. Je parle de distance émotionnelle, pas physique. Et ce qu'on a partagé allait bien plus loin que ton seul plaisir, diablesse. N'en parle pas comme si ça ne signifiait rien.

Je lui lançai un regard noir. Pourquoi ne me lâchait-il pas la grappe aujourd'hui ? Je ne versais pas dans les émotions profondes avant la mi-journée. Ni après d'ailleurs. Pas avec lui.

— Je ne sais pas vraiment quoi répondre à ça.

J'enfilai mon jean et fis passer mon tee-shirt transparent par-dessus ma tête.

Les yeux de Kyros suivaient le moindre de mes mouvements comme un rapace.

— Tu commences à céder, asséna-t-il. Tu seras bientôt mienne.

Un rire contrit remonta dans ma gorge.

— Tu pourrais arrêter ? Quel genre de femme apprécie qu'un homme lui dise ça ?

J'attrapai une sandale et la lui jetai au visage.

Il l'attrapa au vol.

— Tu me vois comme un homme ? demanda-t-il.

— Arrête de te comporter bizarrement.

*Soulagement.*

— On n'était pas en train de parler du cinquième échange ? soufflai-je en récupérant ma sandale dans ses mains avant de trouver la deuxième.

Kyros me fit virevolter pour me plaquer contre le mur.

— Vraiment ? murmura-t-il.

Bien tenté !

— Tu voulais qu'on procède au quatrième échange parce que ça empêcherait les autres de me contraindre, mais pourquoi le cinquième ? La vraie raison ?

— Ingenium atteint son point culminant, Basilia. Je souhaite que tu aies tous les atouts possibles au cas où les choses ne se passeraient pas comme prévu. Nos sangs se mêleront un peu plus au cours du cinquième échange. Tu guériras plus vite et tu deviendras plus forte, mais aussi plus rapide.

Un malaise s'installa en moi.

— Il me semblait que tu avais dit que je ne deviendrais pas une Vissimo.

Il inclina la tête.

— Pas en passant seulement par les échanges, tu dois y être invitée par l'alpha du clan. Dois-je en conclure que tu ne souhaites pas rejoindre mon espèce ?

On n'en avait jamais parlé. Mais en effet, je n'en avais pas envie.

J'étais humaine, avec l'espérance de vie, les rides et tout ce qui allait avec.

Kyros remarqua que je fronçais les sourcils et releva mon menton.

— On parle seulement du cinquième échange, me rappela-t-il.

Je tentai de libérer mon visage tout en lui adressant un regard noir. Comme s'il n'avait jamais minimisé quelque chose qui serait susceptible de me faire paniquer.

— C'est juste que je ne suis pas certaine de comprendre pourquoi je devrais procéder à cet échange, lançai-je en abandonnant ma tentative de me défaire de sa prise. Je serais plus à même de me protéger, d'accord, mais chaque échange rend la tâche de penser à autre chose que toi plus compliquée. Si on mêle à nouveau nos sangs et que tu es emmené loin, ce sera plus dur pour moi de vivre sans toi.

Un écran impénétrable se posa sur ses émotions. J'avais remarqué qu'il faisait ça quand il voulait me tenir à l'écart de certaines pensées.

— Peux-tu affirmer que tu es insensible à l'envie de poursuivre les échanges de compagnonnage ? demanda-t-il finalement. Que ton être entier n'a pas désespérément envie de s'unir au mien ?

Je me retins de mettre ce désir sur le dos du lien de sang au dernier moment. Parce que cette excuse n'était plus valable. Même si je détestais que les limites soient en train de se brouiller, les sentiments se mêlaient bel et bien à l'équation.

Il me pressa un peu plus contre le mur, glissa sa main dans mes cheveux, puis les tira jusqu'à ce que ma tête soit penchée en arrière et que je le regarde en face.

— Quand vas-tu admettre ce que tu ressens pour moi, ma beauté ?

J'en eus le souffle coupé.

— Tu t'es jetée d'une falaise en voiture pour moi, chuchota-t-il alors que son nez remontait de ma mâchoire à ma tempe.

Mes mains tremblaient. Les siennes étaient dans le même état.

— Je…

Son grondement s'immisça entre nous.

— L'idée de faire de toi ma compagne me tient éveillé la nuit. Je veux te mordre et te prendre comme lors des trois derniers échanges les uns à la suite des autres.

Il se pencha pour m'embrasser d'un baiser qui, je le savais, me ferait m'effondrer.

Je posai une main sur son torse, mon esprit sens dessus dessous.

— Est-ce que la défaite d'Ingenium est une possibilité ? bafouillai-je. Il y a quelques semaines, tu as dit que la victoire était assurée. Pourquoi cette précipitation pour accomplir le cinquième échange ?

— Rien n'est certain dans la vie, ronronna le vampire en glissant une jambe entre les miennes.

— Kyros, je peux littéralement ressentir quand tu minimises quelque chose, lançai-je avec colère.

J'avais besoin que ça arrive, et je ne m'étais pas attendue à ce que Kyros le propose si rapidement. Pourtant, j'installais plus de barrières que l'équipe de sécurité à un concert de Justin Bieber.

Pour toute réponse, le vampire tapota délicatement mon oreille en tournant les yeux vers la gauche.

Ah oui, c'est vrai !

— Le temps file à toute allure. Si l'occasion se présente maintenant, qui suis-je pour me battre contre mes instincts ? murmura Kyros.

Il déposa ensuite une ligne de baisers entre mes seins, tirant sur mon tee-shirt pour aller toujours plus bas.

Je pressai mes cuisses l'une contre l'autre.

Il défit le bouton de mon jean, puis fit glisser la fermeture Éclair.

Mes entrailles se contractèrent et j'agrippai son épaule tandis que tout disparaissait autour de moi : les sons, les odeurs, les images, il ne restait rien.

— Est-ce que je peux te toucher, Basilia ?

Il semblait presque furieux.

Il ne l'était pas.

Nous brûlions de désir autant l'un que l'autre.

J'avais besoin qu'il me touche. Encore une limite brouillée de plus dont je ne réussissais pas à me soucier.

Enroulant un bras autour de ma taille, Kyros me maintint droite, sa bouche flottant au-dessus de la mienne.

— Dis-le-moi.

En réponse, j'attrapai sa main et la fis glisser le long de mon ventre, puis dans ma culotte.

— Ça ne sera pas long.

En un seul contact. Sérieusement.

Ses yeux s'embrasèrent et ses doigts se déroulèrent dans le tissu, me faisant sursauter.

J'écrasai mes mains contre le mur.

— Dépêche-toi, s'il te plaît, le suppliai-je.

Kyros lâcha un «hmm» pensif, tout en m'observant alors qu'il soutenait l'intégralité de mon poids, puis il répondit :

— Non.

Un doigt épais pénétra en moi, entrant en toute lenteur. Je gémis doucement tandis que mon corps entier se contractait, des orteils jusqu'au bout des doigts, mon bas-ventre attiré par son doigt.

— Bordel ! souffla Kyros, son regard captivé rivé sur mon visage rouge.

Son pouce décrivit un seul cercle sur mon clito. Et ma tension atteignit un point culminant à une vitesse incroyable.

Un deuxième cercle.

Du blanc envahit tous mes sens tandis que la main de Kyros bougeait rapidement.

Son pouce continuait à décrire des cercles.

Son doigt se mouvait. Si vite.

Je ne comprenais plus rien d'autre que l'euphorie totale qui s'emparait de mon corps.

Il posa son front contre mon épaule alors qu'il nourrissait mon orgasme autant que possible.

Le plaisir se transforma en douleur quand il continua.

Son nom resta bloqué dans ma gorge, et je me mis à m'agiter pour déloger son pouce de ma vulve sensible. C'était trop.

— Ky…

Il gronda, ne ralentissant pas le rythme. La douleur se changea doucement en chaleur, qui augmenta et se dispersa en moi à nouveau.

Mon regard abasourdi se leva vers le plafond. J'allais… ? Le plaisir monta encore et encore, transperçant mon corps tremblant.

Nom d'un chien, oui, j'allais le faire !

Cette fois-ci, j'entendis le cri qui jaillit de ma gorge tandis que je sentais mon corps essayer d'imploser autour de sa main. Il ne me laissa pas m'effondrer pour me rouler en boule, il maintint une pression constante jusqu'à ce que les nappes brumeuses de mon deuxième orgasme se dissipent.

Après un dernier à-coup, il libéra sa main.

— Il faut que je te repose.

Sa voix était tendue et m'arracha un frisson. Il me déposa d'un mouvement saccadé sur le futon au milieu du dressing avant de quitter la pièce à toute allure.

Il était assailli par des vagues de possessivité à l'état pur. Son esprit tremblait tant le besoin de me faire sienne à nouveau était fort.

Et je n'étais pas le moins du monde en position de l'aider.

Étalée sur le matelas, je refermai mon jean à tâtons. *Bordel de merde !* Je n'arrivais pas à croire ce qui venait d'arriver. Deux fois. Vraiment ?

J'avais envie de m'étirer comme un chat devant un feu de cheminée. Je voulais lui rendre la pareille. Je brûlais de neuf jours de sexe incroyable déclenchés par des emprises successives.

La douche se mit à couler et je souris.

J'étais prête à parier que c'était de l'eau froide.

# Chapitre 6

Aller au travail avec Kyros fut presque plus étrange que tout ce qu'il s'était passé lors de sa nuit chez moi. Nous partîmes plus tôt qu'il n'était nécessaire pour le début de ma journée.

Il s'était réveillé, m'avait offert plusieurs orgasmes, puis était sorti. J'avais passé toute ma journée avec lui entre mes différents rendez-vous. S'il continuait comme ça, il me faudrait prévoir les réunions avec mon équipe de Churchill les jours où le clan Sundulus lançait les dés.

De plus, j'avais constamment peur que Mme Gaughton souhaite se présenter et lui expliquer comment elle en était venue à habiter chez moi. Pour Kyros, les habitants de Bluff City n'étaient que des adresses ; il n'y avait aucune chance qu'il la reconnaisse, mais quand même. Sa curiosité à propos de ma vie pourrait le mener à lui poser des questions.

— Je vais te déposer à la tour, déclara le vampire après que j'eus dit au revoir à Fred d'un signe de la main.

*Oui*, mon majordome savait que Kyros était un vampire, pourtant, son visage ne laissait rien paraître.

Et *oui*, j'étais relativement sûre que toute la maisonnée avait entendu ce qu'il s'était passé ce matin, y compris Fred.

*Zut !*

— Tu vas me déposer ? Tu es attendu ailleurs ?

Il hésita.

— Dis-moi, insistai-je en plissant les yeux.

— Tu finiras par l'apprendre de toute façon, céda-t-il en penchant la tête sur le côté.

C'était sa seule raison pour me dire la vérité ?

— Après que les triplés Tonyi t'ont emmenée en territoire Fyrlia, les clans ont passé un accord pour éviter d'impliquer un clan impartial, expliqua-t-il.

Ça, j'étais déjà au courant.

— Et c'était quoi le marché ? m'enquis-je.

— Une partie exige que je passe deux heures et demie avec le roi Mikhail tous les vendredis soir, de dix heures et demie à une heure du matin.

*Waouh !*

Tout d'abord, ça entravait la capacité de Kyros à mener son équipe ces jours-là. Mais surtout…

— Ça dure depuis plusieurs semaines ?

Kyros hocha la tête tout en guidant la voiture à travers Black.

Cela ne devait pas du tout lui convenir.

— Je parie que Mikhail passe tout ce temps à te bourrer le crâne de conneries sur le fait que tu serais son fils.

*Résignation.*

Je grinçai des dents.

— C'est n'importe quoi. Pourquoi est-ce que ton père a accepté ça ?

Je n'arrivais vraiment pas à comprendre ce qu'il se passait dans la tête de Julius. Il aimait ses enfants. Mais il humiliait son fils. Il montrait parfois de bons côtés, mais de manière générale, c'était un enfoiré cruel.

— C'est moi qui ai fait cette proposition, déclara Kyros.

*Pardon ?*

— Mais qu'est-ce qui t'a pris de faire ça ?

Une vague de réticence s'empara de lui.

— Tu n'as pas de doutes sur l'identité de tes vrais parents, n'est-ce pas ? le pressai-je.

— Non. Pas vraiment. Mais si je te le dis, tu vas te mettre en colère, répondit le vampire en pinçant les lèvres.

— Et je serai encore plus énervée si tu ne craches pas le morceau.

Il s'arrêta à un feu rouge.

— Si je ne l'avais pas fait, un clan impartial aurait interrogé Tommy. Si mes soupçons sur l'étendue des connaissances de ton amie sur mon espèce sont corrects, elle serait morte à l'heure qu'il est. Dans le meilleur des cas, elle aurait été contrainte. Je ne t'ai rien dit parce que tu n'aimes pas que j'interfère avec sa vie.

L'ironie de la situation faillit m'étouffer. Les interférences n'incluaient pas de lui sauver la vie.

— Comment tu l'as su ? demandai-je doucement.

— Tu es plus heureuse quand elle est dans ta vie. Tu te sentais seule, puis soudain, tu es redevenue très joyeuse. J'ai ensuite découvert que vous vous revoyiez. Les amitiés comme celle que vous partagez ne permettent aucun mensonge. De ce fait, tu as trouvé un moyen pour contourner mon excellente contrainte.

*Oups !*

Je ne pouvais pas m'attribuer ce mérite. C'était Angelica qui m'avait rendu Tommy. Je me tordis les mains, posées sur mes jambes.

— Ne pose pas la question que tu as en tête, souffla Kyros. Je t'ai dit que je ne ferais aucun mal à ton amie, et j'étais sérieux.

J'expirai un souffle tremblotant, puis sentis sa frustration enfler face à mon manque de confiance.

Mais en même temps, c'était Tommy.

Kyros me lança un regard.

— Tu comptes me raconter comment tu as pu contourner la contrainte ?

— Hein ?

— Je finirai par le découvrir, lança le vampire après avoir levé les yeux au ciel.

Le feu passa au vert et guida la voiture – identique au modèle que j'avais jeté du haut de la falaise, à première vue – à travers Blue.

— Tu as révélé la vérité à propos de Theodore à Tommy et elle ne l'a pas bien pris, murmura-t-il tandis que les appartements proprets et les jardins partagés défilaient autour de nous. J'ai ressenti ta douleur hier matin. Elle est partie ?

— Elle l'aimait et n'a pas pu accepter le fait qu'il est mort, que c'est moi qui l'ai tué, ni que c'était un Vissimo. Elle a tout rejeté. Elle ne reviendra pas.

Je n'avais pas osé me laisser ressentir quoi que ce soit d'autre que du vide sur ce sujet.

— Elle reviendra.

— Non, répliquai-je en serrant mes bras autour de moi. La dernière fois, il restait une étincelle d'amitié. Je l'ai vue mourir hier. Je la connais. C'est fini pour de bon. J'ai envoyé dix Vissimo la surveiller, mais ça ne va pas plus loin.

Kyros resta silencieux pendant un long moment avant de conclure :

— Alors elle a perdu un grand trésor.

— Je suis relativement sûre que c'est l'inverse, lâchai-je d'une voix creuse.

Il ne dit plus rien durant le reste du trajet, me déposa dans le parking souterrain, puis attendit que je sois dans l'ascenseur avant de repartir. Quelle foutue blague ! J'avais envie d'étrangler le roi Mikhail. Si Kyros voulait faire semblant que ça ne l'affectait pas, très bien ! Mais je savais que c'était faux.

Le courant se dissipa pour atteindre un niveau supportable tandis que l'ascenseur montait à toute allure. Par la grâce de Zeus ! Une journée en sa compagnie avait déclenché la pire des langueurs. J'inspirai profondément tout en me rappelant comment j'avais joui dans le dressing.

Il restait une heure avant le lancer de dés. J'allais passer ce temps à rattraper mon retard des dernières semaines avec Conrad, Ilion et Danielle, trois des seconds de Kyros. Ils devaient être en train de déjeuner au cinquantième étage.

— Mademoiselle Le Spyre, me salua Ilion quand je pénétrai dans la cafétéria.

C'était mon second préféré ; il me
avec son regard perspicace.

Je fis glisser ma veste de mes épaules
dossier d'une chaise. Je m'installais géné
de la pièce, au plus proche des ascense
surcharge Vissimo, mais les seconds s'as
milieu de centaines de tables rondes, alors … de
vampires surpuissants me dérangeait de moins en moins.

— Salut, Ilion. Merci de me retrouver ici. Il vaut certainement mieux que je me mette à jour avant ce soir.

— Danielle et Conrad vont nous rejoindre sous peu, m'informa-t-il. Puis-je vous exprimer mon soulagement sincère de vous voir remise de vos soucis ?

On aurait dit qu'il parlait d'une simple rémission après une cheville foulée.

— Merci, j'apprécie vraiment, lui assurai-je avant de sortir mon carnet. Alors, quelles propriétés les Fyrlia ont-ils acquises cette semaine ?

Ilion tapota l'écran de sa tablette.

— Ce n'est pas bon.

— À quel point ? m'inquiétai-je, un air défait sur le visage.

Il balaya la pièce du regard, puis redressa sa tablette pour me réciter la liste. Elle était particulièrement longue. En comparaison, les acquisitions des Sundulus étaient ridicules. Le second enchaîna sur les changements dans chaque industrie. Bien que les résultats ne soient pas aussi significatifs qu'au niveau de l'immobilier, les Fyrlia avaient pris de l'avance sur le plateau.

— Ce qui est étrange, ce sont leurs prix d'achat, marmonna-t-il. Ils jettent l'argent par les fenêtres pour ces propriétés. Dans tous les secteurs, même.

Je savais pourquoi.

— Ça n'a aucun sens, lançai-je malgré tout.

— Sauf s'ils pensent qu'ils sont sur le point de gagner, murmura-t-il. Nos efforts pour ralentir le projet de M. Ringly s'avèrent inefficaces. Si nos statisticiens ont raison, il ne nous reste que quelques semaines pour retourner la situation.

choquée. Puis vint la colère. Kyros avait complè-minimisé l'état catastrophique de la partie. Il avait donné une précaution «dans le pire des cas» avant de se servir de la présence des Débiteurs comme excuse.

Je savais bien évidemment que les Fyrlia allaient retourner la situation aussi vite que possible avec l'information que je leur avais révélée.

— Bon, c'est quoi la stratégie ?

— Kyros se renseigne sur la légitimité des documents du conseil concernant la validation du projet de M. Ringly, soupira Ilion. On a déjà passé ces papiers en revue, mais la famille royale est persuadée qu'il y a quelque chose qui cloche. Sinon, le prince Rory a donné son autorisation pour doubler le budget alloué au jeu.

Ilion et les autres seconds ignoraient tout du coup de poker. Je ne savais pas si j'aurais dû me sentir mal à l'aise à l'idée que Kyros et moi ayons eu la même idée, celle d'enquêter sur l'accord de développement.

Danielle et Conrad nous rejoignirent, et une discussion plus profonde sur l'état du jeu débuta. Quand les Vissimo autour de moi se mirent à quitter la cafétéria pour se préparer au lancer du soir, j'étais déjà épuisée alors que ma journée de travail n'avait pas encore commencé.

— Merci, leur dis-je d'une voix fatiguée. Ça m'aide beaucoup.

— On va s'en sortir, mademoiselle Le Spyre, lança Conrad en posant une main sur mon épaule.

Étant donné qu'il ne m'aimait pas beaucoup, j'appréciais son encouragement.

Nous entrâmes dans l'ascenseur, et un groupe d'employés se précipita hors de la cabine quand Ilion gronda.

Au moment où les portes se refermaient, Angelica se glissa dedans.

Elle me sourit.

*Merde !*

— Je ne sais pas quelle nouvelle pourrie vous venez m'annoncer, mais qu'on en finisse, lançai-je d'un ton neutre.

Son sourire s'élargit, et elle me tendit une enveloppe vert foncé. Elle était scellée par un cachet en cire dorée.

*F.A.*

Foutrement Acariâtre. Ou Francesca Atagio.

Ou peut-être les deux.

— Est-ce que j'ai envie de voir ce qu'elle contient ? marmonnai-je.

— Probablement pas.

Avec un ricanement, je glissai mon doigt sous le sceau et le brisai pour en sortir une feuille épaisse.

Dessus étaient inscrits les détails du défilé de mode. Le dimanche suivant, neuf jours plus tard.

*Argh !*

Danielle saisit l'invitation quand je la lui tendis.

— Les frères et sœurs de Kyros vont finir par avoir ma peau, me plaignis-je.

— S'ils ne vous avaient pas acceptée, ils ne se donneraient pas cette peine, répondit Danielle avec un petit sourire.

Francesca allait me faire porter la pire des créations existantes. Les journaux allaient s'amuser à titrer que Basilia Le Spyre s'habillait avec des haillons.

Mais ses efforts forçaient le respect.

— Francesca est peut-être la moins mauvaise, admis-je.

— J'ai bien aimé le coup de Lionel, répliqua Conrad. Même si Kyros a fait repeindre les panneaux publicitaires moins de deux heures plus tard.

Ouais. C'était avec Lionel que je m'étais le plus amusée. Ou peut-être Lalitta.

— Safina n'a toujours pas révélé sa main, fit remarquer Ilion. Elle ne nous décevra pas.

Je récupérai l'invitation au défilé pour la ranger dans mon sac.

— Pourquoi est-ce que j'ai l'impression que vous appréciez le spectacle ? demandai-je.

— Parce que c'est le cas, répliqua Angelica en posant sa main sur la mienne.

Quand nous atteignîmes le tube vitré, la salle dans laquelle les rois et leurs reines se réunissaient tous les soirs pour le lancer de dés était déjà apparue.

Les monarques pénétrèrent dans la pièce, mais ils n'étaient pas seuls.

J'inspirai profondément en voyant Kyros entrer à la suite du roi Mikhail.

Angelica me lança un regard.

— Vous n'étiez pas au courant.

— Si. Mais le voir me cause un choc.

*Cet enfoiré et sa sale habitude de tout minimiser.*

Les deux partis se firent face et Kyros s'inclina bas à l'intention de son père et de sa mère. Le visage du roi Mikhail ne laissa rien paraître, mais il devait être carrément énervé.

Je n'étais pas sûre de m'être déjà sentie protectrice envers Kyros, en tout cas pas à ce point-là, mais je serais capable de me révéler violente si cela se passait mal.

Un réconfort étranger m'enveloppa, et je plissai les yeux tandis que Kyros tentait de me calmer depuis le côté Fyrlia de la salle du lancer.

Je dégainai mon téléphone pour taper :

**Jolie place. À quel point ils t'ont déclassé ?**

*Envoyé.*

Les rois étaient l'un en face de l'autre quand le téléphone de Kyros vibra. Son expression ne changea pas, mais je sentis son sursaut de surprise.

*Merde !* Pourquoi n'avait-il pas mis son téléphone sur silencieux ?

Les quatre monarques s'immobilisèrent pour le dévisager.

Il soutint leurs regards tout en sortant son portable.

Kyros lut le message et un grand sourire étira ses lèvres. Sa gratitude m'emplit, puis mon téléphone sonna.

Comme si nous avions organisé tout ça, les Vissimo du soixante-sixième étage pivotèrent vers moi.

— Qu'est-ce que vous faites ? demanda Angelica.

— On fait chier Mikhail. C'est un enfoiré.

Quelques exclamations choquées résonnèrent autour.

Est-ce que c'était mal vu ? Oups !

Je lus le message de Kyros.

**C'était cadeau. Je ne pouvais pas refuser.**

À l'écran, le roi Mikhail récupéra les dés.

Les lèvres pincées, je préparai ma réponse.

**C'est OK pour moi concernant le cinquième échange.**

Quand Mikhail s'accroupit en se penchant en avant pour se préparer à étendre ses bras, j'envoyai le texto.

La vibration le surprit quand les dés quittèrent le bout de ses doigts.

Je me mis à rire et Angelica se tourna vers moi comme si j'avais perdu l'esprit.

J'étais relativement sûre de l'avoir perdu au moment où je m'étais jetée d'une falaise dans une voiture pour prouver que j'avais raison.

Les rois retournèrent à leur place tandis que Kyros lisait mon message. Il leva la tête et, *nom d'un chien*, j'aurais parié qu'il regardait droit dans ma direction à travers la caméra.

— Qu'est-ce que vous venez de lui dire ? chuchota Conrad.

— On discute juste de la pluie et du beau temps, mentis-je, le rouge aux joues.

Il ricana.

Les dés furent catapultés à travers toute la pièce, puis, quand ils ralentirent, tout le monde se tut. On ne pouvait pas se permettre que les Fyrlia tombent à nouveau sur les terres agricoles. C'était la seule industrie dans laquelle aucun des clans n'avait encore d'avantages. Avec le projet de développement de M. Ringly sur la table, si les Fyrlia gagnaient en influence là-bas les premiers, alors on serait vraiment dans la merde.

Le dé au pied de la reine Titania affichait un cinq.

L'autre était un quatre.

Donc un neuf. Ce qui les faisait atterrir en plein sur les terres agricoles.

— Fait chier ! rageai-je en mettant un coup de pied dans le tube de verre.

Ilion m'attrapa le bras tandis que des murmures excités s'élevaient dans mon dos.

— Non, l'un des dés touche la chaussure de la reine Zofia.

*Cool.* J'espérais qu'ils pourraient le revendre sur eBay à un bon prix.

— Si l'un des dés touche quelqu'un, alors ils doivent les relancer, m'expliqua Danielle.

*Ah !*

— C'est génial !

Intérieurement, Kyros hurlait de rire, bien que ce ne soit nullement perceptible extérieurement.

— Les distractions venant du camp qui lance ne sont pas considérées comme des interférences, m'informa Conrad en pressant mon épaule.

Je reportai mon attention vers la diffusion en direct pour observer le roi Mikhail. Le seul signe visible de sa fureur était la peau blanchie autour de ses lèvres pincées.

Les rois s'avancèrent à nouveau. Je ne savais absolument pas comment évaluer la réaction du roi Julius, mais j'avais le pressentiment qu'il appréciait grandement l'humiliation de son ennemi.

Kyros était en train de taper un message.

**Qu'est-ce qui a changé dans les deux dernières heures ?**

Cette fois, j'attendis que le roi Mikhail ait lancé les dés pour répondre. Il devait s'attendre à une autre distraction et me jouer de lui deux fois semblait très risqué pour ma vie.

*Hmm*, qu'est-ce qui avait changé ces dernières heures ? J'avais appris que Kyros avait sacrifié son temps et son bonheur pour que mon amie puisse rester libre et vivante.

Mais en vérité ?

Dans un soupir, je lui répondis :

**Rien.**

Non seulement j'avais besoin de procéder au cinquième échange avec Kyros, mais j'en avais envie. *Vraiment.*

*Désespérément.*

Il était la tour entière à lui seul, et il ne servait plus à rien que je me voile la face.

Le moindre fragment d'espoir et d'impatience que je ressentais se changea en peur et en culpabilité… ainsi qu'en détermination. Faire machine arrière n'était pas une option. Ça ne l'avait pas été depuis que j'étais entrée dans le Building Kyros, alors finalement, rien n'avait changé en dehors du fait que j'étais prête à l'admettre.

J'allais perdre de toute façon, d'une manière ou d'une autre. Si ce n'était pas à cause de ma trahison, alors ce serait parce que je jouais contre lui.

Tout ça n'avait aucun sens.

— Quatre ! s'exclama quelqu'un.

— Orange, révéla Ilion avec un grand sourire. Bien joué, mademoiselle Le Spyre.

Conrad me donna une claque dans le dos, qui faillit m'envoyer valser.

Bien joué ?

Ils ne diraient plus ça à la fin.

***

— Merci d'être venus aujourd'hui, déclarai-je à la foule de cinquante Débiteurs d'une voix basse.

Je me tenais sur une table de la piscine, prête pour mon après-midi à visiter des propriétés problématiques pour Live Right. J'avais passé le week-end à mettre à jour ma stratégie de jeu et à remettre mes équipes sur la bonne voie.

Je pouvais toujours compter sur le travail pour m'éviter de trop ressentir d'émotions et penser à Tommy et à la longue liste d'ennuis que je m'étais attirés.

Les Débiteurs me regardaient froidement. Les sourires qu'ils m'adressaient toujours n'étaient plus qu'un souvenir. Ouais, sortir en douce sans les prévenir avait été un sale coup. Je le savais déjà à ce moment-là – même si je n'étais pas au courant du risque que représentait pour eux un Kyros devenant fou –, mais j'avais tout de même agi en sachant que ça les mettrait dans l'embarras.

— Je suis désolée de tous vous avoir mis en danger en fuyant le domaine, déclarai-je. Je n'ai aucune excuse, si ce n'est que la vie de Tommy était en jeu et que je ne comprenais pas à quel point Kyros le prendrait mal.

Certains d'entre eux se radoucirent, mais à leur place, pardonnerais-je à une humaine d'avoir risqué ma vie alors que j'étais incapable de me protéger ?

*Sûrement pas.*

Je me mordillai la lèvre inférieure.

— Je n'avais pas l'intention de vous mettre dans une position où vous vous sentiriez menacés et incapables de faire quoi que ce soit. Je me rends également compte que si quelqu'un me faisait ça, j'aurais beaucoup de mal à lui pardonner. J'ai déjà promis à Laurel que je ne mettrais plus jamais les Vissimo présents sur cette propriété dans une telle situation, et sachez que je n'ai pas fait cette promesse à la légère. Vous avez vu jusqu'où je peux aller pour sauver quelqu'un à qui je tiens. En plus de cette promesse, j'ai accepté de vous faire confiance pour protéger les personnes que j'aime. C'est une première dans ma vie.

Je les observai, mes entrailles de nouveau contractées par la culpabilité.

— Cela étant dit, j'avais préparé une surprise pour vous avant de me comporter comme une vraie connasse, mais je ne suis plus certaine que ce cadeau soit encore le bienvenu.

Laurel était restée à côté pendant toute la conversation, son visage aussi dur que celui des autres. J'étais seule dans cette histoire, et je ne m'étais pas attendue à ce qu'il en soit autrement.

Ma dernière remarque lui fit froncer les sourcils.

S'ils rejetaient mon cadeau, je l'aurais mérité.

— J'ai acheté une boîte de nuit il y a un mois. L'inauguration aura lieu ce soir. Je souhaite inviter tous vos frères et sœurs Vissimo qui ne sont pas de service ce soir, ainsi que ceux de garde au domaine, à se joindre à la fête. Si vous ne venez pas, ce sera une inauguration vraiment pourrie, mais je respecterai votre décision d'y assister ou non. Et attendez-vous à ce qu'il y ait des caméras.

J'expirai longuement, hochai la tête à leur intention, puis sautai de la table.

J'avais l'impression de sentir cinquante paires d'yeux se planter dans mon dos sur le chemin jusqu'à la maison, mais j'étais contente de m'être enfin débarrassée du poids de la culpabilité pesant sur ma poitrine. Cela dit, j'en ressentais tellement que je n'étais pas certaine de m'être libérée de ne serait-ce que quelques grammes.

— Mademoiselle Le Spyre, m'interpella Fred en s'inclinant légèrement tandis que je traversais la salle de musique pour rejoindre mon bureau.

— Bonjour, Fred, je peux vous aider ?

— Seulement quelques affaires courantes que j'aimerais aborder avec vous.

— Bien sûr, entrez.

Il me suivit dans le bureau et, dès que la porte fut fermée, il déclencha le système antibruit.

Je clignai des yeux en voyant son visage devenir complètement sérieux.

— Vous allez bien ? L'homme dans votre suite, il y a deux jours. On vous a entendue crier.

… *Oh, bordel !*

Le majordome était accablé.

— Il vous a blessée, mais je ne savais pas si ça faisait partie ou non de votre stratégie. Je ne voulais pas agir sans une quelconque confirmation de votre part.

— Vous avez bien fait d'attendre, Fred, répondis-je fermement en contournant le bureau sur lequel l'ordinateur était déjà allumé, entouré de piles de documents. Si quelque chose de semblable arrive à l'avenir, n'intervenez pas.

Il me fixa avec intensité.

— Il ne vous a pas fait mal ?

*Ahem !* Il m'avait fait mal, mais de toute évidence, c'était ce que je voulais sans le savoir.

Je me raclai la gorge.

— Absolument pas, Fred. Merci de vous être inquiété. Et je le pense vraiment.

— Ce vampire est important, reprit Fred, tandis que son masque de majordome reprenait place sur son visage.

S'il était important ? Dans le jeu, absolument. Pour les rois, également. Pour moi ?

Je penchai la tête.

Fred grimaça.

— Je sais que je n'ai pas à dire ça, mais l'idée qu'un monstre de ce genre envahisse votre espace personnel me rend malade. Je suis certain que votre grand-mère ne s'attendait pas à ce que vous alliez aussi loin dans le jeu.

Ses mots me firent l'effet d'un coup de poing dans le ventre. Malgré son mensonge initial, il savait parfaitement ce qui avait causé ces cris.

Les mots « super gênant » me vinrent à l'esprit.

J'ouvris le premier mail, qui était un rapport de mon équipe de courtage.

— Vous avez raison. Vous n'avez pas à dire cela. Y a-t-il autre chose que je puisse faire pour vous ?

Quand je relevai les yeux vers lui, ses joues étaient devenues cramoisies. Pas à cause de la colère. Le majordome semblait complètement mortifié.

En vérité, l'idée de ce que dirait ma grand-mère si elle savait ce que je faisais me répugnait. Mes mots avaient été plus durs que je n'en avais eu l'intention, mais je ne pouvais plus faire marche arrière.

— Désolé d'avoir dépassé les limites, mademoiselle, s'excusa l'homme en s'inclinant. Je n'ai rien d'autre à voir avec vous. Je vous laisse à votre correspondance.

*Et la culpabilité est de retour.*

— Encore une chose, l'interpellai-je tandis qu'il était à la porte. M. Tetley est-il parti ?

Il se retourna, faisant la moue.

— Oui, mademoiselle Le Spyre. Je suis en train de chercher un remplaçant.

Tommy avait donc tenu sa promesse. Ça ne me surprenait pas que son père suive sa fille unique. Elle était tout pour lui.

— Salut, Freddy, Basilia est là ?

Mme Gaughton se glissa dans le bureau sans attendre sa réponse.

— Salut Basi.

J'adressai un sourire à Fred par-dessus la tête de la femme.

— Ce sera tout, Fred. Merci.

*Désolée.*

— Mme Hannah, la saluai-je une fois la porte fermée.

Je passai la main sous le bureau pour déclencher le générateur de fréquence. Ça n'empêcherait pas les Débiteurs déterminés d'entendre, mais ils devraient être proches pour pouvoir écouter la conversation, et je savais pertinemment que mon équipe principale de sept Débitrices était celle postée au plus près de la maison.

La femme âgée étudia ma tenue.

— Tu sors pour Live Right aujourd'hui ?

— Tout à fait. Il faut que je rattrape mon retard après mes trois semaines de congé.

— Je t'aime bien, Basi, mais je dois dire que Live Right me semble vraiment suspecte. Si un jour tu veux plutôt travailler pour une boîte qui se soucie des intérêts des habitants de Bluff City, viens me voir.

Est-ce que Mme Gaughton essayait de me débaucher pour ma propre entreprise ? Elle ne se doutait pas le moins du monde que j'étais la patronne.

Je l'adorais.

— J'en conclus que vous appréciez le nouveau travail avec Tommy alors ? lui demandai-je.

Prononcer le prénom de mon amie me laissa un goût amer.

— Je ne suis pas censée en parler, répondit-elle avec un clin d'œil. Mais oui. Tommy est en congé en ce moment, alors j'ai temporairement repris sa place aux ressources humaines. J'ai embauché quelques personnes.

Je notai mentalement de lire le dernier rapport de Churchill au plus vite.

— Des gens que je connais ?

— Alors, écoute bien. À Bluff City, il y a des parcelles qui sont considérées comme problématiques. On a du mal à les acquérir. Donc je me suis dit…, pourquoi ne pas embaucher certains de ces propriétaires ?

Étant donné que c'était ce que j'avais fait avec elle, je ne pouvais que valider ce raisonnement.

— On a aussi une liste de ce genre chez Live Right, sûrement la même. Je connais probablement le nom de vos nouveaux employés.

— Le premier a été M. Triffz.

J'en restai bouche bée.

— M. Triffz ? Vous vous fichez de moi ! C'est l'enfoiré qui m'a jeté du compost.

— Tout ce dont il avait besoin, c'était une bataille à mener, déclara-t-elle en me lançant un regard appuyé. Il veut abattre Live Right et Foremost. Il pense que ce sont des agents secrets qui tentent de placer les personnes âgées dans des maisons de retraite.

Et il travaillait désormais pour moi.

— Quand j'ai vendu sa maison à une adorable famille en Espagne, je l'ai aidé à trouver une location plus petite. De fil en aiguille, je l'ai embauché.

J'assimilai cette information du mieux que je pus.

— D'autres personnes ? demandai-je.

— M. Trenington. Ainsi qu'une certaine Mme Franger.

Tous les deux sur la liste des propriétés problématiques. Je n'avais rencontré que M. Trenington, un homme plein de soupçons. Mme Franger déclenchait son arrosage automatique dès que j'atteignais sa boîte aux lettres.

— Et vous avez aussi acheté leurs maisons ?

— Ce n'était pas si compliqué finalement, gloussa-t-elle. Il suffit de leur parler comme s'ils étaient de vraies personnes.

Je retins un sourire.

— On dirait que vous étiez faite pour les ressources humaines, lui lançai-je.

— Oui, mais ce n'est que jusqu'au retour de Tommy.

La femme semblait légèrement contrariée.

— Est-ce que tu sais quand elle reviendra ? m'interrogea-t-elle.

J'hésitai un instant, puis décidai de révéler une partie de la vérité.

— Nous ne sommes pas en bons termes en ce moment. C'est à cause de moi si son petit ami a rompu. J'ai dit à Theodore ce que je pensais de lui et il est parti sans lui dire où il allait. Elle m'en veut vraiment.

Mme Gaughton m'observa.

— Je ne t'ai jamais vue être méchante sans une bonne raison. Il lui faisait du mal ?

— Beaucoup, confirmai-je en hochant la tête. Sans qu'elle s'en rende compte.

— Alors c'est un connard. Si Tommy a le moindre bon sens, et je sais qu'elle en a, elle finira par revenir. Ce n'est jamais facile d'avoir le cœur brisé, surtout la première fois.

C'étaient des mots que j'avais désespérément envie de croire.

— D'ailleurs, la divine armoire à glace que j'ai vue passer l'autre jour me dit quelque chose. Il se baladait comme si l'endroit lui appartenait, si je puis me permettre.

— Qui ça ? fis-je d'un ton innocent.

Elle agita une main en l'air.

— Pas de ça avec moi. On a tous entendu les cris.

*Argh !* Je ravalai un rire.

— Je me suis cogné un orteil.

— J'aimerais bien me cogner un orteil comme ça, de temps en temps, répliqua-t-elle alors que son regard noisette s'assombrissait.

— J'avoue que ça ne me dérangerait pas de remettre ça, lançai-je avec un grand sourire.

Elle m'adressa un regard noir.

— Tu es retournée dans les bras du gars qui en avait après ton argent ? Enfin, je ne peux pas te blâmer, c'est un sacré morceau.

— Il m'a dit qu'il n'en avait pas après quoi que ce soit m'appartenant, lançai-je en faisant la moue. Je ne suis pas sûre. Alors je le mets à l'épreuve. Vous pourriez me rendre un service ?

— Bien sûr.

— S'il vous pose la moindre question sur la façon dont vous êtes arrivée ici, ou en quoi consiste votre travail à Tommy et vous, vous pourriez lui mentir et me tenir au courant ? Il pensera sûrement que vous bossez pour moi ou que vous êtes un membre de ma famille, donc s'il est ici pour de mauvaises raisons, je pense que c'est vous qu'il ira voir en premier. Assurez-vous de lui raconter n'importe quoi.

L'éclat qui traversa son regard était maléfique à deux cents pour cent.

— Ce sera un plaisir, m'assura-t-elle avant qu'une étincelle salace n'illumine ses yeux. Alors on peut s'attendre à le voir ici souvent ?

— Oui, confirmai-je en haussant un sourcil. Pourquoi ?

— Je me demandais juste si vous alliez vous envoyer en l'air sauvagement en permanence.

Je fis le tour du bureau à toute allure pour la chasser de la pièce, un rire rauque remontant dans ma gorge.

— Il est temps pour Mme Hannah de laisser Basilia travailler en paix, dis-je en riant.

— Réponds-moi ! s'exclama la femme juste avant que je referme la porte du bureau.

# Chapitre 7

— J'ai réussi à obtenir les documents relatifs à la validation du projet de développement de M. Ringly, annonça lady Treena. Et tout son dossier. Je me suis dit qu'il valait mieux aller au fond des choses. Il y a peut-être eu une transgression précédente dont on pourrait se servir.

J'étais relativement sûre que les Sundulus avaient déjà essayé.

Après quelques heures qui m'avaient fait l'effet d'une torture à la réunion précédente, ils connaissaient presque tous les détails de mes échanges avec Kyros – tout sauf une toute petite chose.

Ils ne savaient pas que Kyros n'était pas du tout un tyran maléfique qui contrôlait mon esprit. Je n'aurais simplement pas pu supporter de leur expliquer que j'étais considérée comme sa compagne véritable ni de voir leurs visages horrifiés et déçus.

J'aurais vu la même chose sur celui de Grand-mère.

Dame Burke posa une pile de papiers devant moi, à côté du dossier que j'avais apporté comme référence. C'étaient les détails de leurs contraintes.

Lalitta avait contraint Dame Burke trente-cinq ans plus tôt. Pas trop étroitement, ce qui était bien le genre de la femme vampire.

Je survolai la première page.

— Ce sont tous les courriers et les refus pour sa demande de validation de développement au cours des dix dernières années. Tu remarqueras que la problématique principale était la perte des terres agricoles nécessaires au profit de zones résidentielles. Ça lui a coûté un rein d'essayer d'obtenir la validation. C'était idiot de sa part si tu veux mon avis.

Raison pour laquelle j'étais persuadée que la réponse se trouvait là. Les Fyrlia n'étaient pas des novices dans ce jeu, et les Sundulus non plus. Mais aucun d'eux n'était humain. C'était une tentative désespérée, cependant, il ne me restait plus que ça.

Je balayai rapidement du regard la pile de documents avant de la faire passer à M. Dithis, à ma gauche. Il était contrôlé par Gina, mais il pouvait parler de tout ce qui avait un rapport avec les Vissimo en utilisant des métaphores. Personne ne savait comment il avait découvert ça.

— Avez-vous remarqué quoi que ce soit de louche, lady Treena ? demandai-je en consultant mon autre dossier.

Cette dernière était sous le contrôle du roi Mikhail en personne. Sa contrainte était presque aussi puissante que la mienne, sauf qu'elle pouvait hocher la tête pour répondre à des questions directes. Il la contactait habituellement par le biais de sous-fifres, afin d'obtenir des informations sur les affaires du conseil, ce qui arrivait de moins en moins depuis son départ à la retraite. Elle était contrainte depuis aussi longtemps que sir Olythieu.

— Non, répondit-elle. Et j'ai tout passé en revue méticuleusement.

M. Dithis transmit la pile à M. Hothen.

Celui-ci appartenait à Francesca ; il avait découvert Ingenium et les Vissimo quinze ans plus tôt. Il pouvait parler d'à peu près tout tant qu'il restait assez vague, ce qui pouvait sûrement être expliqué par la jeunesse de Francesca.

— Sandra Hoyt était l'urbaniste chargée du dossier ? remarqua-t-il.

— Pourquoi ? répliqua sir Olythieu d'un ton sec. Tu la connais ?

Il était contraint par le roi Julius et sa cage était aussi étroite que la mienne. Tel père, tel fils, visiblement.

— Je l'ai connu à un moment, confirma Hothen avec un sourire en coin.

Ce qui ne surprit personne. Il était extrêmement séduisant pour son âge et il le savait. Les femmes se jetaient à ses pieds ; sa seule règle était qu'il fallait qu'elles aient au moins vingt-cinq ans et reçu une bonne éducation.

Mme Syrre lui adressa un ricanement dédaigneux. J'avais du mal à imaginer Neelan boire le sang de cette femme raffinée pour la contraindre.

— Laisse-moi deviner, ironisa-t-elle. Tu as rompu avec une lettre.

Est-ce que c'était la version originale de « larguer par message » ?

— Eh bien, non ! l'informa M. Hothen en fronçant les sourcils. Elle a déménagé à Frankton Gorge et a coupé les ponts.

Je me figeai.

Sir Olythieu posa la question qui me taraudait avant moi :

— Quand a-t-elle déménagé ?

Lady Treena arracha le dossier des mains du séducteur, puis se mit à faire les cent pas tout en repassant en revue les documents.

— Je devrais te reprendre les parts de mon nouveau centre commercial pour avoir fait ça, lui lança M. Hothen en s'adossant de nouveau à son siège.

— Laisse les menaces en l'air aux classes inférieures, répliqua Treena après un bref coup d'œil.

Je pouffai en même temps que les autres.

— Il est possible que j'aie manqué quelque chose, reprit-elle en posant deux documents devant moi.

— Je n'aurais jamais cru vivre assez longtemps pour voir ce jour arriver, murmura Dame Burke de son côté.

— Il semblerait que Sandra Hoyt était toujours chargée du dossier il y a trois mois de cela, puis il a été repris par Julia Dinh.

Ce nom me disait quelque chose. Mais j'étais certaine que Julia Dinh était sous le contrôle des Sundulus.

— Il se pourrait qu'elle ait simplement déménagé, suggérai-je lentement, mon instinct me disant que ce n'était pas le cas.

— Il se pourrait qu'elle ait fui pour sauver sa vie, rétorqua Mme Syrre. Ou qu'elle ait été forcée à déménager.

Exactement.

— Je vais remonter jusqu'à son adresse actuelle, annonça Dame Burke en notant quelque chose dans son carnet.

— Il n'y a plus qu'à espérer que ce soit une piste, terminai-je avec un petit sourire. Si je peux apporter la preuve qu'il y a eu un accord louche, ils seront de nouveau bloqués au coude-à-coude.

Un clan impartial décréterait que l'accord de développement était nul et non avenu, au minimum, d'après les seconds de Kyros.

M. Hothen se rencogna dans son fauteuil.

— Je me demande parfois s'il ne vaudrait pas mieux laisser l'un des deux gagner.

Je repérai le F sur la table.

— Pas ceux-là, répliquai-je en levant la lettre tout en repensant au baiser de Kyros ce matin. Ils sont pires.

— Ils sont aussi mauvais les uns que les autres, cracha sir Olythieu.

Je secouai la tête, puis repoussai en arrière ma lourde tresse pour leur montrer ma cicatrice rouge. Je me levai ensuite pour leur révéler les hématomes presque effacés sur mon abdomen.

Tous les visages affichaient des envies de meurtre quand je me rassis.

Je levai à nouveau le F.

— Faites-moi confiance. Je sais de quoi je parle.

J'avais peut-être pensé la même chose au début, mais après avoir rencontré les deux familles royales et avoir été interrogée par les deux clans, je pouvais affirmer avec certitude qu'il y avait une différence.

Les Fyrlia n'étaient pas tous mauvais, mais ceux qui l'étaient étaient pourris jusqu'à la moelle.

— Qu'est-ce que tu peux nous dire sur les clans, ma chère ? demanda Dame Burke.

Je me figurai un parterre de soucis pour répondre :

— S a peur.

Nom d'un chien, me concentrer de la sorte me faisait suer !

— Ils ont raison. De ce que j'ai compris, seul un groupe d'aigles peut occuper les cieux, déclara M. Dithis.

La famille royale ennemie survivait. Oui.

— Deux S survivraient. Kyros et Titania.

— Dommage qu'ils n'y passent pas tous, lança M. Hothen d'un air sombre. Bon débarras !

Je retins une réplique tandis que ma culpabilité enflait. S'ils apprenaient que je dormais tous les soirs dans le même lit qu'un vampire, ils ne me regarderaient plus jamais de la même façon.

Je devrais leur dire. Je pourrais peut-être les convaincre que ça ne signifiait rien. Ils auraient des idées pour retourner ça à notre avantage.

Mais c'était peut-être pour ça que je ne voulais pas passer aux aveux.

S'ils l'apprenaient, ils s'attendraient à ce que je me serve de Kyros. Et si je ne le faisais pas, ils apprendraient mon petit secret.

Que je ne voulais plus blesser Kyros.

Pourtant, je ne pouvais pas non plus déshonorer la mémoire de ma grand-mère et ses amis.

J'avais atterri au milieu d'une bataille que je ne pourrais jamais gagner.

# Chapitre 8

Il n'y avait que Jessica Alba qui pouvait porter du cuir noir. Et plus particulièrement dans *Dark Angel.*

J'avais brisé ma règle deux fois.

Le cuir blanc ne comptait pas. Pas vrai ? Pourquoi est-ce que j'avais l'impression que mes principes étaient en train de s'écrouler ? Encore combien de temps avant que je ne porte du cuir noir sans le moindre remords ?

C'était une pente glissante.

— Souhaitez-vous que je vienne vous récupérer plus tard, mademoiselle Le Spyre ? s'enquit Fred à l'avant de la voiture.

Ma nouvelle boîte de nuit n'était pas loin du building Kyros.

— Non, merci. Je rentrerai au domaine vers quatre heures du matin.

— Très bien, mademoiselle, répondit-il avant de jeter un coup d'œil à l'extérieur. Je ferai mieux de vous aider à pénétrer dans le bâtiment.

J'observai la foule d'enfoirés avec des caméras qui s'était positionnée de chaque côté du tapis rouge. Ils pouvaient se montrer brusques. Et rien ne criait plus « femme riche » qu'un garde du corps.

— J'apprécierais, en effet, confirmai-je.

Évidemment, si personne n'était venu ni n'arrivait plus tard, les titres du soir et du lendemain incendieraient la boîte. J'avais rendu les Débiteurs vulnérables, c'était à mon tour maintenant.

Je baissai les yeux pour m'assurer que les parties de mon corps prévues étaient bien couvertes par le justaucorps en cuir blanc en attendant que Fred ouvre ma portière. Quand ce fut fait, j'étendis une longue jambe à l'extérieur de la limousine, puis marquai une pause.

Parce que ça ferait une super photo !

Un justaucorps blanc, des épaulettes à plumes argentées, des yeux sombres, et une cascade de boucles désordonnées tombant jusqu'au bas de mon dos ? Mes talons aiguilles beiges donnaient l'illusion que mes jambes étaient infinies. Je semblais intouchable.

*Défendue*. Comme le nom anglais de mon établissement : *Forbidden*.

Je me redressai et attendis que Fred referme la portière avant de commencer à remonter le tapis rouge à sa suite. J'étais sûrement encerclée par des Débiteurs, il était impensable qu'ils n'assurent pas ma protection, mais je n'en percevais aucun à travers le rideau de journalistes.

— Mademoiselle Le Spyre, pourquoi avez-vous renommé votre boîte de nuit *Forbidden* ? cria l'un d'eux.

*Eh bien*, parce que Ricky Pikar lui avait donné mon foutu prénom. En chiffres !?

Affichant mon sourire le plus resplendissant, je tournai la tête pour observer l'homme par-dessus mon épaule et répondis :

— Il faudra le découvrir par vous-même. C'est un secret.

Je levai un doigt devant mes lèvres.

Si Tommy m'avait vue à cet instant, elle aurait explosé de rire, mais j'avais dû assister à des cours avec l'attaché de presse du domaine pendant mon apprentissage des affaires. Le journaliste goba ces conneries aussitôt.

Mon estomac se retourna.

— Basilia ! En bas à droite ! Pour *International Business Success*, pourquoi une boîte de nuit ?

Je repérai la personne qui avait posé la question, posai une main sur ma hanche, puis fis voler mes cheveux vers l'arrière tandis que les flashs des appareils photo m'illuminaient.

Je détestais ce genre de situation. Je n'étais pas une poseuse douée. Les vidéos du Met Gala sur YouTube m'avaient sauvé la vie.

— Vous n'aimez pas faire des choses que vous savez que vous ne devriez pas faire ? lançai-je à la journaliste en inclinant la tête.

Ça renforcerait l'image de l'établissement.

— Est-ce que c'est symbolique de ce que va devenir l'empire Le Spyre ? répliqua-t-elle. Un virage à cent quatre-vingts degrés loin de l'image au carré de votre grand-mère ?

C'était à cause de ce genre de propos que je détestais ces événements. Bien décidée à ne rien laisser paraître, je tournai mon regard vers un objectif et baissai le menton pour lui offrir ce que j'espérais être une moue séductrice. Une partie de moi était contente d'avoir fait ce shooting avec Lionel.

— Ma grand-mère détestait ce qui était trop carré, dis-je finalement.

Ils avaient désormais assez de clichés pour accomplir ce pour quoi je les avais invités. Si les Débiteurs ne m'avaient pas posé de lapin, peu importerait que les journalistes dépeignent la boîte de nuit en bien ou en mal; cet endroit serait rempli pour les mois à venir. C'était une promesse de se mêler aux personnes riches et connues, avec une bonne dose d'exclusivité, à laquelle très peu de gens pouvaient résister. À part probablement Mme Gaughton, M. Triffz et le reste de ma liste de propriétaires problématiques.

— Au milieu à gauche ! Qui peut-on s'attendre à voir ce soir ? me héla un homme portant un tee-shirt taché de gras.

*Bonne question !*

Je l'examinai rapidement de haut en bas.

— Personne de votre connaissance, répliquai-je.

Les autres journalistes se mirent à rire.

*Le snobisme des vieilles fortunes.* J'étais plutôt douée pour l'imiter. Enfin, j'espérais que c'était principalement pour la galerie…

Je dirais que c'était au moins à moitié du cinéma.

Fred me fit remonter l'allée jusqu'à un petit panneau carré. Le néon éclatant de Ricky sur lequel était inscrit « 2274 » avait été remplacé immédiatement. Si une personne cherchait le *Forbidden* sans savoir où il était, elle ne le trouverait jamais.

*Sélect !*

À ma grande surprise, les portes furent tirées vers l'intérieur quand je m'approchai.

Mon cœur fit un bond dans ma poitrine lorsque j'aperçus Marcus et Kirsten dans leurs tenues de cuir noir. Je leur adressai un grand sourire en entrant. Les appareils photo crépitèrent furieusement derrière moi pour essayer d'obtenir un cliché. Tout ce qu'ils verraient serait deux sublimes créatures et un rideau noir.

Je me tournai vers les deux Vissimo quand les portes se refermèrent.

— Je suis contente que vous ayez pu venir, déclarai-je.

Au moins deux d'entre eux s'étaient déplacés, et mon pincement au cœur tandis que je les observais était presque douloureux.

J'entrouvris le rideau noir, puis fixai les vampires qui emplissaient ma boîte de nuit. Il y en avait plus que les cinquante de mon domaine. Bien plus. Ils étaient plusieurs centaines.

Je repérai autant de membres de mon équipe que possible dans la foule, puis pris la parole.

— Merci d'être venus.

Ma voix avait à peine tremblé.

Laurel inclina la tête. La tension dans mes épaules s'envola quand je vis les sourires des personnes occupant la piste de danse. On était au rez-de-chaussée du bâtiment. La boîte de nuit s'étendait sur plusieurs étages, devenant plus sélecte au fur et à mesure qu'on montait. Plus sombre et ennuyeuse, en d'autres termes.

— Peu importe de quel clan vous venez, vous êtes les bienvenus ! repris-je. Entre vous et moi, mes oreilles ne supportent toujours pas la musique forte. Alors ce soir, pour ce qui sera peut-être la première virée en boîte de certains d'entre vous, j'ai organisé une soirée silencieuse !

Je désignai d'un geste de la main les chariots couverts de casques audio disséminés à travers la pièce.

— Attrapez un casque et dansez autant que vous le voulez. Prenez ce que vous voulez derrière le bar. C'est moi qui offre ce soir ! Et soyez rassurés, il n'y a pas d'humains dans le bâtiment.

J'avais demandé à la manager de la boîte de se procurer une playlist pré-enregistrée auprès d'un DJ local. Pour des raisons légales, il était inscrit sur les papiers que mes trois chefs – qui étaient tous formés au service au bar – travaillaient ce soir. Les employés ne commenceraient à travailler que le jeudi suivant, et ce serait généralement la manager qui tiendrait l'établissement à ma place. J'y passerais de temps en temps, peut-être une fois par mois.

C'était une boîte de nuit ouverte trois soirs par semaine. La qualité plutôt que la quantité.

Les Vissimo se précipitèrent vers les casques audio tandis que je rejoignais le bar tout en les observant essayer de comprendre ce qu'était une soirée silencieuse. Un grand sourire étira mes lèvres quand ils se mirent à danser, leurs silhouettes devenant floues et se contorsionnant. Les journalistes à l'extérieur ne comprendraient pas du tout pourquoi c'était aussi calme.

Je me hissai sur un tabouret, et Laurel, Josie ainsi que Kelsea approchèrent. Elles étaient les seules à porter autre chose que du cuir noir. Elles avaient revêtu les robes que je leur avais offertes lorsque j'avais essayé de découvrir qui était l'espion dans la tour.

— Merci d'être venues, répétai-je.

Je n'étais pas sûre qu'on soit de nouveau en bons termes.

— Vous vous faisiez dessus avant d'entrer, avouez ! lança Kelsea avec un coup de coude dans les côtes.

Je lançai un regard par-dessus mon épaule avant de répondre.

— Absolument. Le justaucorps blanc était une très mauvaise idée.

Josie rit en attrapant la bouteille de tequila.

— On est quittes maintenant. On entendait les battements de votre cœur.

*Tu m'étonnes.*

— Tout va bien, alors ? demandai-je en regardant Laurel.

— Oui, de l'eau a coulé sous les ponts, confirma-t-elle après un hochement de tête.

Je me penchai en avant pour la serrer fort dans mes bras.

— Je t'aime, Loz.

Le vampire se figea contre moi.

Je la relâchai et rampai sur le bar comme une sirène baleine – ce foutu bar m'appartenait après tout. J'observai le mur de bouteilles. Par quoi commencer ?

— Des shots, murmurai-je. C'est pas comme si ça allait vous faire le moindre effet.

Et les Débiteurs ne prendraient rien si je ne le leur fourrais pas dans les mains.

Je recouvris des plateaux et fis signe de la main à Jillian et Evie.

— Vous pourriez distribuer ça ?

Je donnai un plateau à Jillian, puis attrapai la main d'Evie, la regardant droit dans les yeux.

— Je suis désolée, Evie. Sincèrement. Je te considère comme une amie et je t'ai fait un sale coup.

— En effet, confirma-t-elle en haussant une épaule. Et je ferais la même chose pour n'importe quel membre de ma famille s'ils étaient encore en vie. Vous êtes pardonnée.

Je l'attirai contre moi et plaquai un baiser sur sa joue.

— Merci. Je ne suis pas sûre de mériter tant de compréhension, mais je ne l'oublierai jamais.

La blonde au visage poupin se détendit dans mes bras et me rendit mon étreinte.

— Je vais aller aider Jillian à distribuer ces shots.

Je donnai également des plateaux à Kelsea et Josie, puis alignai des bouteilles d'alcool sur le bar pour que les vampires soient plus à l'aise à l'idée de les prendre.

Je récupérai le dernier plateau et me mis à l'œuvre, essayant de saouler mes invités avec de hautes doses d'alcool qu'ils évacueraient en moins de temps qu'il n'en fallait pour faire le tour de la salle.

Leurs pas de danse et leurs rires emplirent l'air. Avec leurs casques, ils criaient pour converser, ce qui m'amusait.

Après ma quatrième virée, il n'y avait plus aucune des bouteilles que j'avais sorties sur le bar. Ah ! Ah ! C'était plus satisfaisant que lorsque le père Noël mangeait la tapenade aux figues que je lui laissais le soir du réveillon.

J'alignai une nouvelle vingtaine de bouteilles sur le comptoir, puis lançai un regard à Laurel, qui approchait d'un homme faisant le double de sa taille. «Homme» n'était peut-être pas le terme le plus approprié pour le décrire. Il aurait été plus à sa place dans une galère, une épée à double tranchant dans les mains.

Nom d'un chien ! Est-ce qu'il faisait partie du harem de Laurel ? Elle aimait le genre Viking.

— Mademoiselle Le Spyre, commença-t-elle d'un ton formel. Je voudrais vous présenter Vladymir. Il tient l'équivalent de ma position chez les Débiteurs Fyrlia.

En d'autres termes, il était leur chef.

Vladymir le Viking tendit une main et je ressentis une pointe de chaleur. Tiens ? J'étais surprise que mes parties féminines puissent me titiller pour qui que ce soit d'autre que Kyros. Je ne pouvais rien y faire. Cet homme exsudait la promesse d'une partie de jambes en l'air sauvage.

Je reportai mon attention vers Laurel, qui haussa un sourcil.

Il lui plaisait carrément.

— Ravie de vous rencontrer, Vladymir, me repris-je. Les Vissimo du clan Fyrlia sont les bienvenus ce soir.

Ses yeux bleu-gris scintillèrent.

— Alors c'est vrai, vous ne nous appelez pas «Débiteurs», fit-il remarquer.

— Vous avez une dette, expliquai-je en haussant les épaules. Vous ne vous réduisez pas à cela. Pour la plupart d'entre vous, ce n'est même pas votre dette. Je déteste quand les gens me considèrent comme une gosse de riche typique. La personne qui a décidé que les gens devaient être classés en stéréotypes selon leur qualité la moins importante était une idiote.

— J'ai entendu parler de votre combat contre Theodore Tonyi, reprit-il.

Je m'immobilisai et lançai un regard à l'homme gigantesque.

— Ce n'est pas mon souvenir préféré.

— Mais il est honorable. Vous avez du courage, jeune femme.

Je ne me sentais pas honorable. Ni courageuse.

— Merci, marmonnai-je en déglutissant. Je suis désolée que vous soyez obligé de travailler pour ce taré de Mikhail. Je ne souhaite ça à personne.

Il échangea un regard avec Laurel. Elle haussa un sourcil et lui sourit.

Je n'avais aucune idée de ce qui se passait.

— Tu ne bois pas ? demandai-je à Laurel en lui tendant un verre à shooter.

— Personne des équipes du domaine ne boit ce soir, m'informa-t-elle en secouant la tête. Nous devons continuer à assurer votre sécurité.

— Oui, c'est vrai, répondis-je en grimaçant. Je suppose que Kyros n'apprécierait pas que vous plongiez dans l'alcool fort.

— Et vous, vous ne buvez pas ? m'interrogea-t-elle à son tour avec un geste de la main.

La situation était trop pourrie pour boire en ce moment. Ce qui était ironique, puisque c'était généralement ainsi que je me réconfortais quand tout partait en vrille.

— Non, je dois aller travailler à la tour tout à l'heure. Est-ce que Vladymir est dans ton harem ?

*Oups !*

Ce n'était pas le changement de sujet subtil que j'avais imaginé.

Les deux Vissimo s'observèrent de la même façon que lorsque j'étudiais une œuvre d'art abstrait ; comme s'ils essayaient de comprendre ce que les éclaboussures signifiaient et si c'était vraiment de l'art.

— On a évoqué cette possibilité, une fois, finit par reconnaître le Viking. Le problème est qu'on aime tous les deux être dominés.

Je n'étais pas du tout assez payée pour ce genre de conversation.

Je me raclai poliment la gorge avant de répliquer :

— Comme c'est mignon !

— On a décidé que ça ne pourrait pas fonctionner, m'informa Laurel avec un sourire.

— Oui, mais est-ce que ça ne serait pas comme un combat ? Enfin, un combat inversé ? Vous vous provoqueriez jusqu'à ce que l'un d'entre vous craque et prenne le contrôle.

Je m'adossai au comptoir tout en clignant des yeux.

*Nom d'un chien !* C'était quand, le cinquième échange ? J'avais besoin de m'envoyer en l'air.

Les deux vampires se dévisagèrent à nouveau intensément.

Ce regard-là, c'était celui que j'adressais aux mojitos à la fraise.

— Les enfants issus de notre union seraient puissants, déclara Vladymir d'une voix grave.

— Hmm, l'idée de te provoquer pour que tu me domines m'attire, renchérit Laurel.

— Ce n'est pas moi qui perdrai le contrôle, *skjaldmær*, gronda-t-il. Ton utérus m'appartient.

*Bordel de merde !*

Mon téléphone vibra. Je lus le message de Kyros.

**Où es-tu et que fais-tu ?**

*Hum !* Répondre que j'étais aux premières loges d'un porno viking ne me semblait pas une bonne idée.

Je renvoyai un gif de chiot.

Finalement, un verre me semblait être une bonne idée.

Je contournai le bar, perchée sur mes talons hauts.

— Je vais peut-être prendre juste un verre, annonçai-je. Je suis de nouveau assez riche pour boire des mojitos à la fraise, après tout.

Tout en fixant la bouteille de Bacardi, je me demandai :

— Merde ! Qu'est-ce qu'il y a d'autre dans un mojito ?

Josie apparut à ma gauche.

— Je m'occupais du bar pendant les événements de clan. Vous avez des fraises ? demanda-t-elle avant de commencer à fouiller les placards à toute vitesse sans me laisser le temps de répondre. Pas de fraises, mais j'ai trouvé des fruits de la passion. On part sur un mojito aux fruits de la passion ?

Je soupirai théâtralement.

— D'accord. Mais j'envoie un message à la foutue manager pour qu'elle achète des fraises avant la semaine prochaine.

*Certaines personnes ne savent pas ce qu'elles font.*

Vladymir et sa testostérone avaient disparu quand je retournai à ma place, mon mojito aux fruits de la passion à la main.

— Je suis étonnée que cet homme ne fasse pas tomber enceinte toutes les femmes, et même les hommes, dans un rayon de cinq mètres autour de lui, déclarai-je. Je n'arrive pas à croire que tu ne te le sois pas tapé. Laisse-le te pilonner, nom d'un chien !

Les lèvres de Laurel tressautèrent.

— Il vous a entendue.

Tant pis !

Mon téléphone vibra à nouveau.

**Réponds-moi. Tu es excitée.**

Le rouge me monta aux joues. *Argh*, que c'était embarrassant ! Je ne pouvais pas m'en empêcher. Me réveiller tous les jours aux côtés de Kyros était une torture pour ma libido. Avec notre contrôle ridicule quand nous étions à proximité l'un de l'autre, nous avancions sur une corde raide.

Si j'avais été un lapin, ça aurait été comme si le monde agitait une carotte juste hors de ma portée. Sauf que cette carotte représentait le meilleur sexe de toute ma vie.

**Je pense à toi tout nu…**

*Envoyé.*

Je n'aurais probablement pas dû faire ça.

— L'idée me titille depuis quelques décennies, mais la compatibilité sexuelle est le facteur le plus important dans nos relations, me raconta Laurel.

— Il faut essayer avant de se décider, avisai-je sagement.

Elle secoua la tête en souriant.

— Tu sors ça de *L'Étendue de la Vérité* ?

— Quoi ? Non. C'est un conseil que ma grand-mère m'a donné à mon dix-huitième anniversaire.

Laurel pencha la tête en arrière pour rire.

Je sirotai une gorgée de ma boisson et écarquillai les yeux.

— Pour l'amour des dieux du cocktail, qu'est-ce que c'est que ça ?

Où était Josie ? Ça n'avait sûrement aucune importance. Elle m'entendrait quand même.

— Josie, ce cocktail est incroyable ! m'exclamai-je.

Un pouce levé apparut au milieu des corps s'agitant.

— Je suis convertie, continuai-je, ébahie.

Mon téléphone vibra et j'avalai ma gorgée suivante de travers en fixant le gif envoyé par Kyros. Une putain de carotte qui pendait devant un lapin.

C'était… carrément perturbant. Il ne pouvait pas lire dans mes pensées, ce n'était donc qu'une coïncidence flippante.

Une coïncidence vraiment flippante.

— Merci de leur avoir offert ça, reprit Laurel en se retournant sur son tabouret.

Ignorant le message, je fis comme elle et observai Kelsea attraper la ceinture d'un vampire qui n'aurait pas dénoté s'il avait joué de la batterie pour Queen.

Si tout se passait comme prévu, les Débiteurs pouvaient s'attendre à davantage d'expériences de ce genre. Des croisières, des fêtes sur des îles privées, des soirées casino, des comédies musicales et des séances de cinéma en extérieur. Ma vie tombait en morceaux autour de moi, mais les leurs étaient plongées dans le chaos depuis des décennies, voire des siècles. J'allais leur offrir autant de premières fois, ou de bons souvenirs, que possible.

— Malgré la tournure des choses, dis-je doucement, tu sais que j'avais prévu cette soirée uniquement pour leur bonheur. Il y a déjà d'autres activités prévues.

— Il y en aura plus ? s'étonna-t-elle en me lançant un regard.

— Oh oui ! répondis-je en souriant par-dessus mon élixir aux fruits de la passion.

La vampire soupira et croisa ses longues jambes.

— Ce n'est pas complètement votre faute si les événements ont pris cette tournure. L'un de vos commentaires dans le bureau était justifié.

Le fait que Kyros deviendrait fou si je mourais ?

— Tu as en effet minimisé les conséquences, confirmai-je.

— Vous ne savez pas qui j'étais, n'est-ce pas ? m'interrogea-t-elle. Avant de devenir une Débitrice.

— C'est important ? protestai-je en faisant la moue.

Elle m'observa un long moment avant de reprendre.

— Normalement, non. Pas pendant longtemps. Mais en l'occurrence, ça explique la minimisation. Mes parents étaient des compagnons. Pas véritables, mais à leur rencontre, le compagnonnage était toujours à la mode, alors ils ont accompli les sept échanges et ont même reçu deux cadeaux de compagnonnage.

— Je n'ai jamais entendu parler de qui que ce soit d'autre en compagnonnage, lui révélai-je.

— Il n'y a plus que les vampires très âgés ou pauvres qui le font de nos jours.

La Vissimo déglutit.

— Ta mère a été tuée et ton père est devenu fou ?

Elle m'adressa un regard surpris.

— C'est exact, confirma-t-elle. C'était un roi, un alpha, et il était vieux, donc très puissant. Il n'a pas pu garder le contrôle après son meurtre. Il a fallu que trois autres rois s'unissent pour le tuer. Et j'ai hérité de sa dette. Vous connaissez le reste.

Laurel était une princesse. Ou plutôt elle l'avait été.

Sa vie avait changé pour toujours parce que son père avait perdu le contrôle. Puis j'étais entrée en territoire Fyrlia et avais failli déclencher la même rage aveugle chez Kyros.

Je me frottai le front.

— À chaque fois que je pense avoir compris l'étendue de la lutte interne de Kyros pour garder le contrôle, la réalité me percute à nouveau.

Je devrais peut-être vraiment présenter mes excuses à Kyros pour l'avoir mis dans cette position. Et à Safina. Ainsi qu'à toute sa foutue famille.

— Il faut que je m'excuse encore une fois pour vous avoir entraînés dans cette situation, lançai-je en levant les yeux vers eux. Ça a dû rouvrir de vieilles blessures.

Le vampire hocha la tête, ses cheveux noirs glissant vers l'avant.

— Oui. Ça a aussi révélé ma faiblesse, car j'ai laissé des souvenirs douloureux dicter mon comportement concernant certaines choses même après si longtemps. J'aurais dû vous le dire.

Je doutais que quiconque puisse un jour surmonter le fait d'avoir perdu sa famille d'une façon aussi tragique.

— Est-ce que tes parents te manquent, Loz ?

Elle releva les yeux vers moi.

— Oui. Ils s'aimaient. Leur clan les aimait.

J'inclinai la tête sur le côté en observant les Débiteurs en train de danser, puis déclarai :

— Tout comme tes équipes t'aiment.

Du sang perla au coin de ses yeux et elle cligna rapidement des paupières.

— J'espère que l'enfoiré qui a tué ta mère a eu ce qu'il méritait, ajoutai-je.

— Le roi Julius m'a laissée les tuer.

Il avait encore un cœur quelque part, je le savais. Il le montrait tous les trente-six du mois, mais c'était là.

Je ne l'aimais toujours pas.

Laurel se pencha en avant et je pris une autre gorgée du délice alcoolisé doux et acidulé.

— Maintenant que vous comprenez mieux la puissance de Kyros, vous comprenez peut-être pourquoi certaines personnes s'opposaient à votre union, bien que vos sangs s'harmonisent. Il rivalise déjà avec certains rois au niveau des pouvoirs alors qu'il n'arrivera à maturité complète que dans soixante-dix ans. J'ai entendu dire que sa force était déjà perceptible dans le ventre de sa mère.

Je reposai mon verre, étudiant son visage scintillant.

C'était pour ça que Mikhail se battait pour lui ? Pas parce qu'il voulait récupérer le fils issu de son union avec la reine Titania, mais parce que la puissance de Kyros était évidente avant même qu'il ne soit né ?

Quel enfoiré glacial !

Il voulait se servir de Kyros.

— Il sera vraiment très fort un de ces jours, pas vrai ? demandai-je après avoir entendu un éclat de rire sur la piste de danse.

Il allait atteindre sa maturité dans soixante-dix ans. J'aurais quatre-vingt-douze ans à ce moment-là. J'espérais atteindre cet âge tout en sachant que je mourrais sans doute vers soixante-quinze ans, comme une bonne petite soldate des statistiques humaines. Le seul moyen d'être aux côtés de Kyros lorsqu'il atteindrait son plein potentiel serait de devenir une Vissimo. Si je mourais, il deviendrait fou et serait tué à son tour. Pourtant, étant donné que les différentes sources de ma culpabilité ne me laissaient pas envisager notre relation sur le long terme, me transformer en vampire était toujours une option que je refusais d'envisager.

Laurel m'observa de ses yeux bleus et durs.

— Il régnera sur tous les Vissimo un jour, Basi.

Je sursautai et fronçai les sourcils à son intention. Elle était sérieuse ?

— Il régnera sur nous, continua-t-elle. Ou il nous détruira. Et la voie qu'il choisira dépend entièrement de vous.

# Chapitre 9

— Vous vous fichez de moi ! Huit pour cent ?

Je fixai l'écran, sur lequel apparaissaient les membres de mon équipe de Churchill pour un appel vidéo.

Une femme au milieu feuilleta un dossier avant de se lever.

— Oui, madame. Il y a eu une augmentation de huit pour cent dans les acquisitions de propriétés la semaine dernière. Et une augmentation de deux pour cent concernant les locations.

*Bordel de merde !*

— J'en conclus que les nouveaux employés se débrouillent bien.

C'étaient ceux issus de la liste de propriétaires difficiles qui avaient mené à ce changement, sous la direction de Mme Hannah.

Le PDG se racla la gorge.

— C'est exact, mademoiselle Le Spyre. Ce qui est intéressant, c'est que ces quatre nouveaux employés faisaient auparavant partie de notre liste problématique. Les maisons vendues la semaine dernière en font également toutes partie.

— Parfait ! terminai-je en souriant malgré mon épuisement.

Dans les semaines à venir, j'en emploierais davantage. Mais il fallait d'abord que je vérifie comment les Sundulus réagissaient à cette augmentation.

Je raccrochai, puis remontai dans mon bureau habituel et sortis mon téléphone.

Je fixai le numéro de Tommy en me mordillant la lèvre, et finis par écrire :

**Envoie-moi un message pour que je sache que tu vas bien, s'il te plaît.**

Mon pouce resta en suspens au-dessus du bouton «envoyer». Physiquement, elle allait bien. Laurel me faisait un rapport tous les jours sur son état. Mais comment allait-elle dans son cœur, dans sa tête et dans son âme ?

J'envoyai le message avant de faire défiler la liste des contacts jusqu'à atteindre «Acheter des fraises». Je portai le téléphone à mon oreille.

— Mademoiselle Le Spyre.

Deux sonneries. Pas mal.

— Jordan, la saluai-je. Faites-moi un rapport.

J'entendis une agitation frénétique. Jordan était jeune, gérer une boîte de nuit était une sacrée montée en grade. Pendant la période d'essai de trois mois, elle coulerait ou apprendrait à nager. J'avais le pressentiment qu'elle allait apprendre à nager, et particulièrement bien.

— La publicité après la soirée d'ouverture est folle. C'est exactement ce qu'on espérait. Personne n'a rien pu entendre. Ils n'ont aucune idée de ce qu'il s'est passé à l'intérieur. J'ai demandé à Quin de mettre en ligne un post détaillant nos horaires d'ouverture jeudi prochain.

J'ouvris mon compte Instagram, sur lequel je n'avais jamais rien posté, mais que j'utilisais pour suivre les acteurs de *L'Étendue de la vérité*, et trouvai l'image en question. Un fond noir. Quelques mots au milieu.

*Défendu.*

— Parfait. Quoi d'autre ?

Je l'écoutai ensuite détailler les différents thèmes et soirées qu'elle avait prévus. J'avais déjà usé de mon influence pour attirer des DJ connus venant de l'extérieur de Bluff City.

Quand elle eut terminé, je lui indiquai :

— Exposez vos idées à l'équipe marketing et faites des recherches sur ce qui sera le mieux reçu. Je veux avoir un planning avant la fin de la semaine. De plus, contactez les quatre bars les plus populaires de Black. Invitez-les à participer à une tournée des bars, en trouvant un meilleur nom évidemment, qui se terminerait à minuit dans notre boîte.

— Je m'y mets immédiatement, m'assura Jordan.

Mon téléphone sonna dès que j'eus raccroché. Il était une heure de l'après-midi, et j'avais encore un tas d'appels à passer et de mails auxquels répondre. J'avais globalement rattrapé mon retard, mais une ribambelle de PDG attendait ma validation pour des propositions. Les nuits blanches me rattrapaient.

Je baissai les yeux vers le message reçu.

**[MESSAGE NON ENVOYÉ. Ce numéro n'est plus attribué ou est injoignable.]**

Ma bouche s'asséchа. Tommy avait changé de numéro.

Évidemment.

J'ouvris le message de Dame Burke en me frottant la poitrine.

Je fixai l'adresse à Frankton Gorge.

Aucun nom n'était mentionné, mais je savais de qui il s'agissait.

*Sandra Hoyt.* La personne chargée du dossier de M. Ringly auparavant.

L'espoir et la peur se battaient pour prendre le dessus. Si elle avait déménagé sous la pression ou les menaces des Fyrlia, alors je pourrais empêcher la cascade finale en le révélant au roi Julius.

Ce qui signifiait que je n'avais pas de temps à perdre. Si je partais immédiatement, je serais de retour avant ma prise de service à la tour.

Le problème, c'était mon GPS paranormal incorporé. Tapotant la table du doigt, j'observai l'autobiographie de Tom Hanks dans la bibliothèque en fronçant les sourcils.

J'attrapai ensuite le téléphone fixe pour appeler Fred.

— Mademoiselle Le Spyre. Comment puis-je vous aider ?

— Faites venir Mme Hannah, s'il vous plaît, Fred.

C'était dimanche, elle ne devait donc pas travailler.

*Ah, merde !*

— Non, oubliez ça, Fred ! Elle doit sûrement être à son déjeuner prolongé.

Hmm, il me fallait une raison pour aller à Frankton Gorge ! En grimaçant, je repoussai une demi-douzaine d'excuses.

Kyros comprenait la famille et les affaires.

Je repris le combiné.

— Préparez la voiture, Fred. Nous allons à Frankton Gorge.

— Très bien, mademoiselle.

Laurel avait certainement entendu aussi.

Kyros était parti de chez moi une heure plus tôt, ce qui rendait la situation encore plus suspecte. Depuis la première nuit, il restait généralement au domaine jusqu'à midi, puis nous nous séparions jusqu'à minuit. Ce qui s'était passé dans le dressing ne s'était pas reproduit, même après mon message de la veille. Une partie de moi en était heureuse, malgré la langueur de mon corps. Ce n'était qu'un gif de lapin, mais j'avais littéralement pensé à l'exacte même chose quelques minutes avant qu'il ne l'envoie. Il était indéniable que notre connexion évoluait et s'approfondissait. Avec une intimité physique aussi intense que la nôtre, ça ne ferait qu'empirer. Il fallait que je fasse attention. Me perdre de la sorte encore et encore pourrait finir par me briser. Non pas que je doive le repousser tous les soirs, ou quoi que ce soit de ce genre. Je décelais une certaine peur en Kyros, à chaque fois qu'on entrait en contact. Il était effrayé à l'idée de perdre le contrôle et de déclencher le cinquième échange avant la date prévue.

Le dimanche suivant, après le défilé de mode, nous passerions à l'étape supérieure.

J'avais voulu le faire ce soir, mais le docteur Olive nous avait recommandé d'attendre que quatre semaines soient passées après l'attaque, dans l'espoir que mon corps ait remplacé une grande partie du sang perdu.

J'envoyai à Kyros un gif de lama.

Je sentis son amusement me chatouiller une seconde plus tard et je l'appelai.

— *Basilia.*

Sa voix glissa sur mon corps, à travers moi, déclencha un frisson.

— Kyros.

Son désir enfla et le mien suivit le mouvement, augmentant son envie d'autant plus. Nous étions comme un système de rétroaction positive : à chaque renvoi, la chaleur s'embrasait.

— Je me rends à Frankton Gorge pour l'après-midi, et je voulais te prévenir. Vu que tu vas le sentir de toute façon.

— *C'est la seule raison pour laquelle tu me le dis ?* gronda-t-il à l'autre bout du fil.

Eh bien…

— Oui.

— *Évidemment que c'est la seule raison,* soupira-t-il. *Pourquoi tu vas là-bas ?*

— Ne te méprends pas, Kyros, je ne te demande pas ta permission. Je te préviens par courtoisie, c'est tout. J'y vais avec deux voitures de Vissimo.

— *Prends-en quatre*, m'interrompit-il.

*Argh !*

— Je préférerais que les habitants de Frankton Gorge ne me prennent pas pour la première dame.

Je sentis le vampire réfléchir. Mes oreilles perçurent le couinement du cuir tandis qu'il s'enfonçait dans son fauteuil de bureau.

— *Alors je viens*, finit-il par dire.

C'était hors de question.

— Tu es tellement énervant.

— *Crois-moi, je ne suis rien comparé à toi*, rétorqua-t-il alors que de la colère passait entre nous. *Vingt Vissimo, pas un de moins. Ou je te suivrai, et tu n'apprécieras pas les conséquences.*

— Du calme, papa ! rétorquai-je avant de raccrocher.

*Les conséquences, mes fesses !*

Je me mis à faire les cent pas dans le bureau, les poings serrés. Kyros n'avait pas le droit de me dicter où j'allais ni quand ! À qui pensait-il s'adresser ?

De plus, les Sundulus faisaient suivre Trenit et Tynan Tonyi après que j'avais tué leur frère. Kyros savait où ils étaient à chaque instant.

Il se comportait simplement comme un maniaque du contrôle, un monstre possessif.

J'expirai profondément.

Sauf que ce n'était peut-être pas le cas.

*« Il régnera sur nous. Ou il nous détruira. »*

— Idiot d'homme, déclarai-je à la pièce.

Je sortis du bureau, puis rejoignis les portes du patio devant lesquelles Laurel se postait généralement.

Elle ne se retourna même pas.

— Frankton Gorge ?

— Oui, tu pourrais préparer une équipe, s'il te plaît ?

— Combien de personnes ?

Je grinçai des dents, augmentant le nombre qu'il m'avait imposé.

— Vingt-cinq.

Son visage se fit neutre et je tournai les talons pour rejoindre le hall d'entrée. Si prendre autant de vampires avec moi faisait taire Kyros, alors très bien. Je m'en fichais. Des affaires plus importantes requéraient mon attention, comme me sortir de la tombe que j'avais moi-même creusée.

J'allais emmener vingt-cinq Vissimo avec moi et, avec un peu de chance, à la fin de la journée, je pourrais tout avouer à la famille royale Sundulus.

Il me restait encore du temps.

*Sandra Hoyt, me voilà !*

***

Le trajet de deux heures fut tout de même productif. J'étais à jour dans mes affaires liées au domaine, pour le moment. La frénésie ne s'interromprait pas jusqu'à ce que mes PDG soient convaincus que je ne disparaîtrais pas à nouveau.

Malheureusement, rien n'était moins sûr. Chaque jour pouvait être mon dernier si je ne trouvais pas de solution afin de rétablir l'équilibre d'Ingenium rapidement.

J'avais demandé à mes Débiteurs d'attendre au bout de la rue. Mon équipe encerclait la maison de Mlle Hoyt, hors de vue.

Je frappai à la porte de l'étroite maison de ville. Frankton Gorge se trouvait dans une région viticole. Les demeures bordant la rue principale étaient de charmants appartements dans le style victorien. J'étais venue quelques fois avec Tommy. On enfilait nos plus belles tenues et on consommait bien trop de bouteilles de raisin sacrificiel.

Des pas légers résonnèrent à l'intérieur avant que la porte d'entrée ne s'ouvre à la volée. Une grande femme rousse m'observa, sur ses gardes, son regard se posant ensuite sur la voiture noire au volant de laquelle patientait Fred.

C'était Sandra Hoyt. J'avais fait des recherches sur elle en ligne.

— Mademoiselle Hoyt, je suis une amie proche de M. Hothen. Je m'appelle Basilia Le Spyre.

Elle écarquilla les yeux.

— Le Spyre. Qu'est-ce que vous faites ici ?

— Le sujet que j'aimerais aborder avec vous est sensible, annonçai-je avec un sourire. Ça vous dérange si je rentre ?

Le truc, avec un nom comme le mien, c'était que les gens savaient qu'il valait mieux ne pas dire non, en particulier, si ces personnes travaillaient pour le conseil municipal.

Pourtant, elle hésita.

— Je ne suis pas venue vous faire de mal, la rassurai-je en abandonnant mon sourire.

Je percevais sa peur à dix mètres. Peut-être littéralement, avec ma vision améliorée. Elle n'avait pas quitté Bluff City pour poursuivre sa carrière. Elle avait été effrayée par des Vissimo.

Terriblement.

Elle lança un autre regard à la voiture.

— Il n'y a que vous ?

Et vingt-cinq vampires.

— Je suis seule. Je ne suis pas venue causer de problèmes.

Avec un soupir, Sandra céda et ouvrit un peu plus la porte.

— Entrez. Mais je n'ai pas beaucoup de temps, j'ai une réunion dans une heure.

Mais bien sûr.

Je la suivis jusqu'à un salon élégant dont la décoration s'accordait avec l'architecture de la maison. Mademoiselle avait du goût – et si elle avait attiré l'attention de M. Hothen, elle était aussi intelligente.

Assez intelligente pour fuir le danger quand ça chauffait trop.

— Comment va Walter ? demanda-t-elle.

Je pensai à l'homme aux cheveux poivre et sel.

— Il allait bien la dernière fois que je l'ai vu. Vous le connaissez, il ne tient pas en place.

Son expression se fit sévère.

— En effet. Dois-je en conclure que vous vous fréquentez ?

*Beurk !*

— Je considère plutôt M. Hothen comme un grand-père.

— Je comprends, répondit-elle avec un petit sourire aux lèvres. Alors, comment puis-je aider l'une des personnes les plus riches au monde ?

Je me penchai en arrière tout en l'observant.

— Vous avez été l'urbaniste chargée d'un dossier de demande de requalification de terrains pendant plusieurs années. L'année dernière, vous avez déménagé à Frankton Gorge. Six mois plus tard, la proposition de développement a été validée.

Elle pinça les lèvres.

— Je ne sais pas de quel…

— La demande de M. Ringly concernant les soixante-dix hectares connus sous le nom de «Lot quarante-deux», qui étaient auparavant des terres agricoles.

— Je ne peux pas parler des dossiers, vous le savez sûrement, déclara-t-elle en clignant des yeux.

Je le savais. Mais elle allait quand même le faire.

Fixant mes pensées sur autre chose, je repris :

— Ils vous ont effrayée, n'est-ce pas ? Est-ce qu'il n'y en avait qu'un ou plusieurs ?

Sandra Hoyt se figea.

— Ils vous ont menacée…, votre vie ou votre carrière. Ils voulaient que vous approuviez la demande, mais vous refusiez.

— Vous savez à propos d'eux ? Êtes-vous humaine ?

Je fis un signe de la main.

— Aussi humaine que possible.

Avec quelques altérations.

— Cependant, Bluff City n'est pas en bon état, continuai-je. J'essaie d'éviter qu'elle tombe entre… des mains inappropriées pour de bon. Pour ce faire, j'ai besoin de preuves que quelque chose de louche s'est passé avec la demande du lot quarante-deux.

Elle passa sa langue sur ses lèvres.

Je baissai la voix.

— Et pour ça, j'ai besoin de votre aide.

— Ils me tueront.

— Non. Personne ne sait que je suis venue ici. Votre témoignage ne sera pas remis aux parties concernées avant que je sois sûre que mes équipes puissent utiliser cette preuve afin de renverser nos ennemis.

Sandra se releva brusquement.

— Je ne peux pas vous aider.

— Vous n'êtes pas en sécurité ici, Sandra. Vous pensez qu'ils ne savent pas où vous êtes ? Vous pensez qu'avoir quitté Bluff City suffit ? Si vous avez eu le bon sens de quitter votre place, alors vous êtes assez intelligente pour vous rendre compte qu'ils pourraient vous retrouver n'importe où dans le monde s'ils le voulaient.

Des larmes inondèrent ses yeux bleu pervenche.

Je carrai les épaules, me concentrant sur la texture de son papier peint.

— Je peux vous protéger, déclarai-je. Je vous dis ça en sachant tout à fait de quoi ils sont capables. Mais afin de vous protéger, et de protéger la ville, je dois savoir comment ils vous ont forcé la main.

Julia Dinh avait pris la suite de Sandra, mais l'approcher ne passerait pas inaperçu auprès des clans. J'avais effectué des recherches sur elle qui avaient confirmé qu'elle était en contact avec les Sundulus. Elle avait pourtant fait passer la demande de requalification comme venant des Fyrlia.

Ce qui signifiait qu'elle travaillait pour les deux clans. Ou que les Fyrlia avaient plus d'emprise sur elle.

Les Sundulus n'avaient remarqué aucune irrégularité dans le dossier de M. Ringly. Pas de pots-de-vin, pas de contrainte ou de chantage apparent. Étant donné que les règles l'interdisaient, les Sundulus ne pouvaient obliger Julia à leur dire la vérité. Ça annulerait tout accord passé avec elle par la suite.

Est-ce qu'elle avait compris cela ?

C'était pour cette raison que les clans contraignaient les personnes très puissantes, ceux qui déléguaient. Sir Olythieu était sous leur coupe et ne pouvait rien signer lui-même ; il était à même cependant de leur présenter tout un éventail de PDG et de conseillers capables d'accomplir les tâches qu'ils désiraient, ainsi que les personnes directement sous son commandement.

Sandra se rassit et j'étudiai ses traits remarquables, me demandant si la pression d'être un pion dans Ingenium avait creusé les ridules autour de ses yeux. Elle ne devait pas avoir plus de trente-cinq ans.

Nous étions tous des victimes dans cette histoire. Mais si on agissait comme telles, alors ils allaient gagner.

— Vous vivez dans la peur, chuchotai-je. Je connais cette sensation, Sandra. C'est pour ça que j'ai tenté ma chance pour passer ma vie libérée de cette frayeur. Et les chances sont bonnes à saisir, sinon je ne serais pas ici.

La femme attrapa un mouchoir dans une boîte posée sur la table et essuya son visage.

— Comment est-ce que je pourrais être libre ? Je les ai vus. J'ai vu ce dont ils sont capables. Je m'en suis à peine sortie vivante. Ma vie est peut-être emplie de peur maintenant, mais pourquoi est-ce que je prendrais le risque d'attirer de nouveau leur attention sur moi ?

— Pour les autres personnes dans votre vie, assénai-je en soutenant son regard. Vous avez coupé les ponts avec M. Hothen, alors vous savez de quoi je parle. Comptez-vous rester seule pour toujours ? Et si vous aviez un enfant, un jour ? Et vos parents, ainsi que vos frères et sœurs et leurs enfants, alors ? C'est votre famille que vous devez protéger. Les informations en votre possession pourraient être la clé pour ça. Non seulement je vous protégerai, mais ensuite, si vous désirez toujours vous cacher, je vous aiderai à le faire correctement. Vous et tous les proches que vous souhaiterez emmener. Vous n'avez pas besoin de croire ce que je vous dis, mais vous pouvez voir la même peur dans mon regard. Je sais ce que vous avez traversé et ce que vous ressentez. Soyez sûre que je ferai ce qui est juste envers vous et tous ceux qui ont souffert.

Sandra ferma les yeux et j'écoutai le soupir remonter dans sa gorge, puis me concentrai sur la goutte de sueur perlant dans son cou.

Le silence s'alourdit, le tic-tac de l'horloge qui se trouvait quelques pièces plus loin dans la maison résonnant dans mes oreilles.

Ses lèvres tremblèrent et elle ouvrit les yeux.

— Vous aiderez ma famille ?

— Oui, lui assurai-je en hochant la tête.

Elle souffla longuement et ses épaules s'affaissèrent.

— J'ai besoin de temps pour…

— On n'a pas de temps. À moins que vous ne vouliez que l'ennemi gagne, il faut agir maintenant.

Ses mains tremblaient. Elle entrouvrit la bouche deux fois avant de se mettre à parler.

— Je travaillais sur le dossier de M. Ringly juste avant de finir ma journée de travail, ce jour-là. Je le gardais généralement pour la fin, car il avait tendance à s'emporter au téléphone à chaque fois que je rejetais sa demande. C'est arrivé souvent au cours des trois années pendant lesquelles j'ai travaillé avec lui. Ce jour-là, j'ai quitté le travail et trouvé une liste avec les adresses de toute ma famille dans ma boîte aux lettres. Je ne savais pas de qui ça venait au début. Au fur et à mesure, dès que j'interagissais avec M. Ringly, une nouvelle lettre apparaissait. D'abord, seulement dans ma boîte aux lettres. Puis sur mon lieu de travail. Je raccrochais avec lui et une lettre était posée sur mon bureau. À la fin, je les trouvais dans ma chambre. Parfois, alors que je dormais.

*Bordel !* Même sans connaître les Vissimo, c'était terrifiant.

— J'en ai parlé à mon supérieur, espérant que ce serait la fin de mes ennuis. Mais il m'a demandé de rester sur le dossier afin que M. Ringly ne soit pas mis au courant de l'enquête de la police. Il m'a fallu du temps pour comprendre qu'il n'avait pas du tout prévenu la police pour le harcèlement. Je l'ai contactée moi-même et j'ai aussi essayé d'aller voir directement le maire. Après ça, la police a arrêté de répondre à mes appels, et le maire refusait de me voir. J'ai commencé à penser qu'il devait avoir un intérêt dans les affaires de M. Ringly. C'était la seule explication qui me semblait logique.

Elle s'interrompit pour prendre une profonde inspiration.

— C'est à peu près à ce moment-là que j'ai commencé à repérer le même homme partout où j'allais. Je le voyais au supermarché, puis passais à côté de lui dans le parking trois secondes plus tard. Je m'arrêtais ensuite derrière, encore une fois, au feu rouge. Je passais à côté de lui deux fois sur un même escalator avant de le voir sortir d'un magasin à l'étage suivant. Pendant ce temps, chaque jour de travail était un enfer. Tout le monde pensait que je cherchais les ennuis ; je ne sais pas ce qu'on leur a dit, mais tous mes collègues se sont retournés contre moi du jour au lendemain. Personne ne voulait m'écouter ni m'aider. La personne qui me menaçait devait être très puissante et je n'avais toujours aucune idée de qui c'était ni de la façon dont elle faisait tout ça.

— Qu'est-ce que vous avez fait ? murmurai-je.

— J'ai envoyé ma famille en dehors de la ville. Je leur ai dit la vérité et qu'ils devaient partir. Pour combien de temps ? Je n'en avais aucune idée. L'homme me suivait continuellement désormais et j'étais en train de devenir folle. Comment pouvait-il être à tant d'endroits différents à la fois ? Il était partout.

Il y avait une très bonne raison à cela.

— Des yeux noisette et des boucles châtain clair ? Grand ? Un regard froid ? l'interrogeai-je.

Ses yeux volèrent jusqu'aux miens.

— Oui, confirma-t-elle.

Les triplés. Je m'étais demandé comment les Fyrlia s'en sortaient avec leurs conneries. Ils ne l'avaient pas approchée directement ni contrainte. Ils l'avaient brisée. Ou du moins, ils avaient essayé. Je me concentrai sur quelque chose qui n'avait aucun rapport et déclarai :

— Il n'y en a pas qu'un.

— C'est ce que j'ai d'abord pensé. Mais après, ils se sont rapprochés, et j'ai commencé à voir des choses encore plus étranges. Des choses qui n'étaient pas possibles. Leurs dents étaient longues, c'étaient des crocs. Un jour, j'ai vu l'homme traverser la rue si vite qu'il en est devenu flou et… et il a arraché la tête du chat des voisins. Je me suis réveillée pour trouver la tête posée sur ma boîte aux lettres. Mes voisins m'ont signalée à la police. J'ai vu l'homme briser un poteau en deux d'un claquement de doigts. J'ai essayé de quitter ma maison après ça. J'ai déménagé trois fois, j'ai changé de banque, mais ils me retrouvaient tout le temps.

Et elle avait tenu le coup malgré tout, continuant à rejeter la demande de M. Ringly.

— Ce que vous avez fait a nécessité une putain de dose de courage, soufflai-je.

Elle secoua la tête.

— Ce n'était pas du courage. Si je faisais ce qu'ils voulaient, soit ils allaient me tuer, soit je serais sous leur contrôle pour le reste de ma vie. J'avais un plan. Après avoir mis ma famille en sécurité, j'ai fait une demande de transfert, même si je savais que je devrais plutôt couper les ponts et trouver un autre travail. J'avais bossé trop dur pour en arriver là. J'allais abandonner ma réputation derrière moi, et c'était déjà bien assez. J'avais espéré profiter de cette renommée pour devenir une urbaniste dans le privé. Tout laisser tomber était trop dur.

Je tendis la main pour attraper la sienne et la pressai. Sa douleur était sincère et si familière. Tout comme les amis de ma grand-mère, Rhys et moi, Sandra Hoyt était un pion innocent dans la partie d'Ingenium. J'étais venue jusqu'ici pour sauver les Sundulus afin de pouvoir continuer mon propre jeu, mais j'allais aider cette femme autant que possible. Elle avait traversé tout ça seule. J'avais beau ne pas vouloir de la protection de Kyros au début, les choses auraient pu être bien pires si les triplés m'avaient trouvée en premier.

— Mais il y avait un problème. Personne ne voulait m'engager, reprit Sandra. Le PDG me bloquait, ou mes collègues racontaient la manière dont je me comportais au travail. Je n'ai jamais travaillé dans une entreprise où les employés répandaient autant de rumeurs qu'au conseil municipal. Mais après deux mois à postuler et me voir opposer des refus, le conseil de cette ville m'a offert un poste.

Les Fyrlia l'avaient laissée partir parce qu'elle ne validait pas le développement malgré tout.

— C'est encore trop proche à mon goût, mais j'ai sauté sur l'occasion, conclut-elle. Il valait mieux être à deux heures de Bluff City que dans la ville.

Ils ne l'auraient pas suivie. Pas de la même façon. Ils l'auraient contrainte ou tuée une fois qu'elle ne leur aurait plus été d'aucune utilité. Elle parlait bien trop librement pour avoir été contrainte.

— Ils ne sont jamais venus jusqu'ici ?

— Non. Et mon équipe ici ne se comporte pas bizarrement. Ils ont été accueillants. L'homme, ou plutôt les hommes ne se sont jamais pointés ici. Je n'ai plus reçu de lettres. J'ai un sac préparé au cas où ils viendraient, encore maintenant, si j'avais besoin de couper les ponts avec tout le monde et fuir. Mais Bluff City ne m'avait jamais poursuivie ici jusqu'à présent.

Je relâchai la main de Sandra, repensant à ses propos. C'était certainement la preuve qu'il y avait eu coercition. Ils l'avaient forcée à quitter la ville pour la remplacer par quelqu'un de plus sensible à leur harcèlement. Ils avaient sûrement fait quelque chose de semblable à Julia. Même si ce n'était pas le cas, ce qu'ils avaient fait endurer à Sandra devait suffire à casser le contrat. Mais je n'en étais pas certaine. Et je ne pouvais pas me lancer tant que ce n'était pas le cas. Je leur devais, à elle et à toute sa famille, d'être consciencieuse avec cette affaire.

— Ce sont des vampires, n'est-ce pas ? demanda Sandra.

Je me représentai ma crème pour le corps et réussis à hocher la tête une fois, puis lui laissai une minute pour digérer cette confirmation.

— Êtes-vous au courant de ce qui s'est passé au conseil après votre départ ? l'interrogeai-je.

Elle secoua la tête.

— Je m'en fichais. J'en voulais tellement aux personnes avec qui j'avais travaillé. Je ne voulais rien savoir.

Julia Dinh traversait sûrement la même épreuve, pourtant, je ne pouvais pas en vouloir à Sandra le moins du monde.

— Voilà ce que j'ai besoin que vous fassiez, annonçai-je en sortant mon téléphone. Il faut que vous répétiez tout ce que vous venez de me raconter pour que j'aie une preuve. Après ça, vous devrez prendre le sac préparé, celui que vous avez mentionné, et l'argent que je vais vous donner pour quitter Frankton Gorge.

Elle ouvrit la bouche.

— Mais pour aller où ?

— Vous ne devrez jamais le mentionner à voix haute, l'informai-je en tapotant mon oreille. Ne prenez pas votre téléphone. Ni votre ordinateur. Ni votre voiture. Rien. Et n'allez pas voir votre famille. Vous avez compris ?

— Je ne peux pas venir avec vous ?

— Je dois m'assurer que mon coup peut fonctionner avant de me lancer, lui expliquai-je. Si je m'y prends mal, vous souffrirez. Non seulement ça, mais en plus, mon domaine est surveillé.

Si les Sundulus mettaient la main sur Sandra, et que je n'avais rien pour assurer mes arrières, ils iraient se balader dans son esprit et elle finirait sous leur coupe jusqu'à la fin de ses jours. Il y avait pire dans la vie – comme être sous l'emprise des Fyrlia –, mais je voulais lui éviter la contrainte si possible.

Quand Sandra hocha la tête, je lui tendis une carte de visite.

— C'est mon adresse mail personnelle. Trouvez un nouveau téléphone. Envoyez-moi un message au moindre souci ou si vous avez besoin de plus d'argent. Je ferai en sorte que ça vous parvienne. Et après tout ça, quand vous serez en sécurité, je m'assurerai que vous retrouviez un poste équivalent au vôtre dans un conseil municipal. Voire mieux, si j'y arrive.

Lady Treena n'aurait aucun mal à faire ça.

— C'est juste que…, commença la femme avant de cligner des yeux. Tout va si vite. Personne ne m'a jamais aidée. J'ai eu peur pendant si longtemps. Je ne sais pas quoi penser ou faire.

Je pinçai les lèvres.

— Que vous dit votre corps, Sandra ?

— Que je dois fuir. Sans regarder en arrière.

— Arrêtez d'ignorer votre instinct. Il est là pour une bonne raison. Je suis là, maintenant.

Des larmes dévalèrent ses joues.

— J'ai envie de vous croire. De croire que vous allez m'aider.

— Ça suffira pour le moment, déclarai-je en lui tendant un autre mouchoir. Séchez votre visage et mettons-nous au travail. Ces enfoirés vont plonger. Vous avez peut-être été leur victime jusqu'à présent, mais vous serez à mes côtés quand on aura le dernier mot.

Une étincelle de haine brilla dans ses yeux.

— Je veux voir ça.

La vengeance était une bonne motivation. Elle avait alimenté ma grand-mère pendant des décennies. Et moi aussi, pendant quelque temps. La simplicité de mes désirs de revanche après tous les mensonges de Kyros me manquait. Quand je le détestais, mes décisions m'étaient apparues délicieusement noires ou blanches.

— Alors, saisissez votre chance, lâchai-je pour conclure en levant le téléphone. Racontez à tout le monde ce qui vous est arrivé.

Sandra carra ses épaules.

— Je suis prête, affirma-t-elle.

# Chapitre 10

Mon corps me suppliait de prendre du repos, et dormir sur le trajet du retour était extrêmement tentant, mais il fallait que j'éclaircisse certains points. Cette avancée était importante et je devais bien jouer le coup. Les vies des membres de la famille de Kyros en dépendaient. Le pardon de Kyros en dépendait également.

— Fred, garez-vous sur le bas-côté dès que vous le pourrez, s'il vous plaît.

J'envoyai un message à Laurel et, rapidement, elle se glissa dans la voiture.

— Laurel, la saluai-je.

J'appuyai sur un bouton sur la console à côté de moi et la vitre insonorisante entre Fred et nous remonta. Elle fonctionnait pour les oreilles humaines, tout du moins.

Le vampire s'installa en face de moi.

— Basi.

— Tu as entendu.

Elle hocha la tête.

— Ça m'inquiète de la laisser sans protection, déclara-t-elle.

— Pareil. Mais je ne peux pas vous demander de rester ici pour la protéger sans que Kyros et les Sundulus ne posent de questions. Je ne suis pas prête à y répondre pour le moment.

Sandra était arrivée jusque-là sans être contrainte. J'allais faire tout ce qui était en mon pouvoir pour lui éviter ces chaînes.

Vingt-cinq Vissimo m'avaient accompagnée à Frankton Gorge. Je devais partir du principe qu'ils avaient tous entendu l'histoire de Sandra. Ils connaissaient les règles de confidentialité s'appliquant au domaine, mais je ne devais pas partir du principe que Laurel réussirait à tous les garder à l'œil alors qu'ils avaient une si belle occasion de rembourser leur dette.

Plus vite je m'occuperais des derniers détails, mieux je me sentirais.

— Qu'est-ce que tu sais des règles à propos de la présentation de ce genre de preuves ? demandai-je à Laurel.

— Rien, répondit-elle alors que son regard s'assombrissait. Je connais bien les règles des Vissimo. Pas les détails de celles d'Ingenium.

*Merde !*

Je ne pouvais pas avancer à tâtons comme ça.

— Vous avez besoin du livre des règles, reprit-elle. Des manuels sont disponibles. Les enfants des deux clans les apprennent pendant leur scolarité.

Je relevai la tête.

— Tu te fous de moi ?

— Autrement, comment les clans pourraient-ils suivre tout ce qui se passe ? rétorqua-t-elle en haussant les épaules. Le manuel des règles et une copie directe du contrat original entre les deux rois avec toutes les nouvelles conditions ajoutées au fil des décennies.

C'était…

— J'en ai besoin pour hier.

— Puis-je vous recommander de consulter Deana à ce sujet ?

Deana était la femme qui m'avait introduite auprès des vampires en plongeant ses crocs dans son petit ami.

— Elle n'est pas là aujourd'hui, continua Laurel. Je garde les plus jeunes d'entre nous à la tour, à l'écart du domaine. Ils doivent d'abord prouver leur loyauté. Vous faites cependant partie du cercle fermé du soixante-sixième étage, désormais. Vous pouvez utiliser ça comme couverture. En restant sur vos gardes, ce serait l'une des meilleures personnes à interroger sur les complexités du jeu. Elle est la seule d'entre nous à avoir participé à Ingenium.

Lui parler serait risqué, mais ce n'était rien par rapport à ce que j'avais fait jusque-là.

— J'ai besoin d'une copie de ce manuel dans tous les cas, repris-je avant de m'interrompre un instant, hésitante. Et est-ce qu'il y a des livres sur les règles des Vissimo et le compagnonnage ?

— Les publications sont tenues en haute estime dans notre monde, expliqua le vampire, ses yeux bleus surveillant les voitures qui passaient. Vous savez que chaque clan se consacre à une cause. Ils écrivent généralement leurs découvertes et en distribuent des copies aux autres clans afin de montrer ce qu'ils ont accompli. Mais je vous préviens, ces écrits sont généralement alambiqués et complexes. C'est pour ça que je ne vous en ai pas parlé. Une mauvaise interprétation pourrait s'avérer dangereuse.

Ses yeux scintillèrent.

Peut-être. Mais j'en avais assez de me reposer sur ce que les autres me disaient ou me cachaient.

— Je les lirai également, annonçai-je. Je confirmerai les détails avant d'agir.

La tension quitta ses épaules.

— Alors je m'assurerai que vous obteniez des copies.

— Merci, soufflai-je. Le cinquième échange est prévu pour dimanche prochain.

Elle croisa mon regard.

— Je vois. Comment est-ce que ça coïncide avec l'état actuel d'Ingenium ?

Mal. Ça ne servait à rien d'accomplir les six échanges pour me procurer une armée si le putain de jeu était terminé.

— C'est une étape de plus pour pouvoir tenir une promesse, répondis-je en laissant ma tête retomber sur l'appui-tête.

Laurel s'adossa de nouveau à son siège et m'observa.

— Qu'est-ce qui vous arrive ?

— Il n'y a rien de mieux qu'un peu d'incertitude dans la vie.

Je souris faiblement.

Mon téléphone sonna. Je me connectai aux émotions de Kyros avant de vérifier le nom de la personne qui m'appelait. Il se concentrait.

Je baissai les yeux vers mon écran. *Gagné.*

— Kyros.

— *Basilia. Tu es sur le retour ?*

Il savait que c'était le cas.

— Je t'ai manqué, pas vrai ?

— *La journée a été compliquée aujourd'hui. Tu es à une heure…*

— Est-ce que mon signal GPS te donne le temps de trajet qui reste et prend en compte la circulation ? demandai-je avant de froncer les sourcils quand une pointe d'exaspération me traversa. Est-ce que tu viens de lever les yeux au ciel ?

— *Oui.*

*Ah ah !*

— Je l'ai senti. Qui aurait pu croire que lever les yeux au ciel avait une émotion ? Eh ! Tu l'as refait.

Son amusement était un trophée que je voulais remporter encore et encore.

— *Si tu pouvais m'écouter pendant trois secondes…*

Je gardai le silence et levai les yeux au ciel délibérément.

— *Femme*, gronda le vampire.

— Homme, répondis-je avec un grand sourire. Crache le morceau.

— *Un dîner. Sur ma propriété de Lyall Bay. Peut-être que l'un de nous pourrait cuisiner.*

J'éclatai de rire.

— Sérieusement, Kyros ? Tu sais cuisiner ?

Il resta silencieux un instant, puis admit :

— *Non. Et toi ?*

— Je vais te laisser réfléchir à la question tout seul.

— *Je vais prendre quelque chose à emporter*, ricana-t-il. *À dans une heure.*

— Une minute, je n'ai jamais…

L'appel se coupa et mon téléphone émit un « bip ».

J'ouvris le gif d'un chaton agitant la patte.

— Enflure !

Laurel se racla la gorge et je sursautai.

— Vous avez oublié que j'étais là, remarqua-t-elle en haussant un sourcil.

— Non, bafouillai-je.

La femme vampire se pencha en avant et arracha le téléphone de mes mains. Elle fixa l'image du chaton et laissa tomber le portable sur mes jambes.

Les explications moururent sur ma langue. Il n'y avait aucune bonne façon d'expliquer que j'avais reçu un gif de la sorte de la part d'un prince vampire alpha. D'après mon expérience limitée. J'abaissai la vitre nous séparant de l'espace conducteur.

— Fred, conduisez-moi à Lyall Bay, s'il vous plaît, demandai-je avant de lui indiquer l'adresse.

— D'accord, mademoiselle, répondit-il en me lançant un regard dans le rétroviseur.

— Comment ça se passe ? lança Laurel une fois que la vitre fut remontée.

*Ça ?*

— De quoi tu parles ? marmonnai-je.

— Ne jouez pas à l'idiote. Le lien de sang avec Kyros.

Je lui lançai un regard noir, mais elle ne battit pas en retraite. Avec ce qu'elle avait à perdre, je ne pouvais pas lui en vouloir.

— Trouver un équilibre est compliqué. Mais je ferai honneur à ma grand-mère. Comme promis, déclarai-je en choisissant mes mots avec attention.

Les Vissimo qui m'accompagnaient savaient que je faisais des choses que je n'étais pas censée faire, mais ils ne savaient pas tout. Laurel non plus. Ni mes petits vieux ni aucune de mes équipes. J'étais la seule à connaître tous les éléments.

Elle m'étudia. Était-elle en train d'estimer si Kyros m'avait réduite à l'état de guimauve ?

— Je te le dirais si ça venait à changer, dis-je pour conclure tandis que Fred nous faisait longer le bord de la vallée, avec Bluff City qui scintillait en contrebas.

— Est-ce que ça changera ?

Est-ce que j'allais cracher sur la mémoire de ma grand-mère, ses amis, ainsi que des gens comme Rhys et Sandra ?

— Non.

Laurel cligna des yeux, et je fus finalement libérée de son attention.

— Il s'est passé des choses amusantes à la boîte de nuit après mon départ ? l'interrogeai-je dans le calme qui suivit.

Elle écarquilla les yeux avant de répondre.

— De la musique et de l'alcool offerts à une espèce qui a tendance à s'envoyer en l'air autant que possible ? Non. Rien.

Je ris tout en me renfonçant dans mon siège tandis qu'elle me racontait la soirée. Les vampires étaient pires que des adolescents en chaleur. Mais eux voulaient avoir des enfants hors mariage et ne pouvaient pas attraper de MST.

Laurel s'arrêta quand nous approchâmes de la maison de Kyros. J'inspirai profondément. Pourquoi revenir ici me semblait-il si normal ? La tour et son repaire ne m'avaient jamais donné cette sensation, mais sa maison, oui. Ce que je ressentais allait au-delà du simple soulagement d'être à portée de son contact.

Fred arrêta la voiture devant la demeure. Kyros patientait dehors.

Mon cœur se mit à tambouriner dans ma poitrine quand je le vis ainsi, à m'attendre.

— À toute, lançai-je à Laurel.

— À plus tard, mademoiselle Le Spyre.

Je fis la moue, arrachant un sourire en coin à la femme vampire.

*Joue-la cool, Basi !*

Fred regardait. Laurel aussi.

Mon majordome ouvrit la portière et je me glissai dehors, lissant mon ensemble jean noir et pull en laine.

J'allais marcher calmement jusqu'à Kyros.

J'allais le faire.

Il me rejoignit en courant à une allure humaine. L'air quitta soudain mes poumons quand il me souleva avant de me faire tourner. Je ris et enroulai mes bras autour de son cou, relevant mes jambes pour les accrocher à sa taille, tel le koala que j'avais été dans une vie antérieure.

Kyros avança vers la maison, déposant un baiser sur ma joue.

— Je suis content que tu sois là, compagne véritable.

Et j'étais contente d'être ici également.

J'ouvris la bouche pour le lui dire, mais la refermai avant de poser ma tête sur son épaule.

— Rien à dire ? demanda Kyros alors qu'on entrait dans la maison.

— Non, marmonnai-je dans son cou.

Ce contact nous crispa, mais il se relaxa après un soupir. Ce n'était peut-être pas le meilleur endroit pour poser ma bouche.

Il me remonta contre lui.

— Je sens à quel point tu es heureuse.

C'était vrai, et je ne pouvais pas le nier. Mais je n'allais pas lui avouer, tout comme je n'allais pas admettre que j'étais contente que le courant ne me mette pas aussi mal à l'aise que d'habitude.

— Qu'est-ce que tu nous as pris à manger ?

Une once de tristesse s'éleva en lui. Il attrapa un sachet sur le plan de travail, puis me ramena dehors, une main sous les fesses.

— Des plats thaïs, m'informa-t-il. Je ne sais pas ce que tu aimes d'autre.

— Je mange tout, en dehors des olives et des anchois, lui dis-je en resserrant mes jambes autour de lui.

Cet homme pouvait balancer des voitures, mais me porter d'un seul bras perturbait mes sens d'humaine.

Fred était reparti quand nous repassâmes par la porte d'entrée. Quand nous sortîmes de la maison, Kyros laissa la porte grande ouverte et nous fit traverser les arbres qui bordaient l'allée.

Me débarrassant des dernières miettes de gêne, je lançai :

— Tu veux apprendre quelque chose de marrant sur les femmes humaines ?

— Non, répondit-il en me lançant un regard méfiant.

J'appuyai sur son nez du bout du doigt.

— On a des jambes avec lesquelles on peut marcher, lâchai-je malgré tout.

Kyros coinça mon doigt entre ses dents. Aïe, elles étaient acérées ! Je suçotai mon index quand il le relâcha.

— Tu veux être dans mes bras, alors pourquoi tu ne te laisses pas faire ? répliqua-t-il.

Nous atteignîmes l'espace extérieur dans lequel je m'étais cachée pour éviter sa famille. Un feu brûlait. Il y avait une bouteille de vin posée sur une table basse installée entre la balancelle et le braséro.

Je tentai d'abaisser mes jambes, mais il me porta jusqu'à la balancelle et me posa dessus.

Le souffle court, j'examinai le coin qu'il avait aménagé, une émotion semblable à de la panique enflant en moi.

— Ma beauté, murmura Kyros. Qu'est-ce que tu pensais que je voulais dire en te demandant de dîner avec moi ?

Nous avions déjà mangé ensemble.

Nous dormions dans le même lit.

Nous étions restés dans la même maison pendant plus d'une semaine.

C'était un rendez-vous, le premier si on excluait la plage – que je ne comptais pas puisque Kyros m'avait forcée à y aller. Quand j'avais accepté, j'avais imaginé un simple repas. Partager des plats à emporter sur le plan de travail de sa cuisine avant d'aller au travail ne me terrifiait pas autant que ce geste romantique dont je ne voulais pas.

Que je ne méritais pas.

Je ramenai mes jambes sous moi, contente d'avoir mis des bottines aujourd'hui. Les journées devenaient plus fraîches. Il y avait une couverture en laine à côté de moi, et même si le feu rayonnait de chaleur, je dépliai le plaid sur mes jambes. La perte de sang avait tendance à faire cet effet aux filles.

Kyros n'insista pas et servit les plats avant de verser le vin.

Je pris le verre qu'il me tendait d'une main tremblante.

Ses yeux verts se posèrent sur moi.

Je détournai la tête, sirotant le vin blanc. Sa douceur fruitée m'explosa en bouche.

— Hmm, miam, approuvai-je.

Ça le satisfit assez pour qu'il s'asseye à côté de moi sur la balancelle. Je jetai un coup d'œil aux ressorts, me demandant s'ils allaient supporter son poids.

— Qu'est-ce que tu veux ? demanda-t-il en attrapant la nourriture.

Je lui lançai un regard, puis posai mon verre sur la petite table et tendis la main vers un plat.

— Je vais me servir.

Il intercepta mon bras.

Je clignai des yeux et me tournai vers lui.

— Quoi ? l'interrogeai-je.

Je soutins son regard.

Avec un soupir, il me relâcha et me fit passer l'assiette.

Je la remplis de salade de papaye en fronçant les sourcils, puis attrapai une fourchette.

Il versa du Tom Kha Gai dans l'un des deux petits bols et je sentis le parfum riche de noix de coco de la soupe.

J'étais en train de ruiner le dîner qu'il avait organisé, car je n'arrivais pas à maîtriser ma culpabilité. J'avalai une bouchée de la salade sucrée et épicée, puis demandai :

— Comment s'est passée ta journée ?

— Chaotique.

Chacun des tours des Sundulus était chaotique ces derniers jours. Leur clan faisait des heures supplémentaires ; ils croyaient tous que la mort de leur famille royale était presque certaine.

— Est-ce que tout est en train de se casser la figure, alors ?

Il savait que je parlais du coup de poker.

— Si ça ne te dérange pas, Basilia, je préférerais garder le travail pour plus tard.

J'écarquillai les yeux. Kyros ne voulait pas parler d'Ingenium ? Je ne savais même pas que ce concept existait. Non pas qu'il soit incapable de discuter d'autres choses, mais il appréciait le jeu, même s'il détestait l'issue potentielle de la partie. Il adorait le défi que représentait la compréhension et la conquête des subtilités de l'économie.

Je pris une autre bouchée.

Nous mangeâmes en silence, puis je posai mon assiette vide avant de regarder les flammes en train de danser.

Cet endroit était magnifique, et penser à passer des nuits sans fin comme ça, en tête à tête avec Kyros, était une torture en soi.

— Si jeune et pourtant si sérieuse, murmura-t-il en effleurant ma pommette.

Il avait posé son bol lui aussi.

— Tu n'as pas assez mangé, lançai-je en voyant les boîtes encore pleines de nourriture, les sourcils froncés.

— Toi non plus, ma beauté. Tu ne manges jamais assez.

— Je ne suis pas un vampire exagérément grand. Je sais ce que tu peux engloutir.

Kyros sourit.

— Que dirais-tu d'un marché alors ?

— Je t'écoute.

Je croisai les bras, frissonnant légèrement.

Il attrapa une raviole frite et la leva au niveau de ma bouche.

— Je mange si tu manges, déclara-t-il.

J'écarquillai les yeux, prenant une inspiration exaspérée. J'ouvris les lèvres et croquai une bouchée de la raviole au porc émincé. Il mangea le reste, puis en attrapa une autre.

— Arrête d'essayer de me nourrir à la main, me plaignis-je.

Mais Kyros porta une autre raviole à ma bouche.

Quand je l'ouvris après un soupir, il l'écarta vivement pour l'engloutir en entier.

— Très drôle !

Je lui donnai un coup dans l'épaule avant de me pencher en avant pour attraper la soupe de coco. Un autre frisson me parcourut quand la chaleur sucrée réchauffa ma gorge.

Kyros enroula un bras autour de mes épaules et constata :

— Tu as toujours froid.

— Hmm ? Ah ! Oui. Je pense que c'est la perte de sang. Ça me le fait aussi un peu après chaque échange.

Il fronça les sourcils en entendant cela.

— Je n'ai pas dit ça pour que tu te sentes mal, ajoutai-je. C'est juste un fait.

Kyros resserra son bras, sa chaleur s'insinuant en moi. Je me blottis contre lui tout en essayant de ne pas renverser ma soupe.

— Pourquoi est-ce que tu te sens de plus en plus mal à l'aise à mesure qu'on passe du temps ensemble ? demanda-t-il, le regard rivé sur le feu.

Je me tendis, déglutissant avec difficulté. De la peur émergea en moi. Il ne devait pas découvrir la vérité pour le moment. Je n'avais pas encore trouvé de solution pour tout régler.

— De la peur, releva-t-il. De la culpabilité.

Je fermai les yeux et reposai le bol sur mes genoux.

— De l'envie, chuchota-t-il. Je ne comprends pas. Tu as peur du lien qui nous unit. Il te fait te sentir coupable. Pourtant, tu me désires. Parfois, ton comportement et tes actions laissent penser que tu ressens la même chose que moi. Mais à d'autres moments, tu es inaccessible, comme si tu te refermais sur toi-même.

Il posa un doigt sous mon menton pour attirer mon visage vers lui.

— Pourquoi tu renies tes émotions ainsi ? Pourquoi tu me repousses, moi ? J'essaie de comprendre. D'être patient. Mais la distance entre nous, dans des instants comme celui-là, me rend fou.

J'ouvris les yeux et croisai son regard vert intense.

— Je…

— Ne me mens pas, claqua-t-il.

Je pinçai les lèvres, tentant de me libérer de sa prise. Il me lâcha et me regarda reprendre mes distances.

— Explique-moi juste une chose, alors, reprit Kyros.

— Ça dépend de ce que c'est.

De la colère éclata dans ses yeux. Ou de la douleur. Ou peut-être les deux ?

Il repoussa la colère avant de poser sa question.

— Pourquoi est-ce que tu veux procéder au cinquième échange si tu ne veux pas tout le temps de moi ? Ou si quelque chose par rapport à moi, ma situation, ou ma famille te fait douter du futur qu'on pourrait avoir ?

Je repris le bol sur mes genoux pour le poser sur la table cette fois, je n'avais plus faim.

— Tu sais ce que je pense d'Ingenium, déclarai-je.

— Je ne peux pas te promettre qu'il n'y aura plus de jeux si les Fyrlia gagnent.

Ses paroles me coupèrent le souffle.

— Alors c'est ce qui va arriver ?

Kyros détourna le regard, les mâchoires serrées.

— Oui. On soupçonne notre contact humain au conseil, Julia Dinh, de ne pas être totalement sous notre contrôle, comme on le pensait jusque-là.

Ils pensaient que les Fyrlia résistaient à leurs assauts pour faire tomber M. Ringly à cause de Julia Dinh ?

Je pris sa main.

— Est-ce qu'il y a quoi que ce soit que je puisse faire pour aider ? demandai-je.

Il me contempla un long moment.

— Je ne veux pas t'entraîner plus loin dans cette affaire. Je vois comment me connaître t'a changée. Tu as toujours été si jeune, mais pas aussi sérieuse. Pas avant de me rencontrer. Tu es plus mince. Avec des cicatrices. Sur tes gardes. Blessée. Bien trop consciente du danger qui t'entoure.

J'avais du mal à comprendre où il voulait en venir.

— Tu trouves ces choses laides ? l'interrogeai-je.

— Non, ma beauté. Elles ne représentent rien de plus que des remords, énoncés dans un instant regrettable.

— Toutes ces choses ne sont rien d'autre que des moments dans le temps, répondis-je. Et toutes les choses que tu as mentionnées ne sont pas mauvaises. J'avais des leçons à apprendre. Tu préférerais me garder enfermée dans ta tour ?

— Oui.

*Je l'ai cherchée celle-là.*

— Toi aussi, tu as changé depuis notre rencontre, contrai-je.

— Mais je ne te fuis pas à cause de ça.

— Tu m'as fuie, deux fois, Kyros. La première après que tes frères et sœurs ont découvert que le lien entre nous était bien plus fort que ce que tu leur avais dit. Et la seconde fois après la troisième emprise. Non seulement ça, mais tu me gardes toujours à distance quand il se passe quelque chose que tu crains que je ne puisse pas supporter. Comme l'autre jour, quand tu as essayé de détourner le sujet sur ce qui arrive après le cinquième échange.

— Qu'est-ce que je suis censé faire quand tu paniques et crains chaque changement ? Ce qui se passe entre nous est si intense que ça te submerge, mais notre lien ne fera que se renforcer. C'est pour ça que tu fuis.

Je me massai les tempes.

— Ce n'est pas… Non. Je ne fuis pas.

— Emménage dans la tour alors, ou dans cette maison. Avec moi. De manière permanente.

— Ça ne prouve rien, Kyros. Tu me demandes juste de quitter ma maison. Pourquoi est-ce que toi, tu ne quitterais pas ta maison ?

Ses yeux se mirent à briller.

— Demande-moi pour voir, lança-t-il.

Ma poitrine se souleva avant de se rabaisser, et son expression redevint neutre.

— C'est bien ce que je pensais.

— Je ne te connais que depuis trois mois, bafouillai-je. Qu'est-ce qui presse ?

— Quand deux personnes sont des compagnons véritables, le temps ne veut plus rien dire.

L'envie de me lever pour partir était presque insupportable. Pour aucune des raisons qu'il pensait avoir correctement déduites. Mes raisons étaient liées à tout le reste. Grand-mère. Tommy. Les triplés. Le roi Mikhail. Les amis de Grand-mère. Sandra. Rhys. Le jeu.

Pour la première fois, je souhaitais sincèrement que tout ça puisse disparaître. S'il n'y avait que lui et moi, tout serait différent.

Kyros ferma les yeux.

— Si tu veux partir, alors vas-y, Basilia.

— Si j'ai tendance à fuir, soufflai-je, toi, tu as tendance à me repousser.

Il gronda en se retournant vers moi.

— Te repousser ? Tout ce que je fais, c'est pour te garder à mes côtés, et ça comprend les mensonges. Sans ça, tu serais partie depuis longtemps.

— Au début, peut-être, reconnus-je. Mais maintenant, je suis là, bien que je n'y sois pas obligée.

— Et si je te racontais tout, diablesse, est-ce que tu resterais ?

Je m'agitai, les bras autour de mon corps.

— Je ne sais pas de quoi tu parles.

Kyros m'attrapa par les hanches et me fit glisser vers lui jusqu'à ce que nos nez se touchent.

— Combien de temps faudra-t-il pour que tu ne sois pas terrorisée quand je te dis que je tiens plus à toi qu'à quiconque d'autre dans ma vie ?

Il plongea son regard dans le mien.

Mon cœur tressaillit à ses mots. Puis il virevolta avant de s'écraser au sol.

— Tu le sais, ma beauté. N'est-ce pas ?

Je posai mon index sur sa bouche.

— Non, ne fais pas ça.

*Ne me dis pas que tu m'aimes.*

Son regard s'assombrit.

— Ne fais pas ça, s'il te plaît, chuchotai-je en repoussant la douleur qui m'emplissait et qui n'était pas entièrement à moi. Tu es plus vieux que moi. Et je…

J'inspirai profondément pour me calmer, puis terminai ma phrase.

— Je ne suis pas prête pour ça.

— Pourquoi tu t'es jetée de la falaise ?

— Parce que j'ai confiance en toi pour toujours me protéger.

Il ouvrit la bouche et je plaquai ma main dessus.

— Je ne veux pas que ça arrive maintenant.

Une boule se forma dans ma gorge. Bordel, je me sentais complètement prise au piège ! Comme si mes sentiments pour Kyros représentaient un mur, ma grand-mère un autre, et que les deux m'écrasaient lentement. J'étais dans une impasse.

Ses superbes yeux verts se fixèrent sur moi. À cet instant, tout ce que je voulais, c'était lui. Je voulais m'enfuir avec lui.

— Ma beauté, dit doucement Kyros. Je ne voulais pas te faire de peine. Je n'aborderais plus ce sujet ce soir. Viens là.

Je résistai quand il essaya de m'attirer contre lui. Avant qu'il ne puisse exprimer sa frustration, je m'installai sur ses genoux et déposai un baiser dans son cou avant d'en déposer un autre au coin de sa bouche.

— Que me vaut l'honneur de recevoir ces cadeaux ? demanda-t-il, une ombre passant sur son visage.

Mon vampire n'était jamais aussi sombre qu'en ma présence. Il était sombre pour moi. Lumineux pour moi.

— Merci…, compagnon, répondis-je en soutenant son regard aussi longtemps que j'en étais capable.

Je me blottis le plus possible contre lui, puis posai ma tête contre son torse.

Sa surprise vibra en moi pendant un long moment avant qu'il n'enroule ses bras autour de mon corps.

C'était parfait.

Je rivai mon regard sur le feu, faisant de mon mieux pour imaginer que le monde n'existait pas.

Faisant de mon mieux pour imaginer que seules cette créature obscure et moi existions à cet instant.

# Chapitre 11

Quand Laurel m'avait tendu le manuel des règles d'Ingenium pour la première fois, j'avais été ravie de voir qu'il était aussi épais qu'un roman de Jane Austen. Avant de découvrir que c'était écrit en pattes de mouches à l'usage sans doute de ces mêmes insectes.

J'avais une vision de vampire, mais je devais tout de même avoir le nez collé au livre pour le déchiffrer.

À côté de moi se trouvait un carnet dans lequel j'avais noté ce que je comprenais des trois chapitres consacrés aux relations entre humains et Vissimo. La version que j'avais récupérée datait de l'année précédente, donc tout ce qui était en lien avec les médias et la technologie était abordé. Ce n'étaient pas des règles façon Monopoly. Comme Laurel l'avait expliqué, c'était un contrat, bourré de jargon légal.

Je relus la partie sur la coercition de signataires.

De ce que j'avais compris, j'avais raison. Les humains autour du signataire pouvaient être contraints et forcés, mais le signataire en lui-même devait signer de son plein gré, sans être influencé.

Sandra avait détaillé ce que les triplés Tonyi lui avaient fait. C'était de la coercition et de l'extorsion, selon les critères humains tout du moins.

C'était ça qui m'inquiétait.

Il y avait une ligne sous la clause 14.3. «Si l'une des parties soupçonne que le signataire est victime des transgressions énumérées dans les clauses 10 à 12.8, des preuves doivent être rassemblées et présentées à un clan impartial.»

Le clan impartial émettrait alors un jugement et, s'ils estimaient qu'il y avait eu transgression, l'accord de la partie coupable serait nul et non avenu.

Mais qu'est-ce qui pouvait être considéré comme une preuve ?

Je ne voulais pas que Sandra se retrouve devant un clan impartial. Elle serait contrainte, c'était certain.

Je notai le mot «preuves» et l'entourai.

Je refermai ensuite le manuel en me massant les tempes. Je l'avais lu d'un bout à l'autre autant de fois que nécessaire pour apprendre tout ce qu'il y avait à savoir sur le jeu. Je le mis de côté et attrapai le livre bien plus fin qu'il y avait dessous.

*Rituels de compagnonnage & liens de sang, édition complète.*

*Argh !* J'avais appelé Kyros «compagnon» la veille au soir. Il était si perdu et loin de la vérité quant à ma culpabilité et ma peur.

Le mot était sorti tout seul. Bien trop facilement.

Pendant mon moment à imaginer que le monde autour de nous n'existait pas, ça m'avait même fait du bien de le prononcer à voix haute.

Je m'étais réveillée seule dans sa maison, dans son lit, à dix heures du matin. Je ne me souvenais pas m'être endormie, mais heureusement qu'il n'était pas là à mon réveil. Ça m'avait laissé du temps pour une session de panique en bonne et due forme.

Kyros m'avait plus ou moins dit qu'il m'aimait. Je l'avais appelé «mon compagnon».

*Trop bizarre.*

Enfin, à proprement parler, c'était ce que nous étions l'un pour l'autre, mais j'avais franchi une énorme limite dans notre relation. Une limite que je n'aurais pas dû dépasser alors que j'avais trahi sa famille entière ainsi que lui.

«Tordu» était un euphémisme pour définir ce que j'avais fait.

Tandis que tout s'effondrait autour de moi, j'avais la sensation que Kyros devait entendre la vérité de ma bouche, et vite. Si cette piste avec Sandra ne débouchait sur rien, alors je devrais tout avouer. Au moins pour que les Sundulus puissent redéfinir leur stratégie d'attaque.

Kyros passait tous les vendredis soir avec le roi Mikhail, et après mon coup des textos au dernier lancer de dés, il était fortement probable que la famille royale Fyrlia révèle à Kyros ce que j'avais fait pour mettre de la distance entre nous.

Je devrais vouloir cette distance.

Je ne devrais pas me soucier de ce que pensait Kyros.

Je devrais être aussi impitoyable dans ma partie qu'Agatha Le Spyre.

Je devrais être tant de choses.

J'ouvris la couverture du volume fin et me penchai sur le premier chapitre, qui détaillait les différences entre des compagnons et des compagnons véritables. Après ça, il y avait un résumé de l'histoire des rituels de compagnonnage à travers les époques, ainsi que la mode actuelle de former des harems plutôt que d'accomplir un tel rituel.

La mode des harems. Comment était-ce devenu la norme ? Et si les humains faisaient ça ?

Je gloussai en y pensant, puis survolai les chapitres suivants, qui détaillaient les quatre premiers échanges. Je m'arrêtai à celui intitulé « Le Cinquième Échange ».

« Dans la continuité du schéma jusque-là, le cinquième échange entre des compagnons véritables augmente la libido des deux participants tout en approfondissant l'échange de puissance. La force, la vitesse et les capacités de guérison de chaque partie s'amélioreront, tandis que la capacité à être séparés diminuera. »

Le paragraphe continuait sur les effets généralement observés chez de simples compagnons.

Je soufflai longuement. Il ne me restait plus qu'une semaine dans cet état. Avec le retard pris à cause de mes oreilles, je commençais à peine à me sentir à l'aise avec mes nouveaux sens. Je n'avais plus de vertiges quand je me retournais trop vite. Chaque jour, l'impression d'être submergée par la collision de tous les stimuli sensoriels s'amenuisait.

Pourtant, Kyros avait raison. L'heure tournait.

Si les Fyrlia gagnaient, Mikhail n'autoriserait pas Kyros à continuer les échanges avec moi. En fait, j'étais persuadée que si je restais à Bluff City sous leur règne, ma vie serait terminée jusqu'à ce que je meure.

Je devais partir avant que ça n'arrive et m'assurer que toutes les personnes auxquelles je tenais fassent de même.

Kyros ne mènerait pas les Fyrlia jusqu'à ma cachette, mais je devrais vivre à l'écart de ceux que j'aimais par sécurité. Je n'avais pas passé beaucoup de temps au sein de la classe ouvrière, mais j'étais sûre qu'avec un peu plus de préparation, je serais capable de cacher ma véritable identité et vivre aussi économiquement que nécessaire pour ne pas me faire remarquer.

Concernant les échanges, ainsi que ma stratégie de jeu, j'étais déterminée à tenir ma promesse auprès des Débiteurs. Même s'il était tout à fait possible que les Fyrlia déclenchent la cascade finale, je devais insister pour continuer le rituel de compagnonnage. Je devais persévérer comme si gagner était encore une option.

Parce que je n'avais en aucun cas l'intention de perdre.

Il y avait une solution à tout ça. J'en avais peut-être déjà trouvé une avec Sandra. Je devais désormais m'assurer qu'elle était à toute épreuve, pour le bien de cette dernière. Et pour Kyros.

Je lus le chapitre sur le cinquième échange, plissai des yeux en arrivant au sixième échange, puis décidai d'arrêter là pour le moment.

J'attrapai ensuite le troisième livre, *Les Lois et l'Étiquette des Vissimo*, et examinai l'index jusqu'à trouver la partie intitulée «Liens de compagnonnage entre Vissimo et humains». Deux sections couvraient le sujet, la première décrivant l'étiquette attendue, la seconde abordant l'aspect légal.

«Tout compagnon humain doit marcher devant son compagnon à tous moments, tête baissée et mains jointes au niveau de la taille», lus-je à voix haute, ébahie.

Un éclat de rire remonta dans ma gorge.

— Ils peuvent aller se faire foutre.

Kyros préférait que je marche devant lui, mais la partie sur la tête baissée pouvait bien aller dans un poulailler et essayer de faire pousser des dents à ses occupantes avant que je ne m'y plie.

Je secouai la tête et lus le reste du paragraphe, qui était tout aussi ridicule que la première phrase.

Je passai ensuite à la partie légale.

— Quand est-ce que cette connerie a été publiée ?

Je vérifiai la date. *1907.*

Ça expliquait certaines choses. C'était ça, la version la plus récente que Laurel avait pu trouver ? Les deux autres livres avaient au moins été révisés au cours du siècle dernier. La section sur les lois était bien plus fournie, et mon cœur tressauta en voyant la troisième clause.

« Excepté si le rituel de transition est invoqué au septième échange, le compagnon humain ou humain augmenté ne prendra pas la parole lors des réunions officielles sans y être préalablement autorisé par son compagnon Vissimo. »

J'avais brisé cette règle au moins un million de fois.

Je survolai les différentes clauses légales du bout du doigt, tournant les pages jusqu'à trouver le sujet spécifique qui m'intéressait.

« Après le sixième échange, un compagnon humain est considéré comme étant un humain augmenté. »

— Humain augmenté, mon cul ! marmonnai-je.

Mais Laurel avait raison. La clause 7.6 expliquait – dans des termes bien plus précis que le manuel de règles d'Ingenium – que je pouvais posséder et diriger des Débiteurs, ceux-ci étant considérés comme inférieurs aux humains augmentés.

*Quels enfoirés* à classer les gens de la sorte ! Non pas que les humains ne le faisaient pas entre eux et avec tout ce qui les entourait. Mais quand même. L'immortalité n'allait clairement pas de pair avec plus de sagesse.

Mon téléphone vibra sur le bureau.

*Safina.*

— Laisse-moi tranquille, grommelai-je en appuyant sur le bouton vert malgré tout. Quoi ?

— Basilia. Il faut qu'on parle de quelque chose.

Vraiment ?

— Je voulais m'excuser d'être entrée en territoire Fyrlia et de t'avoir mise en danger. Je ne le comprenais pas entièrement à ce moment-là, mais on m'a appris que si j'étais morte et que Kyros avait perdu le contrôle, tu en aurais payé le prix. Tout comme Kearra.

— La vie est trop courte pour s'excuser à propos de choses qui ne sont jamais arrivées. Tu ne pensais pas à mal. Tout est rentré dans l'ordre.

*Non, pas du tout.*

— D'accord, mais je suis quand même désolée, répétai-je.

— Mon temps est précieux, Basilia, et tu es en train de le gâcher.

*La classe intégrale !* Je l'avais déjà dit, et je continuerais à le répéter.

— Alors, crache le morceau, Safina.

— La plupart de mes frères et sœurs ont passé des moments privilégiés avec toi…

Je me redressai brusquement sur mon siège.

— C'est ainsi que vous appelez ça ? Des moments privilégiés ? l'interrompis-je.

Elle marchait dans une pièce. J'entendis un bruissement de feuilles, elle devait être dans le *penthouse* de sa propre tour. En dehors du building Kyros, je m'étais seulement rendue dans la tour de Lionel, pour qu'il me présente sa maquette pour le développement de l'agriculture verticale.

— Appelle ça comme tu veux, reprit Safina. Étant donné que je n'ai pas beaucoup de temps en ce moment…

— Tu ne vas rien me faire ?

— Bien tenté. Non. Mais je simplifierai les choses si tu es coopérative.

— C'est de toi que Lionel tient cette technique, grognai-je.

— Quoi ?

— Il a utilisé exactement la même phrase pour son tour.

— Hmm… On doit apprendre aux plus jeunes tout ce qu'il faut faire pour se défendre.

Ils auraient pu s'en tenir à «ne touche pas le four quand il est chaud, Lionel».

— Dis-moi tout alors. Quelle connerie tu as prévue ?

— L'équivalent d'une semaine de tenues, chaussures et bijoux est sur le point d'être livré à ton domaine, ronronna-t-elle. Tout est étiqueté du lundi au samedi. Tu devras les porter tous les soirs, en coiffant tes cheveux en un chignon ressemblant au mien. Le maquillage doit rester simple. Je t'enverrai une photo comme référence. Cette semaine, quand on sera dans la même pièce, tu t'assiéras à côté de moi. Tu imiteras ce que je fais. Tu auras des points bonus si tu copies également certaines de mes manières et ma façon de parler.

J'assimilai ce qu'elle venait de dire.

— Tu veux que je sois une Safina miniature ? résumai-je.

— Oui.

Mes lèvres tressautèrent.

— Safina. C'est vraiment bizarre.

— La seule chose pire que ne pas se faire sa compagne véritable, c'est qu'elle ressemble à ta sœur alors qu'elle t'obsède.

*C'est brillant.*

Des gloussements rauques s'échappèrent de mes lèvres.

— Je t'aime vraiment bien, lançai-je. Je te suis carrément pour ton sale coup à la *Game of Thrones*.

— Je me disais bien que ça te plairait.

Ça érigerait la barrière dont j'avais besoin entre nous.

Et Safina ne savait même pas que j'avais appelé Kyros «compagnon» la nuit précédente.

***

Le débat enflammé des seconds me passait au-dessus de la tête tandis que Kyros m'observait d'un air consterné. Il me regardait en fronçant les sourcils depuis mon arrivée au soixante-sixième étage, mais je doutais que le vampire comprenne ce qu'il se passait avant l'arrivée de Safina.

— Ça suffit, dit Kyros.

Les crocs se rétractèrent et tout le monde s'assit.

Je baissai les yeux vers mes hashtags.

Il n’y en avait qu’un.

#danslamerde.

Angelica entra dans la salle à son heure habituelle. Tout le monde alluma sa tablette. Je fis de même et ouvris le dossier des acquisitions immobilières. En général, la première page répertoriait les propriétés du quartier qui étaient tombées au lancer de dés.

— Un petit changement d’habitude aujourd’hui, annonça la Vissimo. Au cours des trois dernières décennies, le taux des propriétés vendues à des parties privées est resté régulier. Au cours de l’année dernière, le taux a doublé en raison d’une augmentation du tourisme et de la mode des locations saisonnières. C’était en tout cas ce que nous pensions. Alors que cette théorie était étayée par l’achat de propriétés en bord de mer et de maisons de ville dans Black et Blue, il y a eu un changement radical récemment.

*Oh oh !*

— Le taux des propriétés acquises de manière privée a de nouveau doublé au cours des deux derniers mois.

— Tant que ça ? demandai-je en haussant un sourcil.

— J’ai demandé à mon équipe de faire des recherches, reprit Angelica après avoir confirmé d’un hochement de tête. Il apparaît que plus de neuf mille propriétés à Bluff City ont été achetées depuis l’étranger.

Ilion sursauta.

— Neuf mille ? répéta-t-il. Ça représente quinze pour cent du marché résidentiel.

*Pense au départ de Tommy. Pense au départ de Tommy.*

— Les transactions privées s’opèrent généralement à un niveau local, grâce au bouche-à-oreille, mais cette proportion est extrêmement suspecte. Quelqu’un sert d’intermédiaire dans ces acquisitions, pourtant, nos équipes n’ont jamais croisé d’autres agents immobiliers en dehors de ceux de Foremost. De plus, les propriétaires que nous considérons comme problématiques vendent de plus en plus à l’étranger.

Je savais que ce moment finirait par arriver puisque j'avais accéléré le processus d'acquisitions. Je devais absolument rester concentrée sur la conversation.

Angelica s'inclina.

— Je laisse les seconds discuter des raisons potentielles qui se cachent derrière cette augmentation ; vous trouverez cependant une liste de théories proposées au bas de la deuxième page. Si Foremost n'est pas derrière ces acquisitions, ce pourrait être un marché potentiel à attaquer de front, de toutes nos forces.

Je fis défiler le document pour passer en revue les hypothèses de son équipe tout en faisant de mon mieux pour me figurer ce que j'avais mangé au petit-déjeuner.

— Avez-vous pris contact avec des propriétaires ou des acheteurs ? demanda Kyros en levant les yeux vers elle.

— J'attendais votre décision, monsieur, répondit Angelica en se redressant.

— Je vous la communiquerai avant la fin de la nuit.

Elle s'inclina à nouveau, puis se lança dans son laïus habituel. Les Sundulus avaient atterri sur Purple ce soir. Après son rapport, les autres chefs d'équipe défilèrent pour faire le leur. La porte s'était à peine refermée sur le chef de l'équipe prévisionnelle que Conrad éclata.

— Foremost est derrière ces acquisitions privées, déclara-t-il en se levant d'un bond. C'est un filet de sécurité. Ils servent d'intermédiaires pour ces achats, puis gardent les détails de la vente sous couvert. Ils peuvent ensuite racheter ces propriétés quand ils veulent. Ça respecterait parfaitement les règles.

Danielle tapota la table de son stylo.

— Non. S'ils avaient plus de neuf mille propriétés en stock, ils auraient déjà pu remporter la partie. Pourquoi négocieraient-ils des ventes pour des parties privées à l'étranger plutôt que les garder pour eux ?

Kyros m'observait.

Il fallait que je dise quelque chose.

— Parce que les propriétés problématiques résistent à Live Right et Foremost. Les détenteurs préfèrent sûrement vendre directement à des personnes plutôt qu'à des entreprises. Quand la propriété est vendue, Foremost peut ensuite approcher les nouveaux propriétaires, qui, eux, n'opposent aucune résistance à leur offre. Les maisons de vacances sont souvent un investissement. Convaincre une clientèle étrangère de vendre à cause d'un marché qui s'écroule serait un jeu d'enfant.

Ilion fit défiler les documents sur sa tablette.

— Cependant, certaines de ces propriétés ont été achetées il y a presque trente ans. Les ventes ont largement augmenté au cours du dernier mois, mais avant ça, le taux était stable, entre trois cents et trois cent cinquante propriétés par an.

*Bien joué, Agatha !*

— C'est juste une théorie.

Kyros me lança un regard par-dessus ses mains jointes.

— Ça va plus loin que ça, asséna-t-il.

*Zut !*

Mes mains devinrent moites et j'essayai de raisonner mon cœur qui battait la chamade. Tous les seconds m'observaient. Ma réaction était en partie couverte par l'instinct de survie de mon corps quand j'étais en leur présence.

— Ayant rendu visite à beaucoup de ces propriétaires problématiques, je peux vous dire que l'avis du public sur cette entreprise et Foremost n'est pas bon. Je pense que vous ne devriez pas ignorer la possibilité que les résidents de Bluff City parlent entre eux. Vous savez bien que le bouche-à-oreille est le meilleur outil de marketing qui existe. La rumeur qu'on a fait courir à propos du marché en train de s'écrouler n'aura fait que renforcer ce phénomène. Je pense que vous ne devriez pas non plus repousser l'idée que quelqu'un aurait pu percevoir une opportunité de gagner beaucoup d'argent. Vous avez peut-être mis les autres agences immobilières au chômage, mais si quelqu'un joue l'intermédiaire pour des acheteurs étrangers, alors ils occupent une niche dans laquelle ils ne rencontrent aucune concurrence. Évidemment que leur entreprise serait florissante ainsi.

De la satisfaction vibra en Kyros, et je m'accrochai à la passion bien réelle que j'avais ressentie pendant ma déclaration pour que mon soulagement ne prenne pas le dessus.

J'écoutai les seconds, qui se lancèrent dans leur débat habituel. Le niveau de fureur atteignait des sommets. Tout le monde ressentait le stress de ce qui ressemblait de plus en plus à une défaite face aux Fyrlia. Les équipes prévisionnelles pronostiquaient que la cascade finale serait déclenchée d'ici trois semaines si les Sundulus ne faisaient pas un gros coup.

Auparavant, ce gros coup était celui avec M. Ringly, dont peu de personnes avaient eu vent. Il n'en était plus question désormais, même si la famille de Kyros espérait toujours tourner cette affaire en leur faveur.

Il me restait trois semaines pour tout arranger.

Si peu de temps. Et pourtant, j'avais décidé de laisser de côté les informations obtenues par Sandra Hoyt pour le moment. Quand je les transmettrais aux Sundulus, je leur raconterais tout ce que j'avais dit à Mikhail. Kyros allait être en colère. Très en colère. Potentiellement au point de ne plus jamais vouloir me parler.

Je ne pouvais pas prendre le risque qu'il annule le cinquième échange à cause de ça.

Si le livre sur les rituels de compagnonnage disait la vérité, on serait quasiment inséparables après. Il serait ensuite plus simple de déclencher le sixième échange, considérant le manque de contrôle de Kyros. Peut-être même me pardonnerait-il plus facilement.

Ce qui ne faisait que me prouver à quel point j'étais désespérée.

Et que j'étais lâche.

Je balayai ça de mon esprit et repris le fil de la conversation, notant mes hashtags quand un commentaire attirait mon attention ou donnant mon opinion quand il y avait quelque chose à mentionner en particulier.

Quand les seconds quittèrent la pièce en file indienne comme à leur habitude, Kyros éteignit sa tablette et se dirigea lentement vers moi.

— Qu'est-ce que tu écris à chaque réunion ? m'interrogea-t-il. Au début, je pensais que c'étaient des notes, mais tu as toujours un air amusé.

C'était parce que je faisais tristement partie de ces personnes qui trouvaient leurs propres blagues drôles.

J'ouvris l'onglet bloc-notes et tournai l'écran vers lui.

Son regard passa de mon tailleur et mon collier de perles à l'appareil, puis il lut ce qui y était noté à voix haute.

— Hashtag plus dans la merde.

*Zut !* Peut-être que ce n'était pas drôle pour les autres.

— C'est comme ça que je réussis à suivre la conversation quand les pouvoirs Vissimo augmentent un peu ou beaucoup.

Kyros continua à lire, ses lèvres s'étirant face à #JuliaTraîtresseDinh.

*Mon cas n'est pas complètement désespéré.* Vive moi !

— Hashtag *traces de Fyrlia*, déchiffra le prince vampire en pointant du doigt la dernière ligne. Qu'est-ce que ça veut dire ?

— Je pense qu'Ilion a raison. Une équipe devrait s'occuper de déterrer les accords véreux des Fyrlia. Elle pourrait viser les contrats importants signés il y a un an ou deux. Je pense qu'ils ont certainement dû s'appliquer au cours des derniers mois, puisqu'ils ont pris de l'avance, mais qu'avant ça, ils n'ont peut-être pas couvert leurs traces aussi assidûment.

— Très bien, compagne. Allons en parler à mes frères et sœurs.

Il posa une main au creux de mes reins et me dirigea vers la porte, que je passai avant lui.

*Compagne.*

Il avait fallu qu'il le dise.

— Tu regrettes de me l'avoir dit, alors ? murmura-t-il dans ma nuque.

Je frissonnai, déjà nerveuse à cause de sa présence dans mon dos. Est-ce que je regrettais de l'avoir appelé « compagnon » ?

— Non.

Je retins mon sourire en entendant son grondement en réponse, puis accélérai le pas quand j'entrai dans la salle de réunion suivante, rejoignant Safina. Elle se retourna en m'entendant arriver.

— Ah, Basilia !

— Ah, Safina !

J'avais imité son ton légèrement agrémenté d'ennui. C'était comme ça que je devais m'y prendre ?

Gerome en resta bouche bée et donna un coup de coude à Francesca. Celle-ci feula, ses crocs s'allongeant, puis elle nous aperçut, Safina et moi. Ses crocs disparurent.

Elle dégaina son téléphone et, à l'unisson, toute la fratrie fit de même.

Kyros observa Rory et Neelan, qui ricanaient.

— Qu'est-ce que… ?

Il se figea en voyant sa sœur et moi l'une à côté de l'autre.

— Mon frère ? demanda cette dernière en penchant la tête sur le côté ?

— Kyros ? la copiai-je.

Il fut instantanément horrifié et je faillis exploser de rire. Il ancra son regard au mien et je fis de mon mieux pour garder un visage neutre, bien qu'il puisse sentir mon hilarité intérieure.

— Oh, Seigneur ! souffla Lalitta.

Deirdre pleurait d'un rire silencieux. Comme on pouvait s'y attendre.

Kyros déglutit, puis frissonna d'effroi autant physiquement qu'en pensées.

— Asseyez-vous, s'il vous plaît, déclara-t-il. Nous avons beaucoup de choses à aborder avant l'appel au roi Julius.

Safina s'adossa à son dossier en croisant les jambes. Je l'imitai une seconde plus tard.

Le désir et le dégoût se battaient pour devenir l'émotion dominante du vampire gigantesque.

*Oh ouais !*

On allait bien s'amuser cette semaine.

# Chapitre 12

L'enregistrement vidéo de Sandra Hoyt se termina. J'observai les visages choqués autour de la table.

— Putains de monstres ! cracha M. Hothen. Pourquoi elle n'est pas venue me demander de l'aide ?

Les personnes désespérées n'étaient pas réputées pour leur clairvoyance.

Je posai mon téléphone sur la table.

— J'ai consulté un manuel de règles. Les preuves doivent être examinées par un… euh… groupe impartial. Je crains que les présenter à… S… n'entraîne l'emprisonnement de Sandra.

Je n'avais pas simplement consulté le manuel, j'avais aussi clarifié ce point en utilisant des termes vagues avec Deana.

Sandra serait emmenée pour être interrogée, avant d'être contrainte au silence. C'était le verdict final.

— Je veux trouver un autre angle d'attaque. Je ne l'impliquerai pas si je ne peux pas assurer sa sécurité, déclarai-je.

Elle avait déjà traversé tant d'épreuves.

— Julia Dinh, proposa lady Treena en reposant sa flûte de champagne.

— Potentiellement. S est au courant qu'elle joue sur les deux tableaux. Ou tout du moins qu'elle est sous le contrôle, d'une manière ou d'une autre, de F. Ils allouent des ressources à une équipe pour mener l'enquête à ce sujet. Il y a des chances qu'on risque de se faire remarquer si on fait de même. Pareil avec M. R. Il est sûrement sous étroite surveillance des deux côtés.

J'arrivais à parler plus facilement en contournant la contrainte tout en restant calme de la sorte, mais le processus demeurait toujours aussi frustrant.

Sir Olythieu resta pensif, tout en caressant sa barbe.

— Je pourrais faire une demande d'inspection du site par le biais d'un employé du conseil, intervint lady Treena. S'il y a un problème dans l'organisation, alors le développement sera retardé tandis qu'une révision sera engagée. Ou mieux encore, quelque chose serait découvert qui déclencherait un avis de mise en conformité.

— S a déjà tenté ça, répondis-je en secouant la tête. Ce qui m'inquiète, c'est que Sandra est peut-être notre seul moyen de rétablir l'équilibre.

M. Hothen posa ses deux mains sur la table.

— Alors on ferait mieux de trouver une solution pour le faire sans la blesser. On ne sacrifiera pas de vies humaines pour atteindre notre but.

— Certainement, murmurai-je en chœur avec les autres.

— Je voudrais pouvoir tous les tuer, jura M. Dithis en se levant pour faire les cent pas dans la pièce.

— J'ai pendant un moment rêvé de pouvoir lâcher des bombes sur leurs maisons, ajouta dame Burke en se renfonçant dans son siège.

— Ce sont des animaux, tous autant qu'ils sont, renchérit Mme Syrre.

Je sentis mon ventre se contracter en constatant la haine incrustée dans les six visages autour de moi. J'hésitai un moment, me demandant si je devrais dire quelque chose. Mais ça ne mènerait à rien de bon. Ils détestaient les Vissimo depuis des décennies, avant même que je sois née. Tous les vampires n'étaient pas cruels, mais je savais cela uniquement en raison de ma position inhabituelle. Si je n'avais pas été la compagne de Kyros, je les aurais haïs tout autant. Le fait que je sois sa compagne véritable me garantissait une plus grande marge de manœuvre auprès de ses employés, ainsi que des membres sains d'esprit de son clan.

Je ramassai mon téléphone, qui vibrait sur la table, et lus le nom affiché à l'écran.

— Soyez très silencieux, demandai-je en coupant la parole de M. Hothen.

Je leur lançai un regard d'avertissement qu'ils comprirent aussitôt, puis décrochai le téléphone.

— Kyros. Je suis en pleine réunion.

— Quelle réunion ?

Je me levai et me détournai de la table.

— Une réunion ennuyeuse, mais nécessaire. Qu'est-ce que tu veux ?

— Le terrain agricole que tu as sécurisé pour nous, il appartenait à un ami de ta famille, c'est ça ?

Je me mis à faire les cent pas, me concentrant sur mon estomac qui gargouillait.

— Un ami de ma grand-mère, oui. Je ne l'ai jamais rencontré. Barnaby Dwelt.

— Je réfléchissais au rapport d'Angelica cette nuit. Les équipes de Live Right essaient de localiser les précédents propriétaires de maisons achetées depuis l'étranger cette semaine, mais tu es déjà entrée en contact avec l'un d'eux.

*Bordel de merde ! Pense au déjeuner. Pense au déjeuner.*

— Eh bien, oui ! confirmai-je. J'avais déjà ses coordonnées.

— C'est ce que je voulais te demander, continua-t-il dans un souffle. Le lot quatre-vingt-onze a été racheté il y a quatorze ans, donc ça n'a peut-être aucun rapport avec l'augmentation récente d'acquisitions depuis l'étranger, mais c'est tout ce qu'on a pour le moment. Est-ce que tu pourrais contacter M. Dwelt et lui demander par quel intermédiaire le marché a été conclu ?

Je pinçai les lèvres.

— Oui, je peux faire ça.

Son soulagement m'envahit et je fermai les yeux de toutes mes forces.

— Est-ce que tu aurais un lien avec d'autres de ces propriétés acquises à des parties privées ?

*Euh…*, juste quelques-unes.

— Qu'est-ce qu'il y a de si drôle ? demanda Kyros, un sourire dans la voix.

— Il y a plus de neuf mille propriétés concernées, Kyros. Je n'en ai aucune idée. Demande à Angelica de m'envoyer une liste des adresses et des noms, j'y jetterai un d'œil.

Je l'entendis dire quelque chose à toute vitesse à quelqu'un d'autre dans la pièce.

— C'est fait, m'informa-t-il ensuite. Encore une chose à propos de Barnaby Dwelt. Je n'ai trouvé aucune information à son sujet dans notre système.

*Parce qu'il n'existe pas.*

— Les personnes très riches ont ce privilège. Lance une recherche sur mon nom. Ça sera sûrement pareil.

Je l'écoutai taper sur son clavier.

Il jura, puis me lança :

— Quand est-ce que tu as porté ça ?

— De quoi ?

Je lançai un regard aux personnes âgées autour de moi, qui se tenaient aussi immobiles que des statues ridées.

— Le justaucorps blanc. On dirait du cuir.

Puis il jura à nouveau.

— C'était pour l'inauguration du *Forbidden*, l'éclairai-je en retenant un rire. Je me suis changée avant de venir à la tour.

Aucun de nous n'aurait pu supporter le désir brûlant qui nous aurait embrasés si j'étais arrivée habillée de la sorte.

— Tu l'as toujours ? m'interrogea Kyros.

— Tu te rends compte qu'il y a des gens qui m'attendent là, n'est-ce pas ?

Son désir ne s'amenuisa pas le moins du monde.

— J'ai dû te regarder parader habillée comme ma sœur toute la semaine, Basilia. Fiche-moi la paix.

— Je savais que Safina serait la meilleure.

— Gerome n'arrête pas de m'envoyer des memes sur Jamie Lannister. Je me suis renseigné pour comprendre la référence. C'est un personnage qui couche avec sa sœur dans une série télé.

Cette fois, je ne pus retenir mon rire.

— À la base, c'est une saga littéraire. Et c'est bien le genre de ton frère. En revanche, je suis surprise que tu saches ce qu'est un mème. Enfin, tu gères bien les gifs, mais là, ça va trop loin. À ce rythme, tu vas finir par ne plus mettre de costumes.

C'était lui qui riait désormais.

— Je regarde *L'Étendue de la vérité* de temps en temps. Ils parlent de mèmes et de gifs, alors j'ai regardé ce que c'était il y a quelque temps, révéla-t-il.

Je plaquai une main sur ma bouche. Il s'était bien gardé de me le dire !

— Tu te fiches de moi, m'exclamai-je finalement. T'en es à quel épisode ?

— Neuf.

— Trissa est suspendue par son cardigan entre deux bâtiments et le tissu commence à se déchirer.

— Épisode neuf de la saison deux.

*Nom… D'un… Chien.*

— Le Dr Khang est obligé d'accomplir une chirurgie cérébrale d'urgence dans un sous-sol alors qu'il a une main attachée dans le dos.

Ma bouche s'asséchа. Si Kyros avait été présent en cet instant, je lui aurais sauté dessus. C'était aussi simple que cela.

J'entendis du cuir couiner tandis qu'il bougeait.

— J'ai organisé un dîner romantique autour du feu avec du vin en début de semaine et ça t'a donné envie de prendre tes jambes à ton cou, mais le fait que je regarde une série t'excite ?

Ce n'était pas moi qui faisais les règles.

— Ne te rends pas fou à essayer de me comprendre, Kyros.

— Je serai déjà content quand tu arrêteras de porter des tailleurs. Je t'en prie, dis-moi que ça se termine à la fin de la semaine ? Je peux supporter ça pendant encore deux jours. Mais pas un mois complet.

— Tu verras bien.

Kyros gronda.

Je posai une main sur ma hanche et l'admonestai :

— Ne te mets pas à gronder avec moi. Je ne refuserai rien à Safina. Sinon tous tes frères et sœurs vont s'en prendre à moi, et j'ai toujours le défilé de Francesca à endurer dimanche.

*Suivi du cinquième échange.*

— J'ai hâte d'arriver à dimanche soir, déclara Kyros.

Je m'agitai, me souvenant soudain des six regards plantés dans mon dos.

— Ça va être… une sacrée fête.

Il grogna.

— Gerome vient de m'envoyer un autre mème. Je te laisse retourner à ta réunion.

— D'accord, à ce soir, répondis-je dans un ricanement.

Je raccrochai, puis évitai les regards fixés sur mon visage en me rasseyant. Je levai ensuite les yeux et haussai les sourcils.

— Quelque chose ne va pas ?

Ils arboraient une expression neutre. Je les voyais souvent avec cet air. Mais en général, ce n'était pas à mon égard.

Dame Burke fut la première à prendre la parole.

— C'était Kyros, le prince héritier du clan Sundulus ?

— C'est exact, répondis-je en hochant la tête.

Sir Olythieu croisa mon regard.

— À quel point es-tu proche des Sundulus ?

Mon regard à moi se fit froid.

— Assez proche pour être invitée aux réunions les plus privées. Qu'est-ce que vous insinuez ?

Ils échangèrent tous les six des regards.

Lady Treena m'observa sous ses cils maquillés. Comme lorsqu'elle était sur le point de me laminer au Scrabble. Elle avait un vocabulaire incroyable.

— Basilia, la façon dont tu viens de parler avec lui…

— Et je ne comprends toujours pas quelle est votre question, lançai-je avec retenue. Arrêtez de tourner autour du pot.

Ce fut M. Dithis qui intervint cette fois.

— Est-ce que ce qu'on vient d'entendre est un numéro ou est-ce que c'est sincère ? Vous parliez d'une série télé ? Tu l'as sermonné comme un enfant.

Vraiment ?

— «Ne te mets pas à gronder avec moi», cita Dame Burke.

*Merde !* J'avais effectivement dit ça.

Pour ma défense, c'était vraiment dur de se souvenir qu'il y avait d'autres personnes dans la salle, étant donné notre état à Kyros et moi.

Il valait peut-être mieux que je leur explique le compagnonnage.

Un coup d'œil vers leurs visages sévères me décida.

— Une partie était un numéro, commençai-je. Mais pas tout. Vos expériences à leur contact vous ont menés à penser que ce sont tous des monstres. Mais ce n'est pas le cas.

C'était comme si je les avais giflés. Mme Syrre fit même un pas en arrière.

— Nous a menés à penser…, répéta M. Hothen.

Je me redressai.

— Oui, c'est bien ce que j'ai dit. Et personne ne peut vous jeter la première pierre. C'est ce qu'ils voulaient que vous pensiez. Afin que vous leur obéissiez aveuglément.

Je ne m'adressais pas à des personnes obtuses. Elles considéraient les émotions comme des données, mais ne les laissaient pas dicter leurs décisions. Cependant, comment une personne pourrait ne pas haïr les créatures qui l'avaient forcée à vivre dans la peur des décennies durant ?

— J'ai passé beaucoup de temps à leurs côtés, au cours des trois derniers mois, repris-je. Que vous vouliez bien me croire ou non, les membres de leur espèce sont aussi variés que ceux de la nôtre. Très peu d'entre eux sont complètement mauvais. Et très peu sont également complètement bons. Les humains réfléchissent d'une manière différente, je vous l'accorde. J'ai souvent du mal à saisir leurs conventions. Mais en grande partie, ce qui motive notre espèce est également ce qui motive la leur.

Sir Olythieu abattit sa canne sur la table.

— Est-ce que tu t'entends parler, petite ? Tu es leur servante, maintenant ? C'est ça ? Est-ce que tu nous as tendu un piège pour pouvoir nous trahir, ainsi que ta grand-mère ?

— Bartley, l'interpella lady Treena.

Je levai une main.

— Tout va bien, lady Treena. Je suis bien consciente de ce à quoi ça ressemble. C'est pour ça que je vous écoute parler de tous les tuer ou de leur lâcher des bombes dessus sans rien dire.

Je relevai le menton, puis balayai du regard les amis les plus proches de ma grand-mère rassemblés autour de la table.

— Je vais honorer l'héritage de ma grand-mère, car je l'aimais. Je crois en ce qu'elle a commencé. Bluff City n'est pas un plateau de jeu. Les humains qui l'habitent ne sont pas des pions. J'affirme ça avec une conviction totale.

Le vieil homme se détendit.

Mais je n'avais pas terminé.

— Cependant, ne faites pas l'erreur de penser que vous parlez à ma grand-mère quand vous vous adressez à moi. Ses convictions sont les miennes de manière générale, sa puissance est la mienne, mais nos expériences sont différentes. J'agirai comme bon me semblera selon ma position et les informations collectées qui en découleront.

Je posai mon regard un instant sur chacun d'entre eux.

— Si vous ne pouvez pas accepter que mon opinion sur eux soit différente de la vôtre, très bien ! Quoique je vous respecte tous, je n'ai pas besoin de votre validation. J'aimais ma grand-mère. Je risque ma vie tous les jours pour elle. J'ai tué deux fois pour venger sa mort. Tout ce dont j'ai besoin, c'est sa validation à elle, et n'osez même pas insinuer que je serais incapable de faire ce qui doit être fait.

Je récupérai mes quelques dossiers ainsi que mon téléphone, puis rejoignis la porte.

Je leur lançai un dernier regard avant de partir, et conclus :

— Appelez-moi encore une seule fois « petite », sir Olythieu, et vous en subirez les conséquences.

# Chapitre 13

Quelque chose vibrait.

— Bourdon, grognai-je en donnant un coup à Kyros.

— C'est ton bourdon, marmonna-t-il en retour, se renversant pour tendre la main au-dessus de moi.

La vibration s'interrompit et je me détendis.

— Quoi ? aboya-t-il. Tu l'as réveillée.

Un pleurnichement irritant répondit.

— Moustique, décrétai-je en m'enroulant dans la couverture.

— Elle trouve que ta voix fait penser à un moustique, ricana Kyros.

J'entrouvris une paupière.

— C'qui ?

— Frannie.

C'était un prénom trop innocent pour ce démon.

— Fais des bips et raccroche.

Kyros était à cheval sur moi, torse nu, ses muscles fermes exposés. *Nom d'un chien !* Cette vue n'était pas la pire au réveil.

— Ah, le défilé de mode ! murmura-t-il en grimaçant à mon intention.

Je me redressai brusquement et jetai un coup d'œil au réveil.

Le vampire appuya sur mon épaule pour que je me recouche.

— Elle sera là dans trente minutes.

— *Elle ferait mieux d'arriver en vingt.*

Kyros raccrocha et je tentai à nouveau de m'asseoir. Il me poussa une fois de plus doucement.

— Il faut que je prenne une douche, lançai-je en tapant sur ses mains.

Sa bouche couvrit la mienne et j'oubliai le reste de mes arguments tandis que je passais mes mains dans ses cheveux caramel.

Je gémis contre ses lèvres tout en me cambrant, ce qui lui arracha un sifflement.

Dans un feulement, Kyros coupa court à notre baiser, puis baissa la tête jusqu'au col de mon pyjama en soie. *Plus bas.*

Il attrapa mon téton dans sa bouche et j'en eus le souffle coupé, me tortillant sous la couverture entre nous alors que mon corps entier s'enflammait.

— Ky…, hoquetai-je en essayant de repousser la barrière de tissu entre nous.

Il donna un coup de langue avant de s'attaquer à l'autre, me forçant à ravaler un cri.

La seconde d'après, il avait disparu.

Je me redressai, repoussant brutalement la couverture épaisse pour le poursuivre.

Il se tenait de l'autre côté de son repaire, son sofa circulaire entre nous, un grand sourire aux lèvres.

— Comme ça, tu auras quelque chose pour t'occuper l'esprit en attendant ce soir, déclara-t-il avant de disparaître dans la salle de bains.

*Enfoiré !*

*Putain d'enfoiré !*

L'eau se mit à couler dans la douche et la mélodie d'un sifflement emplit mes oreilles. Même ça, ça commençait à m'exciter, au point où j'en étais.

Je titubai jusqu'à la cuisine, comme la version interdite aux moins de dix-huit ans de *Bambi* que ma vie était devenue, puis remplis un verre d'eau.

Le défilé de mode.

L'échange de sang avec le vampire.

Je pris une gorgée fraîche.

— Bordel ! Quelle journée !

Au moins Kyros s'en réjouissait-il. En même temps, quel homme ne serait pas heureux quand une partie de jambes en l'air garantie se profilait à l'horizon ? Le truc, c'était que nous n'avions pas eu notre conversation habituelle sur les conditions de cet échange.

Alors que c'était nécessaire.

Il sortit de la salle de bains, une serviette accrochée à ses hanches.

*Concentre-toi, Basi !*

— Kyros ?

— Oui, compagne ?

J'eus des papillons dans le ventre.

— Il faut qu'on parle de l'échange. Je voudrais aborder un sujet en particulier.

De la nervosité jaillit. Elle ne m'appartenait pas, alors j'observai le dos tendu du vampire.

Quoi ? Il pensait que j'allais annuler ?

Je posai mon verre et le rejoignis.

Dès que je l'eus atteint, il nous fit virevolter pour que je me retrouve dos au mur.

— Est-ce que tout doit être ramené à un jeu de pouvoir avec toi ? demandai-je en croisant les bras.

— Le fait d'être un alpha mène à certaines nécessités, oui, répondit-il en haussant une épaule. Je calme la puissance par de petits gestes pour l'empêcher d'exploser de manière spectaculaire. Est-ce que ça te dérange ?

— Je m'habitue à la plupart de ces choses, je suppose, marmonnai-je avant de laisser ma phrase en suspens tandis que j'observais une goutte d'eau rouler dans son cou.

Il baissa la tête.

— Tu avais une proposition à faire, me rappela-t-il.

— Oui, confirmai-je en fronçant les sourcils.

— Qu'est-ce que c'était, ma beauté ?

C'était…

*Ah oui !*

Je pris une profonde inspiration.

— Je n'ai pas apprécié que d'autres personnes me voient pendant l'emprise, la dernière fois. C'est normal pour les Vissimo, mais ça m'a embarrassée d'être vue comme ça par tes sœurs.

— Tu ne peux pas rester seule, Basilia, asséna Kyros, son visage se faisant plus dur. Je ne serai pas capable de le supporter.

— Si tu me laissais terminer, tu te rendrais compte que ce n'est pas ce que je veux dire, répliquai-je en lui lançant un regard noir.

Kyros haussa un sourcil.

— Tu viens de m'écraser le pied en tapant du tien.

*Pas mon problème.* J'avais abandonné l'idée de me débarrasser du piétinement agacé. Je conduisais désormais une voiturette de golf dans mon domaine. J'allais peut-être me réconcilier avec le poser de mains sur les hanches et le balayage de cheveux en arrière également, comme la sale gosse qui avait assez d'argent était coutumière de le faire.

— Tu le mérites, pour m'avoir embrassée avant de me laisser en plan.

Sa voix se fit profonde et un brouillard rêveur emplit son regard quand il répondit :

— Tes tétons sont toujours durs.

Et ils allaient sûrement le rester toute la journée.

— Je vais prendre ma douche.

Il me rattrapa par le poignet.

— Qu'est-ce que tu allais me demander ?

— J'allais te demander si toi, tu pouvais rester pendant l'emprise, mais j'ai changé d'avis, lançai-je en me libérant.

L'ébahissement de Kyros vibra en moi, la décharge brûlante apaisée par la vague d'envie.

Lui claquant la porte de la salle de bains au nez, je retirai mon pyjama, puis réglai la douche sur tiède. Je passai sous l'eau tout en attrapant le gel douche que j'avais laissé à la dernière emprise. Je refusais de ranger des vêtements ici, je préférais en apporter à chaque fois que je restais pour la nuit, mes affaires de toilette étaient donc mes seules possessions dans son repaire.

Kyros n'avait rien dit, mais je savais qu'il mourait d'envie de me demander de remplir l'un des tiroirs de sa commode.

J'étalai le savon au myrte citronné, puis attrapai mon rasoir avant de me mettre au travail, éliminant tout poil pour m'assurer que ma peau fut lisse. Je m'occupai ensuite rapidement de mes cheveux et terminai en séchant et hydratant mon corps à une vitesse record.

Étroitement enveloppée dans une serviette, je retournai dans la pièce principale et attrapai mes vêtements de la veille.

— Tu peux m'emprunter un jogging, si tu veux, proposa Kyros, le regard rivé sur mon tailleur.

J'avais passé un marché avec Safina, et j'avais donné ma parole. De plus, je ne voulais pas m'embarquer sur le chemin du couple qui se prête des vêtements.

Je disparus de nouveau dans la salle de bains, m'habillai et essorai mes cheveux.

— Laurel t'attend pour te conduire jusqu'à Green, m'informa le vampire.

Je me tournai vers lui pour la première fois.

*Waouh !*

*Double waouh !*

Il portait un blazer carmin sur une chemise blanche. Un pantalon bleu foncé ainsi qu'une ceinture accordée à la veste complétaient son look classe détendu. Le voir habillé ainsi me donnait des papillons dans le ventre.

— Tu vas quelque part ? l'interrogeai-je d'une voix rauque.

— Au défilé de Frannie, m'informa-t-il. M'agacer en forçant ma compagne à défiler serait inutile si je n'étais pas là pour y assister.

*C'est vrai.*

— Et si d'autres hommes ont l'occasion de te voir défiler, alors tu peux être sûre que je vais m'assurer qu'ils sachent que tu es prise.

— Tu ne serais pas un peu jaloux ? le taquinai-je en me mordillant la lèvre inférieure.

— Toujours, avec toi. Jaloux du temps que tu passes sans moi. Jaloux des conversations que tu as avec d'autres personnes. Jaloux du fait que tu laisses ton majordome tout faire pour toi, alors que tu refuses que je te tende une assiette.

Il avait prononcé ces paroles sans la moindre trace d'amertume. Qu'est-ce que j'étais censée lui répondre ? Je restai silencieuse.

— Tout le monde sera là, reprit Kyros comme s'il ne venait pas d'admettre qu'il était jaloux que mon majordome me coure après en permanence.

Je passai ma langue sur mes lèvres.

— Quand tu dis « tout le monde »…

— Mes parents aussi.

Je me passai une main dans les cheveux.

— Parfait.

— Je te vois dans deux heures, me lança Kyros tandis que j'attrapais mon téléphone avant de rejoindre la porte.

Toujours sous le choc, je lui fis un signe de la main par-dessus ma tête pour toute réponse.

— Basilia ? m'interpella le vampire.

Je m'arrêtai d'un coup, puis lui lançai un regard.

— Oui.

Il s'inclina bas.

— Je serais honoré de me joindre à toi pendant ton emprise.

Mes joues s'enflammèrent alors qu'il se redressait et me couvait d'un regard brûlant, que j'intitulai immédiatement « aimant à ovaires ».

— OK, ça marche, soufflai-je.

*Bordel !*

Ses lèvres s'étirèrent.

— Salut, bafouillai-je avant de faire volte-face pour dévaler l'escalier, mon corps soudain plus léger qu'une plume.

***

Mes cheveux blonds étaient raides comme des baguettes de tambour, tombant juste sous mes seins.

Ça couvrirait peut-être un peu les tenues sûrement criardes que Francesca allait me faire enfiler. Dès que j'avais posé un pied dans la rue principale bordée de cordons de sécurité de Green, elle m'avait tirée jusqu'à un poste de maquillage avant de disparaître.

J'avais défilé quelques fois pour des œuvres de charité au cours de mes dernières années de lycée. J'avais aussi participé à des événements du type « enchères pour un rendez-vous », où tout le monde devait parader avant que la mise à prix démarre.

— Regardez vers le haut, me demanda la maquilleuse.

Elle était partie sur un smoky eyes assorti d'un rouge à lèvres prune foncé. Rien de clinquant comme je m'étais attendue à endurer. La maquilleuse ne cilla pas en voyant ma cicatrice dans le cou, elle se contenta de la recouvrir avec une sorte de pâte.

— Je suis tellement contente que tu aies pu venir, entendis-je Francesca dire de l'autre côté du rideau.

— Tu m'as payée en même temps, répondit une femme avec un reniflement sarcastique.

Non. Elle n'avait pas fait ça quand même.

Il n'y avait qu'une voix plus agaçante et nasillarde que celle de Francesca, c'était celle de Harriet Gregorian.

— Baissez les yeux, m'ordonna la maquilleuse.

J'obéis avec plaisir, tentant de camoufler mon regard noir. Je détestais Harriet Gregorian pour de nombreuses raisons. Tout en haut de cette liste, il y avait ce qu'elle avait fait à Tommy. Les autres filles l'avaient peut-être maintenue au sol pour arracher ses vêtements avec plus ou moins d'enthousiasme, mais Harriet avait été l'instigatrice de tout ça. Elle était stupide et vicieuse jusqu'à la moelle. La combinaison la plus dangereuse au monde.

— Basilia, m'interpella Francesca dans mon dos. Tu connais Mlle Gregorian ?

Un tic agita le coin de ma bouche. Cette sale gosse. Elle s'était bien renseignée.

— Ce nom me dit quelque chose. L'une de mes bonnes, peut-être ? raillai-je.

La maquilleuse se retira et j'ouvris les yeux pour constater la réaction de Harriet, qui avait les lèvres pincées.

— J'avais cru comprendre que vous étiez à l'école ensemble ? insista Francesca en se tapotant les lèvres du bout des doigts.

— En effet, se reprit Harriet. Mais on évoluait dans des cercles différents.

Elle voulait dire que je restais de mon côté.

Je tournai mon visage d'un côté, puis de l'autre, pour étudier mon reflet, avant d'adresser un clin d'œil à Harriet.

— C'est toujours le cas, ma chère, rétorquai-je d'une voix traînante.

Le regard bleu de Francesca croisa le mien et ses lèvres s'étirèrent légèrement. Elle installa Harriet sur le siège à côté du mien avant de disparaître à nouveau.

*Évidemment.*

Comme si elle n'allait pas écouter le moindre mot de notre conversation.

Mon téléphone vibra.

**Qu'est-ce qu'il y a de si drôle ?**

Je répondis à Kyros :

**Francesca a ramené mon ennemie jurée du lycée pour m'énerver.**

J'avais combattu un vampire psychopathe, alors il était dur d'être quoi que ce soit d'autre qu'amusé par le tour de Francesca, mais j'allais peut-être exagérer un peu ma réaction pour qu'elle ait l'impression d'avoir gagné. De toute la fratrie, c'était Francesca qui me tenait le plus à distance. Ça pourrait être une bonne occasion de créer du lien.

— J'espère que tu t'es inscrite en désintox après l'horrible scène que tu as faite aux funérailles de ta grand-mère, lança Harriet tandis que le coiffeur commençait à s'occuper d'elle.

— Pas encore, finalement, répliquai-je en lui adressant un sourire dans le miroir. Tu pourrais peut-être me conseiller le dernier institut où tu t'es rendue ?

— Tout le monde a parlé de ce que tu as fait, persista-t-elle en plissant les yeux. Quel embarras pour Agatha !

— C'est vrai que tu la connaissais si bien.

— Tout le monde la connaissait bien assez. J'ai passé une grande partie de mon enfance dans ton domaine.

C'était une vilaine déformation de la vérité.

Malheureusement, Harriet était partie sur le seul sujet qui pouvait m'atteindre. Le secret, quand on devait se confronter à des pétasses riches, c'était de ne jamais les laisser voir qu'elles nous blessaient.

— Dans ce cas, tu sais ce qu'elle pensait de toi, Harry.

La malédiction de s'appeler Harriet, c'était le surnom «Harry». Ça l'avait toujours énervée au point de faire des crises. Ses yeux émeraude m'envoyèrent un regard assassin.

— Personne ne sait ce qu'on pense vraiment de soi, rétorqua-t-elle.

Je balançai mes cheveux vers l'arrière avant de répondre.

— Tu ne sais pas ce que je pense de toi ? Tu en es sûre ?

Après avoir lancé un clin d'œil au coiffeur qui s'occupait d'elle, je fis semblant de chuchoter :

— Elle le sait très bien.

Un sourire en coin étira ses lèvres, mais il l'effaça rapidement quand Harriet tourna son regard noir vers lui.

— Ton tempérament de Gregorian dégouline, ma chère, l'informai-je en étudiant mes ongles manucurés.

Ils avaient été vernis d'une couleur prune qui s'accordait avec mes lèvres. C'était une teinte plus sévère que ce que je portais habituellement, mais je me laisserais peut-être tenter de temps en temps.

— Tu penses tellement que tu vaux mieux que nous, Basilia. Mais tu sais quoi ? Tu n'es rien sans ton nom de famille. Ce n'est pas parce que tu es une Le Spyre que tu es intouchable.

Elle avait complètement raison. Je n'étais rien du tout sans mon nom. J'en avais déjà fait l'expérience.

— Tu as raison, Harry, reconnus-je en pinçant les lèvres. Sur toute la ligne.

Elle garda le silence, m'adressant un regard méfiant. J'avais beau gagner chacune de nos joutes verbales, elle revenait toujours à la charge. Comme si me battre serait sa plus grande gloire. Mais c'était ainsi que fonctionnait le monde dans lequel j'évoluais.

*C'est pathétique.*

— Cependant, je vaudrais toujours plus sans mon nom que toi, si tu perdais le tien, repris-je en levant un doigt. Eh oui, en comparaison avec les Gregorian, je suis carrément intouchable ! Tu devrais t'en souvenir.

Harriet cilla sur son siège, les poings serrés.

— Mesdemoiselles ? Tout se passe bien ? s'enquit Francesca en apparaissant de nulle part entre nous.

Je fis semblant de paraître quelque peu agacée.

Son sourire mesquin s'étira.

— Viens avec moi, Basilia. Je vais te montrer tes tenues, m'invita-t-elle.

*Bon, nous y voilà !*

Francesca me guida jusqu'à un portant, qui se trouvait juste derrière le rideau nous séparant du podium, et mon cœur tressauta.

— De la lingerie, constatai-je froidement.

*L'enflure !*

Elle baissa les yeux rapidement et grimaça.

— J'espère que tu t'es épilée.

Seulement parce que ça me permettait de rester saine d'esprit.

— Ne t'en fais pas pour ça. Je m'attendais à être vêtue d'horreurs.

Une étincelle de colère passa dans son regard.

— Je ne dessine pas d'horreurs, asséna-t-elle.

Non, en effet. Je m'étais renseignée sur sa marque dès que Gerome m'avait embarquée dans cette histoire.

Mais je m'étais attendue à ce qu'elle fasse une exception pour moi.

— Je commence par quel côté ? l'interrogeai-je.

Il y avait cinq tenues : un corset, une nuisette, un ensemble composé d'un caraco et d'une culotte à froufrous, un tas de lanières qui n'avaient ni queue ni tête, et finalement, un soutien-gorge assorti à sa culotte.

— Par le corset, m'indiqua Francesca avant de pointer du doigt l'arrière du portant. Tu te changeras derrière ce rideau. Tu auras trois minutes entre chaque passage.

Sans blague, il y avait au moins vingt femmes et dix hommes là-dedans.

Je saisis le cintre et passai derrière le rideau, rejoignant cinq autres femmes. Je me déshabillai et enfilai d'abord le string, avant d'essayer de faire rentrer mes seins dans le corset. *Nom d'un chien !* J'allais révéler du téton si je ne faisais pas attention dans cette tenue. Il valait mieux éviter de trop rebondir.

Une assistante entra et arrangea ma tenue, remontant le string et les jarretelles avant de me faire enfiler des talons bleu acier pour compléter le look.

J'adressai un regard dépité à la femme la plus proche, qui me renvoya un grand sourire, complètement nue.

Francesca me positionna en tête.

— T'es vraiment une chieuse, lui lançai-je.

Elle ne répondit pas. La Francesca au sourire mesquin avait disparu. La femme vampire arrangea mes cheveux pour qu'ils encadrent mes seins qui m'étouffaient déjà presque, puis elle remonta encore mon corset.

— Mes organes n'avaient pas besoin de rester à leur place de toute façon, murmurai-je.

Elle m'étudia en faisant un tour autour de moi, puis hocha la tête.

— Tu défiles, prends une pose, reviens, attrapes la tenue suivante, te changes, puis refais la queue. Tu as une excellente posture. Souligne la poitrine et la courbe de ta taille avec cet ensemble.

Elle arracha mon téléphone des mains pour le ranger dans sa poche.

Même avec les murmures intenses et l'agitation ici, à l'arrière, ma nouvelle ouïe améliorée m'empêchait d'ignorer la foule qui attendait de l'autre côté du rideau. La musique avait été lancée et un rythme lascif glissait sur la toile de fond, parfait pour l'entrée en scène d'une chanteuse de jazz à la voix suave.

L'assistante qui m'avait aidée, ou plutôt bafouée, attrapa la corde du rideau. Francesca se tenait juste derrière elle, affichant une expression déterminée.

L'assistante entama un décompte à voix basse.

— Dix, neuf, huit…

Le rythme de la musique s'accéléra et la foule se tut.

*Merde !*

J'étais nerveuse.

Ce n'était pas le moment, avec Kyros dans le public. Il fallait que j'arrête d'y penser. En temps normal, marcher avec des talons ne me posait aucun problème. Mais je ne me souvenais désormais plus comment me déplacer sur des échasses miniatures. Est-ce que je devais accentuer le balancement de mes hanches ? Je ne voulais pas donner l'impression de trop forcer le trait.

— … cinq, quatre…

— Pense à Kyros, aboya Francesca.

*Bonne idée, tiens !*

Je me remémorai les événements du matin, et souris en sentant la chaleur m'envahir, le courant sous ma peau s'accentuant.

Je clignai des yeux plusieurs fois quand le rideau fut tiré et n'eus pas besoin du sifflement de Francesca pour me mettre à marcher.

Le podium allait tout droit et il n'y avait pas de marche. *Heureusement.* Je gardai la tête haute tout en défilant, m'accrochant au courant circulant sous ma peau. Qu'est-ce que je faisais normalement avec mes bras quand je marchais ? J'avais l'impression de faire n'importe quoi en cet instant.

J'atteignis la fin de la scène, et les mots feulés par Francesca résonnèrent dans mes oreilles. Hanche sur le côté, je fis glisser un doigt sur le bombé de mes seins en suivant le haut du corset.

Je laissai ensuite ma main lentement retomber sur le côté, soulignant au passage ma taille fine tout en observant le premier rang à la recherche de Kyros.

*Beurk !* Henry Gregorian était là, l'enfoiré de père de Harriet !

Ses yeux porcins me déshabillaient du regard.

Je me concentrai sur le lien entre Kyros et moi, qui me laissait ressentir son appréciation grandissante suivie d'une légère colère quand je repartis en sens inverse, en croisant au passage une brune habillée d'un justaucorps noir transparent.

Je repassai derrière le rideau et me précipitai vers mon portant pour attraper la nuisette blanche.

L'assistante débarqua et m'aida à me sortir de la première tenue pour enfiler la deuxième, prenant mes seins à pleines mains pour les positionner correctement.

*C'est plus que ce à quoi j'ai eu droit ce matin.*

Non pas que Kyros ait eu droit à quoi que ce soit depuis le quatrième échange, excepté à mes mains baladeuses somnambules. Mes tétons commençaient à se fossiliser tant ils durcissaient, mais ses testicules à lui devaient s'être flétris, prêts à tomber, au point où on en était.

— Une nuisette blanche, ricana Harriet alors qu'elle enfilait un ensemble vermillon à côté de moi. Comme c'est mignon !

Elle était plutôt jolie dans cette tenue.

— Ne la vole pas, répliquai-je. J'ai entendu dire que tu avais des tendances kleptomanes.

Elle blêmit.

*Merci, Gina !*

Je rejoignis la queue, une vague d'adrénaline me submergeant maintenant que j'avais défilé une première fois. Harriet se glissa devant moi juste avant que je n'entame mon deuxième passage.

— Regarde et apprends.

Elle partit d'une démarche nonchalante, agitant ses hanches autant que possible.

Si Shakira avait raison dans sa chanson *Hips don't lie* et que le bassin ne mentait pas, alors Harriet Gregorian était une actrice porno.

— Vas-y, grogna Francesca en me pressant.

Kyros allait adorer cet ensemble. Premièrement, il adorait le blanc. Deuxièmement, tout ce qui me donnait un air vaguement innocent, comme mes lunettes, l'excitait carrément.

Un hoquet m'échappa quand sa réaction me percuta. Je fis de mon mieux pour ne rien laisser paraître, mais je ne pus empêcher ma poitrine de se soulever tandis que mon être entier vibrait à cause de la tension entre nous.

Balayant la foule d'un regard, mes yeux tombèrent sur le box qui se trouvait tout au fond, dans lequel des gens étrangement grands observaient. Je me concentrai sur l'ombre gigantesque à la droite du géant du milieu, que je supposais être le roi Julius.

L'ombre bougea et je souris. *Ouais*, c'était bel et bien Kyros.

Je pris la pose avant de disparaître à nouveau derrière le rideau, répétant le processus chaotique de jeter une tenue pour enfiler la suivante. Trois minutes paraissaient courtes quand le pire scénario était de se retrouver sur scène à moitié habillée.

L'ensemble suivant était le caraco assorti d'une culotte à froufrous. Je le trouvais mignon, mais la réaction de Kyros lors de mon défilé m'indiqua qu'il préférait la nuisette blanche. *Surprise, surprise.*

Je passai fièrement à côté de Harriet sur le podium et lui décochai un grand sourire. Son regard assassin aurait pu faire tourner du lait. Nom d'un chien, elle me détestait vraiment ! C'était étrange de garder une telle rancune. Je n'avais rien fait – à part être née dans une famille plus riche que la sienne – en dehors de l'humilier à quelques reprises avant de l'ignorer. Elle n'avait vraiment rien de plus important dans sa vie ?

Arriva ensuite l'ensemble de lanières noires, qui repoussa la limite des trois minutes de changement. L'assistante boucla la bande au ras du cou tandis que j'enfilais le deuxième bas. Elle accrocha le porte-jarretelles et vérifia le tout d'un coup d'œil.

— Ne trébuche pas, souffla Harriet alors que je lui passais à côté.

— Ça ne devrait pas poser de problème, il n'y a pas de déchet sur la piste avant que tu montes dessus, rétorquai-je.

Je vis la fureur déformer son visage alors qu'on me traînait vers la scène.

Francesca ajusta la lanière centrale qui connectait le ras-de-cou au milieu du soutien-gorge. Tout n'était vraiment que lanières avec cet ensemble. Le soutien-gorge était composé de deux bandes de satin croisées. Une autre entourait ma taille. Une culotte sous un porte-jarretelles, des bas transparents et des talons aiguilles noirs complétaient le look.

Cette fois, je n'avais pas d'autre choix que de laisser mes hanches se balancer à cause des chaussures.

J'ignorai la foule, me délectant de la validation grondante de Kyros alors que je posais au bout du podium, coinçant un pouce sous la lanière à ma taille tout en mordillant ma lèvre inférieure.

*Une vraie catin.*

Je ne prêtai pas attention à Henry Gregorian, qui bavait presque, et rapatriai mes fesses sexy derrière le rideau pour la tenue finale.

Ce n'était pas si mal, finalement. Francesca n'était peut-être qu'à quatre-vingt-dix-neuf pour cent une sale gosse. J'admettais volontiers mes erreurs quand je me trompais.

Le dernier ensemble était composé d'un soutien-gorge à balconnet et d'un string bleu royal.

— Euh…, commençai-je en baissant les yeux. Là, je pense qu'il y a trop de monde au balcon.

L'assistante observa l'équilibre précaire de ma poitrine.

— Ne faites aucun mouvement brusque.

Elle vérifia l'attache ; c'était l'un de ces soutiens-gorges qui se fermaient à l'avant.

Je me dépêchai de rejoindre la file une fois qu'elle eut fini.

Francesca vérifia la tenue de Harriet, la poussa à travers le rideau, puis lança un regard à mes seins. Elle écarquilla les yeux.

— Fais attention. Retiens ta respiration.

Tout le reste était parfaitement à ma taille. C'était carrément planifié.

Quelques sifflements montèrent lors du passage de Harriet, les flashs des appareils photo étaient perceptibles par une fente dans le rideau.

— C'est l'heure, annonça Francesca en tirant sur le tissu lourd.

Je fis attention à poser un pied devant l'autre dans mes talons blancs, glissant de mon mieux sur la scène sans trop de rebonds. J'espérais que mes tétons resteraient à leur place, parce que j'étais à une inspiration un peu trop profonde de perdre la bataille.

Kyros appréciait également cet ensemble. Il l'aimait beaucoup, même. Ou alors c'était peut-être ma nervosité qui l'excitait. Ça me donnait quelque peu envie d'acheter deux ou trois choses, mais c'était une limite à ne pas dépasser. Qu'il me regarde me pavaner dans de la lingerie par le biais d'un défilé de mode, pourquoi pas ? Je ne faisais pas ce show pour lui. Mais acheter des sous-vêtements exprès pour lui était bien trop intime. Comme si je l'appelais « compagnon » à mon tour.

*Tu veux bien boire son sang, mais pas porter de jolies culottes.*

Quand j'aurais tout révélé, alors je réfléchirais peut-être à porter quelque chose de sexy pour lui. S'il voulait toujours rester en contact avec moi.

Harriet prit la pose, se pliant en deux avant de se redresser doucement. Mon sourire s'élargit et je sentis l'amusement de Kyros en réponse.

*Bien vu, monsieur, n'admire personne d'autre que moi !*

Je cherchai à nouveau sa silhouette au fond du public.

*Argh !*

De longues jambes s'emmêlèrent aux miennes et je m'écrasai comme une merde, Harriet Gregorian sur moi. Des exclamations de stupeur parcoururent la foule, et les personnes au premier rang sautèrent sur leurs pieds.

Des ongles s'enfoncèrent dans ma poitrine, puis Harriet se redressa.

En tant que femme avec des seins plus gros que la moyenne, il était impossible de ne pas ressentir la soudaine sensation de liberté là où il y avait eu un soutien-gorge la seconde d'avant.

Harriet me regarda de haut, un sourire en coin aux lèvres, et je baissai les yeux.

De nouveaux hoquets parcoururent le public, un murmure horrifié et excité emplissant la tente.

— Oh, mon Dieu ! Tu vas bien ? couina Harriet en posant ses mains sur ses joues.

Elle n'allait vraiment pas m'aider à me relever ?

Je lui laissai le bénéfice du doute pendant une seconde, me demandant si je l'avais percutée, mais on était presque au bord du podium de mon côté.

*Sale garce !*

Parfois, le meilleur moyen de se sortir de l'embarras était de s'y enfoncer plus encore. Plaquant un sourire sur mon visage, je me relevai. J'attrapai ensuite ses épaules et fis mine de déposer un baiser sur chacune de ses joues. Son sourire à elle s'effaça plus rapidement que n'allait s'effondrer la fortune de son père au cours de l'heure suivante.

Je me tournai ensuite vers la foule, retenant les deux bouts de mon soutien-gorge à l'avant. Mais seulement jusqu'à ce que j'atteigne le bout de la scène.

Le rugissement ébahi du public quand je secouai les épaules pour me libérer du sous-vêtement était peut-être le point culminant de ma vie à ce moment-là. J'adressai un regard à tout le monde, puis me retournai pour repartir vers le rideau…

… mais aperçus une femme menue aux cheveux châtains tacler Harriet sur la scène.

— Tommy ?

Je m'immobilisai tandis que Harriet hurlait.

Ses cris émaillaient le chaos que j'avais déclenché dans la foule avec mon élan d'exhibitionnisme. Tommy s'attaquait à elle comme une combattante de MMA.

Mais Harriet Gregorian était bien plus grande qu'elle.

Elle repoussa Tommy et mes yeux se plissèrent de colère. Je retins mon envie de me lancer dans la bataille pour botter les fesses de Harriet moi-même et, à la place, je me tournai vers son père.

Il s'était déjà levé, mais il détourna ses yeux de la bagarre en sentant mon regard froid.

*Je vais te ruiner, connard !*

Et j'allais vraiment le faire. Les Gregorian étaient vraiment des déchets. Il était peut-être temps de sortir la poubelle.

Il contourna la scène.

— Harriet !

Sa voix avait claqué comme un fouet.

La concernée se figea, son poing au-dessus du visage de Tommy. La seconde d'après, elle était de nouveau debout. Du sang s'écoulait de son nez et d'une coupure sur sa joue.

— Papa ?

*C'est pas vrai.*

— Arrête de te ridiculiser, aboya M. Gregorian en se dirigeant vers elle.

Il se voûta légèrement, comme si ça pouvait faire oublier la scène à tout le monde.

— Mais papa, tu as vu ce qu'elle a fait, se plaignit-elle en lançant un regard noir et hautain à Tommy. Prépare-toi à perdre tout ce que tu possèdes, sale traînée !

Tommy se mit à rire, une main posée sur son flanc tandis qu'elle se relevait.

— Je ne possède rien. Amuse-toi à récolter du vide.

Harriet feula et s'apprêta à se jeter sur elle.

— Dans la voiture, hurla son père en la retenant par la taille. Immédiatement.

Il lança un regard nerveux dans ma direction et je ne laissai aucune émotion perturber le masque dur que j'avais mis en place. Si Tommy était blessée, il pouvait dire adieu à ses domaines.

Je rejoignis Tommy et tendis une main pour la tirer sur la scène.

— Basi, tes nichons sont à l'air libre, chuchota-t-elle.

— Ils sont beaux ?

— Et pas qu'un peu, ma belle !

La joie m'envahit. Je passai un bras autour de ses épaules et nous ramenai vers l'arrière du podium.

Je ne savais pas du tout pourquoi elle était là. Ni pourquoi elle m'avait suffisamment pardonné pour attaquer quelqu'un d'assez riche pour l'enterrer. Je savais juste que je n'avais jamais ressenti une si grande reconnaissance pour quelqu'un de toute ma vie.

On ne pouvait pas aborder le sujet avec autant de Vissimo autour, mais quand on pénétra dans les coulisses, je la fis pivoter pour qu'elle soit face à moi.

Ses yeux noisette brillèrent et elle me serra fort dans ses bras, sans dire un mot.

Je posai mon menton sur le haut de sa tête.

— Je suis tellement contente que tu sois là, déclarai-je.

Elle déposa un baiser sur ma joue en pressant ma main.

Comment était-ce possible ?

Tommy se détacha de moi la première.

— Tu saignes, constata-t-elle en baissant les yeux vers mes genoux. Cette grosse vache n'a même pas été subtile quand elle s'en est prise à toi. Elle a fait semblant de trébucher, mais tout le monde l'a vue s'en prendre à ta poitrine.

Il y avait quatre griffures verticales entre mes seins, là où elle avait arraché l'attache du soutien-gorge.

— Ça va piquer, grognai-je.

— Je vais aller chercher une trousse de premiers secours, lança-t-elle avant de disparaître dans la pièce d'à côté.

L'assistante me tendit la chemise que j'avais portée pendant le passage au maquillage, puis j'observai les autres femmes se succéder sur le podium. Francesca sortit pour saluer le public et je quittai le rang des mannequins attendant de défiler une dernière fois. L'humeur de Kyros se dégradait. Il fallait qu'il voie que j'allais bien.

J'ignorai les regards fixes de la foule tandis que je la traversais, me dirigeant vers le box au fond de la tente.

Je croisai le regard de Kyros à mi-chemin.

Ses yeux étaient à moitié clos. Sa fureur était évidente ; je n'avais pas besoin de voir l'éclat brûlant de ses yeux verts pour le savoir.

J'avais posé un seul pied sur la première marche menant au box quand une flûte de champagne apparut devant mon visage.

— Basi, ma chérie, j'ai vu ce qu'il s'est passé, dit lady Treena, le visage déformé par la rage.

— Tante Treena, je ne savais pas que tu viendrais ce soir.

Je clignai des yeux. Comment avaient-ils appris pour cet événement ?

— Tiens, mon champagne, ma chère, m'ordonna-t-elle en agitant une main.

J'obéis et attrapai la flûte, habituée à ce petit jeu.

La vieille dame appuya furieusement sur l'écran de son téléphone, puis tapa du pied en patientant.

— Timothy. Décrochez plus rapidement la prochaine fois. Henry Gregorian. Qu'est-ce qu'on a sur lui ?

Elle écouta et je penchai la tête en arrière, engloutissant son champagne aussi vite que possible.

— Je veux qu'il soit retiré de nos affaires. Complètement. Dans l'heure, asséna-t-elle. Ne me décevez pas !

Lady Treena raccrocha, puis hoqueta en récupérant sa flûte dans mes mains.

— Plus de champagne !

— Tu n'avais pas besoin de le ruiner, tante Treena, dis-je en pinçant les lèvres.

— Personne ne fait saigner ma filleule sans finir écrasé, répliqua-t-elle. Tu as géré cela admirablement, ma chère.

Je me penchai en avant pour déposer un baiser sur sa joue.

— Merci.

*De me parler après ce que j'ai dit à la réunion.*

Elle posa une main sur mon épaule.

— Je veux qu'on se débarrasse de Henry Gregorian, claqua une voix grondante au-dessus de nous.

Sir Olythieu aboyait au téléphone, serrant sa canne dans son poing.

— Quand je veux qu'on coupe court aux affaires avec lui ? Hier, Hannah. Est-ce que je dois tout vous expliquer ?

Il raccrocha.

— Qu'est-ce que tu fais ? lui demanda lady Treena. J'ai déjà ruiné les Gregorian.

— Pas si je m'en occupe d'abord, répondit calmement sir Olythieu.

Il plongea son regard dans le mien et je fis de même.

Expirant profondément, il saisit mes mains.

— Tu vas bien, ma chère Basilia ?

Je serrai ses doigts en réponse.

— Oui, mais puisque vous les avez déjà ruinés tous les deux, j'aimerais bien racheter leur domaine. Il est en face du mien. Je pourrais construire un pont entre les deux et voir jusqu'à quelle vitesse je peux monter avec ma voiturette de golf.

Il baisa le dos de ma main.

— Quelle merveilleuse idée ! dit-il d'un ton enjoué. Mais il faudra sûrement redécorer la maison, ma chère. L'opulence clinquante des nouvelles fortunes. Tu vois ce que je veux dire.

— Cette petite garce.

— Dame Burke, la saluai-je en me retournant.

— Vous deux, vous avez déjà ruiné les Gregorian ? tonna-t-elle.

Quand ils hochèrent la tête, elle sortit son téléphone à son tour.

— C'est bien ce qu'il me semblait. Je vais les humilier.

Nous l'observâmes repartir.

*Pfiou !* Harriet venait de détruire sa famille en beauté. Je comptais juste ruiner Henry pour quelques années, pas toute la vie.

— Du champagne, réclama lady Treena. Bartley, aide-moi à trouver de quoi remplir mon verre. Les pauvres n'ont pas idée.

Sir Olythieu lui présenta son bras. Je ne me laissai pas berner une seconde.

Ils savaient que les vampires étaient présents aujourd'hui. Ils savaient probablement qu'ils se trouvaient dans le box derrière nous.

Mes petits vieux venaient d'établir une limite tout en me montrant que tout allait bien entre nous. Ça me donnait tant de force.

Je montai les marches à toute allure, droit dans les bras de Kyros, qui m'attendait.

Son grondement bas glissa entre nous tandis qu'il caressait mes cheveux, puis il me m'écarta de lui.

— J'ai tout vu, annonça-t-il.

— Ouais, ça fait un moment qu'elle en a après moi, répondis-je en haussant les épaules.

Il suivit les amis de ma grand-mère du regard, puis reprit :

— Il semblerait qu'on se soit déjà occupé de son cas.

Toute sa famille était là en dehors de Francesca, mais ils observèrent notre échange en silence.

— Il ne faut jamais s'en prendre aux vieilles fortunes, plaisantai-je. Ces gens sont sans pitié.

Le regard de Kyros était rivé sur mes genoux.

— Tommy est partie chercher une trousse de premiers secours, l'informai-je. Je vais aller soigner ça.

— Je peux gérer, assura-t-il, ses narines dilatées.

Je le repoussai doucement.

— Je sais.

*Non, il est incapable de gérer.*

— J'aimerais aller la rejoindre, continuai-je.

— *Francesca ! Que s'est-il passé aujourd'hui ? Est-ce que c'était un défaut du modèle ?* interrogea une femme dehors.

Des flashs d'appareils photo crépitèrent.

Le regard de Kyros se porta derrière moi, et il pinça les lèvres.

— Ce n'était qu'un accident, répondit-elle d'une voix pleine de colère.

Je grognai et entendis Rory faire de même. Ce n'était pas de cette façon qu'on s'occupait des médias.

Je me détachai de Kyros et descendis les quelques marches pour rejoindre Francesca, encerclée par les journalistes.

— Mademoiselle Le Spyre ! Vous révéler ainsi au public. Je suis sûr qu'ils n'oublieront pas ça de sitôt.

Je m'arrêtai à côté de Francesca et enroulai mon bras autour de sa taille fine avant de hausser un sourcil en direction de l'homme.

— Et en plus, ils sont naturels, lançai-je.

Il gloussa.

— Est-ce qu'il faut comprendre, avec votre participation à ce défilé, que l'empire Le Spyre soutient cette marque ? demanda une femme.

Francesca se tendit.

— *Ornate* produit des vêtements durables et éthiques qui non seulement suivent les directives du *Fairtrade Practices Act*, mais les surpassent, répondis-je froidement. Les designs se détournent des pratiques de la mode rapide qui promeut l'esclavagisme et a un impact négatif sur l'environnement. Tout en appliquant ces superbes valeurs, Francesca réussit à donner aux tendances actuelles une touche classique, ce qui assure aux femmes et aux hommes la possibilité de porter ses affaires pour les années à venir.

Je balayai la foule de journalistes des yeux, haussant un sourcil, puis repris :

— Et maintenant, si vous voulez bien nous excuser. Mes genoux saignent, et je suis certaine que vous comprendrez que Francesca sera très prise dans un avenir proche.

Ils continuèrent à prendre des photos tandis que je la guidais à travers la foule.

Elle me laissa faire pendant une minute complète avant de se reprendre.

— Tout ce que tu viens de dire, me lança-t-elle en agrippant mon avant-bras. Tu le pensais ?

— Mon nom de famille est synonyme de pratiques éthiques, Francesca. J'ai effectué des recherches sur *Ornate* dès que le défilé a été mentionné. Si j'avais découvert le moindre manquement au sein de ta marque, je n'aurais pas participé, peu importe la faveur que je devais à Gerome.

Un petit sourire éclaira son visage.

— Tu dois apprendre à parler aux médias, par contre, continuai-je. Appelle-moi si tu as besoin d'aide. Même si je suppose que Rory est assez bon dans ce domaine.

— Je pourrais te prendre au mot, souffla-t-elle avant de me rendre mon téléphone.

Tommy me fit signe depuis la scène.

— Il faut que j'aille m'arranger, m'excusai-je avant de composer le numéro de Daniel tout en me dirigeant vers Tommy.

— Mademoiselle Le Spyre.

— Daniel, si ce n'est pas déjà le cas, des photos de moi à moitié nue vont inonder Internet.

— Je suis déjà sur le coup, m'annonça-t-il après s'être raclé la gorge.

— Merci.

— C'est Harriet Gregorian qui a fait ça ?

— Exactement.

— Je vais m'assurer que les photos de ses fesses arrivent en tête des recherches.

— Merci, Daniel, dis-je en riant.

— C'est un plaisir, comme toujours, mademoiselle Le Spyre.

Je laissai Tommy me guider jusqu'à un fauteuil, où elle se mit à soigner mes genoux.

Je l'observai faire, laissant tomber l'armure que j'avais endossée pour me confronter à la crise juste au-dehors. Mes mains commencèrent à trembler quand l'improbabilité de sa présence me frappa à nouveau. Je n'osais pas ressentir de joie, même si elle était en train de soigner mes blessures.

— Est-ce que je vais survivre ? demandai-je d'une voix chevrotante.

Elle colla le dernier pansement, puis essuya les traces de sang sur mes mollets avec une lingette imbibée d'alcool.

— Je te prescris des shots de tequila médicinale pour les trois prochains jours. Avec une consommation régulière, tu devrais te remettre en un rien de temps.

— Tu as taclé Harriet Gregorian sur le podium, lui rappelai-je d'un ton grave.

— Oui, j'ai bel et bien fait ça, répondit-elle avec un visage sérieux.

Un sourire étira mes lèvres.

Son menton se mit à trembloter.

Nous nous prîmes dans les bras l'une de l'autre avant de tomber au sol, riant aux éclats.

— Mais à quoi tu pensais ? l'interrogeai-je quand je pus reprendre mon souffle. Tu lui arrives au ventre.

Tommy prit une inspiration.

— J'ai vu rouge quand j'ai compris qu'elle avait arraché ton soutien-gorge. Quel genre d'ordure fait ça ?

— Daniel se débarrasse des images, l'informai-je en essuyant mes yeux. Mais j'ai besoin d'une vidéo de ton action. On l'ajoutera à notre capsule temporelle.

— Celle qu'on déterre tous les ans pour y ajouter des trucs, et dont on passe en revue le contenu à chaque fois finalement parce qu'on est incapables d'attendre dix ans ?

*Exactement.*

Une ombre nous recouvrit.

Tommy se tendit.

Tout comme moi.

— Basilia, intervint Kyros avant d'observer mes genoux. Je vois que Tommy s'est occupée de toi.

Je me rassis et il attrapa mon bras pour me relever, sans que ça lui demande aucun effort.

— Euh…, oui. Je serais bientôt prête à partir.

— Il y a un after.

Il jeta un coup d'œil à Tommy, qui s'époussetait les mains et les fesses.

— Non, merci. Allons plutôt chez toi.

J'hésitai en lançant un regard à mon amie. Nous devions parler de beaucoup de choses, si son changement d'avis n'était pas dû à une folie passagère.

Kyros sourit.

— Si tu préfères, je pourrais te récupérer dans quelques heures.

Il souriait, mais il était détruit intérieurement.

Tommy attrapa mon bras.

— Tu as un rendez-vous prévu. Ne t'inquiète pas pour moi. Je vais rentrer chez moi et on pourra rattraper le temps perdu une autre fois.

— S'il te plaît, Tom, ne retourne pas là où tu es en ce moment. Va au domaine.

Elle leva des yeux emplis de larmes vers moi.

— Et ton père aussi, ajoutai-je.

Elle déglutit avec difficulté et je la pris dans mes bras.

— Je n'accepterai aucun refus. Je ne serai pas là pendant quelques jours, mais il y a un marathon de comédies musicales accompagné de glace prévu à mon retour.

— Je t'aime, Basil, souffla-t-elle avant de renifler.

Un instinct protecteur féroce s'empara de moi. Je ne savais pas ce qu'elle faisait là, mais j'étais déterminée à ne jamais la laisser repartir.

— Je t'aime encore plus, Tom.

# Chapitre 14

— Je sais que ma maison te plait davantage, mais je me suis dit que tu préférerais une pièce insonorisée pour cette emprise, déclara Kyros. Et j'aimerais mieux monter la garde dans un espace avec une seule entrée, pour être honnête.

Je hochai la tête, la nervosité me donnant des papillons dans le ventre alors qu'il conduisait la voiture à travers Green.

— Qu'est-ce qui va se passer ? l'interrogeai-je.

Nous avions déjà traversé quatre emprises, mais jamais dans la même pièce.

— Du sexe, Basilia. Beaucoup de sexe. Je ne te ferai pas de mal cela dit, si c'est ce qui t'inquiète. Mon besoin de te protéger est plus fort que le besoin de m'accoupler, comme tu le sais.

Je gardai le regard fixé devant moi, sans pour autant vraiment voir quoi que ce soit.

— D'accord.

— Tu t'amusais bien sur le podium au début, remarqua-t-il pour changer de sujet après m'avoir observée. Avant ce qu'a fait cette femme.

Un grondement menaçant emplit l'habitacle.

— Oui, c'est vrai, répondis-je en repensant au sac que Francesca m'avait fourré entre les mains avant que je parte. Tout n'est pas si catastrophique à la fin. Tommy est revenue.

Kyros resta silencieux.

— Tu peux me raconter ce qui est arrivé quand tu veux, ajoutai-je en haussant un sourcil. J'ai vu les regards étranges que vous avez échangés.

Il nous fit prendre l'autoroute.

— Il y a deux jours, je me suis rendu à l'hôtel dans lequel son père et elle logeaient. J'ai discuté avec elle et lui ai expliqué la situation avec Theodore.

Je me tendis.

— C'est tout ce que tu as fait ?

— Je ne l'ai pas contrainte, gronda-t-il.

J'étais surprise que ça ne m'ait même pas effleuré l'esprit.

— Ce que je voulais dire, c'est qu'elle était inconsolable il y a encore deux semaines, clarifiai-je. Comment est-ce que tu as réussi à la convaincre ?

— Je lui ai montré la vidéo, déclara-t-il en pinçant les lèvres.

Une exclamation de surprise m'échappa.

— La vidéo de moi en train de tuer Theodore ?

Les mâchoires de Kyros se contractèrent.

— Comment est-ce que tu as pu faire ça ? m'exclamai-je en me tournant vers lui. Elle l'aimait !

— Elle aimait ce qu'il lui a fait aimer. Ton amie n'était pas amoureuse de Theodore Tonyi. Quand elle a vu ce qu'il t'a fait, elle a saisi la différence. Tout comme elle a compris ce que tu as fait pour elle et ce que tu as traversé. Je suis retourné à l'hôtel ce matin pour lui demander d'assister au défilé.

J'étais horrifiée qu'il lui ait montré la vidéo.

Je me décomposerais et mourrais sur place si j'avais à regarder Tommy vivre ça.

— Efface cette vidéo, s'il te plaît, murmurai-je en croisant les bras.

— J'aimerais bien, dit Kyros. Mon père m'a ordonné de visionner ton combat jusqu'à ce que je puisse contrôler ma réaction.

Sa révélation me laissa complètement choquée.

— C'est répugnant.

— Mais ça marche, contra-t-il. Au début, ça me prenait des heures pour me calmer. Maintenant, je peux la regarder entièrement sans casser trop de choses.

Je fronçai les sourcils.

— Comment ça se fait que je n'aie rien remarqué ?

— J'attends que tu sois endormie. Dans les premiers temps, quand je rentrais, je te retrouvais en train d'étrangler les oreillers.

J'avais eu une réaction de somnambule face à sa rage ?

— Je préférerais que tu arrêtes de t'infliger ça. Je ne veux pas que tu me voies ainsi.

— Comme une femme courageuse qui combat un homme qui la surpasse à tous les niveaux pour sauver la personne qu'elle aime ?

Je gardai le silence.

Quand il entra dans le parking du building Kyros, ma nervosité revint au galop. Aucun de nous deux ne prit la parole avant qu'on soit dans l'ascenseur.

— Merci de m'avoir laissée gérer ce qui est arrivé aujourd'hui, lançai-je en étudiant mon apparence dans le miroir, ayant hâte de me démaquiller. C'est important pour moi.

Le regard de Kyros se posa sur moi, lourd.

— Je ne contrôlais pas complètement ma réaction. Mes yeux étaient trop brillants, m'informa-t-il.

*Ah !*

— J'en conclus que c'est quelque chose qui a de l'importance pour toi ? Ta capacité à avoir le contrôle de situations comme celle d'aujourd'hui ? continua-t-il.

La journée avait atteint un autre niveau de folie.

— Ta confiance en moi est importante, oui. Tu peux assumer quasiment n'importe quelle situation, physiquement parlant, et tu as énormément d'expérience. Ça me donne une impression de puissance quand tu me fais confiance pour me défendre seule.

Il resta silencieux sur le trajet jusqu'à son repaire.

Je sentais qu'il réfléchissait à mes paroles, alors je me rendis dans la salle de bains sans interrompre sa rêverie, où je me débarrassai de la chemise et des sous-vêtements bleu roi.

Les griffures barrant ma poitrine me piquèrent quand l'eau se mit à couler dessus, mais je nouai mes cheveux et frottai le stress du défilé qui me collait à la peau néanmoins. Je rinçai ensuite les différentes couches de maquillage sur mon visage.

Avec un soupir de contentement, je me séchai et m'enroulai dans la serviette.

Un coup d'œil rapide dans le sac que Francesca m'avait donné m'informa qu'il contenait la nuisette blanche dans laquelle j'avais défilé. Elle ne serait plus aussi mignonne avec mes griffures.

Bien enroulée dans ma serviette, j'entrai dans la pièce principale.

Kyros avait retiré sa veste rouge ainsi que ses chaussures et s'était installé sur le sofa circulaire, les jambes étendues. Je m'assis au bord, observant son repaire en me demandant combien de murs il resterait dans trois jours.

— Est-ce qu'il y a beaucoup d'autres Vissimo qui procèdent à plusieurs échanges avec des humains ? demandai-je.

— Le terme est « compagnonnage », Basilia. Pas « plusieurs échanges », me corrigea Kyros en posant la tête sur le dossier pour me fixer dans les yeux.

Des mèches de ses cheveux caramel glissèrent sur son visage.

Il était tellement beau, bordel !

Je tendis la main pour les repousser.

— Je sais, répondis-je.

Son regard s'adoucit et il attrapa ma main pour déposer un baiser au dos avant de la relâcher.

— Oui, il y en a quelques-uns. Il y a un clan en particulier, les Koani, qui ont des relations avec des humains, mais pas nécessairement avec leur consentement. C'est auprès d'eux que j'ai trouvé des informations sur le temps qu'il te faudrait pour t'habituer aux changements à la suite du quatrième échange.

— Combien de temps ça prendra, cette fois ?

— Ce ne sera pas aussi compliqué. Tu devras réduire au maximum les efforts physiques, mais les changements ne seront pas aussi importants. Tu acquerras environ dix pour cent de la vitesse et de la force des plus faibles d'entre nous, tandis que tes sens seront équivalents aux leurs.

Je défis le nœud retenant mes cheveux lissés alors que les propos du manuel sur les rituels de compagnonnage me revenaient à l'esprit.

— Est-ce que tu es préparé à la puissance que tu vas recevoir après cet échange ? ironisai-je.

Ma blague tomba à plat.

*Zut !*

— Ce que je veux dire, c'est que je suis désolée que tu ne retires pas grand-chose de ton compagnonnage avec une humaine, clarifiai-je après m'être raclé la gorge.

Il me lança un regard étrange.

— J'ai plus de puissance que je ne peux en contrôler, Basilia. L'idée d'en avoir encore plus me terrifie au quotidien. Notre sang pulse en nous pour une raison, mais toi, tu es puissante de différentes manières. Des façons qui ne me pousseront pas à…

— Réduire le monde en cendres ? terminai-je à sa place doucement.

En plus de mes conversations avec eux, j'avais commencé à porter plus d'attention aux différences entre Kyros et ses frères et sœurs, ainsi qu'au comportement de ses employés avec lui ou eux. La différence ne consistait pas en ce que Kyros était le prince héritier, donc légèrement plus puissant – ce que j'avais conclu au début. C'était parce qu'il serait un jour le vampire le plus puissant au monde.

— Tu as bien caché ta destinée potentielle, homme à crocs, chuchotai-je.

— Avec qui tu as discuté ? demanda-t-il alors que son regard s'assombrissait.

*Gina. Laurel.*

— Ça n'a aucune importance. Pourquoi tu ne m'as rien dit ?

— Tu étais déjà assez effrayée comme ça.

Je soupirai.

— Je pourrais partager ce destin, Kyros. Est-ce que tu vas toujours décider de ce que je devrais savoir par peur que je puisse ne pas le supporter ?

— Si tu me le permets.

Cette réponse méritait un bon lever d'yeux au ciel, que je lui adressai.

Kyros tira sur mon bras et j'atterris sur ses genoux avec la grâce d'un âne sur des patins à glace, mais je réussis tout de même à maintenir ma serviette en place.

Il m'installa de sorte que je sois à cheval sur lui.

Kyros passa un doigt sur le haut de la griffure la plus profonde et la douleur m'arracha un sifflement.

Une ombre s'insinua dans son regard.

— Kyros ?

— J'aime bien quand tu m'appelles Ky, m'interrompit-il. Même si tu ne m'as appelé comme ça que parce que l'extase t'a dérobé ta capacité à formuler des mots à plusieurs syllabes. Ky…

Je ne me rappelais pas avoir dit ça, mais je n'avais aucun doute sur le fait que mon esprit ait été distrait à ce moment-là. Je souris.

— Est-ce que c'est ce qui va se passer ? l'interrogeai-je.

— Oui.

*J'ai tendu le bâton pour me faire battre, là.*

J'hésitai, puis décidai de formuler une inquiétude qui me pesait depuis l'attaque.

— Tu as mentionné plusieurs fois le fait que tu as déjà contraint des personnes dans le passé. Qui sont ces gens ?

Ses lèvres s'étirèrent à son tour.

— Jalousie, déclara-t-il.

Un sentiment que j'espérais ne jamais ressentir.

— On dirait bien.

Kyros enroula ses bras autour de moi et posa sa bouche contre mon oreille.

— Tu es jalouse, mais ce n'est pas une jalousie meurtrière. Si tu partageais ton sang avec quelqu'un d'autre, je le tuerais immédiatement. Je ne suis pas certain que je pourrais m'en empêcher.

Je fus parcourue par un frisson, sachant qu'il disait la vérité.

— J'ai échangé mon sang avec d'autres humains et un vampire dans le passé, m'informa-t-il. Un échange avec chacun d'entre eux, seulement pour les contrôler. Ils sont morts désormais.

*Je suis bien contente que ce soit le cas.*

— C'étaient tous des hommes.

Je soufflai.

— D'accord. Merci. Je suppose que ça me titillait.

— Ce sont les hommes faibles qui préfèrent les femmes jalouses. Même si je dois bien admettre que ta possessivité fait du bien à mon égo, après tout ce que tu as fait pour me tenir à distance.

Je ne tentai même pas de nier la possessivité dont il parlait et me mis à califourchon sur lui.

— Rien ne peut blesser ton égo, lançai-je. Alors, est-ce qu'on va saccager cet endroit ?

Un rire fit vibrer son corps.

— Tu veux mettre mon repaire à sac ?

*Ah ah !* Il avait dit « repaire » !

— Oh, je t'en prie ! Trois jours de sexe. Tu ne vas pas me dire que ton esprit n'a pas élaboré tout un tas de fantasmes. Sur quelle surface ? Dans quelle position ? Combien de fois ?

Ses crocs s'allongèrent.

Fascinée, j'en caressai un tout en faisant attention à éviter le bout acéré. Il ferma les yeux, parcouru par un frisson.

Ma bouche s'assécha.

— Je prends ça pour un oui.

— Je n'ai pas eu trois jours de congé d'affilée en cent trente-cinq ans, dit-il.

— Tu considères ça comme trois jours de congé ? Alors ce ne sera peut-être pas aussi bien que ce à quoi je m'attendais.

Il me lança un sourire charmeur.

— Tu sais très bien que ça le sera. J'en ai rêvé depuis le premier échange. J'ai prévu de profiter de chaque centimètre carré de ta peau, et ce, plusieurs fois.

*Tant mieux !* Parce qu'elle s'enflammait.

Je laissai tomber ma serviette tout en soutenant son regard.

— Ne casse pas le sofa. Et c'est un ordre. Tu as le champ libre pour le reste.

Kyros agrippa mes hanches par-dessus la serviette, qui était tombée sur mes cuisses. Ses yeux verts brillaient d'une lueur sauvage tandis qu'il m'observait lentement de haut en bas.

— Tu es si belle, ma compagne. Je ne sais pas ce que j'ai fait pour te mériter.

La chaleur émergea sous ma peau, suivant le trajet de son regard sur mon corps. Je m'agitai en sentant le courant entre nous augmenter légèrement et se répandre jusque dans mes orteils contractés et mes doigts tremblants. Bientôt, je ne pourrais plus me contrôler.

Mais je n'avais pas prévu de le faire.

— Ma compagne, souffla-t-il avec ferveur.

Kyros se pencha en avant pour passer sa langue entre mes seins, le long des griffures, et j'en eus le souffle coupé.

— J'ai passé la journée à bander, chuchota-t-il contre mon ventre. Te regarder défiler dans cette lingerie était une véritable torture.

Une réplique sarcastique mourut sur mes lèvres quand il s'empara d'un de mes tétons avec sa bouche.

Une minute.

Pas cette fois.

J'en avais marre d'être celle qui recevait. Il sentit mon changement d'humeur et se redressa pour m'adresser un regard empli d'une curiosité sombre. Je souris et commençai à déboutonner sa chemise.

— Qu'est-ce que tu fais ? m'interrogea-t-il.

— Je te déshabille.

Je levai les yeux pour le regarder à travers mes cils tout en repoussant la chemise de ses épaules.

Son corps vibrait et je fermai les yeux, me délectant du contrôle fragile qu'il maintenait sur son besoin de me toucher. De me prendre.

J'admirai son torse large et ferme, puis défis sa ceinture et la fermeture Éclair de son pantalon.

Sa respiration se fit saccadée quand j'effleurai son érection de mes ongles à travers le tissu.

— Couche-toi, lui ordonnai-je.

Il nous décala avant de se laisser tomber sur le dos, ses crocs désormais complètement descendus. Je souris lascivement, faisant glisser son pantalon jusqu'à ce que son membre soit libéré.

Un son, à mi-chemin entre le grondement et le gémissement, s'échappa de ses lèvres.

Rassemblant mes cheveux sur le côté, je ne perdis pas de temps et le pris dans ma bouche.

Notre grognement emplit mes oreilles. La sensation de l'avoir entre mes lèvres. *Bordel*, le goût qu'il avait ! Ça devait être à cause du lien de sang, car aucune femme n'appréciait vraiment ça.

Et pourtant.

J'aimais vraiment ça, *nom d'un chien !*

Il souffla quand j'entamai les va-et-vient, avant de me retirer pour passer ma langue sur toute la longueur. Je ne laissai de côté aucune parcelle de peau satinée. J'enroulai ma main autour de la base en faisant attention à ne pas casser le rythme régulier de mes lèvres et ma langue.

Kyros m'avait torturée ce matin.

J'allais lui renvoyer l'ascenseur.

Le vampire jura, trop vite pour que je puisse comprendre, puis rassembla mes cheveux dans sa main quand ils retombèrent devant mon visage.

Ma langue décrivit des cercles autour de son gland, et ses hanches se contractèrent tandis qu'un cri lui échappait.

Avec un sourire en coin, je m'interrompis, laissant mes ongles glisser sur ses cuisses en attendant que la tension de son corps s'apaise.

J'y retournai ensuite pour un deuxième tour, le poussant un peu plus vers sa limite.

— Assez, pantela-t-il.

Je l'ignorai et engouffrai autant de son membre que possible dans ma bouche. Son grognement bas résonna comme une symphonie à mes oreilles pendant une fraction de seconde avant que je ne sois renversée sur le dos.

Je lui adressai un clin d'œil.

— Désobéissante, ronronna mon vampire alors que ses yeux verts s'étaient embrasés. Tu me donnes des ordres, mais tu ignores les miens.

— Tu ne veux pas que je termine ce que j'ai commencé ? demandai-je innocemment en inclinant la tête sur le côté.

Son sourire s'effaça et la menace brûlante qui montait en lui contracta toute la moitié inférieure de mon corps.

— Ce n'est pas ce que j'ai dit, diablesse.

Il se pencha sur moi pour m'embrasser, puis entrouvrit mes lèvres de sa langue.

Je soupirai, savourant la chaleur de sa bouche et ses lèvres.

Il se redressa et s'agenouilla au sol pour positionner sa tête entre mes cuisses. *Oh, bordel !* Un cri bas remonta dans ma gorge, tiré de mon essence même, quand il pressa lentement sa langue contre mon entrejambe. Mes orteils étaient au bord de la crampe tant ils étaient tendus, et je me cambrai tout en remontant mes mains jusqu'à mon visage.

— Une vraie déesse, souffla-t-il.

Il refit la même chose et je glissai sur les vagues de plaisir, me servant de son visage quand il eut pris un rythme régulier. Mon corps se souleva et retomba au même rythme. Mon bassin se contracta et je sentis ses lèvres s'étirer contre ma peau, la pression rythmique ne s'interrompant pas pour autant.

Il savait que j'en voulais plus.

Mais ça n'avait aucune importance.

Le nuage recouvrant la réalité envahit mon esprit. L'extase pure n'était pas loin et savoir comment ça se terminerait me précipitait d'autant plus vite vers cette finalité. Mon corps se relâcha quand la langueur m'envahit ; mes orteils se détendirent, le vide emplit mon crâne, et mon corps se retrouva impuissant face à l'intensité de sa bouche talentueuse.

— Putain de merde ! lâcha Kyros alors que ses mains agrippaient mes cuisses. Je te sens jouir.

Ses mots m'atteignirent à peine. La bombe se déclencha. J'implosai, chaque parcelle de mon corps se rassemblant en un petit point avant d'être propulsée par le plaisir.

Kyros maintint mes jambes écartées tandis que je m'effondrais sous la puissance de l'orgasme. Mon exclamation étouffée se transforma en cri quand ses crocs pénétrèrent l'intérieur de ma cuisse.

— Ky… ! hurlai-je.

Son grondement fut sauvage. Il aspira le sang depuis mon artère fémorale et je me figeai, sentant l'extase augmenter encore, me transportant dans un endroit d'où je ne reviendrais jamais.

C'était tout du moins ce que je pensais.

Son doigt se glissa en moi, puis se mit à faire des va-et-vient. Je criai et me débattis contre le bras qui me maintenait sur le sofa.

*Ravissement.*

*Extase.*

Ça ne devait pas finir.

Je ne voulais pas en finir. Un couinement s'échappa de ma bouche.

Le vampire lécha ma jambe avant de me redresser sur mes genoux, son doigt toujours en moi.

Les répliques du séisme de plaisir faisaient trembler mon corps entier. Des feulements furieux remontèrent dans la poitrine de Kyros pour résonner dans la pièce, mais je ne ressentis rien d'autre qu'un brasier de désir. Il retira son doigt et se leva afin que mon visage se retrouve au niveau de son bassin. Soutenant mon regard rêveur, le vampire se mordit le poignet.

Mon cœur se mit à tambouriner dans ma poitrine quand il porta sa plaie à son torse.

Du sang épais coula le long de son abdomen et je ne réfléchis pas une seule seconde avant de passer à l'action. Ma langue était prête à réceptionner le flux.

Je suçotai et avalai, m'assurant de ne pas manquer une seule goutte tandis que je nettoyais sa peau tendue, le bruit de ses grondements et grognements en fond sonore.

Je tendis mon cou pour aller plus haut, m'appuyant sur ses bras pour lécher le sillon rouge le long de son torse. Je voulais tout boire.

*Plus haut.*

Un petit gémissement m'échappa alors que je remontais jusqu'à son poignet.

J'agrippai son bras et posai avidement ma bouche sur la morsure pour aspirer aussi fort que possible, la fournaise de l'emprise m'embrasant.

*Je veux être consumée.*

Kyros me retourna dans ses bras, ma bouche toujours accrochée à son avant-bras.

*Son sang.* La sensation de son membre dur dans mon dos. C'était trop et pas assez à la fois.

Son désir me percuta alors qu'il remontait l'une de mes jambes de sa main libre. Je me penchai en avant et me perchai sur la pointe des pieds pour positionner mon entrejambe correctement avant de me laisser retomber en arrière.

Nous soupirâmes tous les deux, une courte pause dans le chaos battant et désespéré.

Puis les flammes de l'enfer se déchaînèrent.

À vitesse surnaturelle, Kyros remonta ma deuxième jambe, mes genoux reposant sur ses avant-bras. Je me cambrai et passai mes bras derrière son cou tandis qu'il écartait mes cuisses face à la fenêtre de sa tour.

— À moi, tonna sa voix basse contre mon oreille.

Je me contorsionnai pour m'emparer de sa bouche. Mes yeux devaient certainement briller plus que les siens. Je tentai à nouveau de bouger mes hanches quand il se retira et qu'il ne resta plus que l'extrémité de son membre en moi.

C'était inutile.

J'étais à sa merci.

Mon vampire appréciait cela, mais il attendait quelque chose en particulier.

— À moi, grondai-je en réponse.

Kyros s'enfonça en moi.

# Chapitre 15

J'enroulai ma jambe autour de son bassin pour faire reposer un pied sur ses fesses et accompagner ses lents va-et-vient en moi.

Nos regards étaient rivés l'un à l'autre. Nos nez se touchaient presque et nos corps étaient recouverts de sueur. Nous étions seuls au monde dans notre extase, rien ne pressait.

Les coups de reins de mon vampire étaient presque paresseux, et je lui adressai un sourire ensommeillé.

— À moi, chuchota-t-il en faisant glisser son nez de ma mâchoire à ma tempe.

Je m'accrochai à ses avant-bras tandis que nos corps se tendaient, submergés par une vague de plaisir ; une de plus.

Ça ne s'arrêterait jamais.

Notre monde serait à jamais fait de plaisir partagé, un plaisir égal, doublé par le fait que je le ressentais moi-même et à travers lui.

— Ky, soufflai-je en clignant lentement des yeux.

— Compagne.

Il resta en moi et nous fit rouler sur le côté. Ma bouche était irritée et son baiser se fit aussi délicat qu'une plume.

Kyros glissa un doigt sous mon menton pour pencher ma tête en arrière et je fronçai les sourcils, frissonnant alors que le brasier qui m'enveloppait s'estompait.

Cette disparition me fit cligner des yeux aussitôt, et j'expirai un souffle tremblant d'une terreur soudaine.

— Ne crains rien, ma beauté. C'est l'emprise qui se termine, dit-il en déposant un baiser sur mon front.

L'emprise ?

Je fronçai derechef des sourcils quand les dernières flammes se dissipèrent. Je me redressai et balayai la pièce du regard.

Un hoquet de stupeur m'échappa.

*Oh, bordel !* L'emprise !

— Il reste quelque chose ? feula-t-il, le regard toujours rivé sur mon visage.

Je baissai les yeux. Nous étions sur un tas de couvertures, par terre.

— Le sofa. Merci.

Kyros rit.

Je restai bouche bée en observant encore une fois les alentours. Parce que je me souvenais de tout, cette fois.

Dans… Le… Moindre… Détail.

Qu'est-ce que j'étais censée dire après trois jours de sexe incroyable avec un vampire ?

— Je n'ai pas oublié, annonçai-je.

— Vraiment ?

Il me regardait toujours. Je secouai la tête. Nous l'avions fait dans la douche, sur la commode, dans le lit, contre les murs, sur le plan de travail de la cuisine et contre le miroir. Je me rappelais tout.

— Comment ça se fait que je sois encore debout ? lançai-je.

— Tu ne l'es pas, fit-il remarquer.

J'en connaissais un qui était fier.

Honnêtement ? Il pouvait l'être.

Il passa son pouce sur ma clavicule, m'arrachant un soupir.

— Tu guéris plus vite, maintenant, m'informa-t-il. Et je t'ai aidé plusieurs fois, si tu te souviens bien.

Le rouge me monta aux joues.

— Oui, je me souviens.

— C'est bien ce qu'il me semblait.

Je bougeai et écarquillai les yeux.

— Tu es toujours en moi ! m'exclamai-je.

Kyros baissa les yeux.

— En effet.

Je ravalai un rire.

Il se libéra et je fis de mon mieux pour ignorer mes joues brûlantes tandis qu'il procédait. Nous n'avions jamais vécu ça avant, ce moment juste après le sexe.

Il me prit dans ses bras et me serra fort.

— Je ne veux pas me lever, j'ai peur d'en être incapable, admis-je au bout de quelques minutes.

— Je ne suis pas certain d'en être capable non plus.

— Attends, tu veux dire que je t'ai épuisé ?

— Je savais déjà que tu étais créative, diablesse. Cette qualité s'applique également au sport de chambre.

Dans un grognement, il réussit à se remettre debout tout en me portant, puis il tituba jusqu'à la salle de bains.

Kyros avait vraiment du mal à marcher. Mon corps tremblait quand il s'adossa au mur carrelé de la douche avant de se laisser glisser au sol.

— Tu préfères marcher ? demanda-t-il en me déposant sur les carreaux à côté de lui.

Nous avions brisé la paroi de douche et le miroir. *Nom d'un chien !*

Je levai le bras et fis tourner le robinet de la douche pour toute réponse.

En tout cas, j'essayai.

J'écarquillai les yeux quand il me resta dans la main.

— Merde ! J'ai cassé la douche.

Kyros sourit largement.

— Dans ce cas, on est foutus, parce que je ne peux pas faire un pas de plus.

Il récupéra la poignée noire dans ma main et la leva au-dessus de nos têtes tout en la faisant tourner. De l'eau se mit à couler et, quand elle se réchauffa, je plaçai mon ventre sous le jet.

— Oh là là, il faut que tu essaies ça ! dis-je alors que j'étais étalée sous l'eau, qui martelait mon corps courbaturé.

C'était pour cette raison que je ne faisais pas de sport en dehors de la natation. Il y avait toujours des conséquences.

Kyros attrapa mes chevilles et se hissa à côté de moi.

— C'est incroyable, murmura le vampire, les paupières lourdes.

— Est-ce que ce serait une mauvaise idée de faire une sieste là ?

Les carreaux de graphite étaient comme un nuage. Mes membres étaient si lourds. J'avais besoin de dormir pendant une semaine. À cause du sexe.

— Gaspillage d'eau, marmonna-t-il.

— Mmh, murmurai-je.

Des doigts effleurèrent ma pommette. Cette sensation me berça et mon corps se détendit.

J'étais incapable d'ouvrir les yeux.

— Je t'aime, Basilia Le Spyre, chuchota Kyros.

Dans un dernier éclat de conscience, je posai ma main sur son torse et souris.

***

— Lève-toi, connasse !

— Ève, rétorquai-je depuis les bras de Morphée.

— « Ève, lève-toi » ? ricana Tommy. Cette fois, j'ai la référence.

*Non.* Il n'y avait que Kyros qui comprenait mes délires au réveil.

J'entrouvris une paupière et lui lançai un regard par-dessus mon épaule.

— Quel jour ?

— Vendredi matin, huit heures. Tu as dormi pendant dix-huit heures.

*Sans déconner.*

La dernière chose dont je me souvenais était d'être entrée en titubant dans la maison après que la reine Titania m'avait déposée ; elle était la seule autre personne à connaître le code donnant accès au repaire de Kyros. Tout ce qui s'était passé entre la fin de l'emprise et l'instant présent était flou.

— Waouh !

La main de Tommy était posée sur ma poitrine. Je baissai les yeux et ne saisis sa surprise que lorsqu'elle referma la main.

Les griffures avaient disparu.

Tommy repoussa mes couvertures.

*Oui*, mes genoux étaient également guéris.

Elle tendit cinq doigts et les agita. Je hochai la tête au bout d'une seconde, comprenant quelle était sa question. Mais cette fois, Kyros et moi n'avions pas seulement échangé du sang et du sexe. Nous avions partagé bien plus.

*Merde !*

Mon corps me suppliait de me rendormir, malgré le coma de dix-huit heures. Mais Tommy était là et, apparemment, cinq jours s'étaient écoulés depuis le défilé de mode.

— Le bureau, bredouillai-je.

— On m'a demandé de m'assurer que tu lises ça.

Je pris la feuille qu'elle me tendait et plissai les yeux.

« N'oubliez pas que vous êtes désormais légèrement plus forte et rapide, compagne véritable de mon fils aîné. Signé : la reine Titania. »

— Tu l'as lu ? soufflai-je.

Elle avait les yeux écarquillés quand elle hocha la tête.

*Ça, c'est ma copine.*

Je me remémorai les mots de Kyros, m'enjoignant d'y aller doucement physiquement, puis imaginai mon corps se déplaçant dans de la boue pour me redresser et me lever.

Ça semblait trop lent.

Cette fois, je m'imaginai en train d'avancer dans de l'eau pour rejoindre la porte depuis le lit.

— Comment c'était ? demandai-je à mon amie.

— Saccadé, couina-t-elle.

*Zut !*

Je tentai un entre-deux et tendis la main vers la poignée.

— C'est mieux, murmura-t-elle.

Je me concentrai sur mes bras et me figurai la force nécessaire pour faire bouger une plume avant de tirer. Les portes ne s'ouvrirent qu'à moitié. *Qu'est-ce qui est plus lourd qu'une plume ?*

Cette fois, je pensai à un bâton avant de tirer à nouveau. Les portes claquèrent contre les murs de chaque côté.

— Oups ! dis-je alors que Tommy avait sursauté derrière moi.

*Il va falloir que je travaille ça.*

Je m'accrochai à la sensation d'eau boueuse et traversai la maison aux côtés d'une Tommy extrêmement silencieuse.

Dès que nous eûmes atteint le bureau, elle ferma la porte et courut jusqu'au bouton antibruit.

Elle fit ensuite volte-face.

— Bordel de merde ! T'es un vampire.

Je levai mes mains et agitai les doigts de l'une d'elles avant de déclarer :

— Humaine.

Puis je remuai les doigts de l'autre avant de mimer une coupure au milieu.

— Tu es quelque chose entre les deux ? devina mon amie en tournant autour de moi. Plus rapide et plus forte. Quoi d'autre ?

Je n'avais pas trouvé le moyen de mentionner l'évolution de mes sens à la suite de l'échange précédent, elle n'était donc pas au courant, à moins que Kyros lui en ait parlé. Je pensai à Dumbo et touchai mes oreilles. Puis je m'imaginai les soins que j'allais faire à ma prochaine visite au spa et effleurai mes yeux, mon nez, ma bouche, ainsi que ma peau.

— Sens, lançai-je.

— C'est normal ? m'interrogea-t-elle d'une voix étranglée.

Je hochai la tête.

Sa respiration s'accéléra. Je me dirigeai vers le bureau à une allure que j'espérais normale pour lui laisser un moment, et attrapai différents objets en essayant de trouver le niveau de force correspondant.

Kyros aurait sûrement des conseils.

Dès que je pensais à lui, mon ventre se contractait et une envie féroce surgissait en moi. Il y avait du désir, mais ce n'était pas la même chose cette fois.

Où était-il en ce moment ? Que faisait-il ? Une inspection rapide de notre lien me révéla qu'il dormait. Je voulais être à ses côtés, collée contre son dos, enveloppée de son odeur.

Ce qui n'était pas bon. *Pas bon du tout.*

Mais qu'est-ce qui m'avait pris ? J'aurais dû passer l'emprise avec ses sœurs.

Je secouai la tête et me retournai vers Tommy.

— Tu pourras mieux te protéger, chuchota-t-elle avec un visage sérieux. C'est bien.

Mon questionnement dû à sa présence était assez profond pour s'immiscer entre mon envie et mon désespoir.

— Tom, je suis absolument ravie que tu sois de retour. Et Kyros m'a dit ce qu'il t'a montré. C'est juste que… J'ai besoin que tu m'expliques ce qu'il se passe dans ta tête, parce que je ne m'attendais pas à te revoir un jour après notre dernière conversation.

Je m'appuyai contre le bureau et elle se laissa tomber sur la méridienne.

— D'accord, commença-t-elle avant de prendre une profonde inspiration en se couchant. Voilà la liste : j'aimais Theodore, ou du moins la personne que je pensais qu'il était. Je ne me suis jamais laissé ressentir quelque chose d'aussi profond pour quelqu'un. Une fois que c'était chose faite, il a disparu et toi, tu étais là. J'étais incapable de le tenir pour responsable ni d'accepter que ce soit un Vissimo ni qu'il ait menti. Mon cerveau a surchauffé. Je voyais bien que tu avais du mal à m'expliquer ce que tu voulais me dire, mais je n'arrivais pas à écouter les mots qui sortaient de ta bouche. Je ne t'en voulais même pas. J'ai reporté la faute sur Kyros. C'était lui qui avait tué Theodore, à travers toi.

Elle se redressa avant de reprendre.

— Kyros m'a trouvée et m'a montré la vidéo. Il me l'a fait regarder trois fois. Après ça, j'ai décidé de la lancer une quatrième fois pour bien assimiler la vérité, me révéla-t-elle en laissant tomber sa tête dans ses mains. Basi, comment est-ce que tu peux me pardonner après tout ça ? Kyros m'a raconté que tu t'es jetée dans les bras des triplés et que tu t'es assurée qu'il ne te suivrait pas. Ils ont accroché une bombe à ton cou. Putain, tu devais être complètement terrifiée !

Elle leva la tête et me scruta.

— Tu as fait ça pour me sauver la vie. Ensuite, tu es rentrée me révéler que mon petit ami était un psychopathe pour que je puisse tourner la page. Et je t'ai giflée de toutes mes forces en retour.

— Je le méritais, Tom, répondis-je. Je n'ai pas réussi à te protéger alors que c'est moi qui t'ai embarquée dans cette histoire. Tu dépendais de moi et j'aurais dû insister pour rencontrer Theodore. En y repensant, c'était évident. Mais il était entré dans ta vie avant que je ne découvre tout ça. Ce qui n'est pas une excuse.

Elle blêmit.

— C'est ridicule. C'est… Non.

*Si.*

— Comment tu vas ? repris-je doucement. Il t'a quand même brisé le cœur. Ce qu'il t'a fait ingérer a failli te tuer.

Tommy leva le regard vers le plafond et cligna des yeux plusieurs fois.

— Je me suis demandé si c'était pour le mieux ou pas que Theodore n'ait pas été la personne, ou même la créature, que je pensais. Il serait toujours mort, mais au moins, je pourrais pleurer l'amour que nous avions partagé. J'ai l'impression que, parce que la personne que j'aimais n'était qu'un mensonge, alors mon deuil en est un également. Comme si je n'avais pas le droit de me sentir aussi triste.

Je traversai la pièce à une allure humaine pour la rejoindre sur la méridienne et enroulai précautionneusement un bras autour de ses épaules.

— Mais tu peux toujours faire le deuil des mensonges, non ? Même si tu as du mal à pleurer l'homme que tu aimais.

Elle essuya son visage en reniflant.

— Je ne sais pas comment ça se fait que j'aie encore des larmes. J'aimerais qu'elles arrêtent de couler. Je lui en veux tellement.

— Il a payé pour ce qu'il vous a fait, à toi et à ma grand-mère.

De nouvelles larmes perlèrent aux coins de ses yeux.

— Kyros m'a aussi raconté ce qui est arrivé à Agatha. Les trois frères ont stressé son cœur jusqu'à ce qu'il lâche. Putains de monstres !

La tristesse liée à ma grand-mère ne me submergeait pas en permanence, mais les mots de mon amie me percutèrent de plein fouet.

— Oui, c'est ce qu'ils ont fait. Donc il y en a encore deux à tuer.

— Ils doivent être furieux pour leur frère.

— On peut le dire, oui. D'autant plus que c'est l'un d'eux qui a appuyé sur le bouton qui a fait exploser la bombe.

Un sourire cruel étira ses lèvres, puis sa vulnérabilité reprit le dessus la seconde d'après.

— Je crois que ce n'était pas Theodore que je voyais à chaque fois, Basil.

Je me figeai.

— Je pense qu'ils venaient chacun leur tour, chuchota-t-elle.

Je retirai mon bras de ses épaules pour ne pas risquer de lui faire mal.

— Tu es sûre ? l'interrogeai-je.

— Il agissait bizarrement parfois. Je pensais qu'il était fatigué ou stressé à cause du travail. De temps en temps, il ne se souvenait pas de discussions qu'on avait eues la veille.

Je l'avais fait entrer dans ce monde et elle avait été utilisée par trois hommes. *Violée.*

— Tom, murmurai-je d'une voix brisée. Je suis tellement désolée de t'avoir embarquée dans tout ça. J'aurais dû être plus forte et continuer à te repousser. Je suis tellement, mais tellement désolée.

Elle interrompit mon torrent d'excuses.

— Tu as admis toi-même que Theodore m'avait approchée avant que tu sois au courant pour les vampires. Ta position dans la tour et cette histoire de compagnonnage avec Kyros l'ont peut-être mené à me blesser de cette façon en particulier. Mais Theodore, ou plutôt lui et ses frères ont toujours eu l'intention de se servir de moi et de me faire souffrir d'une manière ou d'une autre. Tu n'as rien à voir avec ce qu'ils m'ont fait subir, en dehors du fait d'être mon amie. Je t'interdis de prendre ce fardeau sur tes épaules.

Être l'amie pauvre d'une femme riche avait des conséquences auxquelles Tommy devait parfois être confrontée, mais ça n'aurait jamais dû aller aussi loin. Néanmoins, je n'avais peut-être pas à me sentir coupable pour les agissements d'une espèce surnaturelle dont je n'avais découvert l'existence que récemment.

Je me frottai le nez.

— Je déteste quand tu es logique. Laisse-moi me sentir comme une merde.

— Tu parles ! Tu viens de passer trois jours à t'envoyer en l'air, ce qui t'a donné des pouvoirs surhumains. C'est moi qui suis misérable. Ta mission, c'est de faire semblant de nager dans le bonheur pour que je puisse continuer à me morfondre.

— Faire semblant de nager dans le bonheur, répétai-je dans un ricanement. Qu'est-ce que tu regardes en ce moment ?

— *L'Étendue de la vérité*. Je ne devrais pas avoir à te le rappeler si t'étais une vraie fan.

— Retire ce que tu viens de dire.

— *Nope*, refusa-t-elle.

Tommy se leva et me tendit une main.

— Allez, laisse Fred s'occuper des affaires du domaine aujourd'hui. Tu es à moi jusqu'à minuit.

Je fis claquer ma main dans la sienne et elle trébucha en arrière, la serrant contre elle.

— Bordel ! pesta-t-elle.

Je me remis debout, mais mes yeux et mes oreilles ne s'étaient pas ajustés à ma nouvelle vitesse. Je me pris les pieds dans la table basse et écrasai mes mains au sol tandis que je trébuchais et m'étalais sur le tapis.

Je grognai, roulai sur le dos et lançai un regard noir à Tommy.

Ses épaules tremblaient alors qu'elle frottait toujours sa main.

— Ne me regarde pas comme ça, c'est pas ma faute si t'es tombée. Mais c'était trop drôle.

Elle laissa sa tête partir en arrière et éclata de rire, des larmes dévalant ses joues.

Avec un regard sévère, je me relevai avant de m'épousseter. J'avais visiblement besoin d'entraîner mes sens à suivre les nouvelles capacités de mon corps.

— Changement de plan, annonça Tommy en me prenant la main. On va aller au verger de noyers pour essayer de dompter tes super-pouvoirs.

Des pouvoirs de bébé, plutôt.

— C'est sûrement une bonne idée, admis-je en pinçant les lèvres.

# Chapitre 16

Je gardai les yeux rivés sur le dernier rapport prévisionnel d'Ingenium.

*Dix-huit jours.*

C'était le temps qu'il restait au clan Sundulus avant que les Fyrlia ne déclenchent la cascade finale. Ils avaient acquis deux propriétés dans Black pour un prix astronomique la veille.

Ils sentaient que la mise à mort était proche. Ils chassaient leur ennemi, l'acculaient.

Je devais m'activer sans plus tarder. Oui, j'avais espéré régler ça sans que Sandra soit contrainte, mais j'avais également repoussé l'échéance pour des raisons personnelles.

Je ne pouvais pas perdre ces personnes.

— Basilia ? Ton avis ? m'interpella Rory, interrompant le fil de mes pensées.

Je sursautai et levai les yeux vers la fratrie attablée. C'était vendredi, et Kyros était rentré des quartiers du roi Mikhail juste après une heure du matin. Ses frères et sœurs étaient déjà là.

— À quel sujet ? demandai-je.

— Sur le fait d'enquêter sur leurs finances, feula-t-il alors que ses crocs descendaient. Ils investissent des sommes ridicules dans toutes les industries.

— C'est ce que je ferais aussi si je sentais la mise à mort arriver, répliquai-je en haussant une épaule.

Personne ne réagit à ma déclaration.

Kyros garda le silence.

Je ne savais pas ce que Mikhail et la famille royale Fyrlia lui faisaient quand il les rejoignait le vendredi, mais ça avait un impact considérable sur lui. Je savais pertinemment qu'il ne m'en parlerait pas, et, pour l'instant, j'étais simplement satisfaite de son contentement provoqué par notre proximité.

Et c'était pour cette raison que je devais le faire. L'idée qu'il ne me pardonne jamais était insupportable maintenant alors qu'elle ne l'avait jamais été auparavant. Si je laissais mon mensonge s'étendre encore plus, je prenais ce risque.

Je pris une profonde inspiration, calmée par son odeur chaude.

— Quel est le plan final ? lançai-je avant de baisser les yeux vers mon téléphone.

L'appel au roi Julius aurait lieu dans cinq minutes.

Lalitta avait le regard rivé sur la table. Rory était d'humeur assassine. Gerome souriait tant que j'avais peur que ses lèvres se déchirent. Safina avait un bras posé sur les épaules de Francesca. Neelan était immobile. Lionel observait ses frères et sœurs d'un regard triste.

*Et puis merde !*

Aucune recherche ne pourrait confirmer ce qu'il adviendrait de Sandra. Je m'adressais à des présidents d'entreprise. Je pouvais négocier un accord. C'était ma seule solution.

Elle m'avait contactée ce matin pour me demander davantage d'argent et de la tenir au courant de l'évolution des choses. L'inquiétude dans son message court était évidente. Faire traîner en longueur cette situation n'était juste pour personne.

Il était temps de cracher le morceau.

La panique m'envahit.

Je me raclai la gorge et déclarai :

— J'ai trouvé quelque chose.

Le regard de Kyros était déjà rivé sur moi.

Les autres ne cillèrent pas.

J'inspirai profondément.

— Une preuve de triche dans le marché avec M. Ringly.

Une main se retrouva soudain devant ma bouche.

Neelan m'avertit de ses yeux noisette.

Je repoussai ses doigts en hochant la tête pour lui signifier que j'avais saisi le message.

— Avant que je ne vous révèle mes informations, un accord doit être passé pour assurer la protection du témoin humain et me promettre qu'il ne sera pas contraint de quelque manière que ce soit.

Safina sortit son téléphone.

— Père va vouloir gérer ça lui-même.

Kyros leva une main et elle s'interrompit.

— Depuis combien de temps as-tu ces informations ? demanda-t-il en soutenant mon regard.

Je relevai le menton.

— Une semaine.

Ses mâchoires se contractèrent, mais je ne présentai aucune excuse. J'avais déjà formulé mes inquiétudes en abordant les négociations concernant la sécurité de Sandra.

Kyros m'observa.

— Le roi Julius voudra te parler en personne. Tu es prête pour ça ?

Non.

— Oui, mentis-je avant de reprendre après une seconde d'hésitation. J'aurai d'autres choses à révéler une fois qu'on aura abordé le sujet.

Les membres de la famille royale Sundulus se tournèrent vers moi, leurs visages se faisant neutres tandis que leurs regards devenaient acérés.

Je supposai que c'était l'expression la plus sympathique que je recevrais une fois qu'ils auraient entendu la vérité.

Je me levai, attrapai ma tablette et la tendis à Kyros quand je le dépassai pour quitter la pièce. La fratrie sortit à ma suite, du plus jeune au plus âgé, Kyros fermant la marche.

— L'annonce se fera plus tard ce soir, dit-il à la foule qui avait envahi le soixante-sixième étage. Tenez-vous prêts.

Personne ne dit mot.

Je slalomai entre les ordinateurs tout en ressassant ce qui devait être fait.

*Assure la sécurité de Sandra. Débarrasse-toi de ta culpabilité. Protège Kyros et sa famille.*

Rien que de penser à la liberté émotionnelle qui en découlerait me soulageait. Ils allaient être en colère au-delà de l'imaginable, ma vie serait sûrement en danger. Je pourrais avoir besoin que Kyros me protège de son père dans cette situation, mais je leur apportais un joker. La clé pour qu'ils reviennent dans la course. Ça jouerait sûrement en ma faveur.

Nous prîmes l'ascenseur jusqu'au parking souterrain en deux groupes, et je sentis les regards de Francesca, Lalitta, Lionel et Neelan rivés sur moi.

Je fis mine de les suivre dans l'un des SUV qui attendaient, mais Lionel m'interrompit et pointa la voiture de Kyros du doigt.

— Il va vouloir faire le trajet avec toi, dit-il doucement, la tête tournée.

Lionel ne voulait pas me regarder ? *Aïe !*

Safina, Gerome, Deirdre et Rory montèrent dans le deuxième SUV et Kyros me prit par la main pour me guider jusqu'à sa voiture.

Il me prenait toujours la main, malgré la culpabilité, l'angoisse et la peur qu'il sentait vibrer en moi. Je n'étais pas certaine d'avoir déjà ressenti autant de gratitude pour lui. Je lui adressai un regard, mais il ne me le rendit pas et lâcha ma main pour s'installer derrière le volant.

Je me connectai à ses émotions et découvris que la peur était celle qui dominait. Craignait-il la réaction de son père ou ce que j'avais fait ?

Kyros sortit du parking avant de prendre la direction du manoir de ses parents. Je restai concentrée sur ses émotions tandis que les minutes s'écoulaient, respectant son désir de garder le silence.

Il finit par briser la tension.

— Le voyage à Frankton Gorge ?

— Oui.

Ses mains serrèrent le volant.

— As-tu caché d'autres informations ?

*Par où je commence ?*

— Oui.

Kyros mit le clignotant, puis se rabattit sur la bande d'arrêt d'urgence. Il inspira profondément, les yeux clos.

Je l'observai faire de son mieux pour garder le contrôle tout en lui envoyant des ondes positives.

— Je suis sur le point de te faire entrer sur le territoire d'un Vissimo plus puissant, annonça Kyros d'une voix si gutturale que j'avais du mal à le comprendre. Ça va à l'encontre de mon instinct de faire cela alors que je ne suis pas sûr de ce qui va arriver.

— Tu as peur que les choses tournent mal, déduisis-je.

*Tout comme moi.* Mais j'avais simplement peur de le perdre.

Kyros se tourna vers moi et l'éclat de ses yeux me fit cligner des paupières.

— Est-ce que tu es sûre des cartes que tu as en main ? m'interrogea-t-il.

Sa voix tonnante me traversa et je sentis mon cœur se serrer.

— Autant que possible.

Il étudia mon visage.

— Alors je suppose que je dois te laisser faire.

Ce serait presque amusant s'il n'avait pas été aussi déchiré intérieurement.

— Oui, Kyros. C'est ainsi que tu me protégeras cette fois.

Une ride se creusa entre ses sourcils.

Je m'interrompis une seconde avant de reprendre.

— Et tu seras également là pour me protéger physiquement. Même si ce ne sera pas nécessaire.

Son père ne pouvait pas me tuer sans rendre fou son fils.

C'était une assurance que je ne voulais pas admettre, mais dont j'avais besoin.

Les yeux de Kyros revinrent à un éclat presque normal et il se réinséra dans le trafic sur l'autoroute. Le silence reprit sa place et je n'entendais que le tambourinement de mon cœur pour rythmer notre trajet jusqu'à la propriété du roi Julius.

*Bordel !*

Je n'avais pas le droit de me louper. Kyros était important à mes yeux. C'était indéniable, après ce que nous avions partagé.

Et apparemment, ses frères et sœurs aussi comptaient pour moi.

— Ça ne facilite pas les choses, lança le prince vampire en lançant un regard noir en direction de ma poitrine.

*Ouais*, mon rythme cardiaque était une preuve embarrassante de mon inconfort.

— Je sais, répondis-je.

Kyros reprit ma main quand nous sortîmes de la voiture et la pressa cette fois.

Je l'arrêtai et levai les yeux vers lui.

— Merci.

Je libérai ensuite mes doigts et marchai en tête, en direction de la maison. Je traversai les couloirs, la cour intérieure, puis montai les marches jusqu'à la chambre dans laquelle j'avais rencontré le roi Julius pour la première fois.

Je perçus les mouvements des Vissimo à l'intérieur.

Tout le monde était là.

Je pris une profonde inspiration, qui me révéla l'odeur salée de ma sueur. Je rassemblai mon courage au sommet des marches avant de passer les portes de fer et de bois.

Le roi Julius était assis sur son trône, habillé de son habituel sarong. La reine Titania était installée à ses côtés, vêtue d'une robe de chambre.

La fratrie royale était divisée en deux groupes de quatre au bas des marches menant au trône, laissant un espace pour Kyros et moi.

Je m'arrêtai au milieu et fis une révérence. Kyros s'arrêta plusieurs pas derrière moi, respectant ma décision de parler seule. Je n'étais cependant seule qu'en apparence, mais cette distance fragilisait son contrôle.

— Humaine, m'interpella le roi Julius.

Les dernières fois qu'il s'était adressé à moi, il m'avait appelée «Basilia», «mademoiselle Le Spyre» ou encore «compagne de mon héritier» s'il était de bonne humeur.

Il sortit une enveloppe.

— Le roi Mikhail a envoyé cette lettre ce soir, après le temps qui lui est accordé avec mon héritier. Elle t'est adressée.

Le roi la tendit et, après validation mentale auprès de Kyros, je montai les dix marches pour prendre l'enveloppe, envahie par la terreur.

Le sceau de cire était intact.

— Pourquoi est-ce que mon ennemi t'envoie du courrier ? m'interrogea-t-il d'une voix douce, qui me terrifia jusqu'au plus profond de mon être.

J'inspirai.

— Pour la raison que j'ai prévu de vous révéler ce soir. Je souhaite discuter d'informations concernant le contrat avec M. Ringly, ainsi que ce qui m'a poussée à enquêter sur le sujet de manière personnelle.

*Quand j'ai scellé ton destin ainsi que celui de huit de tes enfants.*

— Hmm… Ouvre le message, m'ordonna-t-il en se penchant en avant.

Je le fixai, les mains moites. Non, je devais d'abord commencer par les informations.

— Maintenant !

Mon cœur manqua un battement à la menace glaciale derrière ses mots. Je glissai mon doigt sous le sceau.

Ce n'était pas une lettre. C'était une photo.

Je la sortis et eus le souffle coupé, puis couvris ma bouche tandis que l'image m'échappait des doigts.

*Sandra.*

Ou ce qu'il restait d'elle.

C'était une photo de sa tête coupée, sa bouche horriblement tordue et les yeux écarquillés et voilés.

De la bile remonta dans ma gorge et je la combattis de mon mieux, percevant le grondement bas de Kyros dans mon dos. Je reculai de deux pas vers lui quand son père récupéra la photo pour l'observer.

Il la retourna et lut à voix haute :

— «Bien essayé.»

Putain de merde ! *Sandra.*

— Ils l'ont retrouvée.

Comment avaient-ils su ? J'avais emmené vingt-cinq Débiteurs avec moi. Mon équipe l'aurait remarqué si quelqu'un nous avait suivis depuis Bluff City ou s'était trouvé à portée de voix.

Le roi Julius se redressa, le visage dur. La reine Titania posa une main légère sur sa cuisse.

— Explique ! tonna-t-il.

Je sursautai.

— C'est une photo de Sandra Hoyt. Elle… Elle est morte.

— Je le vois bien, humaine.

— Elle est sous le choc, Père, murmura Kyros au pied des marches.

Et le roi Vissimo devant moi n'en avait rien à faire. Je secouai la tête, me raccrochant aux miettes de mon plan ruiné.

— C'était le membre du conseil assigné au dossier de M. Ringly jusqu'au mois de juin de l'année dernière. Elle a été transférée à Frankton Gorge et le dossier a été transmis à Julia Dinh. J'ai retrouvé Mlle Hoyt il y a une semaine et l'ai interrogée.

Je sortis mon téléphone de mes mains tremblantes et cherchai la vidéo.

J'appuyai sur le bouton « marche ».

— *Au début, j'ai commencé à recevoir une liste des adresses de ma famille dans ma boîte aux lettres. Il m'a fallu un moment pour comprendre que je les recevais après les appels avec M. Ringly. Les lettres sont d'abord apparues dans ma boîte aux lettres, puis sur mon bureau quand je revenais de la photocopieuse ou des toilettes. Une fois, j'en ai trouvé une sur mon oreiller, dans ma chambre. Je suis allée voir mon supérieur pour lui demander de l'aide…*

La vidéo durait dix minutes et, tandis que je tenais le téléphone, je me demandai si ça m'avait déjà paru aussi long.

— *Mlle Hoyt,* intervint ma voix. *Pourquoi pensez-vous avoir reçu ces lettres ? Pourquoi pensez-vous que vos supérieurs et la police ne vous ont pas aidée ? Et pourquoi pensez-vous que l'homme aux cheveux bruns bouclés et aux yeux noisette vous suivait ?*

*— Je refusais d'approuver la demande de requalification des terrains de M. Ringly. Bluff City a davantage besoin de terres agricoles que de zones résidentielles. Quel intérêt y a-t-il à construire plus de maisons si notre capacité à nourrir la population n'augmente pas également ? Les personnes qui menaçaient ma famille, moi-même et ma carrière voulaient que j'approuve le plan de requalification. J'en suis certaine.*

La vidéo se termina.

— Tu l'as trouvée il y a une semaine, répéta le roi Julius en s'adossant de nouveau à son trône.

— Oui, roi Julius.

Je fixai mon regard sur l'accoudoir.

Il me tendit la photo.

Je la pris d'une main tremblante et rassemblai mon courage pour la regarder une fois encore. Il y avait une date d'inscrite. *Hier.*

— L'enregistrement de son témoignage est inutile, déclara le roi, ses yeux bleus plus glacials que jamais. Elle est morte maintenant.

La sensation de chute surpassa tout le reste. Elle engloutit l'horreur du destin de Sandra. Parce que je pouvais ressentir la peur de Kyros et sa lutte pour ne pas me rejoindre en haut de l'escalier.

Il me faisait confiance pour gérer la situation, et c'était si dur pour lui.

Ses frères et sœurs respiraient à peine.

La main du roi se referma.

— Humaine arrogante ! cracha-t-il.

Je baissai un peu plus les yeux.

— Pourquoi est-ce que ce message t'était adressé ? demanda la reine Titania d'une voix neutre.

Il n'était pas plus facile de la regarder que son mari. Pas alors qu'elle était la mère qui survivrait, sans son mari, et à qui il ne resterait qu'un seul de ses neuf enfants. Même si elle ne les avait pas tous mis au monde elle-même – je ne lui ferais jamais l'offense de lui poser la question –, elle était prête à mourir pour chacun d'entre eux.

Mon cœur tambourinait pathétiquement. Nous l'entendions tous.

Et pourtant, Kyros espérait que ça faisait partie de mon plan.

Je l'avais trahi, ainsi que les seules personnes auxquelles il tenait.

Je pris une inspiration avant de lâcher la bombe.

— Parce que lorsque les triplés Tonyi m'ont prise en otage, j'ai passé un accord avec le roi Mikhail.

Même le roi ne s'était pas attendu à ça.

— Je lui ai parlé de votre coup de poker concernant le dossier de M. Ringly pour que Tommy survive, continuai-je.

Un hoquet de stupeur échappa à Lalitta, mais j'étais incapable de me tourner vers elle, figée par la douleur que Kyros ressentait.

*Incrédulité. Déchirement.*

— Acceptation, soufflai-je quand l'incrédulité de Kyros se dissipa pour laisser place à une trahison amère.

Mes entrailles vibrèrent quand une façade dure l'enveloppa. Je n'arrivais plus à accéder à ses émotions, comme si mes ongles se heurtaient à un mur de pierre.

La reine Titania se couvrit les yeux.

— Mais tu ne pouvais pas être contrainte, chuchota Kyros. Tu leur as offert cette information de ton plein gré.

Je déglutis trois fois avant de retrouver ma capacité à parler, malgré le vide en moi que son absence laissait.

— Oui. J'ai honoré ma part du marché quand Tommy a été emmenée à l'hôpital.

Les yeux bleus du roi me transpercèrent, mais la douleur qui explosa intérieurement chez le vampire dans mon dos était bien plus grave. J'eus la présence d'esprit de descendre des marches avant de faire face à Kyros.

Je cillai en voyant la haine déformant son visage.

— Tu as sacrifié les vies de ma famille entière pour une humaine, cracha-t-il.

— Elle est ma famille.

— Moi aussi, je suis ta famille !

Son rugissement fut terrible.

Aucun des enfants royaux ne me regardait en dehors de Safina.

Je sursautai quand sa haine brûlante me percuta.

— Tu as tué ma fille, chuchota-t-elle, sa voix tremblant de mépris.

*Kearra.*

Mon souffle resta coincé dans ma gorge. La lignée entière allait être exécutée, excepté la reine et Kyros. Ça incluait sa fille.

L'horreur baignait chaque parcelle de mon être.

— Pourquoi ? demanda Kyros d'une voix tourmentée.

Je le lui avais déjà dit.

Mais il voulait savoir pourquoi je l'avais blessé de cette manière. Pourquoi je m'en étais pris à la seule chose qui avait de l'importance pour lui : sa famille.

— Je n'avais pas d'autre choix, expliquai-je simplement.

— Tu avais le choix de demander mon aide quand les triplés t'ont contactée la première fois, me gronda-t-il au visage.

Je tentai de respirer malgré la réaction de mon corps, repoussant le besoin de m'effondrer au sol.

— Tu avais le choix de me dire ce que tu avais fait à ton réveil, continua-t-il alors que ses mains se crispaient. Tu avais le choix de venir me voir quand tu as découvert la faille potentielle dans les documents du conseil. M. Ringly a transféré son emprunt bancaire dans l'un des établissements Fyrlia. On pensait qu'ils protégeaient leur investissement. Les dettes à son dealer de drogues ont soudainement toutes été remboursées. La moindre brèche que nous avions relevée a disparu en l'espace d'une nuit. On pensait que Julia Dinh s'était jouée de nous.

Je levai les yeux vers son regard vert et une partie de mon âme fut détruite.

— C'était toi qui nous poignardais dans le dos, reprit-il. Est-ce que c'est ta putain de vengeance pour ce que j'ai fait auparavant ?

La boule dans ma gorge rendit ma voix rauque.

— Non, murmurai-je.

Kyros me dépassa et je me retournai pour le voir s'agenouiller au pied de l'escalier.

— Père, pardonnez-moi mon manque de clairvoyance.

*Un manque de clairvoyance.*

Voilà ce que j'étais devenue.

J'acceptai le coup, me disant que la douleur que je ressentais venait de ses mots, pas de mon cœur qui se brisait.

— Nous reparlerons de ton idiotie, mais pas devant ce déchet humain. Débarrasse-toi d'elle.

Il fallut moins d'une seconde à Kyros pour accepter l'ordre.

— Pars, lança-t-il en me tournant toujours le dos. Ne reviens pas !

Je m'y étais attendue.

Je savais qu'il allait être en colère.

Ce qui me prit par surprise, ce fut de me sentir comme un grain de saleté sous ses chaussures de luxe et d'avoir l'impression de mériter cette place.

Je l'avais trahi, ainsi que toute sa famille. J'avais fait traîner les choses le temps de trouver une solution.

Peut-être avais-je toujours su que je ne pourrais pas supporter l'expression de Kyros.

Je baissai la tête et fis volte-face pour quitter les lieux.

— En reculant, souffla Kyros.

Des larmes emplirent mes yeux. Je clignai des paupières pour les forcer à couler. Je ne pouvais pas partir comme ça. Le désespoir s'accrochait à ma gorge.

— La menace planant sur la vie de Tommy était immédiate, déclarai-je alors que ma poitrine se serrait et que le picotement derrière mes yeux empirait. La menace concernant la vie de tes frères et sœurs, ainsi que celle de ton père, ne l'était pas.

Sa voix se fit absolument glaciale.

— J'ai dit : « sors de là ! »

Je me tournai à nouveau vers lui, puis laissai ma tête retomber.

Pour ne pas me trouver confrontée à l'effondrement du lien bizarre et superbe que nous avions partagé.

Pour que son regard empli de dégoût ne me hante pas jusqu'à la fin des temps.

Voûtée, je sortis à reculons jusqu'aux portes de la chambre.

***

— Je suis exclue, annonçai-je aux amis de ma grand-mère autour de la table.

Ils me fixèrent.

Il m'avait fallu deux jours pour trouver le courage d'organiser cette réunion. Depuis que Kyros m'avait rejetée, je m'étais lancée corps et âme dans les affaires du domaine, avec une frénésie que même Tommy ne pouvait contenir.

J'avais laissé tomber ma grand-mère.

J'avais laissé tomber ces personnes qui avaient combattu les Vissimo chaque jour durant ces trente dernières années.

J'avais laissé tomber Kyros et sa famille.

Dans quinze jours, la haine que me portait Kyros serait scellée par le déclenchement de la cascade finale.

— Tu es exclue de quoi, exactement ? demanda lady Treena.

— Du soixante-sixième étage ? tenta Dame Burke en me lançant un regard inquisiteur.

Mon esprit était en permanence noyé par mon désespoir ces derniers jours, parler en était donc presque devenu facile.

— Et de leur groupe.

M. Hothen jura.

— Pourquoi ? chuchota Mme Syrre.

— Ils sont au courant ? s'inquiéta sir Olythieu en plissant les yeux.

Je secouai la tête.

— Pas pour ce groupe, non. Je leur ai parlé de Sandra. Il était temps.

Je me tournai ensuite vers M. Hothen et fermai les yeux.

— F l'a trouvée en premier. Je suis sincèrement désolée.

Son visage se décomposa sous le choc.

Sans un mot, il quitta la pièce.

— Pauvre femme, souffla Mme Syrre en essuyant quelques larmes.

Sandra Hoyt était une personne de plus que j'avais laissée tomber. Je lui avais promis qu'elle serait en sécurité. J'étais si déterminée à faire ce qui était juste pour elle, mais on m'avait coupé l'herbe sous le pied. Les triplés restants devaient s'être occupés d'elle.

Ses derniers instants avaient dû être emplis de terreur et de douleur.

J'avais vomi plus de fois que je ne pouvais m'en souvenir ces deux derniers jours.

— Ingenium reste dans le même état ? m'interrogea M. Dithis en se renfonçant dans son siège.

C'était précisément pour cette raison que le monde devrait craindre les personnes réunies autour de cette table. La mort et la peur les attendaient à tous les coins de rue, et pourtant, ils étaient là, à se battre, calculateurs et froids.

Je hochai la tête.

— Quinze jours.

— La fin aura lieu dans quinze jours, répéta dame Burke en clignant des yeux.

— Il ne reste donc que deux semaines pour rétablir l'équilibre, conclut sir Olythieu.

L'équilibre.

C'était bien beau. Mais l'élément principal de mon plan était de procéder à six échanges avec Kyros afin de libérer les Débiteurs et de les employer à ma protection.

— Ce que je ne comprends pas, reprit lady Treena, c'est que si tu les as trahis assez gravement pour être complètement exclue, pourquoi n'es-tu pas morte ?

Parce que j'étais sa compagne véritable.

Les amis de ma grand-mère m'avaient pardonné quelques commentaires sympathisants envers les Vissimo. S'ils apprenaient ce qu'il se passait avec Kyros, s'ils savaient ce que je ressentais pour un vampire, alors ils ne me regarderaient plus jamais de la même manière. Ils ne se ligueraient peut-être pas contre moi, mais ils me claqueraient la porte au nez, c'était une certitude. À leur place, je ferais de même. Discuter avec moi de certains sujets serait trop risqué, ne sachant jamais quand Kyros pourrait jeter un coup d'œil dans mon esprit. Ou si je ne risquais pas de tout confesser.

Je méritais peut-être de me faire claquer la porte au nez.

Si ma grand-mère avait été présente, j'aurais été incapable de la regarder en face. La culpabilité et le mépris que je ressentais envers moi m'accompagnaient constamment depuis son décès. Seul Kyros avait contrebalancé ces sentiments et je ne m'en étais pas rendu compte avant qu'il soit trop tard.

Ma décision prise, je fouillai dans mon sac. J'en sortis le manuel Vissimo sur les rituels de compagnonnage. Je feuilletai le livre jusqu'au chapitre sur le cinquième échange, puis le posai au milieu de la table.

— Kyros et moi, déclarai-je.

Les chaises raclèrent le sol quand ils se levèrent pour se pencher sur l'ouvrage. Dame Burke lut le titre, puis s'empara du bouquin, son regard parcourant les premières pages.

Elle écarquilla les yeux.

Elle leva ensuite la tête vers moi, bouche bée.

— Tu es sa compagne ?

Les autres s'exclamèrent de surprise avant de se rassembler autour d'elle, prenant le livre tour à tour.

Je les observai feuilleter l'ouvrage, lisant quelques phrases de chaque passage. À propos de la position, du partage de sentiments, les changements de mes sens ainsi que l'amélioration de ma force et de ma vitesse. Ils absorbèrent toutes ces informations.

Je vis leurs visages passer de la confusion au dégoût, en passant par le choc et l'horreur.

Les six amis de ma grand-mère se tournèrent vers moi.

Je méritais tout ce qu'ils pensaient et ressentaient. Tout comme je m'étais jouée de Kyros, je m'étais jouée d'eux également. Le roi Julius avait eu raison quand il m'avait traitée d'humaine arrogante. Bien que mes intentions aient été bonnes, j'avais géré tout ça n'importe comment.

Pas étonnant qu'ils se questionnent sur ma loyauté.

Je ne savais plus à qui allait ma loyauté. Car comment pouvais-je vouloir aider les deux camps à la fois ?

Il était trop risqué pour ce groupe de me faire confiance. C'étaient des hommes et des femmes d'affaires jusqu'au plus profond d'eux-mêmes, et j'étais devenue un mauvais investissement.

*Je suis tellement désolée, Grand-mère !*

Quel naufrage ! Vingt-sept ans de sacrifices jetés par la fenêtre en l'espace de quelques semaines. Tout ça parce que j'avais pris la suite.

*Crac !*

Dame Burke hoqueta de stupeur, et je baissai les yeux sur la table. Des éclats de bois tombèrent quand je retirai mes mains.

— Tu es l'un d'eux, chuchota M. Dithis.

Sauf que ce n'était pas le cas.

Et je n'étais pas humaine non plus. Plus maintenant.

Je déglutis avec difficulté et baissai les yeux.

Je laissai les dossiers sur la table et récupérai le livre qui avait glissé des mains de Dame Burke.

Puis je partis.

# Chapitre 17

Tommy se laissa tomber sur la chaise en face de moi.

Je lui lançai un regard par-dessus le bureau.

— Secoue-toi, dit-elle.

Je reportai mon attention sur l'écran de mon ordinateur et terminai mon mail. L'avantage de posséder des entreprises internationales était que les mails arrivaient à n'importe quelle heure de la journée, ainsi, je n'étais jamais à court de travail.

Je n'avais aucune idée de l'heure qu'il était. Je ne voulais pas savoir.

— Ça fait cinq jours, Basi. Tu te sens mal, et je le comprends. Mais pour l'instant, c'est moi qui suis au fond du trou, donc tu ne peux pas l'être aussi.

Je haussai un sourcil et signai le dernier mail avant de l'envoyer.

— Comme tu te sens mal, je n'ai pas le droit de me sentir mal moi aussi ? demandai-je.

— Exactement. J'occupai la place avant que tu te sois engueulée avec Kyros ou je ne sais quoi.

*Engueulée.*

— C'est un léger euphémisme, répliquai-je, sarcastique.

— Explique.

S'il y avait une personne à qui je pouvais parler, c'était Tommy. Le fait que je n'en aie pas envie prouvait à quel point j'avais besoin de le faire.

— Pour te sauver, j'ai passé un marché.

Elle leva immédiatement les yeux vers moi.

— Un marché avec le clan Fyrlia ?

Je me concentrai sur l'autobiographie de Tom Hanks et acquiesçai.

— Pour me sauver ? répéta-t-elle.

Je hochai à nouveau la tête.

— J'en conclus que passer un accord avec les Fyrlia quand tu t'envoies en l'air avec un Sundulus est inacceptable, reprit-elle en se tapotant les lèvres. Kyros l'a découvert.

*Toute sa famille.*

— En grandes pompes.

Tommy se leva et commença à faire les cent pas.

— Est-ce que l'accord que tu as passé implique la victoire ou la défaite d'Ingenium ?

Je la fixai d'un regard neutre.

Elle retomba sur son siège.

— Bordel, Basil !

*Bordel, en effet !*

Elle fit la moue.

— Mais ils ne peuvent pas mettre un terme au jeu avant que tu l'aies gagné. Comment on équilibre ça ?

J'adorais ma meilleure amie.

— C'est ce que j'ai essayé de faire ces dernières semaines.

— Je vois, dit-elle en recommençant à se tapoter les lèvres.

*Vraiment, elle comprend ?*

— Alors j'en reviens à ce que je disais plus tôt, reprit-elle en bondissant à nouveau. Secoue-toi.

J'essayais. Mais je me sentais si seule. Et en colère. Et pleine de regrets.

En laissant le lien de sang de côté, Kyros avait occupé un espace en moi. Je ne m'étais simplement pas rendu compte de la place qu'il prenait alors qu'il mettait son nez dans mes affaires tous les jours.

Mais le vide désormais était profond.

*Abyssal.*

Tommy me tira les cheveux.

— Aïe ! m'exclamai-je en lui lançant un regard noir.

— Écoute-moi bien, Basil. Tu as fait le choix de me sauver, et je ne pourrai jamais te remercier assez pour ça, alors en guise de maigre remboursement, tu es sur le point de recevoir un discours d'encouragement digne des plus grands.

*Oh, bordel !*

— Il reste combien de temps avant que les Sundulus perdent ? m'interrogea-t-elle.

Treize jours, si les prévisions de la cascade finale étaient correctes. Je me concentrai sur la date de paiement des salaires de mon équipe de Churchill, que je n'avais pas contactée de toute la semaine d'ailleurs, et marmonnai :

— Presque deux semaines.

Elle posa ses mains sur mes genoux et je sursautai.

— Alors tu as encore un peu de temps. Tu as le temps pour le reconquérir, même si tu ne peux pas remporter le jeu.

Je fronçai les sourcils. Le reconquérir ?

— Est-ce que tu apprécies Kyros au moins ? demandai-je.

— Non. Mais avant, je le détestais, alors ne pas l'apprécier est un pas en avant. Je pense même que je pourrais peut-être le tolérer dans quelque temps.

*D'accord.*

— Ce que je veux dire, ajouta-t-elle dans un soupir, c'est que tu es au fond du trou sans lui et qu'il tient assez à toi pour te ramener ta meilleure amie. De ce que j'ai lu dans le manuel des rituels de compagnonnage, ce que vous partagez est permanent.

Nous pouvions tout de même rester à l'écart l'un de l'autre, même si ça faisait mal. La douleur dans ma poitrine, due à notre séparation, resurgissait tous les jours. J'avais pensé à m'approcher de la tour pour voir si la douleur se dissiperait, mais Kyros pourrait sentir ma présence.

Si cette sensation de vide continuait d'augmenter, je n'aurais peut-être pas le choix.

— C'est lui le jeu, réussis-je à prononcer. Il ne m'adressera plus jamais la parole à moins que je ne corrige ce que j'ai fait.

Tommy s'accroupit sur ses talons.

— Et comment tu fais ça ?

— C'est ça, le truc. Je ne peux pas.

Les Fyrlia m'avaient attrapée en train de fouiller du côté de Sandra, je ne sais comment. Les Sundulus m'avaient reniée. J'étais à court d'idées, et les petits vieux ne m'avaient pas contactée depuis que je leur avais lancé au visage le seau d'eau glacée : «Je suis la compagne de Kyros et j'ai des pouvoirs de vampire.»

— Tom, commençai-je d'une voix basse. J'ai complètement laissé tomber Grand-mère. Je ne peux pas gagner pour elle. Je ne peux même pas rétablir l'équilibre. Et sans ça, Kyros ne m'accordera plus jamais un seul regard.

La liste des personnes que j'avais déçues tournait en boucle dans mon esprit, comme un film d'horreur interminable. Durant les quelques heures de sommeil dont mon corps avait besoin, leurs visages me hantaient. J'avais évité tout le monde : Laurel, les Débiteurs, Tommy, et même Fred.

Tommy saisit mon menton et écrasa mes joues.

— Où est la Basilia que je connais ? s'exclama-t-elle.

Je la fixai.

— Si tu n'aimes pas quelque chose, tu le changes. Si tu veux quelque chose, tu l'obtiens. Ça, c'est la gosse pourrie gâtée que je connais.

Je me libérai de sa prise avant de me frotter les mâchoires.

— Ça avait si bien commencé.

— Tout était bien, rétorqua-t-elle sauvagement. Dis-moi ce que tu veux.

Nos nez se touchaient presque et j'entendais mon cœur battre à mes tempes.

— Pas de mensonge, Basil, insista Tommy. Ne me sors pas ce que tu penses que je veux entendre. Ou ce que les autres attendent de toi. Qu'est-ce que tu veux, nom d'un chien ?

Je fermai les yeux.

— Ouvre les yeux !

J'obéis dans un sursaut.

— Kyros.

Je devais reconnaître la force de ma meilleure amie, elle ne grimaça même pas devant ma réponse.

— Tu veux Kyros, répéta-t-elle. Eh bien, va le chercher !

Des mots s'échappèrent de ma bouche.

— Si je vais le chercher, alors je trahis ma grand-mère et tout ce pour quoi elle a travaillé.

Je m'affaissai tandis que ma phrase restait en suspens, et évitai le regard noisette intense de Tommy.

Celle-ci souffla et s'assit sur le bureau.

— C'est légèrement problématique, je te l'accorde.

Ça n'avait rien de léger.

— Ta grand-mère détestait les Vissimo. Et tu t'en tapes littéralement un.

— C'est le pire discours d'encouragement que j'aie jamais reçu.

Je tentai de me lever et elle me repoussa dans le fauteuil.

— Tu partiras quand je t'y aurai autorisée.

Ouh là, la Tommy donneuse d'encouragements était flippante !

— Je ne peux pas abandonner tout ce pour quoi elle a travaillé, Tom. Elle est morte à cause de cette merde. J'ai fait de mon mieux pour perpétuer son héritage, mais j'ai échoué. J'ai laissé tomber tout le monde.

Tommy plissa les yeux.

— C'était quoi le plan, si tu gagnais le jeu ?

Je clignai des yeux.

— Le plan était de prendre cette décision dans une vingtaine d'années, quand je serai plus maligne. Parce que gagner allait prendre au moins autant de temps.

— Tu es déjà maligne, Basi. Et pleine de confiance. Tu doutes juste de toi.

J'avais l'impression de douter depuis vingt et un ans et neuf mois.

Tommy tapota ma tempe.

— La réponse est là-dedans. Quand bien même j'adorerais passer trois mois à regarder des comédies musicales en mangeant de la glace pour oublier cet enfoiré, ça n'arrivera pas. Tu as une échéance, ma belle. Tu ferais mieux de t'y mettre.

Deux semaines.

Kyros pourrait se retrouver hors de ma portée dans treize jours. Est-ce que j'avais une chance de le reconquérir ? Tommy me donnait l'espoir que c'était possible. D'une manière certes étrange, mais efficace.

— Tu ferais mieux de t'y mettre, répéta-t-elle.

Je levai les yeux vers elle.

— Tu l'as déjà dit, ça.

— Oui, mais dans les trucs de motivation, ils scandent toujours un slogan. Tu n'as pas vu *Will Hunting* ? demanda-t-elle avant de me claquer les genoux. Tu ferais mieux de t'y mettre !

— Aïe ! Arrête de me frapper !

— Tu ferais mieux de t'y mettre.

Je me levai et tentai de la repousser tandis qu'elle me poursuivait autour du bureau.

— Tu ferais mieux de t'y mettre.

Je l'esquivai dans un rire.

— Sérieux, arrête !

Elle se mit à me donner des coups sur toutes les parties de mon corps en me chassant jusqu'à la porte, tout en déclamant son slogan.

— Nom d'un chien, Tommy ! Je vais m'y mettre. Ou ce que tu veux. Arrête !

J'utilisai ma vitesse améliorée pour intercepter le bouquin qu'elle me jeta au visage.

Le livre me glissa des mains et s'ouvrit en tombant au sol, sur le chapitre intitulé « Droits des compagnons humains ».

Je m'arrêtai, les yeux rivés sur la page alors qu'elle continuait à me frapper.

Elle arrêta son harcèlement en pantelant.

— Tu ferais mieux… Une seconde, qu'est-ce qui s'est passé ?

Un calme pétrifiant me saisit. Un calme que je n'avais pas ressenti depuis cinq jours. Je me penchai pour récupérer l'ouvrage.

— Tom.

— Oui ?

Elle se mit sur la pointe des pieds pour lire le titre de chapitre par-dessus mon épaule.

— Quelque chose t'a pressé le jus du cerveau ? m'interrogea-t-elle.

— Tu as un talent pour manier les mots, mon amie.

Mais oui, plus ou moins.

— À ton avis, qu'est-ce que je dois faire ? demandai-je doucement.

— C'est pas moi la milliardaire, ricana-t-elle.

— Non, confirmai-je d'un air sérieux avant de lui prendre les mains. Tu es mon amie, et la meilleure que j'aurai jamais. J'ai confiance en ton jugement alors que ce n'est pas toujours le cas avec le mien. Qu'est-ce que je fais de travers ?

Son sourire s'effaça.

— Tu essaies de composer avec les exigences de tout le monde.

Il fallait que je me confronte à toutes ces exigences alors.

Et décider lesquelles je pouvais mettre de côté sans m'en vouloir. Car elle avait raison. Il me restait moins de deux semaines.

— Je sors, l'informai-je en partant vers la porte.

Tommy ne lâcha pas ma main, et je la traînai avec moi.

— Encore une chose, avant que tu n'y ailles.

Elle se passa la langue sur les lèvres quand je m'arrêtai pour la regarder.

— Ta grand-mère, Basil, continua Tommy avec un sourire. C'était un sacré bout de femme. Et elle a laissé un putain d'héritage. Mais elle n'est plus là. Si elle l'était, je pense que tu serais surprise de ce qu'elle aurait à dire. Souviens-toi qu'Agatha Le Spyre avait des défauts, comme chacun d'entre nous et, plus important, souviens-toi que tu n'es pas elle. Tu ne peux pas être satisfaite dans la vie si tu poursuis sa définition du bonheur et du succès. La femme que je connaissais n'aurait pas attendu ça de toi. En fait, elle aurait certainement eu des choses cinglantes à dire si elle t'avait attrapée en train de faire ça.

Je fermai les yeux, laissant ses paroles s'incruster au plus profond de moi pour plus tard. Elle avait raison. Il fallait simplement que je m'en convainque.

— Merci.

— Quand tu veux. Tu vas où ?

Où allais-je quand j'étais submergée par mes émotions ?

Je rouvris les yeux.

— Au parc d'attractions, annonçai-je. Ne m'attends pas.

***

Je relus le message, puis appuyai sur « envoyer ».

**Je suis désolée.**

Ajouter quelque chose me donnait l'impression de me trouver des excuses.

*Je suis désolée, mais j'ai fait ce qui me semblait juste. Je suis désolée, mais je vais me battre pour arranger les choses.*

Je sentis Kyros se concentrer en lisant le message, puis perçus sa réaction amère.

Je m'y attendais, mais ce fut quand même douloureux.

*C'est pas bon.*

— Voilà les cartons, mademoiselle Le Spyre, dit Rosie. Vous êtes sûre que vous ne voulez pas d'aide ?

Plusieurs membres de mon équipe entrèrent dans la suite de ma grand-mère avec des cartons plats. Ils commencèrent à les plier.

— Non, merci, répondis-je. Mais apportez quelques vases de lavande, s'il vous plaît.

Elle fit une révérence et j'attrapai mon téléphone pour le brancher à l'enceinte portable que j'avais prise avec moi.

Le rythme lent de *Unforgettable* porté par la voix de Nat King Cole emplit la pièce.

Alors que les employés terminaient d'assembler les boîtes derrière moi, Rosie réapparut avec des vases. Ils quittèrent la pièce, me laissant seule.

J'ouvris l'armoire de Grand-mère, un poids me tombant sur les épaules tandis que les paroles de la chanson résonnaient en moi.

Les derniers signes tangibles de la vie personnelle de ma grand-mère se trouvaient dans cette pièce. C'était une vie dont peu d'autres personnes avaient été témoins. Seulement la famille et lady Treena. Même le reste de ses amis n'avait jamais mis un pied dans sa suite. C'était le genre de femme qu'avait été ma grand-mère. Retirer ses affaires de cet endroit me donnait l'impression de la retirer de ma vie. Les bijoux, les vêtements, l'odeur, la décoration, la manière dont les choses étaient organisées à sa convenance.

Elle avait toujours dormi ici. Sa présence se ressentait dans chaque recoin. Dans mes souvenirs, elle occupait cet espace et l'occuperait toujours dans mon cœur.

Parce qu'elle m'avait été arrachée si tôt. Avant que je ne sois prête. Le traumatisme causé par sa mort avait figé mon deuil dans le temps.

J'étais incapable de voir sa chambre autrement.

Et peut-être que je n'avais pas besoin de le faire pour le moment.

Peut-être que ça ne changerait jamais.

Peut-être qu'emballer ses affaires était le premier pas. Ou un procès. Je verrais bien ce qui arriverait après. Ce que je voudrais faire ensuite.

Je pris un carton et me rendis dans la salle de bains. C'était l'espace le plus impersonnel. Emballer des affaires de toilette était idiot, mais je ne pouvais pas les jeter. Je reniflai ses sels de bain, une boule se formant dans ma gorge quand je me souvins des bains pris ici avec Tommy quand on avait sept ou huit ans.

Je déposai les sels à la lavande dans la boîte, puis sentis son shampooing, son après-shampooing et son gel douche avant de les ranger à leur tour. Un jour, j'aurais peut-être la force de donner ses affaires ou de les jeter. Mais pas aujourd'hui.

Tous ses produits cosmétiques et de soin allèrent dans le carton, mais je posai son rouge à lèvres préféré, dans des tons pêche, sur le lit. Je l'utiliserais peut-être.

Je décrivis lentement un cercle, glissant facilement grâce à mes chaussettes. Je posai les mains sur l'élastique de mon boxer noir, retirant une mèche de ma joue. Je souris quand le reproche que ma grand-mère me faisait toujours : « Ne laisse pas tes cheveux cacher ton visage » résonna dans mes oreilles. J'obéis et repoussai ma queue de cheval en arrière, la sentant effleurer mon dos laissé presque nu par ma brassière de sport.

J'aurais voulu qu'elle soit là pour asséner ses reproches cinglants en personne.

*Tu me manques tellement.*

Me tournant vers la commode, je séparai ensuite ses bijoux en deux catégories, ceux que je gardais et ceux qui iraient dans le coffre-fort. Je posai son alliance sur la pile « à garder » avant de pousser un collier en or serti d'émeraudes vers l'autre tas en essayant de ne pas trop y réfléchir.

J'avais passé toutes mes nuits dans cette chambre pendant des mois après la mort de mes parents, puis occasionnellement pendant les deux années suivantes. Même vers la fin de mon adolescence, il m'était arrivé de me glisser dans la suite pour dormir aux côtés de ma grand-mère bien-aimée.

Elle n'avait jamais fait grand cas de ma présence à part en me tapotant la main, mais je me réveillais parfois avec sa paume posée sur mon front alors qu'elle dormait toujours.

Plus jamais.

J'avais tant de merveilleux souvenirs avec elle.

Quand elle répliquait aux commentaires méprisants de ses rivaux sans ciller.

Quand elle buvait trop de brandy et qu'elle retirait sa veste de tailleur alors qu'elle n'était pas dans sa chambre.

Son dos droit.

Son regard ferme.

L'amour évident qu'elle me portait.

Je déposai la pile de bijoux appropriée sur le lit à côté du rouge à lèvres et l'autre dans une boîte sur laquelle je griffonnai les mots «pour le coffre-fort».

Je la refermai, puis m'agenouillai ensuite devant son armoire, les effluves de lavande envahissant mes sens.

Une larme roula sur ma joue et je l'essuyai aussitôt.

— J'ai besoin d'aide, chuchotai-je.

C'était à elle que je m'adressais.

Je fermai les yeux et invoquai l'image de ma grand-mère. Ses yeux intransigeants et son regard topaze perçant.

La veille, j'avais passé cinq heures sur la grande roue du parc d'attractions, à lire les lois Vissimo et le manuel d'Ingenium.

J'en étais arrivée à la conclusion que la seule personne à qui je devais des explications était Agatha Le Spyre. Mais je ne pouvais pas le faire, car elle n'était plus là. Et c'était pour cette raison que j'avais essayé de me justifier auprès de toutes les autres personnes : mes petits vieux, Kyros, sa famille, Tommy, Fred, Laurel.

Si Grand-mère avait été là, nous aurions discuté, que nous soyons d'accord ou pas, puis nous aurions tourné la page depuis longtemps.

Mon deuil ainsi que mon envie, mon besoin de respecter et perpétuer les souhaits de ma grand-mère m'entravaient.

Je devais admettre ce que j'étais capable de faire ou pas.

J'invoquai de nouveau son image dans mon esprit et murmurai :

— Je ne peux pas faire exactement ce que tu voulais que je fasse. Tout a changé.

Je lui avais dit quelque chose de semblable quand j'avais arrêté de fréquenter Harriet Gregorian et sa clique, et je me souvenais toujours de sa réponse.

«*Aie tes propres standards, Basilia. Accroche-toi à eux, mais reste toujours prête à prendre une autre direction. C'est pour ça qu'on trace des limites dans le sable, pour pouvoir les déplacer au fur et à mesure qu'on grandit. Les idiots rigides se brisent en deux, et ma petite-fille n'est pas une idiote.*»

Elle avait raison, évidemment. J'avais rejeté mes amies riches à l'instant où elles avaient blessé Tommy. Après ce jour-là, j'avais tracé une nouvelle limite dans le sable. Et j'en avais tracé au moins une douzaine d'autres au fil des trois derniers mois.

Rien n'était gravé dans la pierre.

Rien en dehors de l'amour que je portais à ma grand-mère et ce que je partageais avec Kyros. Ça ne s'effacerait jamais.

Est-ce que ma grand-mère aurait apprécié Kyros ? S'il n'avait pas été un Vissimo, je veux dire. Grand, beau, avec un esprit tourné vers les affaires, intelligent et bien habillé.

Je souris de toutes mes dents.

Oui, elle l'aurait validé.

Ça ne devrait pas avoir d'importance qu'il ait des crocs. Agatha Le Spyre n'avait jamais fondé son opinion sur l'ethnie ou la culture. Même avec sa haine des vampires de Bluff City, il me plaisait à croire qu'elle aurait fini par s'habituer à Kyros au bout d'un moment. Après avoir essayé de le chasser. Le connaissant, il aurait certainement apprécié ce défi.

Elle ne l'aurait peut-être pas aimé, mais elle l'aurait respecté.

Comme je l'avais toujours respectée.

J'avais besoin de venger le dernier membre de ma famille : à cause de la manière dont elle était morte et pour ses efforts afin de libérer les humains de la ville du contrôle des Vissimo.

Mentalement, j'espérais toujours accomplir cela, pour elle et ses amis.

Seulement, ce ne serait pas comme ils l'auraient souhaité. Et ils ne le comprendraient sans doute pas.

Je ne savais même pas encore si c'était possible.

J'inspirai lentement, me raccrochant au souvenir du visage de ma grand-mère.

«Reste toujours prête à prendre une direction différente.»

La fin du chemin était établie. Ingenium devait être gagné par un camp, et c'était immuable. Mais tout ce qui menait à cette conclusion pouvait être changé, selon les règles du jeu.

Je déglutis avec difficulté.

Je voulais beaucoup de choses dans la vie, mais vivre de la même manière qu'elle… Pas le moins du monde. Dans les flammes de ma colère amère après le mensonge de Kyros, je m'étais jetée corps et âme dans la vengeance. Et j'avais vraiment cru pouvoir mener cette double vie, en gardant les deux rôles clairement séparés, de chaque côté de la limite tracée dans le sable.

Cette limite était complètement distordue désormais.

Il fallait que je la retrace.

Avec un nouveau plan.

Dans mon esprit, ma grand-mère sourit, et je repensai au moment où j'avais quitté le domaine. Dans ma rage, j'avais été certaine qu'elle ne pouvait pas comprendre à quel point je me sentais piégée.

Pourquoi devais-je suivre le même chemin que ma famille ?

Je ne voulais pas de cette vie.

Je l'avais pensée aussi furieuse que moi, mais dans mon esprit, son image était complètement calme.

— *Poursuis la vie que tu veux*, avait-elle dit alors que je jetais mes appareils électroniques dans la précipitation avant d'attraper mon sac *Elegance*.

— *J'y compte bien*, me souvenais-je avoir hurlé en réponse.

Elle avait haussé un sourcil et conclu :

— *Bien. Alors je t'ai élevée comme il faut.*

Je rouvris lentement les yeux, mes cils papillonnant.

L'héritage de ma grand-mère, ce n'étaient pas ses efforts dans la partie d'Ingenium. C'était moi, son héritage. Les dix pour cent de croissance de la fortune

Le Spyre sous sa direction étaient son héritage. Une grâce silencieuse. La vérité dure. Une intelligence acérée.

C'était tout ça, l'héritage de ma grand-mère, et tous ceux qui l'avaient bien connue ressentaient ce poids dans leurs cœurs.

Comment avais-je pu penser qu'elle voudrait quoi que ce soit d'autre que mon bonheur et celui de ses amis ?

Je ne pouvais pas être ma grand-mère. Ce n'était pas ce qu'elle aurait voulu pour moi. Mais je pouvais suivre son conseil.

« Poursuis la vie que tu veux. »

Un sourire las étira mes lèvres et je me relevai pour attraper le premier de ses tailleurs, avant de le plier délicatement et de le déposer dans le carton à mes pieds.

— C'est ce que je vais faire, Grand-mère, murmurai-je.

Il me restait douze jours pour ça.

# Chapitre 18

Le téléphone sonna et j'interrompis mes tapements frénétiques sur le clavier pour attraper le combiné.

— Mademoiselle Le Spyre, ici, Daniel.

— Oui, Daniel ? répondis-je, mon genou tressautant d'impatience.

— Nous avons eu un visiteur ces dernières nuits, m'informa-t-il. Au début, je pensais que c'était l'un de vos invités, mais il ne porte pas de cuir noir.

Je m'immobilisai.

— Comment est-il habillé ?

— Un costume. J'ai pu avoir une image de son visage hier soir, et je pense que c'est l'homme que vous avez déjà reçu. Kyros, c'est ça ?

L'expression « l'homme que vous avez déjà reçu » m'aurait tiré un sourire si ma bouche n'était pas soudain devenue sèche. Kyros venait au domaine la nuit.

— À quelle heure ? demandai-je à Daniel.

— Vers cinq heures du matin, mademoiselle.

Après Ingenium.

Je supposais donc que la seule raison pour laquelle je n'avais pas foncé à sa tour était parce qu'il venait ici la nuit. Ce qui retirait tout romantisme à ce geste. Il se rapprochait assez pour satisfaire le lien de sang afin que nous n'ayons pas à nous voir vraiment.

— Dois-je prévenir les autorités ? demanda mon employé.

Je me renfonçai dans mon fauteuil.

— Non, ne faites pas ça. La prochaine fois qu'il passera, envoyez-moi un texto. Ne m'appelez pas, envoyez seulement le message.

— Compris.

Dès que j'eus raccroché, le téléphone sonna à nouveau.

— Votre rendez-vous de dix heures est là, mademoiselle Le Spyre.

— Merci, Fred. Faites-le entrer.

Fernando passa la porte un instant plus tard, la referma et appuya sur le bouton antibruit.

— Mademoiselle Le Spyre, me salua-t-il en s'inclinant bas.

Il n'avait plus peur comme au cours de nos premiers échanges, mais il se montrait toujours aussi réservé. De ce que j'en savais, ses frères et sœurs le traitaient toujours comme une merde.

Les informations de Fernando s'étaient avérées plus qu'utiles jusque-là, alors j'avais décidé, avec l'accord de Laurel, de le libérer avec tous les autres. Si je réussissais à accomplir quoi que ce soit, évidemment.

Il fallait toujours que je procède au sixième échange avec Kyros. Non seulement pour libérer les Débiteurs, mais pour avoir une chance de mettre en place mon nouveau plan.

Et même si ça arrivait, il me faudrait compter sur le pardon de Kyros pour que ça fonctionne.

— Fernando, au rapport ! lui ordonnai-je en lui accordant toute mon attention.

Il s'inclina à nouveau.

— Vous aviez raison. Sandra Hoyt était contrainte de relater ce qui lui arrivait. Elle était liée à Gina. Dès que vous avez quitté sa maison, elle a dû appeler Gina et tout lui raconter. Mais comme elle n'était pas contrainte à plus, elle a tout de même réussi à partir et à leur échapper pendant cinq jours.

J'aurais dû repartir avec elle ce jour-là. Elle n'aurait jamais réussi à l'appeler avec mes Débiteurs autour.

C'était une terrible erreur avec laquelle je devrais vivre pour le restant de mes jours. Le souvenir de Sandra et Rhys tacherait à jamais mes mains de rouge, même si je ne les avais pas tués moi-même.

— La position des Fyrlia dans la partie ?

Il joignit ses mains dans son dos.

— Le roi Mikhail discute de la façon dont il tuera le roi Julius et les membres de la famille royale Sundulus. Il raconte ce qu'il fera à la reine Titania et affirme qu'il ouvrira les yeux de son fils aîné.

Mon estomac se retourna en pensant que Mikhail allait peut-être obtenir ce qu'il désirait depuis un siècle et demi. Il ne méritait pas Kyros.

— Qu'est-ce qui se passe au sein de la fratrie Fyrlia ? Est-ce que la distance entre les jumeaux restants s'est agrandie ?

Le vampire hocha la tête.

— Maintenant que Trenit et Tynan s'en prennent l'un à l'autre, le reste de la fratrie a repris le dessus dans la lutte pour le pouvoir. Il me semble que le roi Mikhail gravite de nouveau autour de Gina et Hector pour les conseils.

Ça semblait logique. Briser les règles pourrait coûter cher aux Fyrlia à ce moment crucial du jeu.

— Autre chose ?

Il hésita.

— Le prince Kyros a procédé à sa visite hebdomadaire chez les Fyrlia. Je pensais que vous voudriez peut-être savoir que le roi Mikhail l'a provoqué en parlant de vos actions.

Je lui avais donné le prétexte parfait pour creuser un fossé entre Kyros et moi. Je lui avais même dit de s'en servir pour sauver la vie de Tommy.

Je déglutis.

— Et donc ? repris-je.

— Le prince Kyros vous a défendue face à toutes ses tentatives pour vous salir.

*Comment ?* Je voulais savoir, mais il était important de maintenir une distance avec Fernando.

— Très bien. Je suis particulièrement intéressée par tout ce que tu pourrais trouver sur les plans des Fyrlia concernant la semaine à venir. Reviens au rapport dans deux jours, s'il te plaît.

Il s'inclina une dernière fois et quitta la pièce.

Je tentai de calmer ma respiration.

Kyros me défendait face à Mikhail ? Qu'est-ce que ça voulait dire ? Est-ce que c'était juste un subterfuge pour frustrer l'ennemi ? Ou avait-il réfléchi à ce que j'avais fait et pris une décision ?

Le torrent d'émotions en lui ne s'était pas calmé le moins du monde. Kyros était aussi déçu, furieux et choqué que lorsque mon aveu de trahison avait quitté ma bouche.

Je savais également que l'interprétation de ses sentiments était subjective. Combien de fois avais-je utilisé cela contre lui ? À combien de reprises m'étais-je concentrée sur un souvenir pour le distraire de mes véritables émotions ?

Je sortis mon téléphone et tapai un nouveau message. Mon être avait désespérément besoin de Kyros, mais mes plans également. La vie des membres de sa famille, la liberté des Débiteurs et la vie des humains de Bluff City en dépendaient. Il ne se passerait rien si je ne réussissais pas à l'attirer dans la même pièce que moi.

Je pouvais gérer un Kyros en colère, mais je ne pouvais rien faire avec un Kyros absent.

**Je suis sûre que tu as des questions.**

J'envoyai le message, puis hésitai avant d'ajouter :

**Il n'y a plus beaucoup de temps pour les poser.**

Il restait neuf jours, pour être exact.

Comme un chien qui attend le retour de son maître, je me connectai à ses émotions tandis qu'il lisait les messages, et un sursaut d'incertitude me traversa quand je sentis l'étincelle de désir qui s'alluma en lui l'espace d'un instant, avant que sa fureur ne reprenne le dessus.

J'appuyai sur le bouton sous mon bureau, grimaçant quand mes oreilles claquèrent et que tous les bruits en dehors de la pièce disparurent. Je m'étais habituée à entendre les mouvements de Fred et des Débiteurs autour de moi ces derniers temps ; c'était désagréable d'avoir les sens amoindris.

Je fis défiler les contacts de mon téléphone et appuyai sur celui nommé « Winston » pour appeler mon équipe de Churchill.

— Mademoiselle Le Spyre, répondit la voix d'Eva à l'autre bout du fil. En quoi pouvons-nous vous aider ?

Je calai le téléphone entre mon oreille et mon épaule pour terminer le message que je lui destinais.

— Je vous envoie un mail avec les chiffres de Live Right et Foremost. L'équipe doit suspendre tous les autres projets et se concentrer sur un audit de toutes les parts de Live Right et Foremost.

— Nous suivons leurs acquisitions de près, dit-elle. Que voulez-vous que nous changions exactement ?

— Passez en revue la moindre de leurs acquisitions depuis le début, chaque centime de leur revenu. Je vous envoie également les noms des autres entreprises qu'ils gèrent et qui n'ont aucun rapport avec l'immobilier. J'ai besoin que l'équipe estime leurs parts également. Dans sept jours au plus tard, il me faudra la valeur nette de chaque compagnie. Ces chiffres doivent absolument être justes, Eva. C'est extrêmement important.

L'équipe de Churchill exécutait les tâches que je leur attribuais sans quasiment aucune raison ni le moindre contexte. Pour eux, c'était un jour comme un autre au bureau.

Grâce à mon travail aux côtés des Sundulus, j'avais une connaissance approfondie des façades publiques de chaque clan. Je devais désormais utiliser ce savoir pour voir si ce que je possédais était suffisant pour sauver la famille de Kyros.

Je devais savoir si mes parts dans Bluff City valaient assez pour faire la différence.

*Poursuis la vie que tu veux.*

Je mettais tout sur le tapis.

— Compris, mademoiselle Le Spyre. J'ai votre mail sous les yeux et répondrai à la moindre de vos questions. L'équipe va être retirée de ses tâches habituelles et réaffectée à cet audit. Souhaitez-vous que l'équipe des acquisitions continue son travail ?

J'en avais déjà discuté avec Tommy.

— Oui, ils vont continuer.

Plus je possédais de propriétés neuf jours plus tard, mieux ce serait.

J'avais peut-être de quoi ramener les Sundulus et les Fyrlia au coude-à-coude. Mais ce que je voulais désespérément, c'était déclencher la cascade finale.

Contre les Fyrlia.

Je voulais en terminer pour de bon.

***

Je n'avais pas fermé l'œil de la nuit, aussi, quand mon téléphone vibra, je me redressai dans mon lit d'un mouvement bien trop rapide pour une humaine.

Je clignai des yeux pour calmer la brûlure de l'éclat de l'écran et lus le message de Daniel.

**Il est ici, mademoiselle Le Spyre.**

*Pfiou. Nous y voilà !*

Je ne pris pas la peine de rejoindre les fenêtres donnant sur le sud du domaine. S'il était ici, il était concentré sur moi.

J'inspirai profondément, relevai la vitre, puis me penchai vers l'extérieur.

— Kyros, murmurai-je en rassemblant toute ma tristesse et mes remords dans son nom.

Il sursauta mentalement.

Je plongeai le regard dans l'obscurité épaisse, me demandant s'il me voyait.

— Viens à l'intérieur, s'il te plaît.

Son manque fit écho au mien. Malgré toutes les autres mauvaises émotions, même maintenant, notre désir l'un pour l'autre persistait.

— S'il te plaît, répétai-je.

Je repartis vers le lit et m'assis au bout, patientant.

Je ne savais pas du tout à quoi m'attendre avec lui. Il était douloureusement évident pour nous deux que nous ne pouvions pas rester séparés à tout jamais, mais il refusait de se trouver en ma compagnie plus que nécessaire pour le lien de sang.

Ça me blessait énormément.

Mais je ne pouvais pas lui en vouloir.

Les portes de ma chambre s'ouvrirent et Kyros entra, sans prendre la peine de les refermer derrière lui.

Je ne levai pas les yeux, complètement accaparée par le tourbillon d'émotions qui explosait en lui. *Fureur. Trahison. Envie. Désir.*

— Tu es venu, constatai-je d'une voix tremblante.

Ça voulait probablement dire qu'il était incapable de résister au besoin de me voir, mais mon esprit se raccrochait au mince espoir que sa présence n'avait rien à voir avec le lien de sang.

Il avança dans la pièce, tout en gardant une distance de sécurité avec moi.

Je lui en fus reconnaissante. Sa présence et son odeur me faisaient tourner la tête. Le besoin de le rejoindre, de m'enrouler autour de lui, était presque insurmontable.

— Je ne suis pas surpris que tu sois incapable de me regarder en face, lança Kyros, son amertume claquant comme un fouet.

Il avait décidé de ne pas prendre de gants.

Je redressai mon dos et penchai la tête en arrière quand il s'arrêta devant moi.

Un regard vert croisa le mien. Incroyablement beau comme toujours, le seul indice de l'état réel du vampire était la lassitude profonde dans ses yeux tandis qu'il me regardait.

*Vide.*

Je lui avais fait ça.

Il m'avait fait ça.
Sa famille avait fait ça à la mienne.
La mienne à la sienne.
Au point où j'en étais, j'avais perdu le fil de qui avait trahi l'autre. Tout ce qu'il restait, c'était le vide qu'il ressentait, ma culpabilité et la menace qui planait sur la vie de ceux qui comptaient pour nous.
— Tu dois avoir des questions, murmurai-je en reculant afin de créer un peu de distance entre nous pour que mon corps se souvienne qu'il avait besoin d'air pour survivre.
Je clignai des yeux pour repousser les vibrations et le brouillard qui m'embrumaient l'esprit, m'implorant de le prendre. De le faire mien.
Le vampire me surplomba.
— Qu'est-ce qui te fait penser que je veux entendre quoi que ce soit sortir de ta bouche alors que ça fait un mois que tu me mens ?
*Hmm,* plutôt le double en fait.
— Tu ne serais pas là, sinon, arguai-je.
— Je devais voir l'humaine qui a tué ma famille à elle seule. Je voulais peut-être poser mon regard sur elle et me demander comment j'avais fait pour ne jamais percevoir qui elle était vraiment.
Il ne croyait pas en ces mots, même s'il le voulait. Plus que tout. C'était encore pire.
Kyros déglutit.
— L'incertitude et la culpabilité qui t'empêchaient de m'accepter, lança-t-il. Ça n'était pas entièrement dû à tes doutes sur ma famille ou sur moi.
Je pris une inspiration tremblante avant de répondre.
— Non, en effet. Je ne pouvais pas dépasser cette limite alors que je te mentais.
— Il y a peut-être quelques miettes de décence en toi.
Ses paroles sarcastiques me transpercèrent le cœur.
— J'ai essayé de me rattraper, Kyros. Tu le sais.
Il ricana et se détourna de moi.
— Tu as simplement essayé de te sortir de la tombe que tu t'es creusée toi-même.

— Ce n'est pas ce qui s'est passé, répliquai-je en me levant.

— Alors pourquoi tu as attendu d'avoir des preuves pour venir nous en parler ? aboya-t-il, ses yeux verts s'embrasant. Pourquoi, si ce n'est pour sauver tes propres miches ?

*Parce que je ne voulais pas voir cette expression sur ton visage.*

Je soufflai tout en l'observant faire les cent pas dans la suite.

— La cascade finale. C'est quand ? lâchai-je.

Je vis au regard qu'il me lança qu'il se demandait si j'étais folle.

Je rassemblai mon courage.

— Je sais qu'on ne dirait pas, mais je me soucie également de ta famille.

Ces enfoirés avaient réussi à se frayer un chemin jusqu'à mon cœur. Même l'idée que Julius meure me dérangeait.

— Tu fais souvent en sorte que les personnes auxquelles tu tiens meurent ? me lança-t-il en redressant la tête.

Concentrée sur ses émotions, je fis de mon mieux pour laisser de côté son commentaire.

Son désir enflait.

Comme c'était déjà arrivé auparavant, son envie d'arracher mes vêtements faisait grimper ma libido. Nos corps nageaient l'un autour de l'autre, se touchant, se sentant, s'écoutant et se réchauffant. En permanence.

J'inspirai. De l'air chaud. La pièce était brûlante. Trop petite pour nous deux.

Je profitai d'avoir encore quelques facultés intellectuelles pour me rapprocher de la fenêtre ouverte. L'air frais n'apaisa pas le moins du monde la chaleur inconfortable qui montait en moi.

— Dans huit jours, grogna Kyros.

Je fronçai les sourcils et il me fallut une seconde pour me rendre compte qu'il avait répondu à ma question. *Huit jours avant le déclenchement de la cascade finale.* En tout cas, c'était ce que les prévisions disaient. Ça pourrait aussi bien arriver plusieurs jours plus tard. Ou à n'importe quel moment, si les Fyrlia réussissaient à remporter un gros marché ou continuaient à dépenser des sommes astronomiques pour acquérir des propriétés.

La tentation de révéler tout mon plan à Kyros me brûlait la gorge, ne serait-ce que pour qu'il arrête de me regarder comme ça.

Oui, il avait été forcé à interagir avec moi au début. J'avais perdu le fil de toutes les fois où mes actions l'avaient rendu furieux.

Mais jamais, absolument jamais, il ne m'avait toisée comme si j'étais un déchet. J'avais l'impression d'être la pire personne au monde, d'être mise plus bas que terre.

Pourtant, j'avais un plan qui pouvait le faire changer d'avis sur moi. Comme tant d'autres de mes agissements ces derniers temps, ce plan affectait les autres. D'autres humains. Des personnes que je respectais, que je ne pouvais pas forcer à agir s'ils décidaient de ne plus travailler de concert avec moi.

Ironiquement, la plupart du temps, Kyros et moi nous décevions réciproquement, car nous ne nous confiions pas à l'autre. Il y avait tant de choses dont je discutais avec lui. Je lui avais souvent demandé des conseils innocents.

Cependant, nous avions toujours le même problème qu'au premier jour.

Le jeu.

Je devrais peut-être l'informer de ce plan. Deux cerveaux valaient mieux qu'un après tout, mais Ingenium était la raison même pour laquelle je ne pouvais pas l'impliquer dans cette dernière tentative de tout régler.

Ses intentions n'étaient toujours pas les mêmes que les miennes.

Il jouait pour garder sa famille en vie, quasiment à n'importe quel prix.

Je jouais parce que je voulais que nos intentions soient les mêmes.

Je voulais me débarrasser du jeu.

Je voulais vivre ma vie sans avoir une épée de Damoclès au-dessus de la tête. Et je voulais qu'il en soit de même pour les personnes que j'aimais.

Je voulais que les humains de cette ville soient libres.

J'avais besoin que Kyros en ait fini avec ce jeu pour qu'on puisse être libres tous les deux.

Pour m'assurer que ça arrive, j'étais prête à le trahir une dernière fois.

— Rien à dire ? me pressa le vampire.

J'eus du mal à formuler une réponse.

— Tu sens quel effet me fait cette information. Est-ce que les Sundulus ont trouvé une sortie de secours ?

Ma bouche s'assécha quand il se redressa, aussi beau et parfait que la première fois que je l'avais vu.

— Tu as perdu le droit de connaître nos mouvements quand tu nous as trahis au bénéfice de ces enfoirés de Fyrlia, asséna-t-il, les dents serrées.

Je cillai comme s'il m'avait giflée.

— Est-ce qu'il a fallu te convaincre un minimum ? chuchota-t-il en s'avançant jusqu'à se retrouver devant moi. Ou est-ce que tu es arrivée et as vendu ma famille sans même hésiter ?

Cent cinquante ans de bataille permanente pour maintenir sa famille en vie. C'était ça l'origine de son amertume – et le fait que sa compagne véritable soit la personne qui les ait menés à la défaite.

Je ne répondis pas.

— Réponds-moi, feula-t-il.

Je relevai la tête.

— Tu me connais, je ne répondrai pas à ta question malgré la colère que tu ressens.

— Je pensais te connaître.

Il fit volte-face et j'inspirai profondément alors que son odeur me percutait de plein fouet.

*Merde !*

Je pressai mes jambes l'une contre l'autre et tentai de retenir un couinement.

Son rire cruel résonna dans la pièce.

— Ça doit être une torture pour toi d'être si déchirée. Ton corps veut me sauter dessus, mais ton esprit ne veut rien de plus au monde que de me voir mort.

Il se défoulait, mais ma propre colère finit par se réveiller.

— Je ne souhaite pas ta mort. Et tu ne mourras pas, assurai-je calmement.

— Tu penses que je serai heureux en territoire Fyrlia ? souffla Kyros. Tu penses que chaque jour parmi eux ne sera pas un enfer ? Ma famille tuée sous mes yeux. Ma mère violée. Je serai forcé d'écouter chaque jour leurs insultes sur ceux que j'aime. Le besoin de te rejoindre, de te prendre, me rendra fou. Non, je ne mourrai pas physiquement, Basilia, mais ce sera pire.

— Je suis désolée, murmurai-je. C'était une erreur de m'occuper de cette situation seule. Je le sais.

— Cette situation, répéta-t-il en me fixant.

Je croisai les bras et soutins son regard.

Il me rejoignit en un éclair et enroula l'un de ses bras autour de ma taille, me forçant à lever la tête en attrapant mon menton de sa main libre.

Dans un hoquet, je m'accrochai à son bras pour ne pas basculer par la fenêtre.

— Qu'est-ce que tu ne me dis pas ? tonna-t-il.

De l'air frais effleura mon dos tandis que je faisais de mon mieux pour ne pas laisser sa rage m'étouffer.

Son regard étincelant plongea dans le mien et je fus submergée par le choc quand je compris qu'il était sur le point de me contraindre. Des larmes me piquèrent les yeux, et une vague d'horreur totale me percuta quand je compris que j'avais réduit notre relation en cendres.

La confiance avait disparu.

Kyros m'avait dit qu'il ne me contraindrait plus jamais pour obtenir des informations après le quatrième échange. S'il le faisait, alors l'abîme entre nous ne disparaîtrait jamais.

Je relâchai mon corps dans ses bras et croisai son regard, défaite, me roulant en boule intérieurement.

*Autour de mon cœur.*

L'énergie entre nous vibrait toujours jusqu'à mon entrejambe. Chaque endroit où notre peau se touchait – même sa prise dominante sur mon menton – faisait bouillir mes entrailles d'un désir désespéré.

Même alors que les larmes coulaient sur mes jours, l'envie me laissait pantelante.

Comment avais-je pu croire que le lien de sang me forçait à l'aimer ? Mes émotions existaient séparément du lien. Les deux étaient entremêlés, oui, mais avec une distinction qui était bien plus claire maintenant que j'étais déchirée de la sorte.

Son érection se pressa contre mon bassin. Son souffle était saccadé à mon oreille.

— Le sixième échange, feula-t-il.

Mon regard remonta vers lui aussitôt.

Je ne savais pas à quoi je m'attendais, mais certainement pas à ça.

Je passai ma langue sur mes lèvres.

— Qu… Quoi ?

Son bras autour de moi se relâcha légèrement.

— Le sixième échange. Il nous reste huit jours.

Je clignai des yeux tout en essayant de comprendre ce changement de sujet. Il… ?

— Tu veux procéder au sixième échange ? m'étonnai-je.

Kyros me lança un regard froid, les lèvres pincées au point de blanchir.

— Ce que je veux et ce dont j'ai besoin sont deux choses différentes, répliqua-t-il. Une fois que les Fyrlia auront gagné, je ne te verrai plus jamais.

Mais le sixième échange ferait empirer dramatiquement la situation, non ? Je m'étais forcée à rester loin de la tour pendant neuf jours, et je n'y étais parvenue que parce que Kyros se glissait dans le domaine toutes les nuits. Je serais physiquement incapable de rester loin de lui si ce qu'il y avait entre nous se renforçait.

Je ressentais déjà un picotement frénétique permanent dont je n'arrivais pas à me débarrasser.

Alors, le ressentir plus profondément jusqu'à ma mort…

*Ce serait l'enfer sur terre.*

Je m'humidifiai les lèvres à nouveau et essayai de me convaincre que je n'imaginais rien.

— Si on suit ta logique, alors on ferait mieux de procéder aux deux derniers échanges.

Une colère immonde surgit en lui à mes mots. Il ne répondit pas, reculant loin de la fenêtre avant de me relâcher.

Je frottai mon menton et repris mes distances tandis que j'essayais de décrypter tout ce que le vampire ne me disait pas. Il cachait quelque chose.

— Si on procède au sixième échange, on doit le faire dans les jours à venir pour permettre de traverser l'emprise, déclara-t-il, son regard perdu vers l'extérieur.

Le sang me battait aux tempes.

Était-il venu ce soir pour aborder ce sujet ?

Je n'arrivais pas à croire ce que j'entendais. *Pourquoi ?* Après tout ce que j'avais fait à sa famille et lui, après toutes les horreurs qu'il m'avait balancées, *pourquoi ?*

J'ouvris la bouche.

— Je suis juste surprise…

— Tu le veux ou pas ?

Est-ce que je voulais accrocher mon âme à la sienne encore plus que ce n'était le cas ? Même s'il le demandait ainsi ? J'avais tant de raisons d'accepter, des raisons en rapport avec notre situation et toutes les personnes qui pourraient mourir.

Mais il n'y avait qu'une seule raison pour laquelle je voulais vraiment accepter.

— Oui, je le veux, Kyros.

Ces quelques mots le surprirent, mais la stupeur en lui disparut en une fraction de seconde.

Il ne se retourna plus vers moi.

— Je te tiendrais informée, annonça-t-il.

— Quand ?

Je fixai du regard l'endroit où Kyros s'était tenu, puis sursautai quand la fenêtre claqua à cause de la puissance de son départ.

# Chapitre 19

— Tu as tout entendu la nuit dernière ? demandai-je à Laurel quand elle eut appuyé sur le bouton antibruit.

Je n'avais pas pu fermer l'œil de la nuit ; j'avais ressassé ma conversation avec Kyros et avais fait de mon mieux pour m'assurer que tout était en place pour le jour où il déciderait de « passer » pour le sixième échange.

La femme vampire aux cheveux noirs était habillée de cuir des pieds à la tête comme d'habitude, mais il y avait une tension chez elle que je n'arrivais pas à interpréter.

— J'ai entendu, confirma-t-elle en hochant la tête.

Son ton était nerveux et je plissai les yeux.

— Est-ce que tu es au clair avec ce qu'il s'est passé ?

Elle hocha à nouveau la tête.

— D'accord, alors si tu veux bien m'expliquer pourquoi tu agis bizarrement, c'est quand tu veux.

Je poussai vers elle une pile de documents quand elle s'assit en face de moi. Ses narines se dilatèrent.

— Qu'est-ce que c'est ?

— Deux mille trente-deux contrats que j'ai présignés, l'informai-je, ce qui m'avait d'ailleurs valu une tendinite. Chaque Vissimo qui accepte mon marché doit y inscrire la date, son nom, et signer.

Le contrat servait à délimiter ce que j'attendais de ceux qui acceptaient mon offre ; bien qu'il n'ait aucune valeur légale selon les lois humaines, il en avait selon les standards Vissimo.

Laurel déglutit avec difficulté tout en feuilletant les documents.

— Je vous laisse, toi et Vladymir, récolter les signatures des personnes intéressées. Vous pourrez commencer à les distribuer dès que j'entrerai dans la sixième emprise. Pas avant.

J'attendis qu'elle murmure son assentiment. Je me penchai ensuite sur le bureau et montrai du doigt un paragraphe au milieu.

— C'est une clause de confidentialité. Elle sera effective jusqu'à ce que je décide personnellement de dévoiler notre accord. Pour que tout soit entièrement clair entre nous, j'ai besoin que tu t'assures que les personnes qui refusent l'offre gardent le silence en attendant. Est-ce que je peux compter sur toi ?

Son visage était devenu sérieux quand elle leva le regard des contrats. La liberté de plus de deux mille esclaves se trouvait sous ses yeux.

— Oui, affirma-t-elle.

Je n'en doutais pas une seconde.

— Très bien. Le sixième échange aura certainement lieu au cours des deux ou trois jours qui arrivent.

Laurel se rassit, rapprochant les documents d'elle comme s'ils pouvaient lui être arrachés à tout moment.

— Vous avez des secrets, Basilia. Je sais que c'est parce que vous êtes dans une position délicate entre le monde des humains et le nôtre, ainsi qu'entre votre loyauté au lien de compagnonnage et les personnes que vous aimez. Je ne sais pas si je peux faire partie de votre plan, ou si les choses avancent dans la direction que vous vouliez. Mais quand vous serez prête…

— J'ai foiré, m'exclamai-je.

Elle s'immobilisa et baissa les yeux vers les contrats une nouvelle fois avant de se détendre.

— Racontez-moi.

La femme vampire ferma les yeux dans son fauteuil alors que je lui racontais tout ce qui était arrivé depuis le décès de ma grand-mère.

*Nom d'un chien*, ça faisait du bien ! Je sentais presque le poids reposant sur mes épaules s'alléger tandis que les mots s'écoulaient de ma bouche.

Peut-être que Tommy devrait également entendre ça, mais je ne pouvais pas lui parler aussi librement et j'avais beau l'aimer de tout mon cœur, ce n'était pas un vampire. J'avais trahi pratiquement tous les Vissimo que je connaissais. En tout cas, ceux faisant partie d'une famille royale.

J'avais besoin d'être rassurée par un vampire que je respectais.

Quand j'eus terminé, Laurel rouvrit les yeux.

— C'est tout ? lâcha-t-elle sèchement.

— Oui, soufflai-je.

Elle pinça les lèvres.

— Voulez-vous mon avis sur tout ça ?

Est-ce que je le voulais ?

Laurel n'était pas le genre de personne à tacler Harriet Gregorian parce qu'elle m'avait humiliée. Elle était du genre à évaluer les options et se demander s'il valait mieux me laisser finir de défiler ou poignarder Harriet sur le trajet du retour.

— Oui, dis-je en croisant son regard.

— Vous avez un complexe concernant Jessica Alba et le cuir noir parce que, secrètement, vous aimeriez en porter tout le temps.

— Bordel de merde ! explosai-je. Je viens de t'offrir mon cœur blessé et tu reviens là-dessus.

J'avais beau me sentir au fond du trou après une nuit d'insomnie émotionnellement épuisante, le coin de mes lèvres se releva.

Les discours de motivation de mes amies craignaient.

Le regard de Laurel s'illumina.

— Je savais bien qu'il vous restait un sourire en stock quelque part. On s'inquiétait tous pour vous.

Je me rassis dans le fauteuil et croisai les bras.

— Ingenium se déroule depuis plus de cent cinquante ans, Basilia. Vous n'y avez participé que pendant une fraction de ce temps et pourtant, vous vous sentez responsable du résultat.

Parce que j'avais déclenché la cascade finale. Plus ou moins.

— Vous avez clairement déclaré détester les jeux, alors j'imagine que la véritable raison de votre conflit intérieur est la trahison envers Kyros lui-même.

*Aïe !* Je savais qu'elle n'allait pas retenir ses coups.

— Oui, admis-je.

— Il est venu à la propriété tous les soirs en dehors du premier, me révéla-t-elle.

— Merci de m'avoir tenue au courant, lançai-je avec un regard noir.

— Jusqu'à la fin de la sixième emprise, les Débiteurs ont un rôle à jouer, rétorqua-t-elle en haussant les épaules. Vous aviez tous les deux besoin d'espace après ce qui est arrivé avec le roi Julius.

— Peut-être, soupirai-je. Kyros plus que moi.

Elle secoua la tête.

— Vous vous souvenez quand je vous ai demandé ce qui arriverait à vos engagements une fois que Kyros vous aurait donné son sang une sixième fois ?

L'idée qu'il me morde m'arracha presque un grognement.

Laurel haussa un sourcil avant de reprendre.

— Vous m'avez assuré que vous feriez ce qui devrait être fait parce que vous aimiez votre grand-mère.

Je me figeai.

— Ça a dû être dur de vous retrouver coincée entre cet amour et un autre qui émergeait. Surtout quand ces deux amours sont immortels. Quand j'ai dit que vous aviez tous les deux besoin de temps, je le pensais. Quelque chose a changé en vous depuis votre passage au parc d'attractions. Dois-je en conclure que vous avez choisi un camp ?

Ma grand-mère.

Ou Kyros.

C'était ce qu'elle me demandait.

Je laissai ma tête retomber en arrière et croisai les mains.

— Aucun côté. Simplement ce qui est juste, déclarai-je.

— Et qu'est-ce qui est juste, Basi ?

C'était de libérer deux mille esclaves.

D'arrêter une bataille à propos d'un enfant, conflit qui n'aurait jamais dû commencer.

Ce qui était juste, c'était de faire ce qui rendrait les gens que j'aimais heureux, et par conséquent me rendrait heureuse aussi.

— Je ne peux pas gagner le jeu, Laurel, murmurai-je.

Ce n'était définitivement plus une option.

— Avez-vous besoin de gagner ? demanda-t-elle, son regard rivé sur moi. Ça n'a jamais été à vous de jouer.

Si, ça l'était devenu dès l'instant où j'avais rencontré Kyros.

— Il vivra, insista Laurel. Vous serez sous la protection d'une armée de Vissimo. Vous pourriez le récupérer par la force.

J'y avais pensé. Une partie de moi adorerait prendre ce que je voulais.

Sauf que ça mettrait en danger les Débiteurs.

Et…

— Si je ne sauve pas sa famille, Kyros ne posera plus jamais les yeux sur moi.

— Il a proposé d'accomplir le sixième échange, fit remarquer Laurel avec une moue. Vous ne vous demandez pas pourquoi ?

Cette question m'avait tenue éveillée depuis sa visite.

— Il vous en veut, reprit la femme vampire. Il se sent trahi et blessé. Tout comme vous, il n'y a pas si longtemps. Mais vous avez surmonté ça. Il le fera également en temps voulu.

Cette femme avait deux cent quatre-vingts ans. J'aurais dû la croire. Mais je pouvais ressentir les émotions de Kyros, et j'avais vécu assez de choses pour savoir que certaines cicatrices ne disparaissaient jamais. Je serais toujours hantée par l'image des triplés tuant ma grand-mère. Je revivrais à jamais ce moment désespéré et terrifiant où j'avais laissé tomber la bombe dans la veste de Theodore. Je n'oublierais jamais l'appel que celui-ci m'avait passé pour me dire qu'il avait Tommy ou la sensation du sol s'effondrant sous mes pieds à cet instant.

Kyros était censé passer outre le massacre de sa famille ? Et ensuite, quoi ? On vivrait heureux jusqu'à ce que je meure et qu'il devienne fou ?

Non.

Le jeu avait peut-être commencé bien des générations avant moi, mais c'était différent, pour la même raison que Trenit et Tynan s'en prenaient l'un à l'autre après la mort de Theodore. J'avais glissé la bombe dans sa veste, mais c'était Trenit qui avait appuyé sur le bouton.

Les Sundulus et les Fyrlia avaient eu une bombe autour du cou pendant cent cinquante ans.

Mais j'avais appuyé sur le bouton qui allait détruire les Sundulus.

C'était pour cette raison que Kyros ne pourrait jamais me pardonner.

— Je ne peux pas remporter le jeu, Loz, déclarai-je avec une expression grave. Je ne peux pas accomplir la volonté de ma grand-mère concernant Ingenium.

Elle fronça les sourcils à mon intention.

— Qu'est-ce que vous allez faire, alors ? Pourquoi avez-vous besoin de nous ?

Laurel baissa les yeux vers les contrats pour la millionième fois.

J'allais libérer les Débiteurs dans tous les cas. La seule chose qui m'en empêchait était de ne pas savoir quand aurait lieu le sixième échange. Tant que ça ne serait pas réglé, je ne serais pas tranquille.

Tout ce qui était prévu pour la semaine à venir pourrait m'exploser au visage.

Dix jours plus tôt, j'avais foncé tête baissée dans une situation pour laquelle je m'étais sentie complètement préparée, et tout s'était écroulé.

Cette fois, j'y allais à l'aveuglette parce que c'était le seul moyen pour que Kyros et moi retrouvions un semblant de ce que nous avions vécu.

J'étais prête à tout pour ça.

Je levai les yeux vers la femme de l'autre côté du bureau.

— Je vais donner tout ce que je possède dans Bluff City au clan Sundulus, annonçai-je.

Elle en resta bouche bée.

Je ne pouvais pas lui en vouloir. Ce plan avait plus de chances de mal tourner que de réussir. Pour commencer, je ne pouvais prendre la parole lors d'événements officiels que si Kyros m'en donnait la permission. Et puis il n'était même pas certain que je possède assez de parts pour véritablement renverser le résultat.

J'expirai lentement.

— Si la famille de Kyros doit perdre, ce ne sera pas sans que je fasse tout ce qui est en mon pouvoir pour l'en empêcher.

***

— M. Tetley a repris le travail, mais je pense qu'il lui faudra du temps pour qu'il se sente de nouveau à l'aise, déclara Fred.

Je réfléchis un instant.

— Il faut que je lui parle.

Tommy lui avait donné une version modifiée de ce qui était arrivé à Theodore, mais ça n'effaçait pas toutes les disputes qu'on avait eues depuis mon arrivée au building Kyros. Son père était clairement au courant de ces conflits. Il m'avait connue toute ma vie, mais Tommy était son monde.

C'était d'ailleurs certainement pour cette raison qu'il avait bien voulu revenir.

— Ce serait peut-être pour le mieux, mademoiselle Le Spyre, approuva Fred en s'inclinant.

Il porta ensuite un doigt à son oreille et m'annonça :

— Lady Treena vient d'arriver, mademoiselle.

Je me levai et m'assurai de marcher à une allure humaine. Je retardais le moment d'informer Fred de mes nouvelles capacités.

Je lui passai devant.

— Est-ce que tout va bien entre les amis de votre grand-mère et vous, mademoiselle Le Spyre ? s'enquit-il alors que j'atteignais la porte.

Je m'arrêtai et lui lançai un regard.

— Ils semblent penser que je suis une version plus jeune de ma grand-mère, Fred. Nous avons eu quelques désaccords.

Le majordome sourit.

— Ils s'attendaient à ce que vous participiez au jeu comme votre grand-mère l'avait fait ? devina-t-il en secouant la tête.

Il s'avança vers moi et me tint la porte ouverte.

— J'avais prédit que vous seriez largement à la hauteur de votre grand-mère à la tête de ce domaine, poursuivit-il avec une étincelle dans ses yeux marron. À votre propre manière. Si ses amis ont pensé qu'il en serait autrement, c'est leur faute. Il semblerait qu'ils soient désormais conscients de cette différence.

La bouche sèche, je sortis de la pièce, ses mots résonnant dans ma tête.

Fred figurait dans la plupart de mes souvenirs au domaine. Peut-être pas lors des festivités, comme les réceptions. Mais il était toujours là, à s'assurer que tout se passait bien.

J'avais passé cinq heures sur la grande roue. J'avais lu trois livres, puis rangé les affaires de ma grand-mère dans sa chambre. J'avais subi les terribles discours de Tommy et Laurel.

Pourtant, avec un simple compliment, Fred, lui, m'avait convaincue du chemin à suivre.

Quand j'atteignis le hall d'entrée, j'affichai une expression neutre en préparation de ce qui allait se passer.

Le chauffeur de lady Treena gara sa voiture gris acier. Avant qu'il n'ait le temps de faire le tour pour ouvrir sa portière, la meilleure amie de ma grand-mère était déjà sortie, sa flûte de champagne levée dans les airs.

Était-elle venue en tant que représentante du groupe ou était-ce une visite personnelle ?

J'étais confrontée à de vieilles fortunes. S'ils étaient toujours de mon côté, elle pourrait être venue récolter des informations sur mes intentions. S'ils m'avaient tourné le dos…,

… les choses s'apprêtaient à prendre une mauvaise tournure alors que je ne pouvais pas me le permettre, et que je ne le souhaitais pas.

— Basilia, me salua-t-elle joyeusement.

La tension aux coins de ses lèvres démentait son ton.

— Tante Treena, répondis-je en l'invitant à rentrer d'un geste de la main.

— Non, non. Je suis là pour une visite éclair, j'en ai peur.

Cette femme n'avait peur que d'une seule chose : les Vissimo.

Elle prit une fausse gorgée de champagne tout en m'observant.

J'étais contente de voir l'amie de ma grand-mère. Vraiment contente. Peu importait ce qui allait suivre, je n'avais aucune intention de blesser mes petits vieux. Ni de revenir sur mes propos.

Ma décision était prise.

La vieille femme fouilla dans son sac avec un «hmm» de réflexion, et elle me passa son verre. Comme depuis mes seize ans, j'en engloutis le contenu derrière le rideau de mes cheveux.

Quand je relevai les yeux, son visage s'était adouci.

Elle me tendit une enveloppe.

Je la pris par réflexe, l'échangeant contre la flûte de champagne.

Lady Treena posa sa main froide sur ma joue.

— On espère t'y voir, ma chère, déclara-t-elle.

Je fixai l'enveloppe du regard tandis qu'elle remontait dans sa voiture et disparaissait aussi rapidement qu'elle était arrivée.

Je passai mon pouce sous le sceau de cire, qui me rappela le dernier que j'avais ouvert, puis l'arrachai.

Une invitation. À une soirée. Quatre jours plus tard.

— Je n'ai aucune idée de ce que ça veut dire.

Ça pouvait être un bon signe tout comme ça pouvait être un piège.

Si tous mes petits vieux y assistaient, ce serait cependant parfait pour mon plan. Si Kyros daignait venir dans la journée, cela dit. Assister à leur soirée lors de mon emprise mènerait tout droit à la catastrophe.

Un hoquet m'échappa à cause du champagne que j'avais englouti, et je rentrai rapidement dans ma demeure. J'avais tellement de choses à faire que dormir n'était pas du tout une option.

En pénétrant dans mon bureau, je grognai en constatant que la pile de documents concernant les affaires du domaine s'était encore élevée tandis que je laissais tout de côté pour me concentrer sur Ingenium. Trente-deux mails m'attendaient dans ma boîte de réception. Enfin, ce n'était que si je prenais en compte ceux qui nécessitaient une réponse réfléchie.

Tout cela devrait attendre.

J'ouvris le tiroir de mon bureau pour en sortir les manuels sur les lois Vissimo et sur Ingenium. Les lire était devenu un rituel. J'avais mémorisé certains passages en les récitant encore et encore lorsque j'étais particulièrement stressée.

Le plus important, c'était de connaître les règles du jeu. C'était valable pour n'importe quel jeu, que ce soit survivre en tant qu'humain de la classe ouvrière ou au milieu d'un combat à mort vampirique. Chaque fois que j'avais perdu, c'était à cause de mon ignorance des règles, ou de mon incertitude les concernant.

Et également de mon manque d'expérience, évidemment.

J'étais face à des personnes qui participaient à Ingenium depuis cent cinquante ans. Ils avaient passé l'équivalent de deux vies humaines à vivre au fil du jeu. Les subtilités de cette bataille tenaient désormais d'une seconde nature pour eux. Alors que de mon côté je n'avais eu droit qu'à un abrégé qui survolait à peine le sujet.

La porte s'ouvrit.

Je ne décrochai pas mon regard du chapitre sur la cascade finale.

— Fred, je vais peut-être devoir vous demander de vous occuper des affaires du domaine pour quelques semaines à nouveau. Ça s'empile.

Fred ne répondit pas.

Le tambourinement soudain de mon cœur me fit cligner des yeux et je relevai la tête aussitôt.

Kyros entra dans le bureau et referma la porte avant de s'avancer dans la pièce. Son regard se posa sur le livre dans mes mains.

*Merde !*

Je me remis de ma surprise et reposai le livre sur la table basse sans un mot, la couverture contre la table au cas où il n'aurait pas réussi à lire le titre.

— Un peu de lecture ? ronronna-t-il.

*Ouais, il l'a carrément vu.*

— Kyros, le saluai-je.

Je traversai la pièce afin de déclencher le système antibruit.

Il se figea, sûrement à cause du claquement dans ses oreilles et de la perte de l'un de ses sens majeurs.

— Plus de secrets, marmonna-t-il.

J'ignorai son commentaire et vérifiai l'heure sur mon téléphone.

*Onze heures du matin.*

Le vampire passa derrière mon bureau, étudia les documents dessus avant de lire ce qui apparaissait à l'écran.

— T'as fini ? lançai-je en croisant les bras.

Il ne répondit pas et termina son tour de la pièce. Son numéro était une réplique quasiment exacte de ce qu'avait fait le roi Julius en entrant dans la maison de Kyros la première fois. Avec le monarque, j'avais perçu ça comme un élan protecteur.

Avec Kyros, j'avais l'impression que c'était un procès.

Il s'arrêta à côté de la table basse et retourna les deux livres pour en lire les titres.

J'attendis qu'il exige des réponses. Comme il restait sans rien dire, je ne pus m'empêcher de prendre la parole.

— Tu sais que je n'arrêterais pas avant d'avoir trouvé une solution.

Malgré l'entrée en scène menaçante, une vérification rapide me révéla qu'une grande partie de son amertume avait disparu. Elle avait été remplacée une fois de plus par une lassitude extrême.

En même temps, aurais-je pu dormir si neuf membres de ma famille risquaient potentiellement de mourir dans six jours ?

*Dix*, me corrigeai-je en me rappelant Kearra.

— Tu penses pouvoir trouver une solution en seulement quelques jours, dont trois d'entre eux à traverser l'emprise ? demanda-t-il en plongeant son regard vert dans le mien.

Il m'en voulait tellement. Il était si déçu, le cœur brisé.

Une partie perverse de moi s'en fichait, car mon vampire était devant moi. Mon compagnon. Peut-être qu'il pourrait prétendre que je n'avais pas signé l'arrêt de mort de sa famille ce soir, et je pourrais faire semblant qu'il m'avait pardonné.

Je laissai retomber mes bras.

— Tu es venu pour le sixième échange ? l'interrogeai-je.

— Quoi d'autre ?

Je déglutis avec difficulté, puis me raclai la gorge.

— D'accord, comme ça va se passer ?

— Mes frères et sœurs sont dehors. Une fois que je t'aurai mordue, ils m'embarqueront. J'ai discuté avec Laurel. Elle te confinera dans tes quartiers jusqu'à la fin de l'emprise.

Mes épaules s'affaissèrent.

Je m'attendais à passer de nouveau l'emprise avec lui. Ce qui était idiot de ma part, en fait. Il ne voulait même pas être là, mais j'avais espéré qu'il serait incapable de rester à distance.

Il m'observa de ses yeux verts froids, et je baissai les miens vers sa fine cravate noire, repensant à toutes les fois où j'avais rêvé de la défaire.

— Les négociations de la cascade finale sont prévues pour le sept, m'informa-t-il d'une voix basse.

Je levai les yeux. Dans cinq jours.

*Merde !*

J'avais lu le chapitre sur la cascade finale du manuel Ingenium assez de fois pour savoir de quelles « négociations » il parlait. Même si la cascade finale était déclenchée, ça pourrait prendre des mois, voire des années, aux Fyrlia pour posséder l'intégralité de Bluff City.

Le manuel déclarait que le clan perdant pourrait exiger une réunion quand le point de non-retour serait atteint. En échange de leur abandon immédiat, les Sundulus pourraient essayer de sauver la vie de certains membres de la famille royale.

Négocier avec le roi Mikhail me semblait être une perte de temps. Je n'avais réussi à le faire que parce que je lui avais offert ce qu'il désirait le plus. Il avait quasiment remporté Ingenium désormais ; il n'avait pas besoin de faire de compromis sur quoi que ce soit d'autre. Il avait attendu ce moment pendant cent cinquante ans.

— Je vois, chuchotai-je.

J'espérais sincèrement que Kearra serait autorisée à rester en vie. Même Mikhail ne pouvait pas être aussi cruel.

Kyros se rapprocha de moi et mon ventre se contracta tandis que je me retenais de le rejoindre en courant.

Notre séparation après le cinquième échange m'avait littéralement rendue malade.

Un couinement s'échappa d'entre mes lèvres et je fermai les yeux.

— Après les négociations, je ne serai pas autorisé à te contacter, m'apprit Kyros d'une voix tendue. C'est la dernière fois qu'on se verra.

*Non.*

Ma poitrine se souleva et s'abaissa dans une respiration saccadée.

— Peut-être qu'avec le temps…

Je laissai ma phrase en suspens, car nous savions tous les deux que ça n'arriverait pas.

Le roi Julius avait été convaincu. Tout du moins, il savait reconnaître sa défaite. Mikhail garderait Kyros à distance de moi à n'importe quel prix.

Le regard du vampire s'assombrit.

— Mikhail m'autorisera peut-être à compléter le rituel de compagnonnage si je deviens incontrôlable, mais il ne te laissera jamais devenir une Vissimo. Il tentera de me briser au fil des cinq à six décennies à venir, puis attendra que tu meures et que je perde le contrôle. Je deviendrai ensuite son arme à travers les époques.

De la bile menaça de faire son apparition quand la signification de ses paroles me percuta avec la force d'un poids lourd.

— C'est ça, son plan ? demandai-je.

— Il s'est entraîné sur les triplés, confirma-t-il en hochant la tête. Il me fera la même chose.

Je serrai les poings.

— Tu ne seras jamais comme eux.

— Auparavant, j'avais peur de perdre le contrôle, admit-il en fronçant les sourcils. C'est la plus grande appréhension de la plupart des alphas. Mais dans cinq jours, la majorité de ma famille sera morte. J'ai hâte de perdre le contrôle pour vivre dans l'obscurité.

Il n'avait pas le droit de parler ainsi.

Je fis quelque chose que je n'avais pas osé faire depuis que tout m'avait explosé au visage.

Je posai la main sur son torse et l'attrapai par le col de sa chemise.

— Je sais qu'entre nous, les choses sont plus bordéliques qu'elles ne l'ont jamais été, Kyros, mais ne jette pas l'éponge, s'il te plaît. Il y a un moyen de s'en sortir, je te le promets.

Le besoin de tout lui révéler n'avait jamais été aussi fort.

Kyros plongea son regard dans le mien et son désir, son désir féroce me submergea. Je gémis tout en ravalant un sanglot.

— C'est la dernière fois que je te vois, Basilia, déclara-t-il en prenant mon visage entre ses mains. Aussi furieux que je sois pour ce que tu as fait et ce que ça signifie pour ma famille, je ne veux pas passer ces derniers moments en colère. Si c'est le seul souvenir que je dois avoir de toi, de nous, alors je dois laisser ta trahison de côté.

Je relâchai sa chemise pour poser mes mains sur les siennes, des larmes me picotant les yeux.

— On trouvera un moyen de se sortir de cette situation.

Il me laissa m'étouffer sur ces paroles en observant mon visage. Il semblait avoir attendu mes larmes, car il essuya les gouttes salées à la seconde où elles roulèrent de mes cils humides.

Il réduisit à néant la distance entre nous deux pour déposer un baiser sur mes pommettes.

— Ne pleure pas, ma beauté.

S'il voulait que j'arrête de pleurer, il n'avait pas choisi les bons mots. Il embrassa ma bouche tremblante, puis glissa sa langue chaude entre mes lèvres dans un baiser doux-amer qui me torturerait jusqu'à la fin de mes jours.

Je m'agrippai à lui, l'attirant contre moi de toutes mes forces.

Quand nous nous séparâmes, nous avions tous les deux le souffle court.

— Je ne pourrai peut-être pas venir te voir, commença Kyros d'une voix rauque en posant son front contre le mien. Mais je sentirai toujours où tu es. On saura ce que l'autre ressent à chaque instant. Et parfois, si on se rapproche assez, on pourrait saisir ce que l'autre pense.

De nouvelles larmes couvrirent mes joues. Ce qu'il avait décrit était insoutenable. Être si proche l'un de l'autre, sentir les émotions de l'autre en permanence sans pouvoir le toucher ou plonger mon regard dans le sien. Vivre et mourir ainsi.

— Il faut qu'on fuie, bégayai-je. Nous. Ta famille. Tout le monde.

Il déposa une ligne de baisers de ma mâchoire à ma tempe, tout en léchant mes larmes au passage.

— On serait pris en chasse par tous les Vissimo.

Ma poitrine se contracta en rythme avec mes sanglots à déchirer l'âme.

— Ky…

Le vampire m'attrapa le menton et je l'observai à travers mes cils humides.

— Ma beauté, souffla-t-il d'une voix si douce que je dus me pencher en avant. Sache que je vivrai pour chacun de ces instants. Je me réveillerai chaque nuit pour ressentir ta présence en moi. L'envie de percevoir tes pensées les plus intimes m'apportera de la joie à travers les décennies. Vis pour moi, ma beauté, afin que je puisse vivre à travers ton cœur.

Il posa une main entre mes seins.

— À travers ton âme, conclut-il.

Je n'arrivais même plus à le distinguer tant mes larmes coulaient.

Quand je répondis, mes mots furent à peine intelligibles.

— Je ne peux pas te perdre, Kyros. Je suis tellement désolée pour ce que j'ai fait.

Il m'attira contre lui.

— Ce n'est pas l'heure des excuses et des regrets, compagne véritable. C'est inutile, avec un lien comme le nôtre, affirma-t-il en me passant la main dans le dos. Notre sang résonne. Ce sera toujours le cas, à travers les âges. N'oublie jamais ça.

Je m'écartai de lui et fis de mon mieux pour retrouver mon calme. Il avait raison. Si c'était notre dernière nuit ensemble, il ne fallait pas la passer dans les larmes et la douleur.

— Avant qu'on commence, j'ai quelques exigences, annonça Kyros tout en continuant à me caresser le dos.

*Tout ce que tu veux.*

— Dis-moi.

— Le matin des négociations, tu devras embarquer à bord d'un jet privé avec toutes les personnes auxquelles tu tiens. J'enverrai tous mes Débiteurs avec toi.

Hors de question !

— Je veux rester ici, rétorquai-je.

Sa mâchoire se contracta.

— Il faudra que tu aies quitté Bluff City pendant les négociations. J'aurai besoin de savoir que tu es en sécurité. Je ne pourrai pas t'empêcher de revenir, après tout, ta maison est ici, mais si tu sais ce qui est le mieux pour Tommy et toi, tu ne reviendras jamais.

*Tommy.*

Il m'observa intensément.

— Pour Tommy, Basilia. Pour moi.

Je ne protestai pas.

— Merci, compagne, chuchota-t-il contre mon oreille.

Un frisson me déchira. Il était étonnamment aisé de mettre de côté les exigences du lien de sang alors que je pourrais perdre Kyros après cette nuit.

— Autre chose ? l'interrogeai-je.

— Oui, confirma-t-il en baissant les yeux vers les livres sur la table basse. Tu le sais peut-être déjà, mais quand un humain atteint le sixième échange, il peut se procurer des Débiteurs. Je sais ce que tu penses de leur situation, mais je te demande de considérer l'idée de racheter mes Débiteurs après l'emprise. Tu as assez d'argent et ils pourront te protéger à ma place.

Il… me demandait de racheter les Débiteurs. J'avais opéré en secret pendant tout ce temps, pourtant, il me proposait une version différente du même plan.

Kyros sortit une feuille de la poche intérieure de sa veste de costume avant de la poser sur la table.

— Ce sont les détails du transfert. À la fin de la sixième emprise, j'informerai le clan qui s'occupe des Débiteurs. Tu ne rencontreras aucune résistance.

J'avais prévu d'utiliser trois des Débiteurs comme témoins pour avoir accès à cette possibilité d'après une autre clause, mais Kyros me proposait de le faire directement. Sur la feuille se trouvaient des coordonnées bancaires que j'avais déjà obtenues par le biais de Laurel.

J'avais tellement sous-estimé cet homme.

Je me dressai sur la pointe des pieds et déposai un baiser sur ses lèvres tout en enroulant mes bras autour de son cou. Un grondement remonta dans sa gorge.

— Merci beaucoup.

— Basilia, souffla-t-il contre ma bouche.

Je passai mes doigts dans ses mèches caramel et me décollai de lui.

— Compagnon, répliquai-je sans une once d'humour dans la voix. Compagnon véritable.

C'étaient deux choses différentes. L'appeler autrement me donnerait l'impression de l'insulter.

Un grognement résonna dans sa poitrine et ma peau s'embrasa en réponse.

— Je veux être en toi une dernière fois, exigea Kyros, sa poitrine se soulevant par à-coups.

Pour toute réponse, je passai mon pull par-dessus ma tête, rapidement suivi de mon tee-shirt, avant de baisser mon short. Kyros ne détourna pas le regard et resta immobile alors que je défaisais sa chemise et son pantalon.

Bien que je veuille faire durer cet instant, ce n'était pas une option.

— En moi ! lançai-je d'une voix rauque en libérant son érection.

Le temps qu'on réussirait à faire durer l'acte serait une mise à l'épreuve de notre contrôle respectif. Au point où on en était, le sang de Kyros ne coupait plus mon envie. À chaque échange, le goût devenait plus sucré, la texture comme du lait, réconfortante et me montant à la tête. Je salivais à l'idée de le mordre.

J'étais plus que prête à l'accueillir, et je grognai quand il s'agenouilla devant moi.

— Je veux te goûter une dernière fois, expliqua-t-il avant de s'attaquer à mon clitoris.

Un cri inintelligible déchira mon être tandis que ma tête retombait en arrière.

Un brouillard se développait en moi, réchauffant mes joues d'une fièvre brûlante. J'attrapai ses cheveux tout en m'agitant contre sa bouche, incapable de rester immobile.

— Ky, hurlai-je.

Il glissa un doigt en moi et mes genoux se mirent à tressauter. Le brouillard se réchauffait, comme dans un sauna. Je décrochai mon soutien-gorge à tâtons, mes jambes paralysées.

— Trop chaud, me plaignis-je alors que mon esprit était embrouillé par un brasier.

Kyros me déposa sur un fauteuil et resta au-dessus de moi pendant un instant. Nos regards se croisèrent tandis qu'il maintenait mes jambes écartées. On retint tous les deux notre souffle quand il se positionna devant mon entrejambe.

Il s'inséra en moi et nos gémissements s'entremêlèrent aussi étroitement que nos émotions.

Nous nous mîmes à bouger en rythme, parcourus par un calme que nous n'avions jamais ressenti en dehors de l'emprise.

Je croisai les chevilles derrière ses hanches, m'accordant à chacun de ses va-et-vient profonds et délicieux. Ses crocs s'allongèrent et je les caressai en accord avec notre rythme.

Son extase était la mienne. Son plaisir, je le ressentais également.

— Foutrement parfait, siffla Kyros en emprisonnant l'un de mes tétons dans sa bouche tout en faisant attention à ne pas percer ma peau de ses incisives.

Je me cambrai en me crispant autour de lui. Son sifflement se transforma en feulement sauvage et il prit mes seins à pleines mains, dans un état aussi extatique que le mien.

À force de résister au sixième échange, nous nous retrouvâmes couverts de sueur, mais la pression dans mon corps se mit à enfler malgré toute ma volonté. La perte de conscience qui accompagnait les orgasmes procurés par Kyros submergeait mes sens. Cet instant extracorporel durant lequel je ne faisais que me figurer l'extase et mon lien avec lui.

— Je t'aime, Basilia Le Spyre, chuchota Kyros.

Mon cœur était sur le point d'exploser et j'ouvris la bouche, mais ma réponse se transforma en hurlement quand ses crocs se plongèrent dans ma poitrine, me catapultant dans le plaisir le plus profond que j'aie jamais connu.

Un plaisir qui ébranla mon esprit. Et mon corps.

Car il émanait de nous deux.

Et rien ni personne n'avait jamais été aussi important pour moi.

Mon compagnon véritable.

Une sensation de tiraillement dans ma poitrine me ramena à la réalité et au fauteuil dans lequel j'étais installée dans le bureau.

Dans un ébahissement qui me coupa les jambes, j'observai Kyros lécher du sang sur ma poitrine tout en continuant ses va-et-vient. Une goutte vermeille s'échappa de ses lèvres quand il se tendit.

Un rugissement remonta de sa gorge et il s'enfonça puissamment en moi, déclenchant une série de répliques de plaisir dans mon corps. Devenue à moitié sauvage, j'agrippai son poignet, avide de son sang. Malgré mon souffle saccadé, un grondement s'échappa d'entre mes lèvres tandis que mon compagnon retirait brutalement son bras tout en ralentissant l'allure de ses coups de reins.

— Maintenant ! exigeai-je.

Mon ordre se transforma en gémissement étouffé quand il m'attira sur lui.

La sensation de plénitude de l'avoir en moi m'arracha un hoquet à ce changement de position, mais je ne perdis pas de temps et le chevauchai fermement.

Ses yeux n'étaient plus que deux brasiers verts quand il mordit son poignet. Il passa une main dans ma nuque et positionna sa plaie dégoulinante près de ma bouche, patientant tandis que j'avalais chaque gorgée avant qu'il m'en donne plus.

J'avalai son sang sucré, encore et encore, nos regards plongés l'un dans l'autre, nos corps connectés et se mouvant en synchronisation parfaite et magnifique.

— Je t'aime, Kyros Atagio, déclarai-je d'une voix rauque.

Je pressai une main contre sa joue et posai l'autre contre son cœur.

*Notre cœur.*

Du rouge s'écoula librement de ses yeux.

Et le brasier me dévora.

# Chapitre 20

Je rampai à la poursuite de la bouchée en me passant la langue sur les lèvres.

*J'ai faim.*

— Mais qu'est-ce que je fais de ma vie ? souffla une femme.

Je l'aimais bien. La plupart du temps. Pas quand elle refusait de me donner à manger.

Je clignai des yeux plusieurs fois en observant le sandwich par terre. Quelque chose clochait. Et *aïe*, j'avais mal aux genoux !

Je me redressai en position accroupie et étudiai la femme menue d'un regard nouveau.

— Tommy ?

Elle écarquilla les yeux.

— Oh, bordel, c'est fini ? Est-ce que je parle à Basil ou à Coriandre ?

Le feu mourut dans mes veines et je frissonnai à cause du froid qu'il laissait derrière lui. J'identifiai la sensation cette fois. *L'emprise.*

Eh oui, je m'en souvenais !

— C'est Basil, murmurai-je.

Nous étions dans ma suite. Elle était intacte, pas de mur peint, pas de meuble déplacé ni de pomme de pin décorative.

Je fronçai les sourcils en baissant à nouveau les yeux vers le sandwich, puis suivis du regard la ficelle en nylon attachée à un bâton dans les mains de Tommy.

— Qu'est-ce que c'est que ce bordel ? Tu me balades dans la pièce avec un sandwich au bout d'une corde ?

— J'essayais de te faire entrer dans la douche, souffla-t-elle en redressant le bâton.

Mes lèvres s'étirèrent légèrement aux coins.

— Et ça marchait, explosa-t-elle. Essaie, toi, de t'occuper d'une version folle de toi-même pendant trois longs jours. Je n'aurai jamais d'enfants. Jamais !

*Merde !*

— À ce point ?

Je n'avais pas besoin de sa confirmation. Ça avait été terrible. Vraiment terrible.

— Laurel a dit que c'était encore gérable en comparaison à certaines de tes emprises, m'informa Tommy en faisant la moue. Tu as passé la majeure partie du temps à essayer de t'échapper pour rejoindre Kyros. Si je n'avais pas dû jouer à la baby-sitter et que tu ne m'avais pas prise en otage à un moment, j'aurais presque été impressionnée. Et tu as refusé de retirer cette tenue, aussi, l'odeur commence à être vraiment forte, ma belle.

Je baissai les yeux sur mes vêtements.

— Merde ! soupirai-je.

Du putain de cuir noir ! Des pieds à la tête. *Encore.* Je passai une main dans mes cheveux emmêlés avec un grognement.

Un petit couinement échappa à Tommy et je la mis au défi du regard de mentionner Jessica Alba.

— Jessica Alba, ricana-t-elle aussitôt.

*Argh !*

Je repoussai mentalement mes standards désintégrés et grimaçai en me rappelant avoir noué des draps ensemble pour descendre par la fenêtre en rappel. J'avais fait semblant d'être malade le deuxième jour. J'avais appelé la police plusieurs fois.

*Bordel !* La personne que j'étais sous emprise était pleine de ressources.

— Désolée pour ces trois derniers jours, m'excusai-je. Je vais peut-être aller à la douche maintenant.

*Et présenter mes excuses aux dieux du cuir.*

Tommy m'interrompit.

— Ce n'était vraiment pas si terrible. Presque attendrissant, d'une certaine manière. Et tu devrais te féliciter d'avoir atteint le sixième échange.

Je blêmis et me tournai vers elle. Elle avait raison. Maintenant qu'elle en parlait, j'étais arrivée là où j'avais prévu d'être dès le début.

*Bien joué, moi !*

Quand j'étais encore aveuglée par la vengeance, je m'étais attendue à ce que ce soit bien plus jouissif que ça.

Je me forçai à sourire en prenant la direction de la salle de bains, m'arrêtant net quand je sentis l'attention de Kyros se tourner vers moi. Sa présence en moi était si puissante. Je ressentais désormais ses émotions et son état aussi bien que le mien. Mon esprit était à moitié occupé par lui.

Et… waouh, qu'est-ce que c'était que ça ?

J'avais une sensation de tiraillement dans le dos. Je fis volte-face. Ça ne venait pas de la douche ni de ma chambre ou d'un endroit sur le domaine. La sensation me tirait vers Grey. Quand je compris ce que c'était, j'en restai bouche bée.

*Bordel de merde !*

Je pouvais sentir la position de Kyros.

Le livre ne parlait pas du tout de ça ! Kyros ne l'avait pas non plus mentionné. Personne en fait. Mais aussi sûrement que je me tenais là à respirer, j'étais certaine que si je suivais ce tiraillement, j'atterrirais aux côtés du vampire.

Là où était ma place.

L'endroit où je voulais le plus être au monde en cet instant.

Penser à la distance qui nous séparait fit émerger des vagues de désespoir et de désir en moi. C'était le bonheur assuré d'être en sa compagnie. Tout le reste n'était qu'un ersatz de vie.

*Kyros ?* Je formulai son nom dans mon esprit en me concentrant sur Grey.

Rien.

Pouvait-il entendre mes pensées de si loin ? Contrairement au reste, il y avait une limite de distance pour le partage de pensées. Cela dit, j'étais heureuse de ne rien percevoir pour le moment. La présence consciente de quelqu'un dans mon esprit nécessiterait toute une nouvelle période d'ajustement. Pour nous deux.

J'allumai la douche et entamai l'une des plus longues routines de lavage, épilation et hydratation de ma vie. Elle rivalisait même avec celle qui avait suivi ma découverte de l'existence des vampires. Ça me semblait si lointain désormais, alors que seulement quelques mois étaient passés.

Tout était différent maintenant.

Et tout pourrait m'être arraché dans les jours à venir.

Ça ne pouvait pas arriver, je ne me laisserai pas faire. Ou alors je n'étais pas la petite-fille d'Agatha Le Spyre.

*C'est l'heure de se mettre au boulot.*

Après m'être hydraté la peau une deuxième fois, je retournai dans la chambre d'un pas déterminé, nue. Tommy était partie – je ne pouvais pas lui en vouloir. Je lui en devais une. Elle était la seule personne en dehors de Kyros qui pouvait me voir comme ça sans que ça me dérange.

Je m'habillai pour la journée que je voulais passer.

Un jean noir, un tee-shirt blanc, un blazer bleu roi et un collier pour accessoiriser le tout. Je gardai mes cheveux lâchés et mis des bottines marron clair.

— Princesse Laurel, appelai-je en sortant de ma suite.

— Je suis juste là.

Tout en jurant, je fis volte-face vers le mur en posant ma main contre mon cœur.

— Et je ne suis plus une princesse, ajouta-t-elle.

*Question de sémantique.*

— Où est-ce qu'on en est ?

En temps normal, j'aurais eu cette conversation dans mon bureau. C'était fini, ça.

La femme vampire se redressa.

— Suivez-moi s'il vous plaît.

Je descendis l'escalier pour rejoindre l'espace de la piscine derrière elle. Je m'arrêtai dans le patio et observai la mer de Débiteurs habillés de cuir.

Une cohorte de gens vêtus de cuir.

Laurel posa une main sur mon épaule.

— Ils ne pouvaient pas tous venir, étant donné que l'on maintient la couverture pour le moment. Mais ceux qui le pouvaient…

Elle termina sa phrase en désignant la foule de vampires réduits en esclavage d'un geste de la main. Seuls très peu d'entre eux avaient terminé ainsi à cause de leurs propres crimes. La plupart étaient là afin de payer pour le crime d'autres créatures.

Des décennies, voire des siècles, sans savoir quel jour serait le dernier. À la merci des humeurs de leurs maîtres.

Peu importait ce qu'il se passait dans ma vie, cet instant précis justifiait toutes les galères.

— Combien ont signé le contrat ? demandai-je.

— Tous, sauf Deana. Elle ne pense pas mériter la liberté. Si vous acceptez de maintenir l'offre, nous continuerons à essayer de la convaincre que nos actions passées ne nous définissent pas.

Laurel balaya la foule du regard et je fis de même jusqu'à ce que mes yeux se posent sur la femme qui m'avait accidentellement révélé l'existence des Vissimo.

Je préférais les ordres concis aux grandes déclarations, mais le poids de cette situation, dont je ne pouvais pas concevoir l'importance exacte sans avoir vécu ce qu'ils avaient vécu, repoussa mes inquiétudes.

Parfois, de grandes déclarations étaient nécessaires.

Au sommet des marches du patio, j'observai la masse silencieuse, une petite partie de moi se demandant ce que mes employés humains pensaient de ce rassemblement.

— Je viens d'un monde différent du vôtre, commençai-je d'une voix douce. Mais au cours des derniers mois, je me suis sentie plus à l'aise en votre compagnie que n'importe où ailleurs. Vous n'avez pas de dette, ce qui vous est arrivé est injuste. Réduire en esclavage qui que ce soit est un acte répugnant et déplorable. Vous êtes des Vissimo.

Un murmure parcourut la foule, mais à part cela, ils restèrent immobiles comme des statues, écoutant attentivement mes paroles.

Il y avait tant de choses que je pouvais dire. Que je voulais dire, mais exprimer la douleur que je ressentais en leur nom était impossible. Il valait mieux qu'ils trouvent du réconfort entre eux, comme j'en avais trouvé auprès des personnes contraintes comme moi. Ils avaient besoin d'une véritable compréhension de la situation.

Je les observai à nouveau pendant une minute entière avant de reprendre.

— Vous travaillerez pour moi pendant un temps, mais il faut que vous sachiez qu'à partir de cet instant, vous n'êtes plus des esclaves, vous êtes libres. Retirez vos chaînes et vivez sans peur, en l'honneur de ceux qui n'ont pas pu se joindre à nous aujourd'hui.

Je sortis ensuite mon téléphone et ouvris ma boîte mail.

— Rendons cela officiel, déclarai-je.

J'avais déjà rédigé un mail par avance – vive la correspondance des temps modernes ! – à l'intention du clan Gugi avec les numéros d'enregistrement de tous les Débiteurs. J'appuyai sur le bouton « envoyer » sans retirer le nom de Deana.

Le regard de Laurel pesait lourd sur mes épaules.

Je fis défiler ma liste de contacts jusqu'à Donald Duck et appelai.

— *Mademoiselle Le Spyre*, me salua le chef de mon équipe financière en décrochant.

*Quatre sonneries.*

Inacceptable. Mais je m'en occuperais une autre fois.

— Roger, le saluai-je froidement. Je vais opérer un transfert important. Voilà le numéro de compte.

Un sourire en coin étira mes lèvres quand je l'entendis attraper frénétiquement une feuille de papier et un stylo tandis que je récitais le numéro ainsi que le nom associé au compte. Il me le relut.

— C'est exact, répondis-je.

— *Le montant, mademoiselle Le Spyre ?*

Je lançai un regard accompagné d'un sourire aux Débiteurs.

— Cinq cent vingt-deux millions.

— *La monnaie habituelle ?*

— Oui.

Il hésita un instant avant de me demander :

— *Quel libellé dois-je inscrire, mademoiselle ?*

Je levai les yeux au ciel.

— Ce que vous voulez, Roger. Des hamburgers. Envoyez-moi un message de confirmation quand ce sera fait.

Je raccrochai et descendis l'escalier avant de m'arrêter sur la dernière marche. Je fermai les yeux, tournai mon visage vers le soleil et patientai.

Il devait y avoir plus de cinq cents Vissimo rassemblés ici, mais j'avais l'impression d'être seule avec une faible brise soulevant mes cheveux. Personne ne disait mot.

Mon téléphone vibra.

Je lus le message, puis composai le deuxième numéro que Kyros m'avait donné avant de porter mon téléphone à mon oreille.

— *Clan Gugi, division des Débiteurs. Sora à votre écoute.*

*Une sonnerie.*

Ça, c'était du service. Roger devrait prendre exemple.

— Sora. Ici, Basilia Le Spyre. Mon compagnon véritable, Kyros Atagio, vous a contactée concernant notre récent sixième échange.

— *Une minute, s'il vous plaît.*

*Faites qu'il ait appelé ! Faites qu'il ait appelé !*

— *Madame Le Spyre, oui. Nous avons reçu sa confirmation.*

Je fis la moue en l'entendant m'appeler « madame ». Il l'avait clairement fait exprès pour m'agacer.

Je l'entendis s'attaquer à un clavier en guise de fond sonore.

— *Nous avons également reçu votre mail avec les codes d'identification de deux mille trente-deux Débiteurs, m'informa Sora.*

— Le paiement vient d'être fait, annonçai-je. Combien de temps faudra-t-il pour la confirmation ?

— *Douze heures tout au plus, madame Le Spyre. La confirmation de la réception du paiement vous sera envoyée par mail.*

Je grimaçai à nouveau. *Zut*, c'était plus long que je ne l'avais espéré.

— Merci.

— *Puis-je vous aider pour quoi que ce soit d'autre, madame ?*

*Nom d'un chien !* Combien de fois cette femme avait-elle géré la libération de plus de deux mille esclaves ?

— Non, ce sera tout, répondis-je.

Je raccrochai et retournai mon téléphone avant de le glisser à nouveau dans ma poche arrière.

— Je ne voulais pas être libérée.

Deana se tenait devant moi, la rage incrustée sur ses traits sévères.

Elle avait perdu toute trace d'innocence sur son visage depuis la première fois que je l'avais vue au bras de son petit ami humain.

Je fis signe à Laurel qu'il n'était pas nécessaire de se rapprocher et plantai mes talons dans le sol.

— Tu es tout de même libre.

— Je n'ai pas signé le contrat, cracha-t-elle.

Je haussai les sourcils.

— Non, en effet. Je suppose que ça signifie que tu es entièrement libre de faire ce que tu veux.

Elle écarquilla les yeux, une étincelle de frayeur dans le regard.

— Non, souffla-t-elle.

— Être libre est clairement la voie la plus dure pour toi. Si tu tiens réellement à te torturer à cause de ce qui est arrivé, choisis de vivre une liberté douloureuse.

Un froncement de sourcil confus s'inscrivit sur son visage.

— Pars ou reste. Si tu restes, tu travailleras pour le même salaire que tout le monde, avec les mêmes congés. Si tu décides de partir, il faudra attendre une semaine.

Je me tournai vers Laurel, qui inclina la tête.

Elle garderait Deana à l'œil jusqu'à ce que je révèle la vérité.

Je remontai quelques marches afin que les Vissimo puissent me voir.

— Je ferai circuler l'information quand la confirmation finale arrivera. Merci d'avoir été assez courageux pour accepter mon offre. Maintenant, écoutez-moi attentivement, s'il vous plaît. Mon amie Tommy est chargée de l'hébergement. Une liste de maisons disponibles avec le nombre de couchages pour chaque appartement sera distribuée demain. Une équipe arrivera en début de semaine prochaine pour lancer les démarches d'ouverture de compte bancaire et de demande d'identifiant fiscal. Au cours des quatre à six semaines suivantes, jusqu'à ce qu'on ait tout le nécessaire, vous serez payés en espèces. Vous serez payés à partir d'aujourd'hui. Je me suis assurée que votre premier mois de salaire vous sera versé en avance pour que vous puissiez acheter ce dont vous avez besoin. Ces fonds seront distribués demain.

J'observai leurs visages perplexes.

— Mon majordome, Fred, vous distribuera un tableau de budget type que j'ai élaboré. Ça vous aidera à partager vos fonds entre le loyer réduit, la nourriture, les transports publics et les autres dépenses de la vie courante. Certains d'entre vous n'en ont peut-être pas besoin, mais pour d'autres, du temps a passé depuis la dernière fois où vous avez contrôlé votre propre argent, alors j'espère que ce document ne vous heurte pas. Vous pouvez évidemment dépenser votre argent comme vous le souhaitez en dehors des charges locatives.

Je pris une profonde inspiration avant de continuer.

— Laurel et Vladymir se chargent du registre de travail et d'hébergement. Je suis sûre qu'ils vous ont déjà prévenus, mais vous devez continuer à travailler pour les Fyrlia et les Sundulus jusqu'à nouvel ordre. Je m'excuse pour ce subterfuge, mais il est nécessaire.

Ils restèrent silencieux quand j'eus terminé.

— C'est tout, dis-je misérablement pour conclure.

Laurel s'agenouilla à côté de moi, la tête baissée.

*Oh non, pas encore ça !*

En une vague unie, les Vissimo imitèrent leur cheffe et s'agenouillèrent également.

— Ça suffit avec ça ! aboyai-je.

Ils ne bougèrent pas.

Agacée, je soufflai avant de me laisser tomber à genoux également et de baisser la tête à leur intention. Leur réaction cette fois ne fut pas un murmure, mais un hoquet de stupeur collectif.

*Ah ah !*

— Je ne me lèverai pas avant que vous en fassiez autant, murmurai-je en redressant la tête. Alors, dépêchez-vous, parce que j'ai mal aux genoux.

— On pourrait vous battre sur la durée, fit remarquer Laurel en me lançant un regard acéré.

— Sans aucun doute, répondis-je. Accordez-moi une victoire de pitié, s'il vous plaît.

Laurel posa une main sur son cœur.

— Vous être notre amie. Pour toujours et à jamais.

Je déglutis avec difficulté. Avait-elle la moindre idée de l'importance que ces mots avaient pour moi ? *Mon amour pour toujours et à jamais.* Ma grand-mère me l'avait souvent dit.

Si elle avait pu me voir en cet instant, je savais qu'elle aurait été très fière.

— Nous n'oublierons pas ce jour, murmura Laurel.

Ses paroles ferventes m'ôtèrent les mots de la bouche, alors je me contentai de poser ma main sur mon cœur également en retour.

Elle se releva et le reste des vampires habillés de cuir l'imitèrent. Je me joignis à eux, tout en observant d'un œil mauvais leurs tenues.

— Vous pouvez peut-être laisser le cuir noir à Jessica Alba maintenant, là où est sa place, marmonnai-je.

— Vous avez passé deux jours de votre emprise en cuir noir, répliqua Laurel d'une voix neutre.

Je me détournai d'elle et partis en direction de la maison.

— Prouve-le, lançai-je.

— Jetez un œil à votre téléphone, répliqua-t-elle.

*Nom d'un chien !* Elles n'avaient quand même pas fait ça, si ?

Je me précipitai jusqu'à mon bureau tout en parcourant le fil de mon album photo, et m'arrêtai sur une image de moi accrochée à l'un des poteaux de mon lit.

En cuir noir.

Si je connaissais bien Tommy, et c'était le cas, il y avait plusieurs copies de cette photo.

*Les enfoirées !*

Je laissai la porte du bureau ouverte et me laissai tomber dans le fauteuil tapissé. Que c'était inconfortable !

— Fred ! criai-je.

Dix secondes plus tard, il apparut dans l'encadrement de la porte. Cet homme était un magicien.

— Est-ce que vous pourriez me commander un siège confortable, s'il vous plaît ? soufflai-je.

— Vous souhaitez remplacer le fauteuil, mademoiselle ?

— Oui, oui, confirmai-je en agitant une main. Quelque chose de confortable qui ne m'engourdit pas les fesses.

J'aperçus son sourire fugace avant qu'il ne s'incline et quitte la pièce.

Je me connectai à ma boîte mail et le dernier message reçu attira mon attention.

**ÉQUIPE DE CHURCHILL**
**Mademoiselle Le Spyre, comme vous l'avez demandé…**

Je fermai les yeux.

Le moment de vérité.

Possédai-je assez de capital dans Bluff City pour faire tourner la roue en faveur des Sundulus ? Il me fallait une différence de quatre pour cent afin de déclencher la cascade finale contre les Fyrlia. Si j'y arrivais, tout s'arrangerait.

Une différence de deux pour cent restaurerait l'équilibre et le jeu reprendrait.

Tommy entra dans la pièce.

— Tu as l'air constipée, ma belle, lança-t-elle.

C'était marrant, c'était à peu près ce que je ressentais.

— C'est juste un e-mail qui pourrait réparer ou briser ma vie. Un mardi comme un autre, quoi !

— On n'est pas mardi.

*Vraiment ?*

Elle passa derrière mon bureau et posa une main sur mon épaule.

— Allez, vas-y ! Ouvre ce bâtard.

J'inspirai profondément et obéis, puis survolai le court message avant d'ouvrir les deux pièces jointes.

Je fis immédiatement défiler les documents pour arriver jusqu'à la dernière page et ma bouche s'assécha.

Il était impossible de savoir si l'évaluation du capital de chaque clan était parfaitement exacte. Les Fyrlia pourraient avoir des actifs dont je ne savais rien.

Je sortis une évaluation de mon propre capital du tiroir du haut. Le dossier détaillait tout ce que je possédais localement, en dehors du domaine.

Les mains tremblantes, je sortis la calculette gigantesque de ma grand-mère du même tiroir et ajoutai le total des Sundulus au mien.

Je comparai ensuite ce nombre à la somme des capitaux du clan Fyrlia.

— Alors ? m'interrogea Tommy.

Mon cœur se serra.

# Chapitre 21

Le papier épais de l'invitation de lady Treena paraissait lourd dans ma main. J'entrai dans l'antre du lion avec un plan si culotté qu'il aurait pu faire hausser un sourcil à Grand-mère.

Le rassemblement se déroulait à notre point de rendez-vous habituel, chez sir Olythieu, ce qui m'avait laissé penser que ce n'était pas du tout une soirée, mais une réunion normale.

Pourtant, quelqu'un s'était donné la peine de faire des invitations.

Ce qui signifiait que dame Burke avait organisé cela ; son attrait pour la théâtralité était presque aussi puissant que son vocabulaire de marin.

Je m'étais tout de même habillée pour une soirée, enfilant une longue robe de bal noire à volants pour l'occasion. Elle avait un bustier qui soulignait mon décolleté ainsi que mes épaules délicates, tout en mettant en valeur les courbes de mon corps qui distrayaient toujours Kyros. Des gants blancs remontaient jusqu'à mes coudes.

J'aurais voulu qu'il puisse me voir ainsi.

Je n'avais pas eu de nouvelles de mon compagnon et, étrangement, ça me paraissait préférable. Il se préparait à mener sa bataille, tout comme je le faisais de mon côté. Notre dernier moment passé dans les bras l'un de l'autre était le souvenir que nous voulions garder en mémoire au cas où le pire arriverait.

Deux valets en smoking s'inclinèrent avant d'ouvrir les portes de la salle de bal.

*Oui, c'est clairement le fait de dame Burke.*

Les six personnes prestigieuses m'attendaient, déjà assises autour de la table carrée installée au milieu de la piste de danse gigantesque. Aucun ne dit quoi que ce soit tandis que je m'asseyais et adressais un regard à chacun.

— Bonsoir, Basilia ! me salua sir Olythieu d'une voix neutre.

— Bonsoir !

Je baissai la tête majestueusement et aperçus l'étincelle d'amusement dans ses prunelles.

Mme Syrre se racla la gorge.

— Nous avons pensé qu'il valait mieux laisser la pression redescendre afin que nous puissions tous retrouver notre objectivité avant de nous réunir à nouveau.

*Mais bien sûr.* Je balayai la pièce du regard.

— Beaucoup d'efforts pour une simple réunion, fis-je remarquer.

Dame Burke sourit tandis que les autres lui lançaient des regards noirs.

Je posai mes mains sur les accoudoirs.

— Alors, qu'en est-il ? lançai-je.

M. Hothen se passa une main sur la mâchoire.

Je ne lui avais pas parlé depuis l'annonce de la mort de Sandra. Il semblait fidèle à lui-même, mais ça ne voulait rien dire.

— Certains d'entre nous sont victimes des bêtes depuis presque trente ans, commença-t-il. Notre vision de ces créatures a peu de chances de changer. Ce qui, je dois l'admettre, deviendra un obstacle régulier lors de nos réunions, même si nous sommes unis dans un but commun.

Je patientai. La suite allait arriver.

— Notre inquiétude principale, c'est que tu aies été embarquée de force dans une situation horrible, reprit lady Treena. De ce fait, notre nouvel objectif pour ces réunions est de te libérer du rituel de compagnonnage dans lequel tu es emprisonnée.

Ma colère enfla en entendant ses propos, mais je me calmai quand M. Dithis prit la parole.

— D’après ce que tu nous as dit, la cascade finale sera déclenchée dans deux jours. Bien qu’on ressente une certaine amertume, il est temps d’admettre notre défaite. Nous devons désormais nous concentrer sur ta protection. C’est ce que ta grand-mère aurait souhaité.

Ils voulaient assurer ma sécurité.

J’inspirai profondément pour retrouver ma propre objectivité. À leur place, je penserais la même chose. Ils m’avaient connue à tous les stades de ma vie, du bébé à l’enfant, puis à l’adolescente, et finalement, ils m’avaient vue entrer dans le monde des adultes. Alors qu’ils avaient repoussé leurs familles et coupé tout lien avec elles afin de les protéger des Vissimo, j’étais toujours là. Leur enfant de substitution.

— Je sais ce que Grand-mère aurait voulu, déclarai-je. Me voir heureuse. La sécurité ne va pas toujours de pair avec le bonheur. Regardez la vie qu’elle a décidé de mener, à combattre une espèce plus puissante tout en vivant au quotidien dans la peur. Elle a fait tout ça parce que toute autre vie l’aurait rendue malheureuse.

Dame Burke fronça les sourcils.

— C’est ce que nous désirons aussi.

— Vous partez du principe que me libérer de Kyros me rendrait heureuse, fis-je remarquer gentiment.

Elle sursauta.

J’observai les personnes attablées.

— Je l’aime, annonçai-je.

Lady Treena couvrit sa bouche d’une main, les yeux pleins d’horreur.

Leur choc stupéfait fit vibrer l’air autour de la table.

Je haussai une épaule et insistai :

— J’aime un Vissimo.

Cette fois, ce fut sir Olythieu qui sursauta.

— Qu’est-ce que tu viens de dire ?

— J’aime Kyros, répétai-je en fronçant les sourcils.

— Non, souffla-t-il. Tu as dit : « J’aime un… »

Il s’interrompit et me lança un regard appuyé.

Une exclamation de surprise s'échappa d'entre mes lèvres.

Je me levai d'un bond.

— Vissimo. Vampires. Sundulus. Fyrlia. Ingenium !

Ma bouche devint sèche quand je croisai leurs regards.

— Qu'est-ce qui se passe ? demanda M. Hothen. Pourquoi est-ce que tu peux tout dire maintenant ?

Je fis de mon mieux pour contrôler mon souffle saccadé.

— Il l'a libérée, lança sir Olythieu, les sourcils froncés. N'est-ce pas ?

Je ne l'avais pas senti le faire, mais en même temps, j'avais été distraite à ce moment-là. Et peut-être que lever une contrainte ne donnait pas la même sensation qu'en imposer une.

— Sûrement, murmurai-je.

Je retombai lourdement sur ma chaise et baissai mes yeux écarquillés vers la table, mon esprit tournant à toute allure.

— Il ne te l'a pas dit ? s'étonna Mme Syrre.

Je passai ma langue sur mes lèvres.

— Il a dit que je devrais monter dans un avion avec toutes les personnes auxquelles je tenais dans deux jours. Puis il a dit que je devais racheter les Débiteurs pour me protéger. Il m'a donné toutes les informations qu'il me fallait pour ça.

— Il… t'a donné une armée ? m'interrogea lady Treena.

Je fermai les yeux et rassemblai toute ma surprise, ma gratitude et mon amour pour les envoyer à Kyros. Je sentis son sursaut, suivi d'une chaleur brûlante teintée de regret.

D'une certaine façon, j'avais hâte de pouvoir lire dans son esprit. Parce que je n'avais aucune idée de ce que ces émotions voulaient dire.

— Tu es en train de lui parler ? devina M. Dithis.

Je rouvris les yeux pour les poser sur l'homme que ma grand-mère surnommait « Gâteau ».

— On peut percevoir les pensées de l'autre maintenant qu'on a accompli le sixième échange, mais pas à cette distance. On n'a pas encore testé cette partie. Mais on peut ressentir les émotions de l'autre et je peux également sentir où il est.

Dame Burke se pencha en avant.

— Quoi d'autre ?

— L'un des valets est en train d'uriner à quarante mètres d'ici, informai-je sir Olythieu avant de désigner le mur du fond d'un coup de menton. Il y a un insecte qui vole dans la pièce d'à côté.

J'inspirai profondément avant de soupirer et continuer.

— L'un de vous utilise un gel douche au bois de santal.

M. Hothen émit un petit bruit.

— Je peux arracher une porte de ses gonds et courir un cent mètres en sept secondes. Une petite coupure sur ma peau guérira complètement en douze heures, terminai-je. Ce sont les changements qui ont eu lieu à la suite du quatrième et du cinquième échange.

— Et après le sixième ? m'interrogea lady Treena.

— La télépathie, répondis-je en appuyant un doigt sur ma tempe.

Je profitai du fait qu'ils soient en train d'assimiler ces informations pour rassembler mes idées.

— Maintenant que je connais votre position à tous, je souhaite vous révéler la mienne dans son intégralité. Ce sera bien plus simple désormais.

Il m'avait libérée.

Il ne m'avait pas simplement protégée en retirant sa contrainte. Il m'avait offert les outils pour me protéger moi-même. C'était si important pour moi.

Je croisai les mains.

— Je ne suis pas certaine de l'étendue de vos connaissances concernant le plan de ma grand-mère. Je suppose qu'en raison de ma présence sur le domaine, elle a gardé certains détails pour elle, comme je l'ai fait. Maintenant que les choses arrivent à leur conclusion, j'aimerais éclairer les zones d'ombre.

Leurs visages se lissèrent dans une neutralité semblable à la mienne – avec quelques rides en plus – avant que je prononce le mot « Vissimo ».

Personne ne fit le moindre bruit. Ce n'était pas par dévotion, comme les ex-Débiteurs. Sans s'apercevoir de ce qu'ils faisaient, car sinon ils auraient arrêté immédiatement, les six élites m'observaient comme des crocodiles prêts à foncer sur leur proie.

J'appréciais qu'ils me regardent comme une égale.

— La première chose que vous devez savoir, c'est que j'ai libéré deux mille trente-deux vampires réduits en esclavage hier. Je les emploie désormais pour une durée d'un an. Ils appartenaient auparavant aux Sundulus et aux Fyrlia. Ils continuent à faire semblant de travailler pour les clans jusqu'à ce que je me mette en mouvement.

Dame Burke en resta bouche bée.

J'ouvris ma mallette et en sortis six dossiers que je leur tendis.

— C'était mon plan pour les soixante années à venir, pour ma vie. Dans deux ans, quand le dernier bien immobilier aurait été acheté, j'avais prévu d'étendre mes activités à d'autres industries. Dans dix ans, j'aurais doublé les capitaux que ma grand-mère avait acquis. Dans vingt ans, j'aurais été une véritable participante au jeu. Dans trente ans, les choses auraient pris une tournure plus grave quand j'aurais commencé à envahir les territoires des clans pour leur reprendre des capitaux. La bataille aurait continué jusqu'à ma mort. À ce moment-là, si j'avais osé fonder une famille, j'aurais certainement passé le relais à mes enfants.

Je les observai tandis qu'ils parcouraient le résumé de dix pages de mon plan de domination de Bluff City.

M. Dithis émit un sifflement.

Carrant les épaules, je poursuivis.

— Si les Fyrlia n'étaient pas à un cheveu de la victoire, ça aurait pu être ma vie. J'aurais joué jusqu'à ce qu'ils me tuent ou que je parte de ma belle mort, mais... la situation a changé, lançai-je en levant la tête. J'ai beau avoir tenté de garder mes distances avec Kyros, mes sentiments s'en sont mêlés. Le rituel de compagnonnage m'a transformée physiquement. Les Fyrlia sont à quelques jours de la victoire. De ce fait, le plan doit être modifié.

Je posai mes mains à plat sur la table et croisai chacun de leurs regards.

— Je ne suis pas leur créature, déclarai-je. Je ne le serai jamais.

Lady Treena et sir Olythieu se détendirent.

— Je ne suis pas non plus celle de ma grand-mère, repris-je sans laisser le temps au hoquet surpris de Mme Syrre de résonner avant de continuer. Je ne suis pas Agatha Le Spyre. Si vous ne vous en êtes pas rendu compte, alors il est temps. Je ne suis pas une remplaçante de la femme que vous avez perdue, malgré tout le respect que je lui portais et mon degré d'adoration à son égard. Ce que je suis, c'est une personne qui a infiltré un clan de vampires pour faire ce qui est juste pour vous et pour les habitants de cette ville. Et, je le pensais au début, également pour moi.

Je serrai les poings.

— Je ne tuerai pas des personnes qui comptent pour moi, Vissimo ou pas. Je vais suivre la voie qui me rendra heureuse et protégera les personnes que j'aime.

Je baissai les yeux sur mon plan de dix pages et le déchirai en deux.

— Ce n'est pas la vie que je souhaite mener. C'était ce que voulait ma grand-mère, mais pas moi.

— Tu vas abandonner cette ville ? demanda froidement sir Olythieu.

— Non, répondis-je en souriant. Le jeu doit se terminer. Ingenium blesse les humains comme les vampires. On doit en finir, mais ça ne peut pas être fait de la manière que ma grand-mère avait envisagée ni comme je le souhaitais au départ. Il y a une façon de mettre fin à Ingenium selon nos conditions. Avant de continuer, je veux souligner que je n'ai vécu que trois mois de terreur en comparaison des années que vous avez passées sous leur contrôle. Mais j'ai bel et bien ressenti cette terreur.

Je rejetai mes cheveux dans mon dos. Je recouvrais toujours ma cicatrice avec du maquillage avant de me rendre aux réunions. La situation était si compliquée après le départ de Tommy, et je n'étais pas certaine de pouvoir répondre à leurs questions sur son origine.

— J'ai reçu ça en tuant l'un des assassins de ma grand-mère, leur révélai-je. Le clan Fyrlia voulait mon argent et ils ont kidnappé Tommy pour m'attirer à l'écart de toute protection. Tommy n'avait aucune idée qu'elle sortait avec l'un des enfants royaux Fyrlia. Il l'a droguée et elle a failli mourir. J'ai pénétré sur leur territoire pour la sauver, un endroit dans lequel Kyros ne pouvait pas me suivre sans faire tuer sa famille, et je me suis fait torturer et tabasser. Ils ont accroché une bombe autour de mon cou, m'ont mise sur un ring avec l'un des triplés Tonyi et on a combattu à mort. Quand il a déchiré ma gorge, j'ai réussi à placer la bombe qui pendait à mon cou dans sa veste. Il a été réduit en morceaux et j'ai survécu par miracle. J'ai subi des dommages permanents à mes oreilles à cause de leur torture.

Je replaçai mes cheveux pour couvrir la cicatrice. Ils m'écoutaient attentivement. Je n'arrivais pas à interpréter leurs réactions.

— Je vais tuer les jumeaux encore vivants, déclarai-je avec un visage dur. Car ils ont assassiné ma grand-mère. Pour ce qu'ils ont fait à Tommy aussi. Je vous le dis parce que j'ai rencontré les familles royales des deux clans. J'ai rencontré les deux rois. Je n'en choisirais aucun comme allié si j'avais le choix, mais si je devais me ranger d'un côté, alors le roi Julius gagnerait haut la main. Quand il a découvert ma trahison contre son clan, il aurait pu me tuer.

Même si ça allait rendre son fils littéralement fou de rage, ce n'était donc peut-être pas de l'indulgence, mais je n'allais pas le mentionner.

— Où est-ce que tu veux en venir ? demanda M. Hothen d'une voix glaciale.

— Je ne peux pas gagner le jeu.

J'avais redouté de leur dire ces mots, mais ils s'écoulèrent librement de ma bouche, suivis d'une vague de soulagement.

— Mais ce que je peux faire, c'est m'assurer que les Fyrlia ne remportent pas la victoire. Avec votre aide. Mon équipe a passé les chiffres en revue. Si je donne aux Sundulus mes capitaux locaux, je peux rétablir l'équilibre de la partie.

Si les chiffres étaient corrects, ce qui était une variable importante.

Ça, ça les fit réagir.

— Tu vas les aider à gagner ? s'exclama lady Treena, le visage déformé par une grimace.

J'accueillis le commentaire sans réagir. Je m'étais attendue à être exclue du cercle à ce moment.

— Je peux rétablir l'équilibre, mais je ne peux pas déclencher la cascade finale à l'encontre des Fyrlia seule, annonçai-je d'une voix légèrement tremblante. Néanmoins, il faut que vous sachiez qu'une fois que j'aurai donné tout ce que je possède dans Bluff City aux Sundulus, je ne pourrai plus jamais rétablir ma position dans la partie. Ce que je veux dire, c'est que notre participation au jeu sera terminée, qu'Ingenium continue ou non.

Il y avait une chose que les vampires avaient en bien plus grande quantité, et c'était le temps.

— Je veux qu'Ingenium se termine. Je ne veux pas gâcher ma vie à y jouer. Alors je vous demande votre aide. Notre participation est terminée dans tous les cas, et on ne peut pas gagner, mais on peut y mettre un terme pour de bon. Ce pouvoir repose entre vos mains. Avec vos fortunes combinées, le résultat est une certitude.

— Tu veux qu'on offre notre fortune et nos capitaux aux personnes qui nous ont fait vivre dans la peur au quotidien, ricana dame Burke. J'ai repoussé mes enfants, Basilia. Je leur ai fait croire que je les détestais et ai coupé tout contact avec eux. J'ai perdu des décennies à leurs côtés. Tu veux que j'offre la victoire sur un plateau à la moitié de ces monstres ?

Je soutins son regard furieux.

— Oui. C'est exactement ce que je vous demande. Quand le jeu sera terminé, ils n'auront plus besoin de maintenir des humains sous leur contrôle afin de gagner une avance. Ils n'auraient plus aucune raison de s'en prendre aux habitants de cette ville.

— Excepté pour se nourrir, répliqua-t-elle sarcastiquement.

Ils survivaient grâce aux dons du sang, mais je n'allais pas révéler cette faiblesse à ces personnes.

Je sentais leur opposition féroce. Les autres gardaient leurs pensées pour eux, mais je percevais leur animosité. Si nous avions eu plus de temps, je me serais arrêtée là pour leur laisser le temps d'y réfléchir.

Mais nous n'avions pas ce luxe.

— Vous savez que j'aime chacun d'entre vous. Vous faites tous partie intégrante de mon enfance. Je n'avais pas de parents, je n'avais pas beaucoup d'amis, mais grâce à votre présence et celle de ma grand-mère, je suis devenue la personne que je suis aujourd'hui. C'est donc avec amour que je vous dis tout cela. Je ne souhaite pas être séparée de Kyros. Ce que je veux, c'est mettre un terme au jeu qui a pris la vie de ma grand-mère et blessé tant d'autres gens. Je veux vivre une vie bien remplie aux côtés de Kyros, et ce sera impossible si les Fyrlia l'emportent. Mais je sais que vous devez vous faire un sang d'encre pour moi. Alors croyez-moi quand je vous dis que, tout comme j'ai trouvé un foyer auprès de vous six et de ma grand-mère, j'en ai trouvé un autre au sein du clan Sundulus.

Je me levai et poussai la mallette de documents vers eux. Elle renfermait les détails des capitaux de chaque clan ainsi que de mon domaine, et une liste de conditions pour les contrats entre les petits vieux, les Sundulus et moi-même.

Je n'allais pas offrir aux Sundulus la possibilité de gagner sans rien en retour.

— J'ai fait affréter un jet privé pour vous faire quitter le pays dans deux jours. Fred viendra vous chercher à dix heures du matin. Je ne sais pas comment se dérouleront les négociations finales, mais je ne veux pas que vous vous retrouviez dans la zone d'impact, déclarai-je en me redressant. Si vous souhaitez m'aider, il me faudra autant de vos capitaux locaux que possible cédés au bénéfice de Julius Atagio avant le décollage de l'avion. Dans le cas contraire, partez avec tout mon amour et ma compréhension. On a tous joué à Ingenium. Ça vous a rassemblés, et il y a quelque chose de beau là-dedans. Ce lien est immortel et plus puissant que n'importe quel jeu.

Je clignai rapidement des yeux, me détournai et conclus dans un murmure.

— Au revoir.

Je passai les portes et traversai la salle pour rejoindre Fred. Je sortis mon téléphone et fis défiler les contacts jusqu'à celui intitulé «Pepperoni».

*Une sonnerie.*

— *Mademoiselle Le Spyre*, dit Tony, qui était la personne à la tête de mon équipe juridique, en décrochant.

— Tony. Je cède tout ce que je possède à Bluff City à une entreprise.

Seul le silence me répondit pendant l'espace d'une seconde.

— *Compris !*

— L'une de mes équipes vous fera parvenir tous les documents nécessaires. Il n'y aura pas de paiement, mais je vous enverrai une liste de conditions à inclure dans les contrats. Assurez-vous qu'elle sera modifiable pour que je puisse en rajouter si nécessaire.

Ma grand-mère avait embauché Tony pour une raison, et c'était parce qu'il était le digne fils de l'avocat qui avait travaillé pour son père.

— *Qui est le bénéficiaire ?* demanda-t-il tout en tapant sur son clavier.

— Julius Atagio, indiquai-je avant d'épeler le nom.

— *Souhaitez-vous inclure le domaine, mademoiselle Le Spyre ?*

*Non.* Ma demeure familiale avait été là pendant cent trente-cinq ans. C'était un symbole de la présence des Le Spyre au sein de Bluff City. L'abandonner équivaudrait à vendre mon âme au clan Sundulus.

Mais c'était déjà le cas depuis un moment, et ça ne dépassait pas la nouvelle limite que j'avais tracée dans le sable.

— Oui, Tony. Le domaine également. Tout. Accordez-vous avec l'équipe financière si besoin. Il y aura certainement un délai de plusieurs heures avant que vous ne receviez le détail de mes capitaux. Je vous envoie immédiatement le mail contenant mes conditions personnelles pour que vous puissiez vous y mettre.

Sans attendre de validation de sa part, je raccrochai pour pouvoir appeler le contact « Winston ».

Ce fut Eva qui répondit.

— Bonsoir, lançai-je en continuant d'avancer dans la demeure de sir Olythieu.

Fred était juste derrière moi, il me dépassa rapidement pour ouvrir la portière de la voiture quand on atteignit le perron.

— J'ai besoin de l'équipe pour une nouvelle tâche, l'informai-je.

Ce serait leur dernière mission, même s'ils étaient si efficaces que je les intégrerais à l'une de mes autres entreprises plus tard.

— Rassemblez les contrats de vente de tout ce que je possède dans Bluff City.

— *Très bien, mademoiselle Le Spyre. Que voulez-vous que nous en fassions ?*

Je pinçai les lèvres et m'adossai à la banquette arrière de la voiture préférée de Grand-mère.

— Écoutez-moi attentivement.

# Chapitre 22

J'étais installée dans les jardins de lavande, à sentir leur parfum tout en observant les plantes.

— Voulez-vous du thé, mademoiselle ?

Je clignai des yeux, puis tournai mon attention vers Rosie.

— Non, merci.

— Le projecteur est installé à côté de la piscine, mademoiselle, m'informa-t-elle après une petite révérence. Ils sont prêts à lancer le film quand vous arriverez.

Il fallait qu'il fasse sombre dehors pour ma soirée cinéma extérieure. Je clignai à nouveau des yeux et me rendis compte que la nuit était bel et bien tombée. Le soleil s'était couché depuis un moment.

J'étais devenue le jouet de mon épuisement, mais j'étais incapable de me reposer avant que la bataille ne soit terminée. Le lendemain, d'une manière ou d'une autre, j'aurais abattu mes dernières cartes.

— J'arrive immédiatement, répondis-je à Rosie.

Elle fit une nouvelle révérence et se retourna pour partir.

— Rosie ?

— Oui, mademoiselle Le Spyre ?

— Que pensez-vous que ça donnerait si j'arrachais tous les buissons de lavande de cette zone pour les remplacer par des plantes grasses ?

Un éclair horrifié traversa son regard et je souris.

*Je t'ai eue !*

Son expression redevint neutre quand elle répondit.

— Ce serait très laid, mademoiselle.

— Ce sera tout, Rosie, gloussai-je.

J'étais certaine qu'elle jouait au poker dans des parties illégales.

Je rassemblai les piles de documents éparpillés sur la table en fer forgé et la suivis dans les allées bordées de haies menant à la piscine. Les rires et les cris des Vissimo rassemblés me parvinrent, m'arrachant un sourire sincère. Leurs jours silencieux, à rester sur leurs gardes, étaient terminés. Ça me mettait du baume au cœur qu'ils soient assez détendus pour faire du bruit maintenant que je les employais.

Peu importait ce qui arriverait, j'allais entretenir cette confiance jusqu'à ce qu'ils soient libres sur le papier et dans leurs têtes.

— Basil !

Tommy agitait les bras à mon intention au milieu de ce qui devait être deux cents vampires. Je ne connaissais pas leurs tours de garde auprès des Fyrlia et des Sundulus, mais ceux qui n'étaient pas de service avaient tendance à venir ici. L'autre jour, il y en avait eu plus de cinq cents. Ce soir, il y en avait à peu près la moitié. Les Fyrlia et les Sundulus s'attendaient-ils à ce qu'il y ait des problèmes avant le lendemain ?

Mes employés de maison avaient installé un gigantesque écran blanc sur toute la longueur de la piscine. Il y avait des haut-parleurs de chaque côté de la toile ainsi que dans les pavillons derrière la foule qui discutait. Tous les oreillers et couvertures de la maison étaient sur le gazon, occupés par des vampires allongés.

… Qui semblaient être rassemblés en groupes que je soupçonnais être des harems.

J'espérais vraiment que le film que Tommy avait choisi ne contenait pas de sexe.

— Salut, ma belle ! fit-elle en se décalant pour me faire de la place.

Je me laissai tomber à ses côtés.

— Désolée de vous avoir fait attendre. J'ai perdu la notion du temps.

— Quelque chose à voir avec ça ? m'interrogea-t-elle en lançant un coup d'œil aux documents dans mes bras.

*Ouais.* Il s'avérait que le plus dur était d'attendre.

Je ne voyais pas ce qu'il pourrait y avoir d'autre à faire. Tout ce que je pouvais faire, c'était passer en revue les moindres détails de ma stratégie, encore et encore.

Laurel était à côté de moi, des hommes la recouvrant comme s'ils étaient des couvertures.

— Tout le monde sera prêt demain ? lui demandai-je.

Elle hocha la tête une fois, tout en posant sa main sur la cuisse d'un homme musclé roux à sa gauche.

— Oui. Et ils se délecteront de chaque seconde.

*Parfait !*

Je soupirai.

Tommy me prit les documents des bras pour les mettre de côté avant d'étendre un plaid sur mes jambes.

— J'en conclus qu'ils ne t'ont pas donné de nouvelles ? murmura-t-elle.

Mes petits vieux ?

Non.

Ils avaient jusqu'à dix heures du matin pour me présenter leurs documents, mais je n'avais pas eu la moindre nouvelle. Je m'étais attendue à ce qu'ils organisent une autre soirée pour entendre les derniers détails, au minimum.

Je me lançais seule, et je ne pouvais pas leur en vouloir d'avoir pris cette décision. Mes petits vieux n'avaient toujours vu en ces superbes créatures que des geôliers et des bourreaux. Si j'avais passé trois décennies en compagnie des triplés Tonyi, jamais de la vie je ne les aurais aidés.

Même pour moi, en mémoire de ma grand-mère, je leur en avais trop demandé. Je le savais, mais le désespoir m'avait poussée à le faire malgré tout. En réservant leur réponse, ils méritaient de comprendre ce qui arriverait et que notre rôle serait bientôt terminé.

Sans leur aide, je serais peut-être capable de rétablir l'équilibre d'Ingenium. Mais qu'en serait-il si les Fyrlia avaient fait de nouvelles acquisitions importantes au cours des dernières vingt-quatre heures ? Tommy avait poussé l'équipe des acquisitions à leurs limites ces derniers jours. Ils avaient acheté quatre autres propriétés, mais je n'avais aucun moyen d'être sûre que ça suffirait.

L'incertitude du résultat me gardait éveillée toutes les nuits. Mes cheveux étaient ternes. Des cernes profonds marquaient mes yeux. Je me sentais tendue, au bord de l'explosion en permanence.

Le film commença et je souris en entendant la musique d'introduction. *Good Morning England*. L'un de mes préférés.

Et il y avait du sexe dedans.

Je fis la moue et parcourus la foule du regard, me demandant combien de temps ces sauvages seraient capables de se retenir. Je leur donnais vingt minutes. Je n'aurais peut-être pas dû les juger ainsi, étant donné que si Kyros avait été présent, nous nous serions trouvés en plein milieu du septième échange.

Je fermai les yeux pour me concentrer sur lui. Mes entrailles se contractèrent quand je sentis la défaite et la misère qui l'emplissaient. Il y avait un soupçon de détermination également, mais il se sentait si mal. Je remontai la vibration battant entre nous jusqu'au nord. Il n'était pas dans sa tour ni dans sa propriété de Lyall Bay. Chez ses parents, peut-être ? La famille s'était sûrement réunie pour leur dernière nuit.

J'avais trouvé que la séparation était dure à supporter après le cinquième échange, mais ce n'était rien en comparaison de ce que je ressentais en cet instant. La peur de ce qui arriverait le lendemain n'était pas la seule cause de mon apparence. Plus nous restions loin l'un de l'autre, plus je me vidais de mon énergie.

C'était ce qui m'effrayait le plus.

Si j'échouais le lendemain, nous dépéririons tous les deux. De mon côté, je survivrais pour ne vivre qu'à moitié. De son côté, ça ne rendrait la tâche que plus facile pour le roi Mikhail.

Après avoir passé trois jours sans lui, je savais sans l'ombre d'un doute que s'il m'était arraché, je passerais le reste de ma vie à essayer de le libérer. Parce que j'en aurais besoin.

Parce que je le voudrais.

C'était un jeu auquel je n'arrêterais jamais de jouer.

Des larmes s'accumulèrent aux coins de mes yeux quand son humeur morose s'amplifia.

Je ne pouvais pas le supporter. Je sortis mon téléphone pour taper un message.

**Je t'aime, Kyros <3**

J'hésitai un instant, car une partie de lui devait toujours me détester pour ce que j'avais fait, puis j'appuyai sur «envoyer».

J'écrivis un autre message.

**Je vais arranger ça. Ta famille survivra.**

Je fixai ce que j'avais tapé, mon pouce en attente au-dessus du bouton d'envoi. Le truc, c'était que… je ne pouvais pas lui promettre ça. Si je lui donnais un faux espoir maintenant, pour finir par perdre, je ne me le pardonnerais jamais.

Tommy posa sa tête sur mon épaule, riant alors que le nouveau DJ montait sur le bateau et était diffusé sur les ondes pour la première fois.

Je m'adossai de nouveau contre les coussins et passai un bras autour de ses épaules.

Un léger gémissement monta derrière nous.

*Et voilà, ils s'y mettent.*

— Euh…, commença Tommy. Je remarque qu'il y a des groupes d'hommes avec une seule femme et vice-versa.

J'étais relativement sûre que mon équipe savait que Tommy était au courant pour eux depuis un moment, mais maintenant que je les avais libérés, je ne le cachais plus. De plus, avec la contrainte désormais levée, je lui avais tout raconté, du moment où j'avais déposé mon C.V. jusqu'à aujourd'hui.

J'avais beau m'inquiéter qu'elle soit de plus en plus à l'aise avec les Vissimo, je voulais aussi entretenir cela. Je voulais qu'elle sache que tous les vampires n'étaient pas des monstres après ce qu'elle avait traversé. Ma meilleure amie était forte. Elle était littéralement assise au milieu de centaines de personnes équipées de crocs.

— Qu'est-ce que tu veux dire ? lançai-je. Que ce sont des harems, ou un truc du genre ?

— Non, non, répondit-elle rapidement avant de s'interrompre un instant. C'est le cas ?

Je lui adressai un grand sourire.

— La plupart d'entre eux, oui. Les Vissimo ont du mal à se reproduire, alors ils ont plusieurs partenaires.

Je ne savais pas vraiment pourquoi certains se regroupaient autour d'un homme et d'autres d'une femme, mais ce dont j'étais certaine, c'était que tout le monde avait son propre harem et faisait partie d'un autre.

Ils alternaient peut-être les jours.

Mon amie se redressa pour balayer la foule du regard.

— C'est un concept intéressant.

Son ton ronronnant me fit plisser les yeux.

— Comment ça ?

Tommy porta son attention sur un homme mince avec des cheveux blonds lui tombant jusqu'aux épaules.

— Tu penses qu'il joue d'un instrument ? chuchota-t-elle.

Craquer sur des musiciens ratés, le retour !

— Aucune idée, Tom. S'il te plaît, dis-moi que tu ne vas pas former un harem.

— J'ai peut-être pas le bon point de vue sur la vie, lança-t-elle en haussant une épaule. Pourquoi choisir, tu vois ce que je veux dire ?

Ensuite, elle se tourna vers moi.

— Ouais, répondis-je sèchement. Tu t'adresses sûrement à la mauvaise personne à ce sujet.

— C'est vrai, ricana-t-elle.

Je me demandai si on gâchait le film pour les autres.

— Tu cherches à rebondir, alors ?

Tommy était restée silencieuse à ce propos depuis sa découverte de la vérité concernant Theodore et ses frères. Elle avait besoin d'en parler. Mais à qui pouvait-elle s'adresser pour discuter de vampires en dehors de moi et de ceux que j'employais ? J'espérais que ce serait suffisant. Son traumatisme pouvait ressortir de tout un tas de façons différentes, et je savais d'expérience que le deuil faisait souvent croire aux gens que le pire était passé avant de les percuter de plein fouet à nouveau des mois ou même des années plus tard.

— Ouais, pourquoi pas ? souffla mon amie en parcourant à nouveau la foule du regard.

Qu'elle pense à un Vissimo pour lui servir de pansement était quelque peu surprenant.

Je pris ses mains dans les miennes.

— Tant que tu fais attention ! Et du moment que tu viens me voir si ça ne va pas.

Elle serra mes doigts.

— Tu sais que je le ferai, m'assura-t-elle avant de baisser les yeux sur mon téléphone. Tu vas lui envoyer ou pas ?

**Je vais arranger ça. Ta famille survivra.**

Kyros n'avait pas répondu à mon premier message.

Laurel tapota mon genou et me tendit son téléphone.

Je lus les détails de mon vol envoyés par Kyros.

— Demain à onze heures, murmurai-je.

— On a reçu pour ordre de sa part de nous assurer que vous embarquiez à bord de cet avion avec vos employés et Tommy.

*Eh bien, ça n'arrivera pas !*

Je croisai son regard bleu.

— Quand est-ce que les négociations commenceront ? l'interrogeai-je.

— Onze heures et demie.

— Très bien.

S'il y avait eu un trop gros écart de temps entre mon vol et le rassemblement des deux clans, j'étais certaine que Kyros se serait personnellement assuré que je partais bien. Il ressentait ma position, alors il faudrait que je la joue fine jusqu'à ce qu'il soit trop tard pour qu'il interfère.

Laurel reporta son attention sur le film et je baissai les yeux vers le message que j'avais écrit. Si Kyros avait le moindre soupçon, il ferait en sorte que je ne puisse pas assister aux négociations.

L'objectif de la journée du lendemain serait certes de sauver sa famille, mais également de représenter ma grand-mère.

— J'en ai marre de lui cacher des choses, Tommy, déclarai-je en dirigeant mon pouce vers le bouton «envoyer».

Elle m'arracha le téléphone des mains.

— Mais avant que tu le fasses…, commença-t-elle.

— Je n'ai pas le choix ?

— Je te laisserais faire cette fois. Mais écoute-moi avant. De ce que tu m'as raconté, tu as vraiment foiré auprès de Kyros et de sa famille. Genre vraiment, vraiment foiré en beauté. Genre…

— Je saisis l'importance de mon erreur, Tom, l'interrompis-je en haussant un sourcil.

— Parfait. Ce qui m'amène à mon raisonnement. Kyros est un prince héritier. Ce qui veut dire que si tout se passe comme prévu, tu deviendras une princesse, voire une reine, un de ces jours.

Cette idée était absolument terrifiante. Est-ce que nous devions en parler maintenant ? J'essayai de récupérer mon téléphone.

— Je vais envoyer le message.

— Si tu dois devenir une reine un de ces jours, alors tu dois montrer à tout le monde que tu en es une, s'exclama-t-elle.

La main dans les airs, je me figeai.

Ma meilleure amie se pencha en avant, complètement sérieuse.

— Efface ton erreur de leurs esprits. Enterre les Fyrlia et ton plantage ressemblera à une pièce de puzzle de génie dans un plan élaboré. Fais-le toi-même, Basil, pour ceux que tu aimes, pour ceux qui ont besoin de ta protection, et prouve au monde immortel que tu es l'égale de Kyros.

J'inspirai profondément.

— Waouh, ça, c'est profond ! Je voulais juste ne pas lui donner de faux espoirs au cas où je ne pourrais pas tenir ma promesse.

Tommy écrasa le téléphone dans la paume de ma main.

— Deviens la reine, ou reste princesse à jamais, Basilia Le Spyre.

Laurel et les autres autour de nous avaient arrêté de discuter.

Peut-être que Tommy n'avait pas tort. J'avais tant de choses à prouver à tant de gens que j'en avais oublié les personnes qui allaient m'entourer à l'avenir, la famille de Kyros. Leur clan. Comment allaient-ils pouvoir me respecter s'ils me percevaient comme le lot de consolation pour l'homme qui allait devenir le vampire le plus puissant au monde ?

Je ne voulais pas que Kyros ait honte de moi. Plus jamais.

Et je voulais être fière de moi.

Je supprimai le message et rangeai mon téléphone.

— Reine Basilia, murmurai-je pour voir comment ça sonnait.

Tommy leva les yeux au ciel.

— TFTS.

— Qu'est-ce que je peux y faire ? Ces conneries de riches collent à la peau.

Je reportai mon attention sur le film, puis me connectai aux émotions de Kyros, m'installant pour passer une longue nuit.

# Chapitre 23

— Vous avez tout, mademoiselle Le Spyre ? demanda Fred.

Je levai un lourd sac de sport. Il y en avait neuf autres semblables, qui étaient rangés dans le coffre.

— Je pense, oui. Vous allez bientôt aller récupérer mes petits vieux ?

— Oui, mademoiselle, confirma-t-il en s'inclinant.

— Une fois que vous les aurez déposés, attendez de mes nouvelles pour venir me chercher, lui indiquai-je. J'assiste à une réunion très importante aujourd'hui et j'aimerais la quitter dans la voiture de ma grand-mère. Si vous voulez bien me conduire.

Fred était tout aussi impliqué que n'importe qui d'autre. Une étincelle brilla dans ses yeux et il les baissa vers mon sac de sport avec un regard nouveau.

— Alors on y est ? m'interrogea-t-il d'une voix basse.

Je lui avais révélé la vérité à propos de Laurel et des autres, ainsi que le fait qu'ils travaillaient pour moi désormais, mais il faudrait du temps pour calmer sa méfiance. Si elle s'estompait un jour. Il était trop loyal pour pardonner quiconque arborant des crocs.

— Pour ma part, oui, c'est terminé, admis-je en posant une main sur son épaule. Merci, Fred.

— Si vous préférez, mademoiselle Le Spyre, je peux demander à Don d'escorter les amis de votre grand-mère afin de pouvoir vous accompagner.

C'était tentant. Même les Vissimo reconnaissaient que mon majordome n'était pas comme les autres humains. Mais si deux mille vampires s'avéraient incapables de me protéger, alors il en serait de même pour lui.

Je lui adressai un sourire.

— Merci, ça signifie beaucoup pour moi. Mais pas cette fois. Je vous enverrai l'adresse.

— Comme vous le souhaitez, mademoiselle Le Spyre.

Il s'inclina à nouveau.

Je grimpai dans le SUV à côté de Tommy, et Kelsea monta juste après moi.

— À l'aéroport, Laurel, s'il te plaît, ordonnai-je.

À ma grande surprise, l'épuisement avait fini par me terrasser la veille. Je ne me sentais pas non plus reposée, mais un peu d'énergie avait regagné mon corps. Le travail de Tommy sur ma coiffure et mon maquillage couvrait les autres signes de mon corps vidé.

J'avais enfilé des talons noirs ainsi qu'une jupe crayon serrée qui mettait en valeur ma silhouette de la taille aux mollets. Je portais également un haut à col rond blanc dont les manches s'arrêtaient aux coudes. Modeste, sophistiquée. Prête pour les affaires.

Mes cheveux étaient tirés en arrière et rassemblés en chignon, mon maquillage était parfait, des cils charbonneux aux lèvres rouge rubis.

Je renvoyais une image confiante.

Même si c'était loin de refléter ce que je ressentais.

Seules les personnes n'ayant rien à perdre étaient aussi pompeuses. En tant que Le Spyre, il était rare que je me sente vulnérable, mais au moins, le temps que j'avais passé en dehors du domaine m'avait-il servi de cours d'introduction que je n'oublierais jamais.

Tout le monde resta silencieux le temps du trajet.

Une petite partie de moi espérait toujours obtenir des nouvelles de mes petits vieux, ainsi que de leurs capitaux locaux. Ils n'auraient pas fait durer le suspense juste pour me torturer, j'en étais certaine.

Ils ne viendraient pas.

— Prête ? me lança Tommy.

Le contenu de mon estomac remuait dangereusement et pouvait ressortir à tout moment.

— Autant que possible, soufflai-je.

— On va devoir patienter à l'aéroport aussi longtemps que l'on pourra, m'annonça Laurel. Il veut que je lui confirme le décollage de l'avion.

Il serait concentré sur ma position jusqu'à la réception de ce message. Sûrement parce qu'il pouvait sentir que je me préparais à livrer bataille.

Nous arrivâmes à l'aéroport privé de Bluff City et je passai l'enregistrement plongée dans mes pensées. Laurel nous conduisit jusque dans un hangar abritant un grand avion. Plus grand que ceux dans lesquels j'avais voyagé avec Grand-mère.

D'autres voitures entrèrent dans le hangar et mes employés humains en sortirent. Mme Gaughton sauta de sa banquette et se précipita vers moi.

— Je n'arrive pas à croire que tu nous offres ça, Basilia, s'extasia-t-elle. Mon premier voyage à l'étranger !

*Ouais*, mes équipes pensaient que je leur avais offert des vacances surprises.

Elle enfonça son coude dans mon flanc et reprit :

— Tu es sûre que tu ne veux pas nous dire où on va ?

Plutôt, oui, étant donné que je n'avais aucune idée de là où Kyros pensait m'envoyer. Le connaissant, ce devait être un endroit agréable.

Je restai en arrière tandis que tout le monde procédait à l'embarquement.

Tommy me rejoignit.

— Alors, c'est maintenant que je te dis que je ne pars pas avec eux.

— Si, tu pars.

— *Nope*, insista-t-elle en s'appuyant contre la voiture. Je vais rentrer dans cette salle avec toi, Basil. Et cette clause spéciale que tu as ajoutée ? Je veux la lire moi-même en les regardant dans les yeux.

Elle avait parfaitement caché ses émotions jusque-là, mais je percevais désormais clairement son amertume et sa colère.

Mon amie voulait se venger.

Je connaissais bien ce désir.

— Tom, quand je t'ai révélé l'existence des Vissimo, j'ai promis de ne jamais laisser aucun mal t'arriver. J'ai déjà manqué une fois à cette promesse, alors ne me pousse pas à la trahir à nouveau, s'il te plaît.

— Quoi ? ricana-t-elle. Tu es riche, alors tu veux diriger ma vie ? Mes actions n'appartiennent à personne d'autre qu'à moi-même. Je voulais être avec Theodore, ou du moins, celui que je pensais qu'il était. Maintenant, je veux cracher à la gueule des deux autres. Et surtout, je vais rester à tes côtés, parce que je suis ta putain de meilleure amie.

Je lui lançai un regard.

— Ton corps te trahira de l'intérieur. Les membres des familles royales sont forts. Leur puissance va s'embraser. Ça va te donner envie de t'écrouler au sol et de te pisser dessus.

— Je me suis entraînée avec les vampires du domaine.

— Comment ça ? l'interrogeai-je immédiatement d'une voix basse pleine de danger.

Elle esquiva ma question en reprenant.

— Je vais entrer dans cette salle, Basil. Que tu le veuilles ou non. Offre-moi ce moment et j'accepte l'entière responsabilité de mes actes. Si je suis blessée, ce sera ma faute, et uniquement ma faute.

Sauf que ce ne serait pas le cas.

Tommy leva une main pour attraper mon bras.

— Tu t'en voudrais si j'étais blessée. Pourquoi tu penses qu'il en serait autrement pour moi ? plaida-t-elle. Tu crois que je veux te voir te jeter dans la gueule du loup sans moi ? S'il arrive quoi que ce soit, je ne me le pardonnerais jamais.

— Ce sera…

— Dangereux. Merci, Sherlock.

— Je vais être foutrement énervée si tu meurs, pestai-je, frustrée.

L'euphémisme du siècle.

Mon amie me sourit de toutes ses dents en ouvrant la portière.

— Je t'aime, Basil.

Je la laissai savourer sa victoire et me mis à faire les cent pas dans le hangar, certaine que Kyros me surveillait comme un oiseau de proie. Je ne pouvais pas rester immobile dans la voiture pendant une heure alors que j'étais censée m'activer pour monter dans l'avion avec tous les autres.

Est-ce que j'avais tout ? J'avais passé trois heures ce matin-là à vérifier une troisième fois les piles de documents.

Tout était dans les sacs.

Tout, sauf le papier dans ma poche arrière.

— L'avion est prêt à décoller, Basi, m'informa Laurel en venant à mes côtés.

Je clignai des yeux face au mur gris. J'avais gardé mon regard rivé dessus tout en me répétant ce que je voulais dire lors des négociations. Les monarques allaient tenter de m'ébranler, comme le roi Julius l'avait fait la dernière fois.

Il fallait que je m'en tienne à mon script.

— Merci. Demande à quelqu'un de nous trouver une excuse à Tommy et à moi. Dites-leur qu'il y a une urgence à gérer.

Quinze de mes Vissimo allaient partir avec mes employés humains. Le reste d'entre eux avaient été rappelés auprès des Sundulus pour les négociations, alors j'allais pénétrer dans l'antre du lion seulement accompagnée de mon équipe de sept gardes du corps.

D'une certaine façon, ça me paraissait mieux comme ça.

J'adressai des signes de la main à mes équipes quand l'avion quitta le hangar. Ils étaient en sécurité désormais. Mes petits vieux allaient les suivre de près, bien que je soupçonne la destination d'être différente.

Je me mis à respirer un peu plus facilement une fois le décollage terminé.

À onze heures et demie, comme j'étais à l'écoute des émotions de Kyros, je sentis le moment exact où sa peur enfla.

— Envoie-lui un message, lançai-je à Laurel. Il y a du retard à cause du trafic aérien de l'aéroport public. Temps d'attente estimé à quinze minutes.

Il y avait de grandes chances pour qu'il ne morde pas à l'hameçon, mais Kyros se trouvait à Grey et l'aéroport privé se situait de l'autre côté d'Orange. Il lui faudrait au moins vingt minutes pour venir ici, et il n'aurait ensuite plus assez de temps pour se rendre à la réunion.

Laurel envoya le message et haussa les sourcils immédiatement en recevant la réponse.

— Des menaces ? devinai-je en souriant.

— « Faites voler ce putain d'avion immédiatement », lut-elle à voix haute. « Immédiatement » est en majuscules.

Il était d'humeur à crier. Je ne pouvais pas lui en vouloir.

Mais Kyros commençait à se déplacer également.

— Merde, il bouge ! chuchotai-je en me concentrant sur le tiraillement vers le nord. Il ne peut pas être en train de venir ici, si ?

Après dix minutes tendues, je compris que ce n'était pas le cas. Il avait rejoint Black.

*Midi moins dix.*

— Il est l'heure de monter dans la voiture et de faire croire que l'avion roule sur la piste de décollage.

La colère de Kyros enflait, tout comme son désespoir.

Laurel lui renvoya un message tandis que nous embarquions dans le SUV avec toute mon équipe. Jillian s'était installée sur les genoux d'Evie en raison de la présence de Tommy. Le soulagement du prince vampire quand il lut le texto de Laurel fut immédiat, bien vite remplacé par un torrent de détermination et de terreur.

J'avais de plus en plus envie d'entendre ses pensées. Ressentir ses émotions était comme être à deux doigts d'éternuer sans y arriver. Cette détermination pouvait signifier n'importe quoi. Est-ce que Kyros avait son propre plan ? Un point à négocier en particulier ?

Les émotions étaient si subjectives sans contexte.

Laurel fit rouler la voiture jusqu'au bout de la piste avant de faire demi-tour pour rejoindre le portail de l'entrée.

*Midi moins quatre.*

Mes mains devinrent moites. Kyros n'avait plus assez de temps pour m'arrêter maintenant. Je l'avais piégé à la réunion et avais ruiné ses efforts pour me mettre en sécurité. Encore. Cette fois, je me sentis mal pour lui, car après tout ce que j'avais fait, je me jetais à nouveau seule dans la bataille. Et il y avait de fortes chances pour que Kyros me déteste pour ça, encore.

On pouvait se remettre de certaines choses. Mais pas de tout.

Le faire de cette façon me semblait plus respectueux envers toutes les personnes blessées en cours de route.

Dès que Laurel eut passé le portail, la rage de Kyros me percuta de plein fouet. Sa puissance m'arracha un hoquet de stupeur et je m'agrippai la poitrine.

— Il est au courant, hein ? demanda sèchement Tommy.

*Bordel ! C'est le moins qu'on puisse dire.*

— Ouais, soufflai-je. Pas content.

Tommy posa une main sur ma jambe.

— Sauve sa famille. Il s'en remettra.

*Trahison. Fureur. Peur.* Les émotions me submergèrent, une vague après l'autre.

Laurel croisa mon regard dans le rétroviseur.

— Quelle direction ?

Je surmontai difficilement la réaction de Kyros pour me concentrer sur sa position.

— Vers Black, l'informai-je. Est-ce que tu sais ce qu'il y a là-bas ?

— C'est là où les rois lancent les dés tous les soirs, me révéla-t-elle. Kyros ne m'a pas indiqué l'adresse où se tiendraient les négociations. Il n'était pas certain que tu embarquerais dans l'avion gentiment ni que je garderais l'information pour moi.

— Il te connaît bien, il faut le reconnaître, lança Tommy en faisant la moue.

Je souris. Il n'avait jamais mentionné le fait que je pourrais également sentir sa position, j'en avais donc conclu qu'il n'était pas au courant que ça marchait dans les deux sens.

Le trajet à travers Bluff City pour rejoindre Black fut cent fois pire que l'attente dans le hangar. Je joignis mes mains tremblantes et fermai les yeux, essayant de retrouver mon calme.

— Tu te souviens à quel point le dos d'Agatha était droit ? demanda Tommy.

J'étais relativement sûre de ne l'avoir jamais vu autrement.

Je me redressai sur mon siège, ses réprimandes sévères résonnant dans mes oreilles.

— Et elle gardait toujours la tête haute aussi, continua Tommy. Et ses yeux. Elle maîtrisait à la perfection ce regard qui signifiait : « Tu n'es qu'une vermine de la plèbe. »

J'inspirai profondément, puis levai le menton comme si ma grand-mère avait passé un doigt dessous. Je me souvenais très clairement du regard qui faisait que l'interlocuteur se sentait comparable à une vermine. Quand les gens me cherchaient, mes yeux topaze brillaient de la même flamme.

Tommy me pressa le genou avec un clin d'œil.

— Te voilà enfin !

Je lui renvoyai le sourire le plus visible que j'étais capable d'afficher.

— N'oublie pas pourquoi tu fais ça, Basil, murmura-t-elle.

Pour moi.

Pour Tommy.

Pour ma grand-mère.

Mes petits vieux.

*Pour Kyros.*

Et même si je ne me prenais pas pour une superhéroïne, je faisais également ça pour Bluff City.

Mon souffle saccadé se calma et la moiteur de mes mains s'estompa. Il n'y avait que deux issues possibles, mais dans tous les cas, je resterais digne.

La dignité que ma grand-mère m'avait transmise.

Laurel se gara devant un grand bâtiment vers lequel je ne me rappelais pas avoir lancé plus de deux coups d'œil dans ma vie. Ça ressemblait à un genre de palais des congrès.

J'envoyai l'adresse à Fred avant d'oublier.

La fureur de Kyros s'était presque entièrement transformée en panique désormais. Je lui transmis autant de pensées calmes et réconfortantes que possible, consciente que ses pouvoirs brûlaient de prendre le dessus.

*Pars… D'ici.*

Je sursautai sur mon siège.

— Basil ? m'interpella Tommy, inquiète.

Une exclamation ébahie quitta mes lèvres.

— Je viens d'entendre Kyros dans ma tête pour la première fois, expliquai-je.

— Ça, c'est flippant.

*Kyros ?*

*Pars !* cria-t-il dans ses pensées.

*Waouh*, il avait vraiment crié extrêmement fort ! Un torrent de mots dont je ne réussis pas à comprendre le sens suivit l'exhortation. Je cillai, une douleur me traversant le crâne.

— Il veut que je parte, dis-je en sortant de la voiture derrière Josie.

Mon équipe nous encadrait, Tommy et moi. Le flux soutenu des pensées de Kyros me martela la tête tandis que je m'approchais des portes du bâtiment.

*Qu'est-ce qu'elle fout là ?*

*Je lui ai dit de partir.*

*Elle ne peut pas être blessée à nouveau.*

*Plus jamais.*

*Protéger ma compagne véritable.*

*Tuer.*

— J'ai besoin d'un moment, déclarai-je en m'appuyant contre le mur.

— Qu'est-ce qui ne va pas ?

Si les vampires à l'intérieur faisaient attention à ce qu'il se passait dehors, ils écoutaient sûrement ce que nous nous disions.

Je tapotai ma tempe du bout du doigt. En dehors du problème évident que représentait la présence d'une autre personne sous mon crâne alors que j'avais besoin de toute ma concentration, une joie profonde m'emplit en entendant la voix intérieure de Kyros pour la première fois.

Le son mental – si on pouvait l'appeler comme ça – grondait dans mon corps tout comme sa voix me faisait vibrer dans la vraie vie.

*Je vais bien, Kyros*, pensai-je pour essayer. *Je vais rentrer dans le bâtiment…*

*Il faudra me passer sur le corps*, m'interrompit-il.

*Je vais faire de mon mieux pour sauver ta famille*, annonçai-je.

À l'aide de chaque miette de concentration invoquée depuis mon arrivée, je rassemblai le débit rapide de ses cris et fis de mon mieux pour ranger sa voix dans une boîte. Je réussis seulement à baisser le volume au niveau d'un murmure, au prix d'une goutte de sueur dévalant mon dos.

Ça ferait l'affaire.

Je me redressai et me dirigeai vers les portes d'un pas décidé, puis fis un signe de tête à deux de mes Vissimo pour qu'elles les ouvrent. Je leur adressai ensuite un clin d'œil – parce que… pourquoi pas ? – et suivis la direction d'où provenait le tiraillement de Kyros.

Ce dernier se demandait s'il pouvait quitter la pièce.

*Kyros, la dernière fois que tu m'as laissée m'occuper de quelque chose, le plan m'a explosé au visage. Je comprends tes réticences, mais je te demande de me faire confiance cette fois. Je fais ça pour toi. Pour nous. Mais j'ai besoin d'avoir ce moment, pour ma grand-mère.*

La confusion causée par la dernière partie de ma déclaration prit le dessus sur tout le reste. La manière dont il retournait les problèmes dans tous les sens était incroyable. Alors que je marchais jusqu'aux portes suivantes, il avait trouvé dix raisons possibles à la mention de ma grand-mère et les avait organisées de la plus probable à la moins probable.

*Aucune de tes théories n'est correcte*, l'informai-je. *Mais il est temps que tu saches la vérité.*

Je passai en revue mentalement tout ce que je lui avais caché : le bureau souterrain, l'équipe de Churchill, celle des acquisitions, les centaines de propriétés qui m'appartenaient à Bluff City.

Le flot d'informations le plongea dans un silence choqué. C'était un silence confus, pas émerveillé. Zut, est-ce qu'il avait compris quoi que ce soit ? Je ne savais pas vraiment si je lui avais transmis ces informations d'une manière logique ou tout à trac.

En tout cas, j'espérais qu'il avait saisi le principal.

Je voulais qu'il soit enfin au courant. Je ne voulais plus jamais avoir de secrets pour lui.

Debout devant la double porte, je me préparai à l'état dans lequel allaient me mettre deux clans entiers de vampires.

Tommy se positionna dans mon dos et je lui lançai un regard inquisiteur.

Elle avait les mâchoires serrées. Le regard dur.

Laurel couvrait ma droite et Kelsea ma gauche. Le reste de mon équipe se tenait derrière Tommy et moi. Elles portaient onze sacs, et je récupérai celui que Laurel me tendait.

Je pris une profonde inspiration, relevai la tête et redressai mon dos.

*C'est pour toi, Agatha.*

Laurel et Kelsea ouvrirent les portes.

Je plongeai dans une mer de vampires.

# Chapitre 24

*Bordel de merde !* Pénétrer dans une arène qui devait contenir plus de six mille vampires était dingue. Sans exagérer, quasiment la moitié des quinze mille vampires qui habitaient cette ville avaient réussi à entrer dans cette salle. Il était intéressant et réconfortant de constater que les deux parties avaient arrangé l'espace afin que la plupart de leurs Débiteurs puissent assister aux négociations. Je supposais que si un combat éclatait, ils ne voulaient pas que les véritables membres du clan meurent.

*Trous du cul !*

Les clans étaient installés dans des gradins se faisant face. Au milieu se trouvait l'espace que je voyais habituellement lors des lancers de dés. Les rois et reines étaient assis sur leurs trônes, au centre d'une longue table installée au milieu pour l'occasion, les uns en face des autres. Leurs enfants étaient positionnés de chaque côté d'eux, également en face à face. Tout en écoutant la respiration erratique de Tommy dans mon dos, mon regard se posa sur Kyros, à la droite de son père.

Ses pensées tournaient toujours en boucle au sujet de ce que je venais de lui révéler, mais je continuai à maintenir son volume sonore mental à un chuchotis. Kyros était bien conscient de ma présence et il en était dévasté.

Je m'avançai entre les deux gradins surélevés, jusqu'à la table. Les clans se rendirent rapidement compte de la présence d'une personne quasiment humaine et d'une véritable humaine parmi eux.

J'écoutai la conversation qui avait lieu devant moi. Je m'étais attendue à des cris, des regards meurtriers et des crocs sortis, mais le calme élégant émanant des deux camps et leurs voix posées étaient un véritable cauchemar.

Presque à l'unisson, les membres des familles royales se tendirent, leur conversation restant en suspens tandis qu'ils se tournaient vers moi.

Tommy s'arrêta de respirer complètement alors que je continuais à avancer vers la table. Mon propre cœur se mit à battre la chamade quand je devins le seul objet de l'attention de deux rois, deux reines, ainsi que seize princes et princesses.

Je m'arrêtai en bout de table, entre Hector et Neelan. Leurs visages étaient froids.

Le roi Mikhail me chassa d'un geste de la main.

— Débarrasse-toi du déchet humain, Julius. Elle n'a pas sa place ici.

*Joue selon tes propres règles.*

Je lui lançai un sourire mielleux avant de prendre la parole.

— Droits des compagnons humains, clause quatorze, alinéa sept. « Sauf si le rituel de transition est invoqué au septième échange, le compagnon humain ou humain augmenté ne parlera pas lors des rassemblements officiels sans avoir reçu la permission de son compagnon Vissimo. »

Le roi fronça soudain les sourcils. Il ne fut pas le seul.

Je me tournai vers mon compagnon.

Je m'étais préparée à tout le reste, mais pas à le voir en cet instant. Ses cheveux caramel étaient tirés en arrière, mais je mourais d'envie de passer mes mains dedans. Je scrutai ses yeux verts, si perçants et familiers et suivis du regard la courbe de ses lèvres ainsi que l'angle de ses mâchoires.

Il portait mon costume préféré.

Nous nous observâmes l'un l'autre.

Kyros voulait absolument que je parte.

*Qu'est-ce que tu perdrais à me laisser une dernière chance ?* demandai-je.

*Ta vie*, répondit-il en repoussant ses autres pensées pour projeter uniquement sa réponse. *Pourquoi tu n'es pas montée dans l'avion ?*

*Tu serais parti, toi ?*

Le rire cruel du roi Mikhail résonna dans l'amphithéâtre.

— Mon fils ne veut pas de toi ici, humaine. Pars.

Il venait de commettre une grossière erreur.

Bien que calme extérieurement, Kyros passa de paniqué à furieux en une fraction de seconde. Je clignai des yeux quand sa rage me traversa, me faisant monter le sang aux joues. *Bordel, c'est encore plus puissant !* Nos émotions nous avaient mutuellement influencés auparavant, mais pas à ce point.

Je repris le contrôle sur ma réponse et lui envoyai tout le calme que j'étais capable de rassembler. J'allais apaiser mon compagnon véritable, car il détestait perdre le contrôle, mais sa tristesse était mienne.

Il s'immobilisa, puis se leva de son gigantesque siège. Mon regard balaya rapidement sa mère et son père. Ils étaient tous les deux impassibles. Je doutais qu'un seul des Sundulus ne souhaite ma présence ici, mais ils ne feraient pas non plus perdre la face à Kyros dans cette situation.

Celui-ci fit le tour de la table pour s'arrêter à un mètre de moi.

Je n'osai pas le toucher ; nous nous battions tous les deux pour nous maîtriser et ne pas céder au besoin de réduire à néant l'espace entre nous pour déclencher le septième échange.

Le roi Mikhail rit à nouveau.

*Sale connard !*

Les lèvres de Kyros s'étirèrent très légèrement.

Les poings serrés, je soutins son regard et sentis mon cœur se serrer. *Si beau.*

*Tu dois me laisser essayer*, le suppliai-je, prête à piétiner ma dignité s'il fallait en arriver là.

Il étudia mon visage, puis se retourna.

— Qu'il soit noté que moi, Kyros Nicholai Atagio, prince héritier du clan Sundulus, donne la permission à ma compagne véritable, Basilia Le Spyre, de prendre la parole.

Il s'adressait à une rangée de personnes que je n'avais pas remarquée. Habillées de toges, elles se tenaient tel un jury au fond de la pièce gigantesque.

La femme du milieu hocha la tête, les yeux posés sur moi.

— Le clan Leith prend note que le compagnon Vissimo a donné son autorisation, déclara-t-elle.

Kyros s'éloigna de moi pour retourner à sa place. Chaque pas lui coûtait.

J'étais seule.

— Je m'oppose à sa présence, insista le roi Mikhail en se levant, la fureur déformant ses traits.

Il ne pensait pas que j'aie quoi que ce soit d'utile à offrir, bien qu'il soit probablement intrigué par le contenu des sacs. Mikhail ne voulait pas de moi ici, car ce serait plus dur ensuite de monter Kyros contre moi.

*Bonne chance !*

Je ne savais pas si cette pensée était la mienne ou celle de Kyros, mais j'attendais l'occasion de dire quelque chose depuis un moment.

*Kyros, j'ai besoin que tu restes assis. Ça fait partie du plan. Les Débiteurs travaillent pour moi désormais.*

— Roi Mikhail, commençai-je en croisant son regard. Fermez votre gueule !

Les clans avaient observé la scène sans émettre plus qu'un murmure jusque-là, mais une exclamation de stupeur commune me percuta des deux côtés.

Je ne le vis même pas se déplacer.

Le temps que mes yeux suivent le mouvement, le roi se trouvait devant moi, son torse couvert de points rouges.

Des feulements furieux remontaient de la poitrine de Kyros, mais il n'avait pas bougé, ce qui me fit presque monter les larmes aux yeux.

Des points rouges couvraient également ma poitrine.

— À ton avis, lequel d'entre nous a le plus de chances d'esquiver les balles ? demanda le roi en retrouvant un semblant de calme alors que je voyais bien qu'il était pris au dépourvu.

Laurel garda son arme levée tout en se glissant à côté de moi.

— Souhaitez-vous que je lui tire dans une rotule, mademoiselle Le Spyre ?

Je fis mine d'y réfléchir.

— Est-ce qu'elle repousserait ?

— Si je l'explose entièrement, ça prendrait plus ou moins un mois, m'informa-t-elle froidement.

Le regard voilé de Mikhail se tourna vers elle, une promesse de mort incrustée dans chaque ligne de son visage.

— Il lui resterait une jambe pour se déplacer, cela dit, lui fis-je remarquer en croisant les bras.

La voix profonde de Vladymir m'enveloppa.

— Je pourrais m'occuper de l'autre rotule, si vous le désirez, mademoiselle Le Spyre.

Il me rejoignit, prenant place de l'autre côté tandis que Mikhail écarquillait les yeux.

Les points rouges recouvrant mon corps se déplacèrent sur celui du roi.

Un sourire en coin étira mes lèvres.

Le roi baissa les yeux avant de tourner le regard vers la rangée de vampires vêtus de cuir dans son dos. Il ferma un instant la bouche avant de les menacer.

— Sales esclaves, baissez vos armes ou vous serez tous exécutés jusqu'au dernier !

Je levai un doigt devant son visage.

— Ta ! Ta ! Ta ! C'est faux, roi Mikhail, déclarai-je avant de poser mon sac sur la table et de me détourner de lui pour l'ouvrir. En fait, vous apprendrez que les Vissimo des clans Sundulus et Fyrlia que vous avez incorrectement appelés des «Débiteurs» ont été libérés de leur dette il y a trois jours. Ils ont gracieusement accepté de rester travailler pour moi.

Je n'avais pas besoin de regarder les deux vampires à ma droite pour savoir à quel point cet instant comptait pour eux.

— Je vous suggère de vous rasseoir, Mikhail, murmurai-je. Pour une raison que j'ignore, mes amis ne vous apprécient pas beaucoup.

Un feulement quitta ses lèvres retroussées.

— Père, intervint Gina, depuis son siège en face de Kyros. Plus vite on écoutera ce que le déchet humain a à dire, plus vite on pourra détruire les Sundulus.

Je l'ignorai.

Tout comme Mikhail.

— Dois-je vous rappeler la clause numéro quinze ? lui demandai-je en penchant la tête sur le côté.

S'il me touchait maintenant, Kyros avait le droit de le tuer.

— Père, répéta Gina.

Je me retournai vers lui et aperçus le grand sourire du roi avant qu'il ne retourne à sa place.

*Pfiou !*

— Repos ! lançai-je à mes gardes.

Un « boum ! » détona dans la salle quand la plupart des deux mille vampires à mon service firent claquer leurs talons, le dos droit, arme au flanc.

De la fierté envahit ma poitrine.

*Compagne*, dit Kyros, d'un ton si tendu qu'il semblait sur le point de craquer.

Il avait besoin que je me rapproche de lui. J'attrapai mon sac et fis le tour de la table pour me glisser entre Kyros et Rory.

Je posai ensuite le sac pour en sortir la première pile de documents, qui regroupait plus de neuf mille propriétés.

— Je ne vais pas tourner autour du pot. J'offre l'intégralité de mes capitaux de Bluff City au clan Sundulus, déclarai-je en posant la pile devant Kyros.

— Comme c'est mignon ! rétorqua le roi Mikhail.

— Cela revient à neuf mille trente-six propriétés, continuai-je. Trente-deux entreprises. Et des parts dans diverses compagnies locales.

Kyros s'était figé, aussi bien intérieurement qu'extérieurement. Tout comme ses frères et sœurs.

Il n'avait clairement pas reçu cette partie des explications dans mon débrief mental un peu plus tôt. *Oups !*

Tout le monde ici connaissait la signification de ce nombre. C'était quasiment toutes les propriétés appartenant à des propriétaires étrangers. Ou du moins, c'était ce qu'ils avaient pensé.

Le seul bruit dans la pièce était la respiration difficile de Tommy.

Kyros survola les pages, lisant les adresses. Il vérifia ma signature au bas de chaque page. Avec une inspiration profonde, il poussa la pile vers son père et en récupéra une autre dans mon sac.

— Mesdames, lançai-je à mon équipe.

— Un instant, ronronna Trenit. Corrigez-moi si j'ai tort, peut-être que les règles d'Ingenium ont soudain changé dans la nuit. Tu es contrainte par un membre des Sundulus. Bien que mon frère aîné te garde à ses côtés pour le moment, ça ne t'exempte pas des règles du jeu. Tu ne peux pas signer quoi que ce soit à leur bénéfice. Tu ne peux signer qu'avec nous.

Il avait prononcé sa dernière phrase en se penchant en avant.

Kyros répondit calmement.

— Ma compagne véritable n'est pas contrainte. J'ai retiré toute contrainte il y a quatre jours.

— Et bien évidemment, nous sommes incapables de le vérifier étant donné qu'elle ne peut plus être contrainte et validée par un clan impartial, répliqua Tynan.

*Et merde !*

Il y avait une faille massive dans mon putain de plan. *Bordel !*

Je suivis la seule option qui me vint à l'esprit.

— Ma contrainte précédente m'empêchait de parler à des humains. Faites venir un humain sous votre contrôle et je lui raconterai tout ce que je sais à propos des Vissimo. Vous aurez votre preuve.

— Procédez à une contrainte temporaire sur moi, m'interrompit Tommy.

J'écarquillai les yeux et lui lançai un regard paniqué.

Elle m'ignora.

— Basilia ne pouvait pas parler des vampires jusqu'à ce que Kyros la libère il y a quatre jours. Vous pouvez me contraindre pour obtenir la vérité.

— Et ensuite, on te contraindra pour que tu fermes ta bouche, aboya Trenit. Ce que le clan Sundulus aurait déjà dû faire s'ils soupçonnaient que tu étais au courant de notre existence.

C'étaient des menaces en l'air et tout le monde le savait.

Tommy ne lui adressa même pas un regard et se tourna plutôt vers le clan impartial.

— S'il faut en arriver là, alors ainsi soit-il !

C'était hors de question !

— Si le clan Sundulus souhaite accepter ces propriétés de la part de la compagne du prince héritier Kyros, mon clan doit étudier la validité de cette possibilité. Si mademoiselle Basilia Le Spyre est sous une contrainte, de quelque forme qu'elle soit, selon les règles d'Ingenium, cet accord serait illégal, déclara une femme du clan impartial d'une voix neutre.

Elle avait levé les yeux d'un paquet de feuilles devant elle comme si notre dispute n'était qu'une querelle familiale.

*Je t'en supplie, dis-moi que tu as tout retiré*, chuchotai-je mentalement au vampire.

Kyros lança un regard à son père et hocha la tête.

*Tu te fiches de moi ? Qu'est-ce que ça veut dire ?* soufflai-je silencieusement.

Mon compagnon tourna ensuite son attention vers moi.

*Ça veut dire que je t'ai complètement libérée, Basilia.*

Bordel, merci !

— Faites votre évaluation et rendez votre jugement, indiqua le roi Julius à la femme du clan impartial.

*Ouais*. Ses mots ne dupaient personne. Ils n'avaient pas encore décidé d'accepter quoi que ce soit de ma part.

La femme s'inclina légèrement et rejoignit les rangs de son clan.

— Le témoin humain veut-il bien s'avancer ?

Je serrai les poings, tendue, alors que Tommy me lançait un regard voilé avant de faire le tour de la table pour s'approcher de la femme.

— Chacun de nous va se plonger dans votre esprit et procéder à un vote pour rendre son verdict de recevabilité de votre témoignage concernant le retrait de la contrainte de Mlle Le Spyre, expliqua-t-elle à mon amie.

J'en restai bouche bée. *Tous !* Je comptai rapidement. Il y en avait dix.

Ce n'était sûrement pas…

*Fais attention*, me prévint la pensée invasive de Kyros.

Tommy n'hésita pas, elle laissa son sac à côté d'Evie avant de rejoindre un bout de la table du jury. L'homme Vissimo soutint son regard et mon amie hoqueta. Mais il la libéra en moins d'une minute.

— Suivant, lança la femme.

Tommy avança jusqu'à la personne d'à côté tout en clignant des yeux plusieurs fois. Je déglutis et mes mains devinrent moites alors qu'elle passait devant les dix vampires.

Si ça échouait, il fallait que je trouve une autre solution, mais la seule qui me venait à l'esprit reposait sur mes petits vieux, qui étaient partis depuis longtemps désormais. Il y avait Fred aussi, mais je ne pouvais tout simplement pas lui faire ça.

Je maudissais la faiblesse qui m'avait poussée à accepter la présence de Tommy.

Quand le dernier Vissimo eut terminé de fouiller son esprit, je la rejoignis à mi-chemin et la stabilisai alors qu'elle titubait jusqu'à ma place.

— Nous sommes particulièrement intéressés par les souvenirs du témoin concernant la différence entre ce que Mlle Le Spyre avait la capacité de divulguer au début de sa contrainte et ces quatre derniers jours, déclara la femme.

— Ça ne prouve pas qu'elle n'est plus sous aucune contrainte, intervint Gina. S'il y a la moindre contrainte, elle n'est pas autorisée à passer un accord avec les Sundulus. S'ils sont incapables de prouver qu'il n'y…

Gerome se racla la gorge.

— Le clan Sundulus garde une trace écrite très claire des paramètres de chaque contrainte imposée à une relation humaine. Avec la permission de mon père, je voudrais attirer l'attention du clan Leith sur la page deux mille quatorze du document intitulé : «Relations humaines».

*Comme c'est original !* Ils auraient plutôt dû appeler ça : «Asservissement d'innocents à cause du désaccord entre deux personnes».

À côté de la femme qui, supposais-je, était la cheffe ou la porte-parole du clan, un homme gigantesque fouilla dans les documents à la recherche de la page mentionnée.

— Page mille neuf cent quatre-vingt-dix-huit, indiqua Kyros d'une voix basse.

Il y avait une page détaillant les limitations exactes qu'il avait imposées à mon esprit. Ouais, si je survivais à cette journée, j'allais carrément lire ça.

*Je n'ai rien à cacher*, me répondit-il, une pique légère dans sa voix mentale.

Je ne m'étais d'ailleurs toujours pas complètement faite à l'idée que les voix mentales existaient.

Je haussai une épaule. *Juste par curiosité.* Au point où nous en étions, c'était comme vouloir lire mon historique médical. De plus, je pouvais sentir qu'il disait l'entière vérité. Le combo radar à émotions et télépathie ne laissait place à aucune ambiguïté.

Le document circula d'un bout à l'autre de la table du clan impartial.

Quand le dernier Vissimo du clan Leith referma le dossier, la femme reprit la parole.

— Avec ces paramètres à l'esprit, nous allons désormais procéder au vote.

Quoi ? Du genre : « tous ceux qui sont d'accord, levez la main » ? Non, ça ne pouvait pas être ça !

— Levez la main si vous êtes convaincus de la validité de la déclaration de Mlle Le Spyre et du prince héritier Kyros Atagio, selon laquelle toute contrainte a été levée il y a quatre jours.

Je fermai les yeux.

Après tout ça, un putain de vote à main levée était la goutte d'eau qui me donnait envie d'enfoncer ma tête dans le sol et de prétendre que rien de tout cela n'était réel.

*Ouvre les yeux, Basilia !*

J'obéis, le regard rivé sur les six mains en l'air.

Mes jambes se mirent à trembler et je verrouillai mes genoux, recomptant les mains. Six sur dix.

Soixante pour cent. Est-ce que c'était en notre faveur ou pas ?

Un feulement sauvage jaillit de la poitrine du roi Mikhail.

— C'est grotesque. Le clan Fyrlia fait appel de cette décision.

La reine Titania rit doucement.

— Les décisions du clan impartial sont souveraines lors des négociations de la cascade finale. N'essaie pas de nous faire perdre notre temps, Mikhail.

*Nom d'un chien !* Le roi cruel lança un regard à la mère de Kyros par-dessus la table, une étincelle lubrique évidente traversant son corps.

Le roi Julius se décala.

J'échangeai un regard avec Tommy, qui hocha la tête.

Il était temps de reprendre là où nous nous étions arrêtées. C'était notre heure de gloire, pas la leur. Et je pourrais l'étrangler plus tard pour avoir risqué sa vie de la sorte.

— Rejoignez-nous avec le restant des documents, s'il vous plaît, appelai-je par-dessus mon épaule.

Une à une, les sept femmes vampires de mon équipe posèrent un sac sur la table, certaines d'entre elles en portant deux. Tommy récupéra le sien et me le remit en mains propres.

Les rois interrompirent leur bataille de regards et je relâchai le souffle que j'avais retenu tout ce temps.

*C'est mon heure de gloire.*

J'ouvris le sac et en sortis la feuille du dessus, pour la poser devant mon compagnon. Elle opposait les capitaux cumulés des Fyrlia aux miens ajoutés à ceux des Sundulus.

*Ces chiffres sont-ils corrects ?* lui demandai-je.

Il étudia intensément le document.

Je quittai ma place à ses côtés tandis qu'il poursuivait sa lecture. Je fis face aux membres de la famille royale depuis le bout de la table.

— Si le clan Sundulus accepte ces cadeaux, ils acceptent également mes conditions, déclarai-je.

Le roi Julius leva la tête en entendant cela.

J'attrapai le contrat le plus proche et passai à la seconde page.

— Concernant l'exécution des membres de la famille royale Fyrlia. Si le clan Sundulus venait à gagner, tous les enfants royaux seront autorisés à vivre, commençai-je avant de plisser les yeux. Ah, un instant ! Tommy, tu pourrais m'aider à propos de ce passage ?

Mon amie se passa la langue sur les lèvres et me rejoignit en bout de table. Je lui tendis la feuille pour qu'elle puisse lire.

Sa voix ne trembla pas quand elle prit la parole.

— Tous les enfants royaux vivront, excepté Trenit Tonyi et Tynan Tonyi.

Après avoir lu cette ligne, elle leva la tête pour leur lancer un regard, à l'autre bout de la table.

— C'était chiant de baiser une humaine, mais on a apprécié de pouvoir le faire chacun à notre tour, lança Trenit, un tee-shirt de *death metal* visible sous son blazer.

Le regard de Tommy descendit sur sa tenue avant de remonter sur son visage.

— Ta queue est plus petite que celle de ton frère.

Je ricanai en sortant mon téléphone. Trois messages de Fred. Qu'est-ce qu'il voulait ?

*Ça n'annonce rien de bon.*

Je passai le téléphone à Tommy et lui adressai un regard appuyé. Elle posa les yeux sur l'écran un instant avant de s'en saisir.

Jillian et Evie quittèrent l'amphithéâtre à sa suite.

Je revins à mes conditions.

— Condition spéciale numéro un, section deux. Mon compagnon véritable, Kyros Atagio, sera autorisé à tuer Trenit et Tynan Tonyi de la manière qui lui paraît convenir au mieux.

Le rugissement mental d'approbation de mon compagnon me tira un sourire.

— Le roi Mikhail sera, évidemment, exécuté.

Je levai les yeux vers la reine à ses côtés.

— Pour vous, je ne sais pas trop quoi décider, lançai-je.

En comparaison de la reine Titania, elle n'était rien. Elle était l'une des femmes les plus belles que j'aie jamais vues d'après les standards humains. Elle s'était tenue aux côtés de son amant tandis qu'il se battait pour l'enfant d'une autre reine. Bien qu'elle paraisse réservée à première vue, ses yeux baissés avec élégance, j'étais d'avis que personne ne pouvait survivre à Mikhail aussi longtemps sans avoir des nerfs d'acier.

— J'ai tué deux de vos enfants, repris-je en l'observant attentivement. Deux de plus vont mourir.

Elle leva immédiatement la tête pour me lancer un regard brûlant de ses yeux noisette en amande.

Mon propre regard se fit acéré quand je pris de nouveau la parole.

— C'est pour cette raison que je ne suis pas sûre de savoir si vous devez vivre ou mourir. Quel genre de mère pourrait pardonner la personne qui a tué ses bébés, même si trois d'entre eux étaient de foutus psychopathes ?

Elle tenta de masquer la haine dans son regard, mais il était trop tard.

— Vladymir, appelai-je en m'adressant au géant musclé aux côtés de Laurel. Comment la reine Zofia vous a-t-elle traités, avec vos camarades, lorsque vous étiez sous ses ordres ?

Il s'inclina bas pour répondre.

— Elle a été gentille avec nous quand cela lui était possible, mademoiselle Le Spyre. Elle nous a considérés comme des personnes à part entière.

— Quand son enfoiré de mari n'était pas dans les parages, si je comprends bien, fis-je en feignant de réfléchir alors que ma décision était déjà prise.

Je reportai mon attention sur elle.

— Vous vivrez, reine Zofia, parce que vous avez traité des gens que vous considériez comme des esclaves avec respect. Regardez-moi encore une fois avec cette haine dans les yeux, attaquez-vous à mes proches ou à moi de quelque manière que ce soit, et je massacrerai chacun de vos enfants. Et autant vous dire que c'est déjà inscrit sur le contrat et juridiquement contraignant.

Elle passa sa langue sur ses lèvres, écarquillant légèrement les yeux.

Je fis une moue dédaigneuse.

— Je laisse au roi Julius la décision du devenir des membres survivants de la famille royale Fyrlia, mais ils devront rester en vie.

*J'espère ne pas regretter cette décision.*

— Deuxième condition spéciale, lançai-je à nouveau en continuant à lire le contrat entre mes mains. Il n'y aura plus de contrainte imposée aux humains de Bluff City par le clan Sundulus. Deuxième section, les contraintes sur les noms de la liste ci-jointe seront retirées.

Lady Treena serait libérée à la mort du roi Mikhail. Les contraintes de tous les autres devraient être levées volontairement.

Les clans devenaient de plus en plus bruyants depuis leurs gradins.

— Silence ! ordonna la femme du clan impartial.

Ils se calmèrent, sans pour autant réussir à atteindre le silence total.

— Condition spéciale numéro trois, repris-je. Mes employés Vissimo seront autorisés à vivre dans neuf cents des propriétés offertes pour une durée de deux ans, aux loyers réduits indiqués, si tel est leur souhait.

Un an pendant qu'ils travaillaient pour moi, et un de plus parce que j'en avais envie.

— Quatre, jetai-je en remarquant que les membres de la famille royale Sundulus parcouraient également les conditions de leur côté.

— Tu veux Kyros en échange des maisons offertes, m'interrompit Safina en me jaugeant du regard.

Il n'était plus empli de haine comme la dernière fois, mais il restait froid. J'espérais que nous retrouverions un jour la complicité que nous avions partagée.

Kyros me fixa et je hochai la tête.

— Il sera à moi, lui confirmai-je. Le roi Julius renoncera entièrement au contrôle qu'il exerce sur son fils. Vous renoncerez tous à l'influence que vous pensez avoir sur lui.

J'avais asséné ces derniers mots en observant tour à tour tous les vampires attablés.

Une poussée de possessivité explosa en moi.

— Une bataille de cent cinquante ans pour un enfant, soufflai-je en grimaçant tandis que je dévisageais les deux rois. Mais à quoi vous pensiez en entraînant vos femmes et vos familles dans ces conneries ? Vous pensez pouvoir posséder un homme comme Kyros ou le forcer à se plier à votre volonté ? C'est pathétique.

Le roi Julius intervint pour la première fois.

— Est-ce pathétique de protéger ce qui m'appartient ?

*Basilia.*

L'avertissement dans la voix de Kyros était accompagné d'une note de peur.

Je supposais qu'il valait mieux me montrer aimable envers mon futur beau-père.

— Si vous prenez les propriétés que je vous offre, Kyros ne sera plus sous vos ordres.

Julius inclina la tête en arrière.

— Il sera sous tes ordres à la place ? m'interrogea-t-il.

Je haussai les sourcils.

— Non, roi Julius. Kyros agira selon sa propre volonté.

Une étincelle que je ne réussis pas à identifier brilla dans le regard de son père.

— Et pour information, lâchai-je à l'encontre des Fyrlia dans leurs gradins en pointant un doigt en direction de Mikhail. Toute personne avec des yeux qui fonctionnent peut voir de qui Kyros est le fils. Nom d'un chien, comment vous avez pu suivre ce tas de merde pendant aussi longtemps ?

Le regard du roi s'embrasa et sa puissance ébranla mes jambes.

La gratitude de Kyros m'envahit, me réchauffant. Je me redressai et verrouillai de nouveau mes genoux pour ne pas m'effondrer.

— D'ailleurs, repris-je après une inspiration profonde, je voudrais que les deux rois présentent des excuses formelles à leurs familles ainsi qu'à leurs clans.

Gina m'observa.

— Qu'est-ce qui oblige mon père à vous obéir, mademoiselle Le Spyre ? demanda-t-elle.

Tynan et Trenit se rembrunirent, certainement parce qu'elle ne m'avait pas traitée d'humaine.

— S'il veut que six de ses enfants ainsi que sa femme survivent, il le fera, répliquai-je froidement. Tu survivras dans tous les cas, Gina, en raison du marché qu'on a conclu quand tu as vendu les triplés.

Sa famille se tourna vers elle et elle me lança un regard noir.

— Tu aurais pu offrir une mort rapide à Sandra Hoyt, lançai-je. Mais tu ne l'as pas fait.

Ou plutôt, elle avait échoué à mettre un terme aux tortures sadiques de ses frères sur la pauvre femme.

Gina baissa les yeux sur la table.

Le roi Julius survola le titre de propriété, ainsi que le contrat qui y était rattaché.

— Les conditions sont les mêmes sur chaque contrat ? m'interrogea-t-il.

— En effet.

Sur tous, sauf un. Celui dans ma poche arrière avait une condition spéciale supplémentaire.

*Est-ce que les chiffres concordent ?* redemandai-je silencieusement à Kyros.

*Je ne saurais te le dire. On n'a pas encore fourni nos chiffres finaux. Tu as sous-estimé les nôtres de cent trente mille.*

*Merde !* Ça voulait dire que je n'étais peut-être pas entièrement juste concernant ceux des Fyrlia non plus.

*Est-ce que ce sera serré ?*

Il hocha la tête.

Le roi Julius se leva.

— Compagne véritable de mon fils aîné, j'accepte tes conditions.

Ce ne fut pas une surprise.

Il savait sûrement que ce serait serré, mais il n'avait rien à perdre et tout à y gagner. Kyros était un homme d'affaires, et il tenait ça de son père.

Julius fit le tour de la table pour me rejoindre et s'agenouilla devant sa famille.

— Pendant cent cinquante ans, j'ai forcé chacun de vous à participer à une bataille qui vous a dérobé votre liberté. Pour cela, je suis plus désolé que je ne saurais l'exprimer par de simples mots. Ma seule défense est que j'aime chacun d'entre vous plus que ma propre vie. Je ne pourrais abandonner aucun de vous aux mains de quelqu'un d'autre. Merci d'avoir combattu à mes côtés pour la liberté de votre frère aîné, déclama-t-il d'une voix rauque, la tête baissée. La seule vie que vous ayez jamais connue est celle-ci, et je porterai à jamais le poids de cette culpabilité.

Ça, c'étaient des excuses de compétition.

Je clignai plusieurs fois des yeux tandis qu'il se relevait et me surplombait.

J'inclinai la tête et désignai les sacs d'un geste de la main.

— Signez et elles sont à vous.

— Chaque propriété devra être intégrée au bilan, annonça la femme du clan Leith.

— Neelan, Deirdre, lança le roi en soutenant toujours mon regard. Apportez-leur les sacs.

— Oui, Père, murmurèrent-ils.

Il tenait toujours l'un des actes de propriété dans sa main. Il revint sur la première page du contrat attaché et pointa la date d'acquisition indiquée.

— Cette propriété a été achetée il y a presque trente ans, constata-t-il. Avant ta naissance. Ce sont les propriétés que nous pensions appartenir à des investisseurs étrangers ou être utilisées comme maisons de vacances. Pourquoi possèdes-tu tant de propriétés dans Bluff City ?

Je relevai la tête.

— Roi Julius, il y a trente ans, vous avez énervé la mauvaise femme, déclarai-je avant de balayer la table du regard. Vous tous également.

Ma grand-mère aurait dû être là pour se vanter de sa victoire, mais j'allais faire de mon mieux pour pallier son absence.

Je plissai les yeux à l'intention du père de Kyros.

— Les clans ont agacé ma grand-mère en contraignant ses amis. Depuis ce jour, elle est entrée dans votre jeu en tant que troisième joueuse. Elle a délocalisé ses capitaux à l'étranger pour ne plus être dans votre ligne de mire et s'est mise à acquérir des propriétés sous de faux noms menant à des investisseurs étrangers. Quand elle est morte, cette responsabilité m'a été transmise.

Le regard perçant et froid du roi m'atteignait à peine tant j'étais furieuse pour ma grand-mère.

— Tu abandonnerais tout ça pour nous ? demanda-t-il doucement.

Je me rapprochai de lui.

— Vous avez de la chance que je ne sois pas ma grand-mère, roi Julius. Vos enfants et mes amis Vissimo m'ont montré une autre facette de votre espèce, un aspect que ma grand-mère n'a jamais eu l'occasion de voir.

Je lançai un regard à son fils avant de conclure.

— Et vous avez de la chance que j'aime votre fils.

Je me perdis dans les yeux verts de Kyros, ne revenant à moi que lorsque les documents furent lourdement posés sur la table du clan impartial.

Les contrats étaient empilés en colonnes hautes à côté du vampire à l'extrémité gauche de la table.

Les dix membres avaient tous une calculette.

Méthodiquement, le premier vampire écrasa le clavier de son appareil, puis passa chaque titre de propriété au vampire suivant pour qu'il effectue une vérification.

Dix vérifications me semblaient exagérées, mais j'étais contente qu'ils le fassent. Et plus nerveuse que jamais.

Je fermai les yeux, me détournant partiellement de la famille royale Fyrlia. Il fallait procéder à l'enregistrement de plus de neuf mille propriétés. Ça allait prendre du temps, même à vitesse Vissimo.

— De la chance, murmura le roi Julius comme pour lui-même.

Je lui lançai un coup d'œil.

Le regard du prédateur ancien m'écrasa.

— On verra, dit-il en retournant sur son trône.

# Chapitre 25

Les trente dernières minutes de ma vie faisaient partie des pires dont je pouvais me souvenir.

Pour moi. Pour Kyros, sa famille et son clan.

Tommy était revenue à mes côtés, et mon équipe de Vissimo nous encadrait.

Aucun bruit ne résonnait dans l'amphithéâtre en dehors des bruissements de papier et du cliquetis frénétique des calculettes. Je me raccrochais au document indiquant les capitaux de chaque clan, tout en sachant que mes estimations étaient plus ou moins inutiles.

La femme au milieu se leva soudain.

Ma bouche devint sèche et de la bile remonta dans ma gorge.

— Nous avons intégré les chiffres de Mlle Le Spyre, annonça-t-elle en me lançant un regard curieux. Et ils sont exacts. Les chiffres des clans ont été soumis ce matin et ont également été révisés.

Elle fit le tour de la table et tendit à chaque roi une feuille de papier. En retournant à sa place, elle s'arrêta un instant pour m'en donner une troisième.

Je n'arrivais pas à cacher ma peur.

Mon cœur se serra quand je vis les résultats finaux en bas de page. Sept millions de dollars de capitaux séparaient les deux clans.

Si près du but.

La dévastation de Kyros était comme un couteau qu'on me plantait encore et encore dans le ventre.

Mikhail riait avec Trenit et Tynan.

Je passai ma main dans ma poche arrière pour en sortir le dernier acte de propriété que je n'avais vraiment pas voulu donner.

Leurs rires se dissipèrent.

— Il y a encore une propriété, dis-je à la femme du clan Leith.

En un éclair, mon poignet fut emprisonné par une main de fer.

Kyros m'arracha le document des mains et le déplia. Il lut le titre et releva les yeux vers moi.

*Ton domaine*, constata-t-il.

Il n'aimait pas ça.

Mon domaine valait dix-huit millions et demi de dollars ; ironiquement, j'avais d'autres propriétés qui avaient plus de valeur dans le monde. Mais pas d'un point de vue sentimental.

*Pourquoi avoir ces murs si tu n'y es pas avec moi ?* lançai-je.

Kyros maintint le document hors de mon atteinte.

*C'est ta maison.*

Je lui envoyai un regard noir et croisai les bras.

*Les conditions pour celle-ci sont différentes, si ça peut te rassurer.*

Il passa à la deuxième page et survola les conditions spéciales. Il y avait une clause de rachat.

*À la victoire du clan Sundulus, mon domaine me sera rendu, que ce soit à moi, mon héritier ou mes enfants*, l'informai-je.

Je pouvais ramener les Sundulus dans la course et qu'ils mènent de peu, mais je ne pouvais pas remporter la partie pour eux. La bataille avait de grandes chances de se perpétuer pendant encore une centaine d'années, et je serais morte à ce moment-là.

Kyros était aux premières loges de mon raisonnement, et un grondement remonta de sa gorge.

Je posai une main sur son torse, me hissai sur la pointe des pieds et récupérai le contrat dans ses mains. Puis je reculai rapidement, parce que *nom d'un chien*, ma libido en avait marre que nous nous contentions de discuter !

Les jambes en coton, je posai le document devant la femme.

— Cette propriété également.

Le roi Julius accepterait la condition spéciale.

Les dix vampires vérifièrent tous le nouveau total. Kyros se positionna derrière moi quand la femme du clan Leith se leva.

— Si le roi Julius du clan Sundulus accepte les conditions du dernier contrat, alors le clan Fyrlia sera en déficit de zéro virgule quinze pour cent. La cascade finale n'est pas déclenchée.

Je rassemblai toutes mes forces pour ne pas m'écrouler.

La cascade finale n'était pas déclenchée. Kyros ne me serait pas arraché aujourd'hui. Sa famille ne mourrait pas.

Pas aujourd'hui.

Ingenium allait continuer, mais cette vie était préférable à l'alternative sinistre. *De loin.* Comment pouvais-je être déçue alors que tout aurait pu se terminer dans la mort et la douleur ?

Non seulement j'avais réparé les dommages que j'avais causés, mais les Sundulus avaient désormais l'avantage. Une avance certes petite, mais indéniable.

Je n'avais pas osé rêver de ce résultat.

— J'accepte les conditions de Mlle Le Spyre, déclara le roi Julius. Et je me considère en effet chanceux.

Je me tournai vers lui et il inclina la tête. Il fut ensuite imité par sa femme et ses enfants. Derrière lui, le clan Sundulus alla un peu plus loin et s'inclina jusqu'à la taille.

Un téléphone vibra.

Je lançai un regard par-dessus mon épaule et vis Tommy envoyer un message sur mon téléphone.

Puis elle leva la tête et m'adressa un clin d'œil.

Les portes s'ouvrirent à la volée.

Fred entra, escortant lady Treena.

Je sursautai tout en prenant une soudaine inspiration. Mes jambes se souvinrent comment marcher et je me précipitai vers eux pour les intercepter.

— Tante Treena, murmurai-je. Qu'est-ce que tu fais ici ?

Je lançai un regard noir à Fred avant de reporter mon attention sur son visage familier à elle.

Elle leva sa flûte de champagne et déclara :

— Le truc, quand on force des gens à prendre l'avion, c'est qu'on doit s'assurer qu'ils partent bel et bien.

L'amusement ironique de Kyros explosa à travers notre lien et je répliquai avec une moue mentale, qui ne fit que lui donner envie de me plaquer contre la table et me mordre.

Je jetai un coup d'œil par-dessus l'épaule de la meilleure amie de ma grand-mère pour voir tous mes petits vieux entrer dans l'amphithéâtre.

*Bordel !* Chacun d'entre eux avait eu affaire à des vampires pendant au moins quinze ans, mais ça ne m'empêchait pas de m'inquiéter pour leurs cœurs. Je n'avais jamais eu l'intention de les faire entrer dans une salle rassemblant les deux clans.

Lady Treena posa sa main libre sur mon épaule.

— Tu ne pensais pas qu'on manquerait ça, ma chère filleule, n'est-ce pas ?

… Peut-être pas, non.

Je posai ma main sur la sienne.

— Non, Tante Treena. Évidemment que non.

Je pris son bras et la menai jusqu'à la table royale. Elle claqua des doigts à l'intention de Fred, qui posa une mallette sur la table avant de l'ouvrir.

— Tous mes capitaux de Bluff City allaient revenir à ma filleule à ma mort de toute façon. Je n'ai jamais eu d'enfants, car je ne supportais pas l'idée qu'ils puissent être en contact avec votre espèce. Basilia a été mon unique bonheur au fil des années. Si je lui faisais confiance pour s'occuper de mon argent après ma mort, je ne vois pas l'intérêt de ne pas le faire alors que je suis presque morte, déclara la femme avant de contempler les vampires avec un reniflement dédaigneux.

Elle sortit le document du dessus et le fit glisser vers le centre de la table.

— Voilà mes conditions. La plupart sont semblables à celles de son propre contrat. Le mien ajoute que mes capitaux seront reversés à Basilia lorsque le jeu aura un vainqueur.

Elle avait réussi à laisser vingt membres des familles royales bouche bée.

Je retins un sourire.

Lady Treena se tourna vers le roi Mikhail, son bourreau, et leva à nouveau sa flûte.

— Va te faire foutre, Mikhail ! J'espère que tu brûleras en enfer.

Elle porta son verre à ses lèvres, renversa la tête en arrière et j'écarquillai les yeux en la voyant engloutir le contenu comme seule une lady en était capable.

Tante Treena venait de boire son champagne. Les transactions auraient dû me choquer davantage, mais elle l'emportait haut la main.

*Merde !*

— J'espère qu'il en vaut la peine, Basilia, me lança-t-elle.

Une boule se forma dans ma gorge quand je répondis.

— J'espère que tu pourras le constater par toi-même. Merci, Tante Treena.

— Tu ressembles tellement à Agatha, souffla-t-elle, une larme dévalant sa joue.

Je me penchai en avant pour déposer un baiser dessus.

Neelan apporta les conditions à son père tandis que Deirdre déposait la mallette sur la table du clan Leith.

Le claquement de la canne de sir Olythieu annonça son arrivée.

Il posa sa valise sur la table et prit ensuite mes mains dans les siennes. Il s'inclina pour baiser chacune d'elles.

— Sir Olythieu, le saluai-je d'une voix tremblante.

Il était celui que je m'attendais le moins à voir ici. Non pas parce qu'il ne m'aimait pas, mais justement parce que c'était le cas. Et qu'il était exactement comme ma grand-mère. Complètement imprévisible et implacable.

— C'est « mon oncle » pour toi, me gronda-t-il.

— Sir mon oncle, répondis-je timidement.

Il pinça les lèvres pour retenir un sourire.

— C'est un bon compromis, décida-t-il avant de se tourner vers les vampires royaux avec un visage dur. Je suis sous contrainte et ne peux pas directement transférer mes biens au clan Sundulus.

Je haussai un sourcil. Évidemment que mes petits vieux y avaient pensé.

— Mes capitaux de Bluff City ont été offerts à Basilia. Elle peut en faire ce qu'elle veut. Si elle décide de vous les prêter, ils lui reviendront à la fin de la partie. Je garde mes capitaux internationaux pour mes enfants, avec lesquels je n'ai jamais eu de véritable relation. Je les ai repoussés à cause de vous. Leur survie a été la plus grande victoire de ma vie, mais elle m'a énormément coûté.

La reine Titania baissa les yeux.

— Les verrous posés sur mon esprit seront retirés demain à neuf heures du matin, conclut-il d'une voix sans appel. Vous pouvez être certains que si qui que ce soit d'autre que cette jeune femme était venu nous voir pour nous demander de vous aider, cet individu se trouverait actuellement six pieds sous terre en train de pourrir dans sa tombe.

Le roi Julius ne se laissa pas intimider par l'homme à mes côtés.

Je me demandais qui aurait gagné entre eux si sir Olythieu avait été un vampire.

Je déposai un baiser sur sa joue et il saisit mon visage entre ses mains ridées.

— Tu avais raison, déclara-t-il. Agatha voulait seulement ton bonheur. Peux-tu pardonner à un vieil idiot ?

J'attrapai ses mains.

— Vous êtes beaucoup de choses, mais sûrement pas un idiot.

— Je t'offre une partie de ma fortune et tu me remercies avec un compliment à double tranchant.

Je ravalai un rire et m'écartai de lui.

Après qu'il se fut éloigné d'un pas hésitant, Mme Syrre prit sa place.

Elle imita l'approche de son prédécesseur, elle signa les contrats qui transféraient tous ses capitaux à mon nom afin que je puisse les prêter au clan Sundulus selon mon bon vouloir, mais la tristesse dans ses immenses yeux émeraude était terrible. Neelan s'agita sur son siège, et j'étais ravie qu'elle ait réussi à le mettre mal à l'aise.

La mallette de M. Dithis était énorme.

C'était un miracle qu'il ait réussi à rassembler ses documents en seulement trois jours.

— Mes capitaux me reviendront à la fin, annonça-t-il avant de se tourner vers moi. La majorité de ma fortune est investie dans cette ville, alors à moins que tu ne veuilles t'occuper de moi quand je serai vieux, j'ai besoin de récupérer mon argent.

Il était sous la contrainte des Fyrlia et pouvait donc négocier avec les Sundulus directement. Ce qui était un soulagement ; je ne voulais pas être responsable de toutes leurs fortunes réunies également.

— Je m'occuperais de vous s'il le fallait, rétorquai-je avec un sourire.

Son regard brun s'adoucit.

— Je pourrais te prendre au mot, ma belle.

*Tuer.*

Je fronçai les sourcils et me connectai à Kyros. Nom d'un chien ! Il était jaloux ?

*C'est mon oncle, Kyros.*

*Comment pourrais-tu t'occuper de lui alors que tu devras déjà t'occuper de moi ?* Sa question fut immédiatement suivie d'une autre pensée : *il sera mort dans moins de dix ans.*

Une exclamation choquée m'échappa.

*Elle n'était pas censée entendre ça.*

— Alors c'est vrai, murmura M. Dithis en pressant un baiser sur mon front tout en lançant un regard à Kyros. À propos de la télépathie ?

— Carrément, confirmai-je.

— Bonne chance ! conclut-il en faisant la moue.

*Ouais.* J'avais l'impression qu'il y avait beaucoup d'acceptation en perspective pour nous deux. La communication n'était pas franchement notre point fort.

*Ça le deviendra, compagne.*

M. Hothen fit claquer sa mallette sur la table.

Je haussai les sourcils.

— Lequel d'entre vous a tué Sandra Hoyt ? demanda-t-il en lançant un regard assassin au clan Fyrlia.

Il y eut un instant de silence.

Ce fut Hector qui prit la parole, en désignant les jumeaux du pouce.

— Mes deux frères.

M. Hothen se tourna immédiatement vers moi.

— Ils vont mourir ?

— Oui, Oncle Hothen, soupirai-je joyeusement. Douloureusement, j'espère. C'est Kyros qui s'en occupera.

Le don Juan grisonnant s'adressa alors à mon compagnon.

— Ma condition est qu'ils meurent de la même manière que Sandra. Si vous pouvez m'assurer cela, mes capitaux vous seront transmis par le biais de Basilia avant de m'être reversés.

Kyros avait les bras croisés, ce qui soulignait la largeur de son torse musclé.

— Avec plaisir, acquiesça-t-il, l'ombre d'un sourire sur les lèvres.

Trenit et Tynan blêmirent.

M. Hothen dévisagea ensuite Francesca de haut en bas, reniflant de dédain.

— Et évidemment, les limitations dans mon esprit seront retirées demain à neuf heures du matin.

Dame Burke s'avança quand il repartit et posa à son tour une valise sur la table.

— Bande d'enfoirés pathétiques !

Safina sursauta et échangea un regard avec Gerome.

Je ravalai un sourire.

Lalitta ne laissa paraître aucune surprise.

— Tous mes capitaux locaux sont désormais à Basilia. Pour une raison que je ne comprends pas, elle veut que vous les ayez, lança-t-elle en poussant sa mallette vers le roi Julius. Rendez tout à Basilia ensuite. Je me barre de cet enfer.

Sa fureur se dissipa quand elle se tourna vers moi.

— Basilia, ma douce. Je serai sur une île tropicale, quelque part.

La moindre parcelle de cette femme était abrupte, mais elle avait le cœur le plus grand et le plus théâtral de tous mes petits vieux. Je l'attirai contre moi et la serrai dans mes bras.

— Je sais qu'il est inutile d'essayer de vous faire changer d'avis, mais s'il vous plaît, dites-moi que vous me rendrez visite.

Des larmes me brûlaient les yeux.

Elle tourna la tête vers Kyros quand je la relâchai.

— Je pense que nous passerons te rendre visite régulièrement, tous les six, annonça-t-elle avec un regard noir. Et si ce bâtard géant te traite mal, on usera de toute notre fortune, et pas seulement des capitaux de Bluff City, pour l'estropier définitivement.

Je n'en doutais pas une seconde.

Kyros était enclin à trouver sa menace amusante, mais ce sentiment était teinté de gratitude. Il appréciait que quelqu'un puisse s'en prendre à lui s'il me faisait du mal.

*Bizarre !*

Elle embrassa mes joues avant de les pincer doucement – Dame Burke était ce genre de tante – et de sortir avec panache.

Mes petits vieux étaient arrivés comme un tsunami. Ils étaient repartis de la même manière. Sans porter plus d'attention aux vampires, ils avaient quitté les lieux.

Je soutins le regard de Vladymir. Il hocha la tête et lança un signal. Trente Vissimo vêtus de cuir se détachèrent de la masse et suivirent les amis de ma grand-mère.

Fred s'attarda.

Je lui lançai un regard et il cilla clairement. Cela me fit réfléchir.

Nous avions tous mené un combat. Mes petits vieux avaient dû mettre de côté une génération d'injustices pour faire preuve de maturité. Kyros avait dû me faire confiance. J'avais dû me faire confiance.

Et Fred ?

Il avait dû désobéir à une Le Spyre.

Je rejoignis mon majordome d'un pas léger et enroulai mes bras autour de sa taille.

— Merci, Fred.

Il était aussi droit qu'un piquet ; j'écoutai son rythme cardiaque frénétique jusqu'à ce qu'il se détende et me rende mon étreinte.

— Pardonnez-moi pour la brèche dans votre confiance, mademoiselle Le Spyre.

Je pressai son bras et levai les yeux vers lui.

— Il n'y a rien à pardonner, le rassurai-je.

Il s'inclina.

— Dans ce cas, à moins que vous n'ayez besoin d'autre chose, je vous attendrai dans la voiture, mademoiselle.

Le majordome sortit de la salle, accompagné de la symphonie de bruissements de papiers et de la résurgence des claquements frénétiques des calculettes.

J'avais déjà calculé les capitaux de Bluff City de mes petits vieux.

Pour ma grand-mère, j'avais restauré l'équilibre de la partie.

Pour ma grand-mère, ils venaient de la remporter.

J'aurais peut-être dû filmer la défaite de Mikhail, Trenit et Tynan, et observer le moment où ils avaient compris que leurs vies étaient terminées.

Mais j'avais fait cela pour la vengeance autant que par amour. En cet instant, l'amour avait pris le dessus sur tout le reste.

Kyros était concentré sur moi depuis sa position, à surplomber les vampires du clan Leith, et assistait au fil de mes réflexions. Le même émerveillement qui emplissait mon esprit émergea dans le sien.

Enfin, plus ou moins. L'émerveillement était entrecoupé de pensées de moi au lit et du constat de ma beauté et de ma force.

Non pas que mes pensées soient complètement innocentes non plus.

Je le rejoignis et osai poser ma main sur son torse une nouvelle fois. Après avoir rassemblé ma détermination, je lui envoyai un message très clair.

*Je te veux, Kyros. Tu le sais.*

*Tant mieux. Parce que mon père vient contractuellement de me vendre à toi.*

Mes lèvres s'étirèrent, mais je laissai mon sérieux reprendre le dessus.

*La victoire est à vous. Ingenium va prendre fin.*

Si les Fyrlia décidaient de se battre jusqu'au bout, ça pourrait encore durer des mois, voire des années, selon l'importance de leur déficit après la contribution de mes petits vieux.

Je baissai le regard sur ma main posée sur le torse de mon compagnon, le désir de céder à la tentation du septième échange me submergeant presque entièrement.

Sauf pour une petite partie.

La même chose qui s'était toujours dressée entre nous deux.

*Kyros, si tu veux de moi après tout ce qu'il s'est passé entre nous, alors viens me retrouver sans jeu. Ingenium sera toujours un souvenir et une leçon à garder en mémoire. Mais seuls toi et moi continuerons à avancer.*

Ses yeux verts étaient solennels.

Je laissai retomber ma main, incapable de rester si proche de lui une seconde de plus à cause de la chaleur irradiant sous ma peau.

… Et avec Ingenium toujours en cours.

Sur ce point-là, je serais intransigeante.

Je pris une profonde inspiration, et glissai à nouveau une pensée vers lui.

*Si tu ne peux pas venir me retrouver sans jeu, alors ne viens pas du tout. Je ne serai à toi qu'à cette condition.*

Je m'arrachai à son regard et gagnai la sortie, mon armée de vampires s'alignant derrière moi d'un pas sonore.

# Chapitre 26

Quatre mois.

Le roi Mikhail avait décidé de se battre jusqu'au bout. C'était tout du moins ce que j'avais conclu.

Le lendemain de mon coup d'éclat lors des négociations de la cascade finale, j'avais reçu une lettre qui m'invitait cordialement à rester dans le domaine jusqu'à la fin de mes jours.

Signé : le roi Julius.

Comme c'était gentil de sa part !

— Bois ça, ma belle !

Tommy posa une autre monstruosité sous mon nez. Celle-là était orange.

Je lui lançai un regard sinistre.

— Cette merde ne m'aidera pas à me sentir mieux, rétorquai-je.

Seul Kyros pouvait faire ça, mais Tommy était déterminée à me garder en forme. Tous les jours, elle me forçait à boire l'un de ces jus bons pour la santé avant de me jeter dans la piscine pour faire des longueurs pendant une heure.

Sans parler de la méditation et des massages.

Si ses efforts avaient pu me rendre heureuse, alors je serais la femme la plus comblée du monde.

Je n'étais plus que l'ombre de moi-même depuis quatre mois. Les premiers jours avaient été plus simples, quand je m'attendais encore à ce que Kyros arrive à n'importe quelle heure du jour ou de la nuit.

La nourriture n'avait plus aucun goût.

Les rires étaient rares.

La musique m'agaçait.

Si Tommy, Mme Gaughton, mes petits vieux et mes amis Vissimo n'avaient pas été là, j'aurais été aux portes de la mort.

Cruellement. Ironiquement, même. Les aspects négatifs de ma vie avaient disparu en même temps que ma joie de vivre. Les moindres traces de peur, d'incertitude et de défiance qu'il avait pu y avoir entre Kyros et moi avaient été éradiquées par mon désespoir.

Les doutes que j'avais nourris me semblaient désormais dérisoires.

Le lien de sang était implacable, il voulait désespérément me faire quitter le domaine pour lui sauter dessus. Malheureusement, j'avais eu la présence d'esprit de dire à Laurel et aux autres de ne pas suivre mes ordres à ce propos quatre mois plus tôt.

Ils m'avaient empêchée de quitter le domaine vingt-cinq fois.

Il s'était avéré que j'avais grillé toutes mes chances de me jouer d'eux en quittant la propriété pour aller sauver Tommy. Ils avaient confisqué tous les générateurs de fréquence de la maison après que j'avais essayé de les utiliser pour m'enfuir. Avec mes oreilles endommagées, je n'avais pas vraiment d'avantages. Ils m'entendaient arriver bien avant que je ne les entende, moi.

Le lien de sang épuisait mon corps, me fatiguant aussi bien physiquement que mentalement pour me forcer à jeter l'éponge et ramper jusqu'à mon compagnon. Mon désespoir bien réel n'arrangeait rien.

Kyros me manquait tant, bordel !

Avec un soupir, je pris une gorgée de la bouillie orange en aspirant dans ma paille en bambou.

*Ça a un goût de merde.*

*Alors pourquoi tu le bois ?*

Je fronçai les sourcils. *Tommy m'y oblige.*

*Dans ce cas, je suppose que c'est pour ton bien.*

Je me redressai lentement, la bouche pleine de jus de carotte. Comme si elle était équipée d'un radar, Tommy fit volte-face.

— Qu'est-ce qu'il y a ? demanda-t-elle. Ne recrache pas !

*Kyros ?*

*Oui, ma beauté.*

Je crachai le jus sur le plan de travail, surprenant tout le monde dans ma cuisine. Mes sentinelles se tendirent, immédiatement sur leurs gardes.

Je glissai du tabouret et pensai à peine à maintenir une vitesse normale pour mes équipes humaines tandis que je courais vers le tiraillement de Kyros.

Il était à côté de la piscine.

Ce n'était pas la première fois qu'il s'était rapproché. Je l'avais parfois senti dans Orange ou Black, parfois même à la limite entre Black et les domaines.

*Jamais si près.*

Jamais sur ma propriété.

Ça voulait sûrement dire quelque chose. Je ne pourrais pas le supporter s'il repartait.

*Ça veut bien dire quelque chose.*

Sa voix vibra en moi, m'arrachant un sanglot. Je bondis du patio et posai le regard sur lui pour la première fois depuis quatre mois.

Mes pieds s'immobilisèrent tandis que je l'observais. Le vent glacé hivernal fit claquer les cheveux autour de mon visage et je levai une main pour repousser cet obstacle à ma vision.

Il était là, mais je ne savais pas comment le rejoindre.

La signification était trop importante.

Comme si je pouvais éclater en un million de fragments simplement en faisant un pas de plus.

Mes yeux l'admirèrent, parce que si c'était tout ce que je pouvais avoir de lui, alors j'en profiterais autant que possible.

Il portait une chemise verte aux manches relevées qui révélaient ses avant-bras musclés. Il l'avait assortie d'un treillis. S'il y avait une chose que j'aimais plus que voir mon vampire dans un costume, c'était le voir habillé classe, mais détendu.

Parce que ce style m'appartenait.

*Rejoins-moi, ma beauté.*

Je sursautai en entendant des bruits derrière moi.

Tommy était à bout de souffle, même si elle me rejoignait tous les matins dans la piscine. Mes gardes ne m'avaient pas interceptée, je pouvais donc en conclure qu'ils avaient compris que Kyros était là.

Tommy me poussa sans aucune délicatesse.

— Qu'est-ce que t'attends, bordel ? Va le chercher, tigresse.

Kyros s'avança vers moi, ayant assez patienté comme ça.

Je me mis à courir à toute allure.

Son grondement emplit l'air alors que je parcourais les derniers mètres qui nous séparaient, et je me jetai contre son corps, au diable, le septième échange !

Ce fut la dernière chose à laquelle je pensai.

Tout en pleurant si fort que j'avais l'impression que mes côtes étaient sur le point de se fracturer, j'enroulai mes bras autour de son cou et croisai mes chevilles dans son dos. Ses bras m'emprisonnèrent et Kyros me serra contre lui.

— Tout va bien, Basilia. Je suis là, maintenant, murmura-t-il en tournant le dos à ceux qui nous observaient depuis le patio.

Ma voix était incapable de former des mots à travers mes larmes.

Ses pensées filaient entre les miennes trop vite pour que je puisse les saisir. *C'est vrai, ça.* Je n'avais pas besoin de ma voix physique.

*Qu'est-ce qui t'a pris si longtemps ?*

Kyros inspira mon odeur en me serrant encore plus fort. *Ne la lâche jamais. Sent bon.*

— Tu as été très claire sur ce que tu voulais. Tu l'as toujours été, déclara-t-il à voix haute.

Mes pensées suivantes étaient brisées.

*Quatre mois. J'ai pensé que tu ne reviendrais pas.*

Il me reposa et passa ses mains sur mes bras.

— Tu es si belle, bordel !

*Je n'arrive plus à respirer en sa présence. À moi.*

Le torrent incontrôlable de ses pensées fit dévaler de nouvelles larmes sur mes joues. J'espérais qu'il n'apprendrait jamais à les contrôler, car son esprit était la chose la plus incroyable que j'aie jamais possédée.

*Ma reine. Dans une combinaison lapin.*

Je baissai les yeux et fronçai les sourcils en remarquant ma tenue.

*Merde ! Où est la petite robe quand j'en ai besoin ?*

— Tu n'as besoin de rien, murmura-t-il contre mon oreille, ce qui me fit frissonner violemment.

J'enroulai mes bras autour de mon corps.

— J'avais froid. Tommy m'a habillée.

Il tendit la main derrière moi et rabattit la capuche oreilles de lapin sur ma tête.

— Parfait.

Si c'était ce qu'il pensait, je n'allais pas le contredire.

Kyros releva mon menton.

— Laurel, Vladymir, arrêtez-moi si ça va trop loin, leur ordonna-t-il.

Puis il m'embrassa. Malgré les larmes, les cils mouillés, le visage rouge et tout le reste, il m'embrassa et le monde reprit ses couleurs. On se plongea l'un dans l'autre et il devint impossible de distinguer où son corps commençait et où le mien se terminait. Des sentiments et une pensée uniques existaient dans la dimension chaude dans laquelle nous pourrions rester perdus jusqu'à la fin des temps.

Cette sensation transcendait le physique.

J'étais à l'intérieur de Kyros et il était en moi.

Par la pression régulière qu'il exerçait, je savais qu'il me protégerait jusqu'à son dernier souffle. Il n'y avait pas d'endroit plus sûr qu'entre ses bras. Il passa sa langue entre mes lèvres et je soupirai, ouvrant la bouche pour lui rendre la pareille. Kyros interrompit le baiser, pantelant, et tourna la tête sur le côté.

Je raffermis ma prise sur son corps. L'esprit embrumé, je fis glisser mes doigts dans ses mèches caramel et utilisai mon autre main pour ramener son visage vers moi.

— On ne se détourne pas l'un de l'autre, le réprimandai-je d'une voix rêveuse.

D'aussi près, je voyais les cernes profonds sous ses yeux. Leurs reflets mordorés habituels s'étaient ternis. Il ne semblait pas avoir maigri ni perdu de masse musculaire, mais un poids écrasait sa nuque.

Je passai un pouce sur sa lèvre du bas.

— Tu es fatigué, constatai-je.

— Tout comme toi. Mais ça ira mieux maintenant.

*Est-ce qu'Ingenium est terminé ?* lui demandai-je.

Les lèvres de Kyros s'étirèrent.

— Mon père a exécuté Mikhail hier matin. Les membres survivants de la famille royale Fyrlia ont admis leur défaite. Comme on s'y était attendus, la décision de faire durer la fin de partie venait de Mikhail. Mon père a malgré tout honoré tes conditions, bien que Mikhail ne se soit jamais excusé auprès de sa famille comme tu l'avais demandé.

Je l'avais vu venir à un kilomètre. En fait, je devais ajuster mes hyperboles à mes sens de vampire. Je l'avais vu venir à cent kilomètres.

Kyros resta bouche bée en suivant le fil de mes pensées. Il cligna des yeux plusieurs fois avant de reprendre.

— J'ai passé la journée avec Trenit et Tynan avant de les exécuter hier dans la nuit, une fois qu'ils furent brisés.

*Waouh !* Je savais de quoi mon compagnon était capable, mais le cœur qu'il avait mis à l'ouvrage démontrait qu'il possédait une soif de sang à laquelle je devrais m'acclimater. Les deux fois où j'avais dû tuer, ça m'avait rendue malade.

Il avait parlé fort, mais je me retournai tout de même pour m'assurer que Tommy avait entendu.

Ses yeux brillaient, mais je ne savais pas si c'était à cause de notre moment à la *N'oublie jamais*, ou l'annonce de la séance de torture de Kyros.

— Merci, dit-elle à Kyros. Je ne t'aime toujours pas beaucoup, mais tu t'améliores.

Ça me fit presque sourire. Jusqu'à ce que je voie Fernando enrouler un bras autour de sa taille.

*Quand est-ce que c'est arrivé, ça, bordel de merde ?*

Marcus s'approcha de l'autre côté et attrapa sa main, me laissant bouche bée

*Nom d'un chien ! Tommy a un putain de harem !*

Les épaules de Kyros tressautaient.

— Et qu'est-ce que tu vas faire à ce sujet ? m'interrogea-t-il.

Marcus passerait par le jugement de la meilleure amie pour savoir s'il était digne d'elle. Fernando pouvait aller se faire foutre loin de mon amie. Il était à des années-lumière d'être assez bien pour elle, ce foutu traître !

Mon compagnon se figea et leva la tête pour observer Fernando.

*C'était lui, l'espion ?*

*Oups ! Je suppose que c'est dit maintenant. Je me demandais si tu étais déjà au courant, en fait.*

*Ta relation avec les Débiteurs s'approfondissait. J'ai décidé de te laisser gérer cette situation.*

Sa réponse me surprit.

— Eh bien, ne lui casse pas la figure maintenant, s'il te plaît ! murmurai-je contre sa bouche.

Un grondement résonna dans la poitrine de Kyros, un feulement sur le point de lui échapper en guise de défi.

*Plus tard, compagnon. Un autre jour. La semaine prochaine, ou l'année prochaine. Une fois que tu m'auras satisfaite.*

Je mordis sa lèvre inférieure.

Il détacha son regard noir de Fernando.

— On n'a pas le temps, de toute façon.

— Qu'est-ce que ça veut dire ? lançai-je d'une voix tendue.

— Ça veut dire que mon père et ma famille nous attendent.

Il me lança ensuite un regard incertain.

L'idée ne me dérangeait pas. Ils m'avaient tous manqué, eux aussi.

Enfin, la plupart d'entre eux.

— Tant qu'on est en contact à tout instant, je peux le supporter, lui assurai-je en me blottissant contre son torse.

*Je ne te lâcherai jamais, ma beauté. Plus jamais.*

***

Je fus de meilleure humeur une fois que je me rendis compte que nous nous dirigions vers sa propriété de Lyall Bay. Après avoir rentré la voiture au garage, il me fit passer sur ses genoux.

Un hoquet m'échappa quand un brasier incendia chaque endroit de mon corps en contact avec le sien. Douleur et plaisir.

— Ce sont tes règles, me nargua-t-il. Tu as dit que je devais maintenir un contact en tout temps.

*C'était un hoquet, pas une plainte.*

Ses lèvres s'étirèrent et il déposa un baiser sur le bout de mon nez.

Une fois que nous fûmes sortis de la voiture, je me tortillai jusqu'à ce qu'il me repose. Déjà que je portais toujours ma combinaison lapin, seul l'usage de mes jambes pour marcher par moi-même pourrait rattraper ça.

J'attrapai sa main et le tirai à travers le couloir tout en écoutant son rire silencieux. Je n'avais aucune idée de ce qu'il y avait de drôle là-dedans.

Les voix un peu plus loin s'estompèrent.

Je m'arrêtai et me tournai vers mon vampire.

*Est-ce que tu rigoles à cause de ma combinaison lapin ?*

Il sourit de toutes ses dents.

*Je suis simplement reconnaissant d'être ici avec toi en cet instant, compagne véritable.*

Il disait la vérité. C'était une pensée dont j'appréciais l'implication.

Nous pénétrâmes dans la pièce de vie ouverte, main dans la main.

Il n'y eut pas une seule seconde d'embarras avant que Gerome ne me soulève pour me prendre dans ses bras. Ma main fut arrachée de celle de Kyros quand il me fit tourner à une vitesse surnaturelle.

J'étais trop fatiguée pour ça.

— Ça suffit, grognai-je en tapotant son épaule.

Le grand vampire sombre et beau me reposa sur-le-champ.

Un grondement enfla dans la gorge de Kyros, m'informant qu'il avait peut-être saisi ma description mentale de son frère.

*Oups !*

Je basculai ensuite dans les bras de mon premier coup de cœur.

Rory m'adressa un grand sourire pendant une fraction de seconde avant que Kyros ne m'arrache à lui.

*Zut, ces pensées vont finir par m'attirer des ennuis !*

— Je ne te le fais pas dire, répliqua Kyros en fronçant les sourcils.

Il me plaqua contre son corps et j'adressai un maigre signe de la main au reste de ses frères et sœurs. Je m'étais demandé s'ils me tiendraient toujours rigueur de ma trahison, mais je ne percevais pas la moindre once d'amertume ni d'accusation sur leurs visages parfaits.

Cependant, Ingenium ne s'était terminé que la veille. Qui pouvait savoir quels sentiments émergeraient avec le temps ? J'espérais vraiment qu'ils ne m'en voulaient plus.

Kyros posa son front contre l'arrière de ma tête.

*Ils ne t'en veulent plus. Ils n'oseraient pas, après ce que tu as fait pour nous.*

*J'ai simplement réparé les dommages que j'ai causés.*

*Tu as abandonné tout ce que tu possédais dans Bluff City pour nous aider, ta demeure familiale comprise. Tu es entrée dans l'antre du lion sans savoir si ce que tu possédais suffirait. Tu l'as fait par amour pour ta grand-mère et pour moi.*

*Je suis contente que tu le voies ainsi.*

*On le pense tous. Mes parents inclus.*

Le roi et la reine étaient assis sur la banquette de la fenêtre et se tenaient la main. Ça me paraissait toujours étrange quand ils faisaient des trucs normaux d'humains. Sois un dirigeant tyrannique ou ne le sois pas, mais fais ton choix.

Kyros ricana.

*Pourquoi le ferait-il, alors qu'il sait que cette incertitude te met mal à l'aise ?*

Le roi le faisait exprès ?

Je plissai les yeux. *Un adversaire à ma hauteur.*

Un rire profond éclata dans la bouche de Kyros.

— Dieu merci, tu es de retour ! lança Neelan. Il était super lourd. Il n'arrêtait pas de se plaindre, de gémir et de se morfondre.

— Contente d'être de retour, répondis-je solennellement.

Kyros me laissa juste assez de liberté pour pouvoir serrer la main de son frère.

— Tu sembles hagarde, mais heureuse. Tu seras bien plus présentable, une fois que tu auras dormi, intervint Deirdre en dévorant une part de pizza au fromage.

J'éclatai de rire intérieurement. *Nom d'un chien*, qu'elle m'avait manqué !

— Merci, Deirdre.

Kyros m'observait avec attention. Quoi ? Il ne s'était pas rendu compte que je la trouvais hilarante ?

Il secoua la tête et je souris de toutes mes dents.

*Cette pizza sent si bon.* Je n'avais plus d'appétit depuis des mois. Mon poids moyen tirant déjà vers le très mince, j'avais désormais une taille trop fine pour être considérée comme étant en bonne santé. Si Tommy ne m'avait pas nourrie de force, qui sait dans quel état j'aurais été ?

*J'aurais dû travailler plus dur.*

Je manquai quelque chose que le roi dit en levant les yeux vers Kyros, sourcils froncés.

Il évita mon regard et le grondement de Deirdre quand il lui vola sa boîte de pizza.

*Euh...*, hors de question ! Je n'allais pas m'interposer entre une femme vampire et sa nourriture. D'un, c'était une femme, et c'était un tabou de manière générale. Et de deux, elle avait des crocs.

— Je grignoterai quelque chose d'autre tout à l'heure.

Le roi Julius se tenait devant moi.

Le cœur battant la chamade, je levai les yeux vers le Vissimo ancien.

— Je ne me souviens pas de la dernière fois qu'un humain m'a ignoré, déclara-t-il ébahi.

— C'est leur discussion d'esprit, mon amour, l'interpella la reine. Ça distrait mon fils et ma belle-fille.

*Ouh là, minute papillon !*

Le roi me tendit son bras tout en étudiant mon visage intensément. Il vérifiait à quel point j'étais épuisée ?

— Que se passe-t-il ? demandai-je en prenant son bras.

— Tu le saurais si tu avais écouté, répliqua-t-il.

J'inspirai profondément et mon estomac gargouilla.

Avec un soupir sonore, le père de Kyros attrapa la boîte de pizza dans les mains de son fils avant de nous conduire vers la porte d'entrée.

— Je suis ravi de te voir, compagne véritable de mon fils aîné.

Il ne me traitait pas d'humaine, donc ça aurait pu être pire. Le roi nous guida jusqu'au feu de camp où Kyros avait un jour essayé de préparer un rendez-vous galant. S'il le refaisait, je serais ravie cette fois.

Un léger sourire m'échappa avant que je me reprenne.

Je pouvais seulement sourire désormais, car tout s'était arrangé. Quatre mois s'étaient écoulés, et j'avais toujours l'impression que tout pouvait disparaître.

Le roi s'assit sur la balancelle et désigna le quart de place qu'il restait à côté de sa silhouette gigantesque. Il me tendit la pizza en fermant les yeux.

*Bon, d'accord.* Je pris une part et croquai dedans, me bavant presque dessus tant le délice fromager était somptueux.

Kyros ricana mentalement avant de se retirer.

Deirdre n'allait rien récupérer de cette pizza.

— La première fois que nous nous sommes rencontrés, je t'ai demandé pourquoi tu étais revenue à la tour de mon fils, commença Julius en brisant le silence. Tu as répondu que c'était pour gagner le jeu.

… *Ouais.*

— C'est mon arrogance qui t'a permis d'aller aussi loin. Ça m'a donné une bonne leçon.

Il me regarda au travers de ces yeux bleus de prédateur, mais ils contenaient une étincelle à laquelle je n'étais pas habituée.

— Tu as bien joué ta main.

Je n'étais pas sûre d'apprécier cet homme, pourtant, son compliment me fit tout de même plaisir. Je supposais que c'était la conséquence d'avoir grandi sans père.

— J'ai deux questions, reprit le roi.

… Est-ce qu'elles étaient rhétoriques ?

Le roi posa une cheville sur son genou, baissant ses yeux agacés vers son pantalon. Je l'avais toujours vu porter des sarongs aux confins de sa propre maison. Il aimait visiblement la liberté qu'ils lui apportaient.

Ce qui était une idée assez répugnante, finalement.

Il m'observa attentivement.

— Quand tu as vendu ma famille à Mikhail en échange de la vie de ton amie, avais-tu l'intention de nous donner tous tes capitaux de Bluff City ?

*Pas du tout.*

— À ce moment-là, j'avais toujours l'intention de remporter la partie.

De façon étonnante, cette réponse lui tira un sourire.

— Qu'est-ce qui t'a fait changer d'avis ?

Un tas de choses.

— Je ne souhaitais pas passer ma vie ainsi.

Je voulais la passer aux côtés de Kyros, à poursuivre ce qui me semblait important avant que toute cette folie ne mette ma vie sens dessus dessous.

Le roi étudia mon visage tandis que je prenais une autre bouchée de pizza au fromage. *Bordel de merde*, c'était absolument incroyable ! Mais je n'aurais peut-être pas dû manger autant. Je devrais m'entraîner sérieusement avant de pouvoir à nouveau engloutir une pizza entière.

— Si tu avais plus que vingt-cinq ans, j'appellerais ça de la sagesse, reprit le roi.

Il pouvait appeler ça comme il voulait. Je n'étais pas une femme de vingt-deux ans normale, parce que je n'avais pas été une fillette de neuf ans normale. Je n'avais pas été élevée comme le commun des mortels.

— Mais en même temps, reprit-il d'une voix plus douce, le deuil a ce genre d'effet sur nous.

Sa capacité à analyser les gens était impressionnante – car il n'était certainement pas aussi clairvoyant qu'avec moi.

— Une autre question, annonça-t-il en me faisant sursauter.

Mon estomac se contracta. *Argh*, trop de pizza !

*Zut !*

— Tu m'as acheté mon fils, commença-t-il en plissant les yeux. Pourquoi ?

— Que ce soit clair, je ne considère pas que ce que j'ai fait m'autorise à le posséder, indiquai-je. Je le perçois comme m'assurer de sa liberté.

— Tu possèdes mon fils, insista-t-il en haussant une épaule. De mon temps, on vendait des gens en permanence.

Ça… n'avait pas vraiment changé dans la culture Vissimo, de ce que j'en avais vu.

*Mais merde !*

Sa question nécessitait une réponse qui pourrait le vexer. C'était l'obstacle qui empêchait une quelconque véritable relation de se développer entre nous.

— Je n'apprécie pas que vous traitiez aussi mal Kyros, déclarai-je, optant pour la vérité.

Il me lança un grand sourire et je grinçai des dents.

— Rentre tes griffes, me lança-t-il. Tes actions passées méritent que je t'offre une explication.

*Qu'est-ce qu'il se passe ?*

Il se rencogna dans son siège.

— Kyros va se battre avec sa puissance pour toujours, mademoiselle Le Spyre. Comme les humains, son esprit est plus flexible jusqu'à un certain âge. Pour les humains, c'est vingt-cinq ans. Pour les Vissimo, aux environs de deux cent vingt ans. La plus grande bataille que mon fils devra mener au cours de son immortalité sera constante, comme un siège. Je n'ai jamais rien vu de comparable à sa puissance. Sa force rivalise avec les histoires des plus grands de notre espèce, qui ne sont désormais plus que des mythes. Depuis sa naissance, en dehors du jeu, sa mère et moi nous sommes constamment inquiétés de cela. En raison de ces inquiétudes, je l'ai poussé sans répit depuis sa naissance, sachant que ma capacité à contenir ses pertes de contrôle avait une date d'expiration. Je l'humilie. Je le blesse. J'agite les choses qu'il désire le plus sous son nez. J'exige plus que la perfection de mon héritier, car le monde pourrait être réduit en cendres s'il venait à perdre le contrôle un jour.

Je restai bouche bée en repensant à toutes les interactions avec le roi Julius.

Son refus de nous donner sa permission pour procéder aux échanges.

Quand il m'avait étranglée devant Kyros.

Quand il avait embrasé son regard pour pousser mon corps dans ses retranchements, devant Kyros.

Quand il avait forcé son fils à regarder la vidéo du combat avec Theodore encore et encore.

Il avait fait tout ça par amour et dévotion.

Un amour inconditionnel. Il avait peur de devoir tuer Kyros.

Je comprenais maintenant.

— Et cette fois, quand vous avez appris pour Sandra Hoyt ? l'interrogeai-je.

Il inclina la tête vers l'arrière.

— Non. Cette fois-là, j'allais te tuer. Je suis un alpha également, donc ça a été un bon entraînement. Ce n'est pas souvent que mon contrôle est mis au défi, de nos jours.

*Pfiou !*

— Même moi, après six cents ans, je ne suis pas infaillible. Mais deux choses m'en ont empêché, reprit-il alors que ses yeux bleus infinis se posaient sur moi et qu'il se redressait. Mon fils aurait perdu le contrôle si je t'avais tuée.

Il y avait autre chose ? Parce que c'était la seule idée qui m'était venue.

— Et deuxièmement, une intuition me disait que tu réussirais à faire tes preuves.

Je ne dis rien, je n'étais pas certaine de savoir comment répondre, mais ma curiosité ne pouvait être réfrénée. Qui savait quand le roi Julius souhaiterait à nouveau avoir une discussion profonde de la sorte à nouveau ? Cela n'arrivait probablement qu'une fois par décennie.

— Pourquoi ? m'enquis-je.

— Ton sang et celui de Kyros résonnent, mademoiselle Le Spyre, répondit le roi. Je ne te connais pas très bien. Je ne suis pas certain que tu te connaisses toi-même. Mais je connais mon fils. Une partenaire digne de lui doit être effectivement extraordinaire.

Je fis de mon mieux pour ne pas m'agiter.

— Kyros aurait pu te dire tout ça si tu le lui avais demandé, d'ailleurs, ajouta Julius avec un petit sourire. Même s'il appréciait ton indignation à chaque fois que je l'humiliais.

*Vraiment ?*

Je m'étais sentie terriblement mal pour lui et il avait aimé cette réaction. Je plissai les yeux.

— Tout comme il a apprécié quand tu l'as acheté, je pense, continua le roi. C'est ce qui arrive à un homme fort quand une femme forte sait ce qu'elle vaut.

Kyros et moi allions nous entretenir de cette histoire de le posséder. J'avais libéré plus de deux mille vampires en raison de mon opposition directe à ce concept.

— Alors vous devrez continuer à être méchant envers lui, supposai-je en faisant la moue.

— Non, je ne pense pas, affirma le vampire ancien avec un autre sourire.

Il se leva, me surplombant.

Je m'accrochai à la boîte à pizza pour cacher les tremblements soudains de mes mains.

— En cent cinquante ans, j'ai réussi à faire perdre le contrôle à mon fils quatre fois au cours de ces trois premières décennies. La plupart lors de ses toutes premières années de vie. Depuis qu'il te connaît, il a perdu le contrôle au moins trois fois, de ce que j'en sais. J'ai bon espoir que cela continue. En particulier, parce que tu peux également le calmer, m'expliqua-t-il en me tapotant la tempe en même temps qu'il prononçait sa dernière phrase.

Je le fixai. *Quoi ?* Je n'allais pas reprendre ce rôle ! Hors de question !

— Je n'aurais pas pu mieux prévoir ce petit tour au *Gingers* pour voir Gina moi-même, lança le roi. Bien joué !

Ce n'était arrivé qu'une fois !

… Et quand Gerome m'avait contrainte. Mais ce n'était pas ma faute.

La trahison de sa famille.

Merde ! Je rendais vraiment Kyros fou.

Cette idée me fit simplement sourire. Il était complètement foutu.

Le père de Kyros se tourna pour partir, mais il s'arrêta quand il atteignit le chemin.

— Compagne véritable de mon fils aîné.

— Oui ?

J'avais failli me féliciter d'avoir survécu à cette conversation. Ça m'apprendrait.

— Kyros semble penser que tu ne souhaites pas devenir Vissimo. Avec un rappel de ce qui arrivera à Kyros à ta mort, je te suggère d'y repenser.

Quatre mois loin l'un de l'autre avaient effacé une grande partie de mes derniers doutes. J'avais passé ce temps à assimiler ce que je n'avais pas eu le temps d'assimiler depuis mon arrivée chez Live Right.

Être effrayée par ce que Kyros et moi partagions me semblait désormais grotesque. Les obstacles entre nous, insignifiants.

Je n'étais déjà plus vraiment humaine.

L'idée de laisser Kyros seul dans cette vie me donnait la nausée.

— Il faut que je sois invitée, fis-je remarquer.

Le livre sur les rituels de compagnonnage était toujours dans mon bureau souterrain, et je n'avais pas lu le chapitre sur le septième échange. Fernando et Laurel m'avaient seulement détaillé les six premiers échanges, étant donné que je ne m'étais jamais attendue à ce que ça aille plus loin.

Le roi m'observa un temps.

— Accueillir la compagne de mon fils, incroyablement puissante à sa propre manière, pour qu'elle le rejoigne dans l'immortalité et dirige un jour les nôtres à ses côtés serait un honneur. Je t'invite à rejoindre mon clan, Basilia Le Spyre, et ma famille, en tant que Vissimo.

Le roi posa une main contre son cœur et inclina la tête à mon intention.

Ma bouche devint sèche.

Vraiment ? Il me demandait sérieusement de rejoindre sa famille ? Pour de vrai ?

Qu'est-ce que j'étais censée répondre à ça ? Il devait y avoir une réponse formelle.

— Sois sûre que c'est ce que tu désires, déclara le roi sans attendre que je bafouille une réponse. Il n'y a pas de retour possible.

# Chapitre 27

Kyros avait demandé une période de réflexion de deux jours pour que je prenne ma décision définitive, au cas où je finirais par refuser.

J'étais contente de constater que la victoire d'Ingenium ne l'avait pas dépourvu de son sens des affaires.

J'avais discuté de tous les détails du processus avec lui ainsi que ses frères et sœurs après avoir consulté mes différents livres au domaine. Tout cela sans perdre le contact avec Kyros plus de temps qu'il n'en fallait pour prendre une douche, ce qui tenait de l'exploit.

— Basilia ? Je peux te parler une minute ? demanda la reine.

Nous nous étions réunis dans le manoir du roi et de la reine pour la cérémonie de transition, et elle était habillée d'un sarong transparent ainsi que de cache-tétons à pompons.

— Euh…, bien sûr, bredouillai-je en quittant ma place, serrée entre Lalitta et Francesca.

Lalitta me donna une légère impulsion. Francesca ne leva pas le petit doigt pour m'aider. Donc rien n'avait vraiment changé depuis la fin d'Ingenium.

Je suivis la reine jusqu'à un petit salon que je n'avais jamais vu. Kyros préférait les espaces pratiques. Pas ces parents. Cet endroit était un labyrinthe sans fin qui n'avait aucun sens – à moins que ce soit une représentation de l'esprit du roi Julius.

La reine complétait vraiment à la perfection son mari, que ce soit concernant ses tétons parfaits ou l'équilibre qu'elle lui apportait. Elle apparaissait occasionnellement pour calmer des situations et maintenir la paix dans la famille. Elle et Angelica m'avaient acceptée dès le début, simplement parce que j'étais la force qui rappelait à Kyros qu'il devait vivre, mais je n'avais pas passé beaucoup de temps en tête à tête avec elle.

— Nous n'avons pas vraiment eu le temps d'apprendre à nous connaître, déclara-t-elle de sa voix sensuelle.

— Je pensais à la même chose. On n'en a pas vraiment eu l'occasion.

Elle s'installa sur un sofa.

— On aura tout le temps qu'on voudra après la transition.

Si j'y survivais. Car ce n'était pas garanti.

*Tu survivras*, intervint furieusement Kyros dans mes pensées.

Sa rage n'était pas dirigée contre moi, mais contre la situation. Il était encore plus tourmenté que moi par cette transition.

Le sang d'un alpha était nécessaire pour déclencher la transformation, mais la survie dépendait de la puissance des six autres vampires impliqués. Il y avait certainement un lien entre les sept échanges de sang du rituel de compagnonnage et les sept Vissimo nécessaires pour transformer un humain, mais personne ne savait ce que c'était. Il y avait évidemment un clan qui se consacrait à l'élucidation de ce mystère.

Mon opinion sur le sujet était que ça n'avait pas dû être très sympathique de servir de rat de laboratoire pour découvrir ce phénomène.

La reine prit ma main.

— Je voulais te parler de mes petits-enfants, annonça-t-elle.

Mon cerveau écrasa la pédale de frein. Je m'étouffai avec ma propre salive.

— Quels petits-enfants ? lançai-je.

*Oh, bordel, est-ce que Kyros a des enfants ?*

*Aucun, ma beauté. Mère lui fait peur. Intercepter.*

Kyros commença à se déplacer vers nous dans la maison.

— Les enfants que tu pourrais avoir avec mon fils aîné, clarifia la reine.

Je soufflai lentement, puis me rendis compte que ce n'était pas encore le moment de se détendre.

— J'ai vingt-deux ans, reine Titania. Je ne peux pas dire que ça fasse partie de mes projets dans l'immédiat.

— C'est pour cela que je dois en discuter avec toi.

Ses yeux étaient si beaux, comme une prairie contenue à l'intérieur d'une larme. Pas étonnant que ses enfants soient les créatures les plus parfaites que j'aie jamais vues.

Elle cligna des yeux et baissa le regard.

— Les Vissimo ne se reproduisent pas facilement. Il m'a fallu trois cents années de sexe intensif avec de nombreux hommes pour mettre au monde deux enfants.

Kyros tourna les talons en percevant « sexe intensif avec de nombreux hommes ».

Je retins un sourire. Avec difficulté.

— Ce que je veux dire, c'est que tu n'auras qu'un seul partenaire étant donné que les compagnons sont incapables de partager, reprit la superbe femme vampire après un soupir. Je ne pouvais garder l'esprit tranquille sans te révéler à quel point concevoir sera compliqué pour toi. Les faux espoirs de maternité sont l'un des plus grands défis que rencontrent les femmes Vissimo. Tu vivras certes une éternité aux côtés de mon fils, mais tu dois être consciente que cette éternité pourrait ne pas inclure d'enfants.

Mon avenir idéal avait toujours compris des enfants. Deux ou trois.

J'avais vingt-deux ans, mais j'avais perçu la douleur profonde des Vissimo à ce sujet, que ce soient chez les femmes ou les hommes. Angelica avait presque deux cents ans et n'avait jamais mentionné d'enfant. Alors qu'elle avait un harem.

Oui, je voulais avoir des enfants avec Kyros un de ces jours. S'il n'y en avait pas, j'aimais à penser que je trouverais le bonheur auprès de mes nièces et neveux.

Ou peut-être en aidant des enfants humains nécessiteux. Kyros était tout ce dont j'avais besoin, et ce serait toujours le cas, peu importait la douleur que je pourrais ressentir plus tard.

— Je ne saisis pas le concept d'éternité, reine Titania, alors je reconnais que ce dont vous me parlez dépasse certainement ma compréhension, avouai-je. Les enfants ne sont pas dans mes objectifs pour le moment. Si je reste humaine, Kyros et moi serons incompatibles. Je n'aurais peut-être que très peu de chances de concevoir une fois que je serais Vissimo, mais elles ne sont pas inexistantes non plus.

— Tu peux toujours avoir un enfant avec un homme humain, répliqua-t-elle d'une voix douce.

Elle m'incitait à coucher avec un autre homme.

— Je souhaitais seulement te présenter cette option, ajouta-t-elle en constatant mon choc.

La culpabilité de Kyros surgit.

*Pourquoi tu te sens aussi mal ?* demandai-je.

*Parce qu'un homme humain pourrait te donner des enfants.*

*Pas forcément. Qu'est-ce qui te fait penser que je voudrais porter les enfants de qui que ce soit d'autre ?*

Il y réfléchit un instant.

*En effet, tu ne voudrais pas ça.*

Sa réponse était accompagnée d'une arrogance qui repoussa toute trace de culpabilité.

Je levai les yeux au ciel mentalement.

— Si j'ai la chance un jour d'avoir des enfants, Kyros sera leur père, assurai-je à la reine.

Le ronronnement satisfait de mon compagnon vibra à travers notre connexion, ce qui fit émerger un désir brûlant qui m'aveugla pendant quelques secondes.

La reine inclina la tête.

— Commence ta nouvelle vie en connaissance de cause, conclut-elle.

— Merci, reine Titania. Je l'espère.

Je souris et elle tourna la tête.

— Quelqu'un est arrivé.

— Certainement Gina. Ce qui veut dire que tout le monde est là.

Accéder à ma demande afin que Gina fasse partie des sept vampires avait été dure à faire accepter.

J'avais remporté la bataille en faisant remarquer que Gina était aussi puissante que Safina, et que j'aurais donc plus de chances de survivre.

J'appréciais la fratrie Sundulus, mais aucun d'eux n'avait atteint la maturité, la plupart n'étaient donc pas assez puissants pour convenir aux attentes de Kyros concernant ma transition. Je respectais le chemin que Gina avait décidé de suivre malgré la manière dont elle avait été éduquée et par qui. Et puis… Je voulais réduire l'abîme entre les Fyrlia et les Sundulus. Le clan Fyrlia avait été intégré à celui des Sundulus, et ce processus serait plus facile si les membres des deux familles royales s'entendaient visiblement – ou tout du moins, s'ils essayaient.

J'avais fait ma demande à Gina deux jours plus tôt. À ma grande surprise, elle avait immédiatement accepté.

— Une dernière chose, ma fille, m'interpella la reine en se retournant pour attraper quelque chose derrière elle.

J'eus le souffle coupé par le titre qu'elle m'avait donné.

*Ma fille.*

Le terme me fit trembler intérieurement.

*Tu as de nouveau des parents, ma beauté*, fit remarquer Kyros.

L'un de ses parents était absolument terrifiant, mais maintenant que j'avais mis les choses au clair avec Julius, je pensais sincèrement qu'il me protégerait aussi férocement que n'importe lequel de ses enfants.

Comme un père le devrait.

Et la reine venait juste de me faire un sermon sur le sexe. Enfin, elle m'avait encouragée à m'envoyer en l'air avec un étranger… Ce qui était sans doute l'inverse de ce qui était généralement dit dans ce genre de sermon. Mais elle m'avait tout de même parlé pour protéger mon corps.

Je ravalai la boule dans ma gorge. J'avais bel et bien des parents à nouveau.

Kyros se remit à marcher dans notre direction, attiré par mon envie de pleurer.

Un cadeau dans un sac fut déposé sur mes genoux.

— Qu'est-ce que c'est ? demandai-je à la reine.

Elle effleura mon genou avant de se lever.

— Un cadeau de bienvenue dans la famille. Rejoins-nous quand tu seras prête.

Elle quitta le salon et j'ouvris le sac.

*Oh, putain !*

J'en sortis de la lingerie blanche : une brassière faite d'un entrelacement de liens en soie, un string minuscule, un porte-jarretelles et des bas. Je n'avais jamais eu de belle-mère auparavant, mais ça ne me semblait pas être un cadeau habituel à recevoir de sa part.

Kyros entra. Il se figea quand il remarqua ce que je tenais.

— Enfile ça, gronda-t-il.

Un éclat de rire faillit s'échapper de mes lèvres. Je reposai les sous-vêtements et appuyai ma tête sur l'accoudoir. Il plaça ses mains de chaque côté de mon visage et m'embrassa, la tête à l'envers.

— Tu veux me voir dans ce tout petit string ? l'interrogeai-je à bout de souffle.

Je voulais boire le sang de mon compagnon.

Je voulais qu'il soit mien pour l'éternité.

Je voulais me réveiller à ses côtés pour toujours.

Kyros s'étouffa, son regard embrasé se plongeant dans le mien.

— Arrête de penser à du sang ou je te prends ici et maintenant, souffla-t-il. On n'a qu'une chance de faire de toi une Vissimo.

— C'est ta mère qui m'a offert cette lingerie.

Son visage se tordit d'horreur et il recula aussitôt.

Je ne voulais pas vexer Titania en riant, alors je contins mon hilarité dans mon esprit, me tenant le ventre quand Kyros adressa un regard dégoûté aux morceaux de tissu blancs.

Son excitation s'était complètement évaporée.

Je rangeai le cadeau dans le sac, me levai et enroulai mes bras autour de son cou.

— C'est l'heure ? demandai-je en mordillant sa lèvre inférieure.

Je me pressai contre lui, ce contact m'arrachant un grognement.

Ma vision s'obscurcit.

Son érection appuya contre mon ventre.

Bientôt, nous allions pouvoir nous toucher sans avoir à nous organiser pour traverser une emprise de trois jours. Je serais libre de me retrouver nue avec Kyros à toute heure du jour.

*J'ai hâte.*

Sa mère avait dit que mes chances de concevoir seraient faibles.

J'avais le pressentiment que Kyros et moi allions apprécier d'essayer.

Il captura ma bouche tout en faisant glisser ses mains sur mon dos nu et mes fesses.

— Je suis incapable de réfléchir correctement quand tu penses à ce genre de choses, Basilia.

Ses mains tremblaient sur ma peau. Je posai ma tête sous son menton, pantelante.

*Tu es prête, compagne véritable ?* demanda-t-il en m'enveloppant de ses bras.

Je pris une profonde inspiration, le cœur plus léger et heureux que jamais auparavant. *Je suis prête.*

***

J'étais habillée d'une simple nuisette en soie blanche. Le tissu me couvrait de la poitrine aux genoux.

J'étais étendue comme l'*Homme de Vitruve* de Léonard de Vinci sur une plaque de graphite froide. Les sept vampires les plus puissants que je connaisse me surplombaient. Leurs crocs étaient descendus.

Un spectateur ignorant aurait pu se méprendre sur la situation et penser qu'il s'agissait d'un sacrifice de vierge.

Il se serait doublement trompé.

Je fronçai les sourcils à l'intention de Kyros. *Je n'ai même pas le droit à un sourire pour celle-là ?*

S'il avait été capable de penser à quoi que ce soit d'autre qu'au risque minime que je ne survive pas à la transition, il aurait ri.

Le public était difficile ce soir.

Enfin, je ressentais l'envie de rire seulement parce que j'étais au bord de l'hystérie à cause de ce qui allait arriver. Il s'avérait que prendre la décision avait été l'étape la plus simple du processus.

Rory était aligné avec mon bras droit. Vladymir avec mon bras gauche. Le roi Julius se tenait au niveau de ma tête, à côté de Kyros. Gina était positionnée au niveau de ma jambe gauche et Safina de ma jambe droite. Laurel était sur mon ventre, Kyros ayant décrété que les hommes étaient seulement autorisés à mordre la moitié supérieure de mon corps.

Mon compagnon n'arrivait pas à décider qui regarder de travers, le roi Julius, Rory ou Vladymir, mais il semblait principalement concentré sur le Viking.

*Je pourrais toujours le tuer après.*

Je ne ris pas en entendant sa pensée, car, honnêtement, mon compagnon s'apprêtait à faire l'une des choses les plus dures de sa vie. Maintenant que j'avais un compagnon et que nous avions complété plus de quatre échanges, il m'était impossible de créer des liens avec l'un des vampires réunis, mais Kyros devait autoriser six autres Vissimo à boire mon sang et à m'offrir le leur.

Il m'avait un jour révélé que cela le rendrait mortellement jaloux.

Je fermai les yeux et me figurai une douce marée un jour d'été, puis envoyai des pensées positives à mon compagnon. *Compagnon véritable*, dis-je intérieurement en sachant que ces mots l'aideraient.

*Ne t'inquiète pas, ma beauté. La récompense est de t'avoir à mes côtés pour toujours. Je suis incapable de risquer ça.*

*Je n'en doute pas le moins du monde.*

Pas la moindre once de doute ne s'attardait en moi.

Je me raclai la gorge.

— Sur une échelle de un à dix, à quel point ce sera douloureux ? m'inquiétai-je.

Je n'avais que des films pour référence, et s'ils étaient fiables, les instants à venir allaient être absolument terribles.

Kyros se pencha au-dessus de mon corps étendu et je fus déchirée entre regarder son entrejambe ou son visage.

— Les deux me vont, répondit-il avec un sourire.

— Je déteste quand ils font ça, se plaignit Gerome depuis l'endroit où lui et le reste de la fratrie, en dehors de Rory et Safina, patientaient en tant que spectateurs.

Tommy avait voulu venir, mais je n'étais pas encore assez à l'aise à l'idée qu'elle fréquente la famille royale.

Kyros soutint mon regard et je sentis mon esprit s'embrouiller, une langueur lourde écrasant mon corps.

— Tu ne ressentiras aucune douleur au cours de la transition, m'ordonna-t-il en se penchant un peu plus pour effleurer ma joue.

Il se redressa ensuite en clignant des yeux, mais le poids sur mes membres ne se dissipa pas.

— Tu m'as contrainte, bafouillai-je, les paupières lourdes.

— C'est la dernière fois que j'en serai capable, me rappela-t-il avec un sourire en coin.

*Mais bien sûr ! T'es un Vissimo sacrément puissant.*

Mon compagnon observa les vampires rassemblés, et ses lèvres s'étirèrent en un sourire féroce.

*Tu es sur le point de devenir une Vissimo puissante également, Basilia. Crois-moi.*

Je ne serai pas une faiblarde ?

Cool !

— Fils aîné, l'interpella le roi Julius en posant sa main sur son épaule. Tu es prêt ?

C'était le signal pour que je transmette des ondes positives à mon compagnon, ce qui était facile avec la chaleur qui enveloppait mon corps.

— Je le suis, Père, affirma Kyros en plongeant son regard vert dans le mien.

Le roi s'accroupit au-dessus de ma tête. Il portait un sarong, et ce changement de position ne me convenait pas du tout. Les tétons de la reine méritaient certes un compte Twitter, mais c'était la limite à ne pas dépasser concernant les extrémités des parents de Kyros.

Mon compagnon blêmit.

— Ma fille, déclara Julius d'une voix forte, me rappelant que c'était une affaire importante. Es-tu certaine de vouloir rejoindre notre famille pour toujours ?

J'avais besoin de Kyros tout comme j'avais besoin d'un abri, de nourriture et d'air. Une famille. Je désirais en avoir une de tout mon être.

Mes yeux me piquèrent à cause de son « ma fille », et j'espérais vraiment que sa question n'était pas rhétorique.

Je hochai la tête.

— J'en suis sûre.

Le roi se releva. Je fis la moue, mes yeux se tournant vers Laurel. Elle souriait.

Connasse !

Mais je lui rendis son sourire, puis j'en adressai un aux autres.

— Merci à tous de m'aider, soufflai-je.

Gina posa une main sur ses hanches. Safina n'afficha aucune réaction. Vladymir me lança un clin d'œil et le sourire de Laurel s'effaça. Le roi Julius haussa un sourcil. Et mon compagnon…

Il inonda mon système nerveux de tout l'amour qu'il me portait.

— On draine, puis on remplit, gronda le roi Julius en s'accroupissant à nouveau.

Je réussis à peine à détourner le regard à temps.

*Nom d'un chien !* Il aurait pu prévenir, bordel !

Kyros écarta mes cheveux de mon cou et mon cœur se mit à battre la chamade ; tout le monde ici pouvait l'entendre. Les autres vampires se penchèrent sur mes membres tandis que Laurel se recroquevillait sur mon ventre.

*Merde, merde, merde !*

*Concentre-toi sur moi, compagne*, chuchota Kyros dans mon esprit.

Son regard captura le mien avant qu'il n'effleure mon front de ses lèvres.

*Calmer Kyros.*

J'inspirai profondément et me concentrai à nouveau sur la marée en été, l'enveloppant de cette image tandis qu'il embrassait ma gorge, là où mon pouls battait.

— On se revoit bientôt, diablesse, murmura Kyros contre ma peau.

— Je serai la femme dans la nuisette imbibée de sang, plaisantai-je à voix basse.

Des crocs déchirèrent ma chair.

# Épilogue

— Ouvre les yeux, ma beauté.

À travers mes longs cils, je levai les yeux vers ma moitié.

— De si beaux yeux, chuchota Kyros.

La transition avait rendu ma peau parfaite et éclatante, mes cheveux plus clairs et aussi doux que de la soie, et mon corps naturellement tonifié et souple. Mes yeux topaze étaient restés les mêmes, ce qui avait ravi mon compagnon.

Sa prédiction avait été correcte, à vingt-deux ans – soit six mois pour un Vissimo –, j'étais puissante. Plus puissante que Gina et Safina réunies. Puisque j'avais été transformée en vampire et non née ainsi, mes pouvoirs n'évolueraient pas comme les leurs, mais ça me convenait.

Après six mois, les rechutes dans mon contrôle de ma force ou de ma vitesse pour les garder à un niveau humain arrivaient encore de façon régulière, en particulier quand le corps de mon compagnon me distrayait. Il avait tourné ça en un jeu auquel je ne rechignais pas à jouer.

Je m'étirai, me délectant de son attention intense sur mon corps.

— Je suis ravie que tu penses ça.

— J'ai une déesse pour compagne, renchérit-il en se penchant pour déposer un baiser sur le bombé de mes seins.

Puisque être une multimilliardaire n'était pas assez, mes liens avec Kyros faisaient techniquement de moi une princesse. Tommy avait affirmé que le but de sa vie serait que je ne prenne pas la grosse tête, alors je ne m'inquiétais pas trop.

Je gémis quand ses mains me redressèrent contre lui. Il inspira profondément en remontant de mon cou à ma tempe et me surplomba pour m'embrasser.

Je me décalai pour lui offrir un meilleur accès et laissai mes genoux retomber pour que nos corps s'alignent.

Il était dur.

Si j'avais eu un pénis, j'aurais été dans le même état.

Kyros rit contre ma bouche.

— Tu n'aimes pas cette image ? demandai-je d'un ton innocent.

Il répondit d'un baiser qui me laissa pantelante.

Quelqu'un frappa à la porte.

— Entre, Laurel, lança Kyros.

Mon amie obéit, son ventre passant la porte avant le reste de son corps. Il s'était avéré que Vladymir possédait des graines puissantes – c'étaient les mots de la reine Titania, pas les miens. Laurel en était à cinq mois, et ça se voyait clairement.

Je pinçai les lèvres, le regard rivé sur son haut en cuir tendu. Elle allait bientôt devoir arrêter de porter du cuir.

Et quand ça arriverait, je ne la lâcherais plus jamais avec ça. À cause de Jessica Alba.

C'était d'ailleurs pour ça qu'elle n'avait pas encore laissé tomber.

Les yeux de Laurel se plissèrent à mon intention.

— La reine Titania a téléphoné pour vous rappeler la réunion de clan.

Ah, zut ! C'était aujourd'hui ?

Kyros grogna contre ma poitrine.

— On doit y aller, lui rappelai-je en essayant de me convaincre moi-même. C'est relativement important.

Le roi Julius avait annoncé un événement officiel pour célébrer la fusion des deux clans. Il allait aussi me présenter pour la première fois en tant que compagne de son héritier, nous étions donc plus ou moins les invités d'honneur.

Nos deux mille trente-deux gardes n'appartenaient pas au clan Sundulus, mais ils avaient été invités après que j'eus tapé du pied et rejeté mes cheveux en arrière plusieurs fois.

— J'avais prévu autre chose, grommela Kyros alors que sa bouche se rapprochait de mon téton.

— Quelle heure est-il, Laurel ?

— Dix heures, indiqua-t-elle avant de quitter la pièce.

Notre routine était à mi-chemin entre les horaires humains et Vissimo. Nous allions nous coucher vers une ou deux heures du matin et nous nous réveillions en fin de matinée.

Bien que le roi n'ait plus aucun pouvoir sur les décisions de son fils, nous avions décidé de participer aux affaires du clan concernant toutes les industries. Récupérer le moindre centime que j'avais dépensé pour sauver les Sundulus lors d'Ingenium était devenu l'objectif personnel de Kyros.

Ce jeu ne blessait personne. Le business était un jeu avec lequel j'étais d'accord.

Que j'adorais, même.

Nous gérions le domaine Le Spyre ensemble. Nous vivions sous le même toit, que ce soit celui du domaine ou de la propriété de Lyall Bay. Nous avions trouvé un rythme qui nous semblait libre et sûr, et qui nous laissait amplement du temps pour jouer.

J'avais eu peur que Kyros trouve la vie ennuyeuse après Ingenium, mais l'échelle internationale des affaires du domaine l'excitait. Tout comme la notion d'avoir du temps libre et de pouvoir profiter d'autres choses importantes.

Comme tous les épisodes de *L'Étendue de la vérité* qui existaient.

C'était ça qui me prouvait que nous étions des compagnons véritables.

Mais certaines choses avaient été plus difficiles pour lui. Nous faisions toujours partie du clan Sundulus, mais il ne dirigeait plus directement des milliers de Vissimo tous les soirs.

Je savais que la présence de mes gardes l'apaisait intrinsèquement. Il avait décidé de s'enquérir de leurs finances et de leurs ambitions pour les guider quand c'était possible. Ils avaient été réticents à accepter son aide au début, mais six mois d'intérêt perpétuel les avaient débarrassés de leur animosité restante.

De mon côté, pour le moment, mon but était de faire pression sur les clans pour abolir l'esclavage des membres de la famille.

Sans parler de nos efforts pour développer la fortune Le Spyre pour financer le travail de ma vie. Il y avait trop de corruption dans ce monde, en particulier dans les grandes compagnies, au sein de nombreuses industries et des gouvernements. L'immortalité rendait cela moins impossible à accomplir, c'était plutôt devenu un but ultime. Ce travail devait s'effectuer sous un pseudo, étant donné que je ne mourrais jamais, mais j'avais désormais une éternité pour détruire les enfoirés maléfiques de ce monde.

Ils n'avaient aucune chance.

Le téléphone de Kyros se mit à sonner. Il consulta l'écran.

— C'est le gars des finances. Comment il s'appelle déjà ?

— Je sais pas. Tu as viré Roger ou pas ? demandai-je.

Un sourire menaçant étira les lèvres de mon compagnon.

— Non. Je lui ai simplement rappelé pourquoi ce travail était si important pour lui.

Je ricanai. En d'autres termes, le pauvre homme s'était fait dessus tant il lui avait fait peur.

— Va répondre alors. J'ai un rendez-vous avec le clan Gugi dans pas longtemps.

Tout en grognant, il m'embrassa avec une profonde douceur. Nous nous séparâmes bien après que le téléphone eut arrêté de sonner.

Il me lança un regard brûlant qui réchauffa chaque centimètre carré de ma peau avant de sortir de la suite. Nous avions déménagé à l'autre bout du couloir, dans l'ancienne chambre de Grand-mère, quand j'étais devenue une Vissimo. Changer pour une nouvelle chambre donnait l'impression qu'elle était à nous deux, et pas simplement à moi.

Je ne voulais pas que Kyros ait l'impression que cette maison ne lui appartenait pas autant qu'à moi.

— Kyros Le Spyre, dit-il en décrochant d'une voix sévère, tout en traversant le couloir. Il y a intérêt que ce soient de bonnes nouvelles.

Mon amusement fit enfler le sien.

J'étais relativement sûre que mes employés humains pensaient que nous étions fous à changer de nom de famille tous les quatre matins. Mais non, nous devions juste gérer deux espèces différentes et c'était plus simple d'utiliser le nom mortel pour le monde mortel, et le nom immortel pour le monde immortel.

Non pas que nous soyons mariés ou quoi que ce soit de ce genre. Le mariage paraissait n'être qu'une vaste blague après avoir fusionné notre sang, nos esprits ainsi que nos âmes, et Kyros était d'accord avec moi.

L'appel du clan Gugi arriva et se déroula sans problème. J'avais le pressentiment que leur professionnalisme et leur sollicitude disparaîtraient à la seconde où ils apprendraient que je cherchais le meilleur moyen de mettre définitivement fin à la raison d'exister de leur clan. S'il n'y avait plus d'esclaves, alors il n'y avait plus besoin non plus qu'un clan s'occupe de leurs documents.

Tommy était dans notre chambre quand je revins après le coup de fil.

Elle était bouche bée.

— Qu'est-ce qu'il y a ? demandai-je en la prenant dans mes bras par l'arrière.

— Euh…, pas grand-chose. À part qu'il y a deux putains de couronnes là. Ce genre de choses.

*Non, sérieux ?*

Je jetai un coup d'œil par-dessus son épaule.

— Merde, c'est vrai ! C'est à qui, d'après toi ? Je suis sûre que ce sont des enfoirés.

— C'est sûrement une connasse riche. Et un quarantenaire qui perd ses cheveux. Des enflures totales.

— Il y a de grandes chances.

Plus sérieusement, l'idée de voir Kyros nu portant une couronne me rendait toute chose.

— Ma douce, appela un homme dans le couloir.

Les hommes n'entraient jamais dans cette suite, car ils ne voulaient pas mourir.

— Salut, toi, ronronna mon amie en se détachant de mon étreinte.

Nom d'un chien !

Je ne savais même pas comment celui-ci s'appelait, mais je pouvais en conclure que le harem de mon amie avait atteint les cinq vampires.

Elle déposa un baiser sur ma joue.

— Envoie-moi une photo de toi en robe de bal avec la couronne, ma belle, dit-elle.

— On ne part pas avant une heure, fis-je remarquer après avoir vérifié l'heure sur mon portable.

— Oui, je sais, lâcha-t-elle en lançant un regard à l'homme.

Elle m'adressa ensuite un grand sourire avant de rejoindre l'amant numéro cinq.

Devais-je être heureuse ou m'inquiéter ? J'alternais entre les deux depuis six mois.

Je cachai les deux couronnes quand Rosie entra pour m'aider à m'habiller. J'entendis les battements de son cœur frénétiques, maintenant que j'étais une prédatrice. Son expression neutre avait été mise à rude épreuve au cours des six derniers mois, mais elle n'était pas partie. En fait, aucun de mes employés humains n'était parti. Ils avaient continué à travailler, toujours aussi efficaces.

Ma grand-mère n'avait embauché que les meilleurs.

Kyros entra dans la pièce tandis que Rosie attachait la robe en velours bleu roi.

Il déglutit avec difficulté.

La gouvernante me sourit, puis quitta la pièce.

— Compagne, commença Kyros d'une voix tendue, comme si les mots restaient coincés dans sa gorge. Il n'y a pas de mots pour décrire ton éclat.

— Tu fais du bien à mon égo, répondis-je en rougissant.

Mes seins étaient remontés et mis en valeur par une encolure en cœur. Le corset me ceignait la taille et j'avais des poches pour ranger mon téléphone. C'était une couleur et une coupe plus sévère que ce que je portais habituellement, mais cela correspondait plutôt bien à la personne que j'étais désormais.

Mon compagnon s'inclina pour baiser le dos de ma main.

— Tu es à couper le souffle, tous les jours. Je serais incapable de respirer de toute la nuit alors que tu es habillée ainsi.

Il valait sûrement mieux que je garde ma bouche accrochée à la sienne alors.

Pour des raisons de sécurité.

— Deux couronnes sont arrivées, annonçai-je tandis qu'il me fixait.

Il ne cligna même pas des yeux.

— Elles sont où ?

Je m'accroupis, faisant voleter ma robe autour de moi. J'attrapai la boîte et la posai sur le lit.

Les deux couronnes étaient en or, mais l'une d'elles était bien plus grande, que ce soit pour le tour de tête ou la taille ou le nombre de saphirs incrustés dans les ornements.

Elle était magnifique.

Je la soulevai et me tournai vers Kyros.

Même avec mes talons, je dus me hisser sur la pointe des pieds pour lever la couronne jusqu'à sa tête en l'observant.

— Prince héritier Kyros Nicholai Atagio, déclamai-je en abaissant le cercle doré sur ses cheveux.

Ses yeux verts me retenaient prisonnière. Il était impossible de leur résister et je n'avais rien fait d'aussi bête en six mois. Je me penchai en avant pour l'embrasser, mais Kyros fit un pas sur le côté.

Je faillis trébucher et fis volte-face en fronçant les sourcils.

Il attrapa la petite couronne dans la boîte. Un grand saphir surplombait le pic principal, des diamants et d'autres saphirs formaient des fleurs de chaque côté du joyau.

Kyros ne souriait plus quand il me rejoignit.

Il souleva la couronne au-dessus de ma tête et déclara :

— Tu donnes un sens à ma vie, compagne.

Je posai une main sur son cœur et attendis le battement qui ne résonnait qu'une fois par minute. *Boum.*

Je souris.

— Princesse Basilia Atagio, reprit-il en haussant un sourcil. Tu m'appartiens pour le reste de l'éternité. Tu ferais mieux de prendre tes aises.

Mon compagnon véritable déposa la couronne sur ma tête.

Imprimé en France
FRHW010907280622
31270FR00002B/5

9 791038 115347